U0520794

华 章
传奇派

品味无限不循环的人生

安全线

刘桂先 著

重庆出版集团 重庆出版社

图书在版编目（CIP）数据

安全线 / 刘桂先著. — 重庆：重庆出版社，2024.5
ISBN 978-7-229-18487-2

Ⅰ.①安… Ⅱ.①刘… Ⅲ.①长篇小说—中国—当代 Ⅳ.①I247.5

中国国家版本馆CIP数据核字（2024）第045457号

安全线
ANQUANXIAN

刘桂先 著

出　　品：	华章同人
出版监制：	徐宪江
责任编辑：	王昌凤
营销编辑：	史青苗　刘晓艳
责任校对：	彭圆琦
责任印制：	梁善池
封面设计：	末末美书

重庆出版集团
重庆出版社　出版
（重庆市南岸区南滨路162号1幢）
汇昌印刷（天津）有限公司　印刷
重庆出版集团图书发行有限公司　发行
邮购电话：010-85869375
全国新华书店经销

开本：880mm×1230mm　1/32　印张：14.375　字数：322千
2024年5月第1版　2024年5月第1次印刷
定价：49.80元

如有印装质量问题，请致电023-61520678

版权所有，侵权必究

目录

第 一 章　远不是"响了一声"那么简单 /1

第 二 章　李董玩的什么鬼花样 /11

第 三 章　按规矩办 /20

第 四 章　陈益宁出事了 /32

第 五 章　迂回也是进 /43

第 六 章　真精明还是假精明 /54

第 七 章　何必揪住不放 /63

第 八 章　贴心人与放心人 /75

第 九 章　终归要回斗龙港 /88

第 十 章　反常，必然不平常 /99

第十一章　汪海调研，意欲何为 /110

第 十 二 章　杨大队撂挑子，吴院长不配合 /122

第 十 三 章　排查问题与总结经验 /133

第 十 四 章　搅局者 /144

第 十 五 章　谁都不容易 /156

第 十 六 章　醉翁之意 /170

第 十 七 章　有人向省里举报了 /184

第 十 八 章　督查组来了，督查组走了 /197

第 十 九 章　敬酒罚酒都是酒 /210

第 二 十 章　舆情汹涌 /223

第二十一章　假作真时真亦假 /238

第二十二章　并非只有宁浩东 /251

第二十三章　斗龙河的传说 /265

第二十四章　压力啊压力 /277

第二十五章　手上有了花名册 /290

第二十六章　外调，在千里之外 /304

第二十七章　轰然坍塌 /322

第二十八章　在哪里，在哪里…… /335

第二十九章　豪成撑不住了 /349

第 三 十 章　自从来了陈达元 /359

第三十一章　"您拨打的电话已停机" /379

第三十二章　在路上 /397

第三十三章　迟来的真相 /415

尾　　声　事故，不是故事 /437

后　　记　高擎安全线　/448

谨以此书
向我的战友和同行致敬

第一章
远不是"响了一声"那么简单

事情的发生，经常会让人始料不及。

宁浩东到县人民医院看望住院的周雅婧，没想到碰见了科达化工公司副总经理王健民。按理说，偶然遇到一个熟悉的人很常见，这一次却非同寻常。

今天是6月8日，星期日，对宁浩东来说，仍然是工作日。6月份是全国第20个"安全生产月"，以"落实安全责任，推动安全发展"为主题的"安全生产月"活动已经在白桦县全县城乡展开。他忙了一天，原本只是打了个再普通不过的电话。事后他曾想，如果他早晨起来就打了电话赶到医院，很可能就不会遇到王健民，后面的事情估计也不会发生。

差不多一年半了，每天清晨七点宁浩东的微信都会收到周雅婧发来的"早安"问候，有时是一个俏皮的表情，有时是一张浪漫的图片，有时是一段温馨的文字……那个提示音，像闹钟一样准时准点，又不像闹钟那样仓促急促，让人很是舒坦。在这样的氛围中醒来，宁浩东备感神清气爽。然而今天，宁浩东没有收到问候，以至于差点睡过了头。他穿好衣服，洗漱完毕，走出家门，这件事却一直在心里萦绕。

"不就是一条微信嘛，别矫情，你还有很多事要忙！"宁浩东告诫自己。作为白桦县应急管理局的副书记、副局长，他一直很忙，今天更忙。等他再回到家，已经是晚上六点多了。

他终于有时间好好坐下来给周雅婧打个电话。没想到，电话那头传来周雅婧微弱的声音："我在县人民医院住院，急性阑尾炎，刚做了个小手术……"

宁浩东脑袋"嗡"的一声响，赶紧说："那这样，我先不和你多说了，我马上过去看你。"

半小时不到，宁浩东就开车赶到县人民医院。傍晚时分，医院里难得地安静。早上拥挤不堪的停车场此时空空荡荡，几个保安靠在一起却互不说话，或玩着手机，或抠着鼻孔，或拔着下巴上冒出来的胡子。宁浩东停好车，沿着停车场左侧的大道往里走。

这是医院的中心大道，两边的绿化带虽有点杂乱，倒也生机勃勃。百来米之后，一边是住院部，一边是急救中心。宁浩东突然意识到，自己还不知道周雅婧住在哪个病区、哪张病床，刚才电话挂得太匆忙了。他掏出手机，正准备给周雅婧打电话，突然，停车场上那几个保安冲上中心大道，对着三三两两的行人大吼："快让开，快让开！救护车来了，救护车来了……"

宁浩东连忙往旁边退让，说话间一辆红白相间的救护车便鸣着笛呼啸而来，车还未停稳，车门"哗"的一声急速打开，两个急救员弯腰抬着副担架向急救中心奔去。

跟着钻下车的那人或许由于体形肥胖，或许因为上了年纪，步履就没有急救员那么矫健了，吭哧吭哧喘着粗气，显得非常费力。宁浩东觉得这人有点眼熟，仔细一看，原来是本县科达化工有限公司的副总经理王健民。

"王总，"宁浩东招呼王健民，"这是怎么了？"

王健民回过头来见是宁浩东，连忙伸手擦一把额上的汗水，看起来有点慌张："公司出了点小事，响了一声。还好，就是响了一声，只有……"他喘了口气："只有一个人受了点轻伤。宁局长不用担心，不用担心哈！"说着，扭动着臃肿的身躯向急救中心吃力地跑去。

宁浩东知道，化工企业负责人之间常把发生了爆炸事故称为"响了一声"。职业敏感告诉他，王健民轻描淡写，但真的只是"响了一声"那么简单？有人受伤又怎么可能是件小事？

他觉得必须立即把情况向局长豪成报告。他赶紧给豪成打电话，电话接通后却被摁掉了。宁浩东再打，又被摁掉，随即收到一条短信："我在开会，不方便接电话，稍后联系。"

宁浩东不死心，仍然把电话拨了过去，传来的却是"您拨打的电话已关机，请稍后再拨"的模拟女声提示音。这声音不慌不忙，要多平稳，就有多平稳。

星期天，又是晚饭时间，有什么重要会议？宁浩东心里一阵埋怨。但埋怨归埋怨，他也没有其他办法，又拨了杨波的电话。杨波是县应急局直属的安全生产执法大队大队长，宁浩东是其分管领导。他让杨波带个人赶紧到县人民医院大门口，他在那儿和他们会合。

3

"宁局长,是不是出什么事了?"杨波正在吃晚饭,嘴里吧唧吧唧嚼着什么。

宁浩东回答得很干脆:"没错,科达化工炸了。"

"科达化工炸了?"杨波声音有点迟疑,"你怎么知道的?接到事故报告了?"

"没有,是科达化工往医院送伤员被我遇到了。"宁浩东语气肯定,"我亲眼所见,不会有假。"

"没有接到报告我们就过去,不是找事吗?"杨波听上去似乎不太情愿,但又不好明说,支吾着,"你是不是先向豪成局长报告一声?"

"你哪来那么多废话?"宁浩东火了,嗓门也大了,"是不是你们大队的工作我这个分管领导安排不了?"

"不是不是,我只是善意地提醒提醒。"杨波连忙表态,"我马上就到,马上就到。"

很快,杨波带着队员李柯乘局里的执法车赶到了。宁浩东拉开他们的车门,白了杨波一眼坐进去。驾驶员一踩油门,车子便向位于白桦县化工园区的科达化工公司疾驰而去。

几乎就在同时,"嘀"的一声响,一条微信跳进宁浩东的手机,是周雅婧发来的:"你到哪了?"

宁浩东一拍脑门,迅速回复道:"有企业出事,我出现场了。"随后又跟了"对不起"三个字和一个撇嘴的表情。

发生事故的是科达化工公司三号车间。

宁浩东带着杨波、李柯赶到时,一个中年男人正忙着用拖把拖地。他身材矮胖,圆脸圆肚圆腿圆胳膊,圆溜溜的光头上缠着沾了血污的布条，圆嘟嘟的两腮遍是焦黄色的疙瘩，乍一看，活脱脱一只苏北老家的乡亲们从油锅里捞上来的炸汤圆。

"你们负责人呢？"李柯问道。

"炸汤圆"一个立正站得笔直，一脸惶恐，话也说不连贯了："我……我是车间……车间主任……"

见是三号车间发生事故，宁浩东愤怒了："谁让你们恢复生产了？"原来，一个月前宁浩东带队到科达化工公司进行执法检查，发现三号车间存在重大事故隐患，当即责令撤出所有工人，停产整改。

"我不知道啊，我这个车间主任来……来这儿的时间不长……""炸汤圆"满是疙瘩的脸上汗珠不住地往外冒，就像被注过水的猪肉。

"那今天是怎么回事？"宁浩东板着脸问道。

"炸汤圆"佯装镇定，一脸无辜："没什么，没什么啊。"

"还没什么？"宁浩东用鼻子嗅嗅，环视四周，"这满车间的焦煳味，还有这掀掉的屋顶，歪倒的铁门，再看看你这熊样……你还敢说没什么？"

"你知不知道隐瞒事故是要负法律责任的？"杨波非常严肃地补上一句，"弄不好是要坐牢的。"

"报告政府……领导……""炸汤圆"见实在隐瞒不了，吞吞吐吐地说，"下午差不多五点吧，弟兄们正在上班，突然，'轰'的一声，反应釜炸了，一个……一个兄弟受了点轻伤，我的头上也擦破了一点皮。事情就是这么个事情，情况就是这么个情况。"

"炸汤圆"的话证实了宁浩东的预判，应该是生产过程中反应釜爆炸了。只是一般反应釜爆炸不可能像"炸汤圆"说得那么轻松,全国每年都有类似的事故发生,损失惨重,影响恶劣。

"宁局长,你看,"杨波对宁浩东努努嘴,悄声说道,"这里哪像刚刚发生过事故啊?"

宁浩东又上上下下、里里外外扫视一遍,车间内异常整洁,除了屋顶被掀,铁门倒地,还有一股焦煳味外,没有半点发生过事故的痕迹,连发生爆炸的反应釜也不知被移到哪里去了。他出过好多次事故现场,这种情况还真没看到过。

"把你们的生产记录本拿来。"宁浩东对站在一边的"炸汤圆"说。

"炸汤圆"好像没听到,没有任何反应。

"把生产记录本拿来。"宁浩东提高了嗓门,并向"炸汤圆"伸出手。

"炸汤圆"这才"嗯"了一声,显然是听到了,却露出一副莫名其妙的神情。

"生产记录本,把生产记录本拿出来!"杨波厉声重复道。

"生产记录本?""炸汤圆"双眼一翻,两手一摊,"我没有什么生产记录本啊。"

"没有生产记录本?"宁浩东不信,"难道你们车间生产不做记录?"一般来说,不管愿意不愿意,化工企业的生产记录是必不可少的,否则无法进行生产管理和质量控制。有的化工企业实行连续化生产,过程全由计算机控制,而科达化工设备设施还很落后,依然要靠人工记录。

"不是不是。"见宁浩东逼得很紧,"炸汤圆"很不情愿地挤出几个字,"我是说我手上没有。"

"那生产记录本在哪儿？"杨波紧逼不放。

"炸汤圆"抿抿嘴，没吐出半个字。

"不说是吧？"宁浩东对杨波道，"把他请到我们局里好好问问。"

杨波早已看不下去了，上前一步拍拍"炸汤圆"的肩膀，示意现在就走。

"被……被钱总拿……拿走了。""炸汤圆"这才结巴着坦白。

"什么时候？"宁浩东追问。

"刚……刚才……""炸汤圆"一下子紧张起来，脸上汗珠直滚，"刚拿走，你们就到了。"

宁浩东顿时意识到了什么，忙叫上正在拍照取证的李柯，拔腿就向钱总的办公室跑去。

总经理钱景的办公室在行政楼三层。宁浩东和李柯赶到时，只见房门紧闭，里面的灯却是亮着的。宁浩东嘴里喊着"钱总"敲了几下门，里面没有半点反应。

这时身后传来一个女人的声音："你们有什么事？"

宁浩东回头一看，一个身穿工作服、留一头齐耳短发的女服务员正匆匆走来。宁浩东道："我们是县应急局的，有急事找钱总。"

女服务员疑惑地道："没看见钱总出去啊？应该在办公室里吧。"

听了这话，宁浩东攥着门把手使劲一拧，门依旧纹丝不动。

李柯叫道："人明明在里面，为什么不开门啊？"他血气方刚，把双袖往上一捋，就要硬闯。

"谁啊？"随着一声问话，门开了。一个男人站在门口，一

7

副骨瘦如柴的模样，尖尖的脑袋，头顶光溜溜的，犹如从土里冒出来的青皮萝卜。

"钱总在屋里啊，这是反锁了门？"宁浩东认得钱景，沉着脸问。

"习惯，习惯使然……"钱景满脸堆笑，"原来是宁局长大驾光临，快到接待室坐，快到接待室坐。"说着就把宁浩东他们往隔壁的接待室领，还连连招呼女服务员赶快上茶。

"车间出了事故，"宁浩东边走边说，"你们三号车间的主任说生产记录本在你这里，我们需要看一看。"

"生产记录本在我这里？三号车间主任说的？"钱景一脸狐疑，"他记错了吧？"说着钱景拿起对讲机，一按通话键，冲三号车间主任就吼。化工企业内部，一般都使用防静电的对讲机。

"我说汤圆，你和宁局长说生产记录本在我这里？"钱景冲对讲机发泄着不满，声音也出奇地大，"汤圆，这是能随便说的吗？真是昏头了！你再找找，再找找……"对讲机那头传来刺耳的嗡嗡声，让人不由心生烦躁。

放下对讲机，钱景请宁浩东坐到沙发上，拿出一包黄金叶香烟请他抽一支。

接待室里有点儿热，让人很不舒服。宁浩东把外套脱下放在沙发上，果断地拒绝了他的烟，说："钱总，你给我们说说今天的事故情况。"

"事故？什么事故？"钱景挠挠头，眨巴着细眼，看看宁浩东又看看李柯，反问道。

"你们的三号车间发生了爆炸，难道你不知道？"李柯沉着脸没好气地问道。

"哦，是这事啊。"钱景一拍脑袋，"是响了一声，不过，事情并不大。惊动了你们，实在是不好意思。"钱景搪塞着，不紧不慢地说。

李柯眉头紧锁，张嘴就要打断他，被宁浩东用目光制止了。

"其实，我们科达化工历来对安全生产十分重视。"钱景表情严肃，语气认真，"安全生产，人命关天嘛，不重视那是不行的。"说着，他抬了抬屁股，从裤兜里掏出一张折叠整齐的纸递给宁浩东："这是我们科达化工今年'安全生产月'的活动计划，请宁局长过目、指示。"

宁浩东接过那张纸打开一看，顿时心中一惊。原来，印有"科达化工有限公司"鲜红抬头的信笺纸上，赫然写着"端午节打点明细"，下面是一个个宁浩东熟悉的姓名，一串串各不相同的数字……宁浩东眉头一蹙，手也僵住了。

钱景仿佛一下子意识到什么，火烧屁股一般跳起来，从宁浩东手上抢过那纸，连连说"拿错了"，又从另一只裤兜里掏出两张纸递到宁浩东手边："是这个，这个才是活动计划……"

就在这时，宁浩东的手机响了。是局长豪成打来的。宁浩东赶紧拿着手机走出接待室，跑到走廊的尽头。

"豪局长，我有个情况要向你汇报……"没等宁浩东说完，豪成便打断了他的话。

豪成声音洪亮，直冲耳膜："刚才我在参加丁县长召集的一个会办会，现在刚散。你什么都不要说，立即赶到县人民医院行政楼五楼会议室，有什么事我们见面再说。"

"豪局长，科达化工出了安全事故，我正在向钱总询问情况，事故现场还要进一步勘查……"宁浩东还想解释。

"别管那边了,赶紧过来。"豪成撂下一句话,便挂断了。

宁浩东叹口气,无奈地回到接待室。这时杨波也过来了,他便对杨波交代一番,要杨波带着李柯继续留在这里把情况弄清楚,先把生产记录本找出来。

钱景和杨波、李柯将他送到楼下,他正准备上车,一阵凉风吹来,不禁打了个寒战。他突然想起自己的外套还在接待室的沙发上,于是重新上楼。钱景见宁浩东返回来拿外套,赶在他前面拿过外套给他披上。

宁浩东坐进车里,系上安全带,把手里的手机往外套口袋里塞。突然,他觉得有什么不对劲,一摸,原来口袋里不知什么时候多了个本子。他掏出来一看,本子的封面被撕掉了,前几页也不见了,但看得出,分明就是三号车间主任说的被钱景拿走的生产记录本。

第二章
李董玩的什么鬼花样

豪成没说假话，他确实是被丁县长一个电话召过去的。当然，丁县长召他，是因为李董事长来了。

丁县长名叫丁铛响，海城市白桦县县长；李董事长大号李英达，大名鼎鼎的海达集团董事长。

丁铛响家原本在和白桦县相邻的一个县城，几年前妻子去世，在朋友介绍下，他和省委党校一名副教授组建了新家庭，自然，他的家也就搬到了省城。可是基层工作很忙，他不可能经常回去，用他的话说，"每周一歌"不可能，"半月谈"不现实，"月报"几乎也不能确保，很多时候只有"瞭望"。果然，到这个周末，离家已经一个多月，该回去"缴公粮"了。

丁铛响星期六开了一天会，星期日上午陪省委组织部一位白桦籍处长到天边湖景区转了转，下午把办公桌上的文件处理完毕，又找来发改委、工信局、重大项目办等几个部门的主要负责

11

人，就当前的招商引资工作进行会办，五点半正准备出发回省城时，手机响了。电话是海城市著名的民营企业家李英达打来的，他问丁县长在不在白桦县，如果在，现在就来拜访。李董事长突然来访，虽在丁铛响意料之外，却也是求之不得。此时天色已晚，他就让李董事长直接到白桦宾馆，他在那里恭候。

丁铛响一度对他那没有多少文化的爹给自己取的这个俗不可耐的名字耿耿于怀，后来才慢慢释怀。一来这个名字很有个性，让人过目不忘，过耳能详；二来符合他的性格，为人处事掷地有声，叮当作响，尤其对于当县长的他来说，"为官一任，名扬一方"，不就图个如雷贯耳的名声吗？

丁铛响能走到县长的位置很不容易。他早年毕业于海城市农校，后来被分配到某镇农科站。镇领导看他勤奋肯干，有意培养他，让他到一个村兼任党支部书记。有一年春节前，县委常委、组织部部长到村里慰问建国前的老党员，他骑着自行车在部长的车前带路。刚刚下过雪的乡村道路湿滑难行，一不小心部长坐的车滑进了路旁的沟渠里，他二话没说跳下去把部长和陪同而来的干部科科长拉了上来。就这样，丁铛响进入了组织的视野。之后时间不长，他被提拔到了副镇长的岗位。他记得是组织部部长对他进行的任职谈话。部长说，一个干部要成长进步，需要机遇，但更需要政绩，要想走得快、走得远，政绩切不可少。他把部长的话牢牢记在心上，不管在哪个岗位，都干出了突出的政绩，也正因此，农民家庭出身的他才成了一县之长。

然而，让丁铛响烦恼不堪的是，现在想做出一点政绩很不容易，而他当下又特别需要政绩。过了年，他就五十岁了，能不能走上县委书记的岗位，就看往后关键的一两年。好在和他搭班子的县委书记张明凯虽然来白桦县才三年，但年岁不饶人，已经五十五了，早就有传言说是年底市人大换届时，要到市人大担任副主任。如果不出意外，肯定是他丁铠响取而代之，假如再干出点政绩来，那更是五个指头捏田螺——稳之又稳。

可是，哪些政绩才好呢？丁铠响知道，首选是修大路、盖高楼。此前白桦县的每任县长都热衷于此，美其名曰"加强城市建设，发展城市经济"。至于大路修起来有没有车跑，高楼盖起来有没有人住，欠的债务有没有能力还，那就不去管它了。张明凯任县委书记后，说是"五纵五横"的县城道路框架已经建好，平地而起的一个又一个居民小区和城市综合体特别引人注目，提出不能再修路盖楼，而是要把配套设施完善好，把作用发挥好。那些路用老百姓的话说就是"路可罗雀"，收获时节都快成农民的打谷场了；那些建筑更是无人入住，"用棍棒赶也赶不出一个人"，确实是不能再搞了。问题是张明凯可以不要政绩，而他丁铠响可不行。突破口究竟在哪里？他思考再三，觉得还是招商引资，上项目，上大项目。这也切合上级的要求。一段时间以来，他把主攻点放在白桦县所在的海城市著名民营企业海达集团，以及海达集团的董事长李英达身上。

李英达人长得帅，戴一副金边眼镜，儒雅得很。他早年就职于海城市发改委，下海后先是闯广东，再下海南，成为实力雄厚的"儒商"，回到海城市后，趁着企业改制的大潮，先后收购了多家国有集体企业，成立了海达集团。白桦县的科达化工公司就是其中分量很重的一家。对海城市的财税来说，海达集团的贡献举足轻重。在海城市委市政府年度表彰大会上，海达集团年年获财税贡献奖，去年李英达还意气风发地从海城市委书记手上接过重达200克的"最具影响力企业家"金质奖章。在那次表彰大会上，李英达激情澎湃，豪迈地宣布，下一步海达集团将瞄准A股上市、规模扩张两大目标，快步前进……

丁铛响从李英达的讲话中敏锐地捕捉到了机遇，会后立即登门，请李董事长到白桦县投资上项目，说一定给予优惠的政策和优质的服务。李英达爽快地表态，白桦县肯定是首选之地，毕竟自己已有企业在这里发展。丁铛响诚恳地邀请李董事长到白桦县考察，李英达愉快地答应了，可是一直未能成行。丁铛响几次亲自给李英达打电话，李英达每次都很抱歉地说"非常想来，就是抽不出时间"。他还曾约李英达见面就投资兴业事宜商谈商谈，但李英达不是在上海就是在北京，要么就是在纽约。

几次三番，丁铛响明白了，盯着李英达的并不是他一个人，兄弟县区的书记、县长肯定也在盯着。自己毕竟只是一个县长，分量有限。他也曾想请书记张明凯出面，可终究放不下架子。从内心来讲，他也不想让张明凯过多参与，因为将来如果真有了成绩，到底算在谁头上？没想到，今天李英达董事长主动打来电话，亲自赶来拜访，他都有点受宠若惊了。

白桦宾馆原是白桦县政府第一招待所，人称"一招"，多年前改制成了白桦宾馆，但仍是白桦县政府定点接待酒店。论硬件，在白桦不算最好，但也不差，改制后进行过提档升级。论软件，说是白桦第二，就没人敢称第一了，尤其是服务堪称一流，毕竟有政府招待所的底子摆在那儿。再说，当下外面酒店的档次再高，菜品再好，去了心里也不踏实；若是有人偷偷拍张照片发到网上，后果会很严重，还是在"老根据地"来得稳妥。

此时，丁铠响正在接待室和宾馆的常务副总经理聊天。常务副总经理四十来岁，看上去却三十不到，虽然不能算如花似玉，但也差不到哪里去，特别是那会说话的眼睛，善撩人的嘴巴，很让丁铠响受用。

"咚咚咚"，门被轻轻敲过后，县政府办公室的吴主任推门进来。

丁铠响抬头看了他一眼："李董事长到哪了？"按照丁铠响的要求，吴主任一直在大堂和李英达保持电话联系。

"正准备向您汇报，李董事长下高速了。"吴主任倾了倾身子汇报道。

丁铠响抬腕看了一下手表："那用不了十分钟就会到。"他喝了一口茶，然后站起身："我们到楼下大堂等吧。"

丁铠响到大堂没多久，一辆奔驰开了过来。吴主任知道李英达的车牌号，小跑着去拉开车门。李英达一探出身子，丁铠响就恰到好处地伸出一双热情的大手。

寒暄几句后，丁铠响领李英达到楼上的接待室，那位常务副总经理在前面按电梯、开门。到了接待室，丁铠响请李英达入座。常务副总经理送上一杯明前龙井后，款款地退了出去。

丁铠响动情地说："非常感谢李董事长能在百忙中抽出时间来白桦。其实，应该我到您那儿拜访才是啊。"

"话不能这样说。"李英达说得很诚恳，也很动情，"我们企业的发展离不开地方政府的支持，理应我来嘛。只是前段时间一直在为上市的事忙着，抽不开身，丁县长您可不要怪罪啊！"

"理解理解。"丁铠响说，"听您这么说，是不是海达上市步伐加快了？"

15

李英达端起茶杯啜了一口，自信地说："如果没有非常特殊的情况，两个月后在深交所敲锣上市那是非常肯定的。对了，到时丁县长一定要前往捧场啊！"

"我肯定要去祝贺，要去沾点喜气的。"丁铠响笑逐颜开。

"向丁县长报告，我现在是企业上市和扩大规模同步进行，两手都抓，齐头并进，一着不让。"李英达兴奋地道。

"我们白桦迫切希望董事长来投资兴业，新上项目。"丁铠响不失时机地表态，"我们也一定能够提供优惠的政策和优质的服务。"

"这我完全相信。否则，我今天也不会这么急赶来。"李英达气势昂扬，"我们计划以科达化工为基础，新上医药中间体项目，总投资二十亿，分三期实施，首期投资十亿。这可是大项目、好项目，丁县长一定要全力支持啊！"

丁铠响一听这话，顿时两眼放光，一拍大腿站了起来："我们一定全力以赴，一定全力以赴！"

这时，吴主任敲门进来请示道："时候不早了，是不是先用餐？"

李英达摆摆手，半开玩笑地说："我今天来可不是为了吃饭啊，我还有事请丁县长支持呢。"

"哪里哪里。"丁铠响让吴主任先退下，再次坐到沙发上，"海达集团的事就是白桦的事，有什么需要我们做的，董事长不要见外，请讲。"

李英达侃侃而谈，意味无穷："下一阶段，对于我们海达集团来讲，无论是上市还是上项目、扩规模，都是极为关键的时期。特别是上市，是上项目的基础，不能顺利上市，就不能顺利融资,上项目就会落空。所以啊,不能出任何纰漏。而我最不放心的就是科达化工。科达化工是海达集团重要的组成部分,但科达化工毕竟是个化工企业嘛,安全上不能有任何负面影响。"

"这倒是。"丁铠响不由得点点头,"安全确实是底线。不过,董事长这么重视,我想是不会有什么问题的吧?"

李英达笑笑,说:"环保上这几年我们投入不少,新上了固废焚烧炉,企业生产过程中产生的固体废料都能及时得到处理。而安全生产,从高层领导到各级干部,到有关部门,再到全社会,都极为关注,所以还请多多支持。"他加重了语气:"可以说,我们现在是一荣俱荣,一损俱损啊!"

"确实,确实如此。"丁铠响使劲地点点头,"我现在就把应急局局长豪成叫来,当面对他提要求,让他必须把安全工作做好,不能出现任何负面影响,为海达集团、为董事长保驾护航。"说完即刻打电话给豪成,让他赶快来参加会办会。

接到县长的电话,正准备吃晚饭的豪成感到非常纳闷。会办会他参加过若干次,可是县长亲自通知并且通知得这么急几乎从来没有过,更何况是在白桦宾馆召开。他不敢怠慢,很快就赶到了。

吴主任在大堂迎候豪成,豪成问是什么会办会,吴主任只是笑笑,并不作答。等推开门看到只有丁铠响和李英达时,豪成更蒙了。李英达不认识豪成,豪成却是认识他的。

李英达站起来和豪成握手,丁铠响在一旁边介绍边提要求:"这位是海达集团的李英达董事长。海达集团的发展正处于关键时期,我当着李董事长的面要求你,必须把科达化工公司的安全生产搞好，不能出现任何负面影响，为海达集团保好驾、护好航。否则，我拿你是问。"

"一定，一定。"豪成一时不知说什么，只能重复着"一定，一定"。

李英达用白腻的大手拍拍豪成干瘦的手背，表现得非常谦恭："一切的一切，就全部拜托豪局长了！"

"明白，明白。"豪成连连点头答应。

"那就好，那就好。"重点一直放在项目上的丁铠响把话题拉回来，用商量的口吻对李英达说，"那我们是不是组织一个专班，专门负责海达集团在科达化工实施的医药中间体项目？下个月海城市政府会在上海举行招商引资和项目集中签约活动，我们最好把这个项目拿过去签约。"

"没问题，没问题。"李英达答应得非常痛快，"这也是我们企业的愿望啊！"

这时，随着轻轻的敲门声，吴主任推门进来，笑嘻嘻地倾身问道："是不是可以用餐了？"

"用餐，用餐。"丁铠响领着李英达往餐厅走，同时回过头来招呼豪成一起参加。

餐桌上没有酒杯，每个人的席位上只有一瓶矿泉水。李英达见了，感慨地说："现在当领导的工作压力很大，但是要想畅快地喝上一顿酒不容易了。过几天，我请丁县长、请豪局长和吴主任一起到我们企业去喝，喝他个一醉方休……"

"那可不行，那可不行啊！我们宴请企业家是应该的，到企业吃喝那可是万万不行的。纪律不允许，纪律不允许啊！"丁铠响说着拿起矿泉水，拧开瓶盖，举向李英达，"为海达集团顺利上市、大展宏图，为我们的新项目早日签约、早日开工建设、早日达产达效，干！"

豪成喝了一口，不由呛住了，一直呛到嗓子眼——瓶中根本不是水，而是茅台酒。

桌上的人都喝了一口，然后放下矿泉水瓶，你看看我，我看看你，心照不宣地笑了。

菜不多，但很精美，充分体现了白桦宾馆的档次和特色。用完餐，李英达要返回海城，丁铛响把人送上车，目送着车子越开越远，正准备回公寓，手机突然响了。他拿到耳边一听，手机里传来分管应急管理工作的副县长张艳梅甜美的声音："丁县长，向您报告，我得到一个确切消息，科达化工公司出现了突发情况。"

丁铛响一愣："什么突发情况？"

张艳梅汇报道："车间突发意外情况，一个工人被送到了医院。虽然不是什么大事，但处理不当可能影响不好。"

"既然这样，那你负责牵头处理好。"丁铛响道，"这种事见势要早，处理要快，措施要实。你辛苦一下，连夜处理。越主动效果越好，影响也越小嘛。"

公寓离白桦宾馆不算远，丁铛响决定自己走回去，权当饭后散步。他边走边想，科达化工出了事，为什么李英达提都没和我提？难道是还不知道？应该不会吧……李英达说科达化工毕竟是个化工企业，安全上不能有任何负面影响，听上去冠冕堂皇，可这话里有话吧……

丁铛响擤了一下鼻子，暗想，这李董到底玩的什么鬼花样？

第三章
按规矩办

　　白桦县人民医院行政楼五楼会议室灯火通明。宁浩东进来时，副县长张艳梅正优雅地坐在长条桌的中间翻看手机。她的对面是县应急局局长豪成，还有县卫生健康委主任、信访局局长、白桦化工园区管委会主任等有关部门和单位的主要负责同志及县公安局的政委。

　　有意思的是，这几个人都是秃顶，硕大的脑袋上都像顶着一只光溜溜的电灯泡，在灯光下泛着惨白的光。现如今，男人的头发要么白得早，要么脱得快，宁浩东觉得很滑稽。个中原因，到底是工作压力大，还是生活环境差，他琢磨不透。

　　见在座的都是正职，宁浩东就在后排找了个位置坐下。张艳梅一抬头，正好看到他，便朝他点点头。

　　"吴院长怎么还没到？"张艳梅放下手机，目光从每个人的脸上掠过，然后把长发往后捋了捋，冲正在大口喝茶的卫健委主任不快地问道。

"我来催。"卫健委主任放下茶杯，拿起手机往外走，边走边打圆场，"可能还在忙吧。"

不一会儿，人民医院的吴院长阴沉着脸，耷拉着脑袋，跟在卫健委主任后面进来了。他穿着一件白大褂，戴一副黑框眼镜，手上拿一个笔记本，很不情愿地在卫健委主任身边坐下。

见两人坐定，张艳梅敲敲桌子，来了个开场白："根据丁县长的要求，这么晚了把大家请过来，主要是科达化工公司出了突发情况，有些事情需要和大家通通气、对对表，把工作主动抓起来，防患于未然嘛。"

明明是一起生产安全事故，怎么到了张副县长嘴里就成突发情况了？是不是化工园区或者其他部门就是这样向县委、县政府报告的？宁浩东觉得很别扭，但也知道现在还轮不到他说话，便按捺住情绪，暂且听着。

"好，现在大家都把情况说说吧。"张艳梅道。

张艳梅一说完，与会人员连忙打开笔记本，把笔抓在手上，俨然一副随时记录的样子。可是，没人先开口说话。也难怪，大多数人是临时接到通知匆匆忙忙赶来的，并不知道科达化工到底出了什么突发情况。

见此情形，张艳梅指指吴院长，让他说说伤员抢救情况。

吴院长将眼镜往上推了推，把笔记本翻了翻，却没说话。

"怎么不讲话？"张艳梅敲了敲桌子，脸色也不好看了。

卫健委主任推了推吴院长，吴院长如梦方醒一般侧过身子，皱了皱眉头，和他耳语了几句。卫健委主任边听边点头，然后从笔记本上撕下一张纸，在上面写了几行字，递到张艳梅面前。

张艳梅看了一眼,说:"这样,应急局的同志留一下,其他同志先到外边休息一会儿,然后再请大家进来。"

"什么事这么神秘?"听了张艳梅的话,除了豪成和宁浩东,还有卫健委主任、吴院长坐在位置上没有动,其他人只好嘴里嘟囔着走了出去。

"是我考虑不周,内外有别确实非常重要。"张艳梅看了一眼吴院长,"现在可以说说情况了吧。"见吴院长还是不开口,张艳梅又说:"应急局需要和你们沟通协调,听听没有关系。"

吴院长朝豪成和宁浩东瞥了一眼,很不情愿地汇报道:"伤员,男性,据初步了解,叫陈一栋,三十岁,本县人,现在正在ICU。"

张艳梅右手几个手指同时有节奏地敲着桌面,好像在为自己说话打节拍:"重点说一说目前情况怎么样。"

吴院长为难地说:"来的时候就没什么生命体征了,可是……你一再打电话给我,要求送ICU,上呼吸机……其实那种情况,真的,没什么价值……"

"不是我的要求,是县委、县政府的要求!"张艳梅愠怒了,桌面也弹得更响了,"吴院长,是不是你说没什么价值就真的没什么价值了?你是不是没听过'只要有一线希望,就得付出百分之百的努力'?你努力了吗?你尽责了吗?"她盯着吴院长:"进ICU、上呼吸机怎么了?那么大的一个企业,你还怕欠了你的钱?"

吴院长不敢说话了,低着头在笔记本上胡乱地画着圈。卫健委主任把他面前的茶杯推了推,示意他先喝口茶。

"不管想什么办法,你必须确保那个……那个叫陈什么的工人，至少一个月的生命，这是死命令！"张艳梅端起茶杯喝了一口，然后重重地往桌上一放，"至于为什么，你可以问一问应急局豪成局长。"

"法律有规定，过了三十天就可以不作亡人事故统计了。"回这话时，豪成低着头，声音也不大，就像自言自语，而非刻意回应。

吴院长放下笔，白了豪成一眼，想要说点什么，卫健委主任伸手拍拍他的肩膀，合上他的笔记本，向张艳梅请示道："张县长的意思我懂，吴院长应该也懂。是不是我和吴院长一起先离会，去想想办法，我们先想想办法？"

"也行，你们去想办法吧。"张艳梅敲了敲桌子，声色俱厉，"如果做不到让受伤的工人最少熬过三十天，那就说明你们的执行力有问题！你们也无法向县委、县政府交代！"

两人走后，在外面等着的与会人员就进来了。也难怪，大家都希望早点散会回家睡觉。

张艳梅又把刚才的开场白说了一遍，然后回过头来，语气轻柔地对公安局的政委说："公安局把情况说一下。"

公安局政委汇报说："接到通知来开会时，我还不知道是什么情况。既然是……是这么一个突发情况，那我们一定密切关注社会动态，严防少数人借机扰乱公共秩序。"

张艳梅点点头，表示满意。她又示意信访局局长汇报。

信访局局长字斟句酌，保持着一贯的滴水不漏："根据以往的经验，这类……这类与生产安全事故相关的突发情况，对，突发情况，如果处理不好，肯定会引发信访事件，甚至群访事件。不过，我们有经验，会处理好的，请领导放心。"

白桦化工园区管委会杜主任说得很原则:"这些年,我们园区尽管做了很多工作,但突发情况还是时有发生。对于处理这类突发情况,我们自有一套办法,会按张县长的要求做好工作的。"

让大家感到意外的是,张艳梅没有让应急局汇报就作总结讲话了。她右手几个手指有节奏地敲着桌面,配合着她的语气:"刚才大家的表态都很好,我也就没什么好讲的了。我只强调一点。当然,这也是丁县长的要求。大家任何时候都要记住,科达化工不是一般的化工企业,它是海达集团旗下的骨干企业,而海达集团整体包装上市的辅导期已经结束,有望成为我们海城市第一家本土上市公司。"张艳梅加大了力度,手指弹在桌面上的声音更脆更响了,一下一下恰到好处地落在她所要表达的重点意思上:"各位注意了,是海城市,不是我们白桦县。我们白桦只是海城市下辖的一个县嘛。海达集团的李英达董事长是全国人大代表,赫赫有名的企业家。我举个例子吧,县委书记、县长找海城市委书记和市长汇报工作都要预约,而李英达董事长却不用,想见就见,随到随见。所以,在座的各位一定要有政治觉悟和大局观念,把这个……这个突发情况处理好,不要惹麻烦。科达化工的麻烦就是海达集团的麻烦,就是我们白桦县的麻烦,而海达集团和白桦县的麻烦就是海城市的麻烦。这些话,本来丁县长要来讲的,因为他有个……有个重要接待,就让我代讲了。反正意思我转达到了,大家自己掂量掂量吧。"

与会人员屏息听着,一下子觉得身上的压力大起来,肩上的担子也重起来,还都感到张副县长的讲话水平简直是春天的河水——一天一天见涨了。

张艳梅讲完话，会议也就结束了。她让豪成留一下，其他同志可以先走。宁浩东一边把笔记本往包里塞一边想，张副县长怎么不要我汇报事故情况呢？她应该知道我是从现场赶回来的吧，难道她已经了解了现场的情况？……正纳闷着，豪成对他招了招手，示意他等一会儿再走。

张艳梅见大家都走了，朝宁浩东抬了抬下巴，意思是要宁浩东把门关上。她从随身带的精致小包里拿出香烟，抽出一支用打火机点上，慢悠悠地吸了一口，一副非常享受的样子。随后她扔给豪成一支，又抬手要给宁浩东扔，宁浩东赶忙摇手，表示他不会抽。但香烟已经落在手边了，他连忙拾起来放在桌上。宁浩东听人说过，张艳梅私下喜欢抽烟，尤其是在私人活动的酒桌上，但从来没亲眼见过。今天见了，觉得非同一般，那种享受的表情真的可以让人浮想联翩。

"你们说说情况。"张艳梅用修长的手指把烟灰往烟缸里弹了弹。

豪成朝宁浩东看看，让他先讲。

"事故现场我去看过了，肯定是一起生产安全事故，而不是什么……突发情况。"宁浩东说得很直接，担心张艳梅一时接受不了，又转了个弯子，"当然，现在只是初步勘查的情况，但是，初定为科达化工公司'6·8'一般爆炸事故应该是没有问题的……"

"现在不要作这样的定性。你们听到我一直在讲，科达化工出了一个突、发、情、况吗？"张艳梅打断了宁浩东的话，手指更加用力地弹着桌面纠正他的说法，并强调，"具体情况你马上和豪局长说，你只要告诉我下一步你们要做什么。"

宁浩东皱了皱眉，只好收住话头，按照张艳梅的要求说下去："我觉得下一步有三件事是最急的，迫切要做。"

"哪三件？"张艳梅问。

"一是事故的信息报送。这件事要立即做。不仅要正式报县委、县政府，还要往海城市应急局报，同时要上报事故信息系统。这个系统是全国联网的。"宁浩东说得很具体。

"一报进系统，应急管理部就能看到吧？"张艳梅又问。

"是的。"宁浩东回道，又补充了一句，"理论上讲是这样。"

"突发情况也要这么做吗？"张艳梅将右手往桌面上一拍，把目光投向豪成。

豪成端起面前的水杯喝了一口，想了想说："我的意见是，先不要报送信息，也不要填报信息系统，毕竟医院还没有正式宣布那个受伤的工人死亡嘛。现在不报，是有擦边球可打的，应该没什么问题。"

"可是……"宁浩东觉得不妥，这时张艳梅却把话题扯开，没让他"可是"下去，直接问宁浩东："第二件是什么？你继续说。"

"第二件是县政府要立即批准成立事故调查组，迅速开展事故调查。"宁浩东说，"调查处理事故是有固定程序的，我们只能按照规定做。"

"宁局长啊，我觉得这件事要等等。"豪成没等张艳梅开口，就抢先说道，"现在还没认定是生产安全事故，仅是像张县长说的那样，是一个突发情况，怎么就要开展调查了？"

宁浩东没想到，豪成作为应急局的局长，竟然说出这样的话。不过，他懂得这时说话需要把握分寸："张县长说的是突发情况，但突发情况并不排除生产安全事故。换句话说，生产安全事故也是一个突发情况，我们可以进行调查处理啊。"

"毕竟人还在抢救嘛。"豪成不想像宁浩东那样绕圈子，"即便是生产安全事故，只要没有造成人员死亡，一般只要求企业自己调查处理。"未了，又特别强调："这不是我说的，是法律规定的嘛。"

"可是，吴院长说伤员进ICU、上呼吸机不是没什么价值吗？"宁浩东提出异议。

豪成道："那你就能肯定伤员活不过来了？现在的抢救水平高，什么都不是绝对的。再说，只要能挺过去，三十天没事，就不能算亡人事故。"

"万一挺不过去，不是很被动吗？"宁浩东有点急了，"作为分管局长，我承担不了这个责任。"

"没人要你承担责任。"张艳梅又点了支香烟，深深地吸了一口，轻轻吐出一个淡淡的乳白色的烟圈，"伤员能不能挺过去谁说了算？当然是医院说了算。医院不宣布，谁敢说他死了？"

"这……"宁浩东明白再说无益，转而提起第三件事，"还有就是要在面上开展安全生产大检查，汲取科达化工事故教训，举一反三，亡羊补牢，避免类似事故再次发生。"

"安全生产大检查是一项日常工作，为什么非要扯上科达化工？为什么非要提汲取科达化工事故教训？"豪成不赞成宁浩东的说法。

"难道我说错了？"宁浩东争辩道，"汲取事故教训不应该吗？"

"你们别争了。"张艳梅生气了，手指弹着桌面，"你们一个是副局长，一个是局长，却达不成一致意见。全县大大小小几十个部门、上百家单位，好像只有你们一家是这种情况，这还了得？"

"张县长，您说怎么办？"豪成语气急促，希望张艳梅一锤定音。

"按规矩办！"张艳梅气呼呼地丢下一句话，把桌上的东西收进包里，大步走到门口却又停下，转身用纤指不停地点着豪成和宁浩东，一一交代道，"有两个原则，你们必须把握好——不允许影响全县经济发展大局，不允许影响海达集团上市进程。孰轻孰重，何去何从，你们好好掂量掂量。"

豪成站着半天没动，宁浩东也一直站着。好一会儿，豪成才白了宁浩东一眼，收起桌上的笔记本，拎起包自顾自走了。宁浩东犹豫了一会儿，还是给杨波打了个电话，让杨波抓紧起草科达化工公司"6·8"一般爆炸事故信息和成立科达化工公司"6·8"一般爆炸事故调查组的请示，按程序送审上报。他觉得这是他应该做的，不能含糊。

宁浩东掏出手机看了一眼时间，已经是夜里11点了。他稍作犹豫，还是向人民医院普外科住院部走去。他觉得周雅婧应该住在那儿。

普外科住院部十分安静。过道两边白色的墙面，在白色的灯光映照下犹如失血过多的病人的脸，显得格外瘆人。有护士从过道走过，软底鞋面摩擦地面的沙沙声很有节奏，瞬间增加了一些人气。

又一位护士擦身而过，宁浩东轻轻叫了声"同志"，还没继续说下去，护士把右手食指放到嘴边做了个"打住"的手势，又指指不远处的护士站，抱歉地笑笑，转身离去。

宁浩东只好走向护士站。

"5·12"国际护士节刚过去不久，台面上还有个花篮，看板上大大小小的心形图案还在，墙壁上还留着院领导和医师们的贺词。一个护士坐在电脑前，正移动鼠标似乎在查找什么。

宁浩东问道："同志，请问周雅婧在哪一床？"

"周雅婧？"护士停下手，头刚抬起来，却不由打了个长长的哈欠，"哪个周雅婧？"

"女的，三十来岁，阑尾手术。"生怕护士不明白，宁浩东又补充了一句，"县纪委的。"

"哦，我知道了。"护士打量着宁浩东，满脸狐疑，"你问她干吗？"

"我想看看她。"

护士指指墙上的挂钟："你看看都什么时候了？你不要休息，难道她也不要休息？即使她不要休息，其他病人还要休息呢。"

宁浩东想做点儿解释，护士不耐烦地对他摆摆手："走吧走吧，明天再来，明天再来。"

"那她住哪一床？"护士的话确实有道理，不过宁浩东还是想知道周雅婧住哪一床。

"23床。"护士说完，又去摆弄手上的鼠标了。

宁浩东在护士站外站了一会儿，他的目光越过一间间房门，计算着周雅婧所在的房间。透过房门上的玻璃窗，宁浩东仿佛看到周雅婧正安静地睡着。淡淡的夜灯投下斑驳的暗影，安静的夜里，他的思绪却安静不了。

周雅婧在县纪委监委工作,人长得好看,工作也干得不错,口碑极佳。宁浩东一直不明白,像她这样出挑的人,怎么会对大她好几岁的自己有那么一层意思。他们认识的时间好像也不是特别长,因为工作接触过几次,她每天早晨发微信问候的事情,好像是从去年开始的吧?其实,他曾经委婉地暗示,自己现在不打算考虑个人问题,但她好像一直锲而不舍,后来,每天早晨接到她的问候似乎成了一种习惯。但是……

从护士站出来,宁浩东边走边想,思绪不知怎么飘远了,眼前竟浮现出傍晚时分那两个急救员抬着担架奔向急救中心的画面。真希望那个叫陈一栋的工人,也能康复。作为应急系统的安监人,宁浩东最不愿意看到的就是事故发生,如果事故真的难以避免,那也希望所有事故最终都能演化成平淡无奇的故事。

走出普外科住院部,宁浩东想起自己的车还停在医院停车场。他得把它开回去。

夜晚的停车场一片空寂。宁浩东一眼就看到自己的车孤零零地横在那儿,于是按了一下车的遥控器,快步走过去。突然,他闻到一股刺鼻的香味,四处看去,只见停车场东南角几点火星时隐时灭,好像有一个女人跪在地上,双手合十高高举过头顶,"扑通"一声开始磕头,"扑通"又磕一下,如此反复,嘴里喃喃有声。

巡夜的保安持着手电筒悄悄走过来,一声不响地站在宁浩东身边。宁浩东一回头,吓了一跳。

"怎么回事?"宁浩东指着东南角低声问道,"难道不知道公共场所有明火不安全吗?"

"唉——"保安长叹一声,"肯定是家里有个病人,走投无路，没有办法可想了，只好烧香磕头祈求老天保佑……我刚才走过去看了，是个三十来岁的女人，一直这样磕头祷告，头上都磕出了一个瘤子，有鸡蛋那么大……"

宁浩东发动车子驶离停车场，车灯一照，恍惚看见张艳梅的车停在路边。他定睛看去，张艳梅站在车旁，正对着肃立一侧的吴院长训话，而卫健委主任则在一边打圆场，拉开车门，试图把张艳梅往车里请……原来，散会后张艳梅没有立即回去。

都说张艳梅是躺平式干部，看来也不见得。宁浩东心想。

第四章
陈益宁出事了

宁浩东是凌晨到家的,往沙发上一倒就睡着了,连澡也没洗。迷迷糊糊中,手机收到微信的提示音将他惊醒,准时到达的是周雅婧的"早安"问候。

周雅婧刚动过手术,还在住院,却记得给自己道"早安",宁浩东即使是铁石心肠也深受感动。他连忙回复道:"早上好!祝早日康复!"回复周雅婧的"早安"问候,这似乎是第一回。

"谢谢!"很快,周雅婧回复道,"谢谢你昨天夜里来看我。"

宁浩东想,肯定是护士告诉她的。他没有顺着话头说下去,而是回复道:"安心休养,我会去看你的。"

"好啊,要来早点来。一旦出院,我就不给你机会了。"看着周雅婧回复的微信,宁浩东仿佛看到了周雅婧俏皮的笑脸。他不由笑笑,放下手机起身往浴室走去。

突然,手机响了。宁浩东转身拿起手机接听,一个"喂"字未出口，豪成急促的声音便传了过来："你昨天到科达化工去，有没有和陈益宁联系？"

陈益宁是白桦化工园区安监分局局长。专门在化工园区设立安监分局，主要是为了强化对园区化工企业的安全管理。不过，这个分局在机构设置上显得很怪异，人事安排上以白桦县应急局为主，而在日常管理上又以白桦化工园区管委会为主，既不是白桦县应急局的派出机构，也不完全是白桦化工园区管委会的下属单位。

宁浩东揉了揉肿胀的眼睛，说："联系了。在赶往科达化工的路上，我曾给陈益宁打电话。陈益宁说他在外边有点事，赶不过去，有什么要求他一定落实好。"宁浩东不清楚豪成这一大早就打电话提陈益宁，到底是什么缘由。

豪成叹口气说："陈益宁出事了。"

"出事了？出什么事了？"

"他被县纪委带走了。"

"啥？"宁浩东简直不敢相信自己的耳朵，头脑也清醒了许多。

"不过，此事真的很蹊跷。"豪成在电话里的语气透着不解，"即使纪委掌握了陈益宁的违纪违法证据，要把他带走调查，按照常规，事前不便透露消息，但事后也应该和我这个应急局的党委书记、局长通报一下情况吧。毕竟我们和陈益宁是一个系统的，又是安监分局的主管部门，有着千丝万缕的联系。可是，到目前为止，组织上没有任何人和我联系。"

宁浩东思索着问道："会不会这个消息不准？"

豪成说："事情不可能有假，就在十分钟前，我那表妹刚找到我家,一把鼻涕一把眼泪地说了半天。"宁浩东知道,豪成是陈益宁老婆的表哥。

豪成在电话里说了大致经过。据陈益宁老婆反映,陈益宁昨晚一直没回家,晚上12点多她给他打电话手机关机,于是就打了同住一个小区的弟弟的电话。她弟弟在县交警大队工作,说昨晚11点15分左右从外面应酬回来,曾在小区里遇到姐夫,怎么人会没回来呢?她和弟弟连忙到小区物业值班室查看监控。监控显示,昨晚陈益宁在小区遇到小舅子,停下来说了几句话后继续往家走,刚到楼下就被一胖一瘦两个男人拦住了,好像还对他说了什么。看得出陈益宁情绪激动,想要挣脱,但那两人一左一右把他夹在中间,他只得随着他们走向不远处的一辆小汽车……看完监控,她弟弟说"姐夫肯定是出事了",因为自己认得那个胖胖的中年男人,是县纪委的,从车牌看那辆车也是县纪委的。听了弟弟的话,陈益宁的老婆傻了,只好来找豪成。

听到这里,宁浩东确信陈益宁真的出事了,不由得叹息一声。

豪成的电话挂了没多久又打过来,说他刚接到县纪委的电话,县纪委正式向他通报,陈益宁被留置审查了。宁浩东又免不了一阵唏嘘。豪成说,事已至此,等待组织审查调查吧,他也没有办法,但是必须引以为戒,汲取教训,防微杜渐。他决定上午八点半,也就是一上班就在局大会议室召开局机关全体同志、下属单位和各分局全体负责人会议,并请县纪委第七派驻纪检组王组长一起参加。会议内容宁浩东已经猜出一二,但想确认一下,豪成道:"事情出了,我们总该有个态度吧,这点政治觉悟不能没有啊。对了,我和你通个气,你要是遇到参加会议的人员，不要提昨天科达化工的突发情况。那个企业太敏感，大家谨慎点为好。"

接完豪成的电话，宁浩东刚准备放下手机，却发现有一条微信未读，是安源安全技术服务有限公司法定代表人、董事长贾京鸣昨晚七点左右发来的，当时他太忙了，没注意到。

他打开微信，几行字跃入眼帘："哥，明天是你就任局长两周年的日子，提前祝贺啊。"这条微信很"贾京鸣"，宁浩东明明任副局长，这个小老乡就是称他为局长。宁浩东这才想起，今天是他就任应急局党委副书记、副局长两周年的日子。可是，昨天科达化工出了这档事，作为分管危化品监管、安全生产行政执法的副局长，他的心情十分沉重。虽然到应急系统主抓安全生产时间并不是很长，但他已经深深地体会到什么叫"如临深渊、如履薄冰"。

洗漱完毕，草草地吃了点东西，宁浩东拎起包准备出门，一抬头，只见放在茶几上的根雕母牛正瞪着圆溜溜的眼睛看着自己，似乎有什么话要和他说，又好似因自己好几天没顾得上打理它而心生哀怨。他把它拿到手上，抽出一张湿巾纸细细地擦拭着。其实，根雕母牛身上并没有多少灰尘。

根雕母牛是老家苏北斗龙港的老支书韦龙存专门为宁浩东做的，那时他还小。离开斗龙港时，他几乎什么都没带，只把根雕母牛带上了。它是用樟树树根雕成的。那种木头身子紧，又光滑，不时散发出淡淡的香气。母牛体形粗壮，尤其是两只乳房很饱满，四蹄有力，腾空而起，仿佛要飞起来。母牛的头雕刻得非常精致，看得出老支书雕刻时下过不少功夫；两个鼻孔张开，似乎能看到热气呼呼欲出；两只犄角往里弯曲，正死死地向前抵着，似有千钧之力。让人费解的是，母牛的头却侧向后方，两只滚圆而湿润的大眼似乎在看着什么，充满了慈爱。根雕母牛一直陪伴着宁浩东，每每看到它，心中就五味杂陈。

离开斗龙港一晃十来年了，能走到副局长这个职位，当年怎么也想象不到。

宁浩东家在十二层，属于县城里典型的小高层建筑。跨进电梯，他就按了一楼。不一会儿电梯门开了，他匆匆走出，一抬头发现门厅很陌生，再细看，原来是十楼。他只好又退回电梯。电梯继续下行，少顷门又开了，他走出去一看，这次是八楼，只好又退回去。

电梯楼层显示板上只有他按的一楼亮着，宁浩东不由自主地又按了一下。可是，电梯不动了，不下也不上，死死卡在半空中。他又按了一下，不动，再按，突然动了，电梯飞速下降，他的心也随之下跌。电梯戛然而止，悬在半空中，门也紧紧关着，他的心差点跳出来。直觉告诉他，电梯出故障了。

宁浩东掏出手机，拨打县市场监督管理局特种设备管理科钱科长的电话。没等钱科长开口，他就忍不住批评道："跟你们说过多少次了，一定要加强电梯安全管理，千万不能出问题，一出问题就是大问题。如果我们管安全的人都被关在电梯里出不来，还不让人笑掉大牙？就现在，我被关在电梯里了。"

电话那头，钱科长忙不迭地说："我现在就通知消防救援大队，请他们赶紧把您弄出来。"

宁浩东连忙制止："别费那劲，你快带维保单位的人过来。"

"好，好，我们马上到。"钱科长的声音在颤抖。

宁浩东并不担心电梯会掉下去，像这种情况，要掉早就掉下去了。他只是心里着急，八点半那个会，是豪成局长在特殊情况下安排的，如果他不能准时赶到，会让人觉得他对党风廉政建设和反腐败工作不重视。

　　他被关在电梯期间，局办公室主任老马打来一个电话，说豪成局长查点他什么时候到，其他同志都到了，就差他了。宁浩东只好说了自己的情况，说维保单位的人应该马上就到。他也给贾京鸣打了电话，但系统提示对方手机关机。他估计，贾京鸣是关着机继续睡懒觉呢。

　　钱科长带着两个维保工程师终于赶到了，他们三下五除二就把电梯打开了，然后再三向宁浩东道歉。宁浩东摆摆手说："向我道歉没必要，你们还是要把面上的电梯安全管好，要高度注意电梯安全问题。"钱科长连连答应，说宁局长的指示他们一定落实好。

　　走了没几步，宁浩东还是不放心，又给县市场监督管理局沈明局长打去电话，要他们精心组织，把部署开展电梯安全大检查作为"安全生产月"活动的一项重要内容。沈明嗯嗯啊啊的，不置可否。宁浩东能猜出他心里在想什么，无非就是自己作为县应急局的一个副局长，给他这位兄弟单位的一把手布置工作不合适罢了。

　　开车出了小区大门，宁浩东看到同小区的黄兰香正伸手拦出租车。然而，出租车好像辆辆都是满载，"呼"的一声从她的身边疾驰而过，带起的风一次又一次地吹乱她满头的白发，摇晃着她瘦小的身体。

　　尽管时间很紧，宁浩东还是想带上黄兰香，送她一程。他不忍心她就这样在路边站着。

宁浩东停好车摇下车窗,招呼道:"黄大婶,您上哪儿?快上车,我送您!"

"哦,是宁局长啊。我到开发区去。"黄兰香认出了宁浩东,但踟蹰着,想上车又迈不开腿。

"快上来吧。"宁浩东催了一声,转而又安慰道,"顺道,没事的。"

"那……那……"黄兰香这才上了车,嘴里不住地说着谢谢。

"是开发区请您去作……作报告吧?"宁浩东明知"报告"这个词不妥,但一时又找不到合适的词。

"也就是去唠唠……去唠唠我儿子……我儿子那事……"黄兰香说着,用干瘪的手背抹了抹眼角,不再作声了。

黄兰香和宁浩东住在同一个小区。不过,宁浩东是七号楼,小高层,而黄兰香住在三号楼,多层。三号楼的住户几乎全部是拆迁安置户。刚搬过来那阵子,宁浩东经常深更半夜被一个女人撕心裂肺的哭声惊醒,后来他发现哭声是从三号楼传来的。那哭声经常让他睡不好,但宁浩东没有怨言,反而心生同情。那户人家一定是遇上伤心事了。

后来,宁浩东从邻居们那里得知,夜里常常痛哭的女人叫黄兰香。黄兰香一家是因旧城改造拆迁搬过来的。说是一家,实际上就是母子俩。黄兰香早年丧夫,一个人千辛万苦把儿子拉扯大,儿子技校毕业后在开发区一家铸造厂找了份工作,虽然苦一点儿,但总算能养活自己,人们都说黄兰香熬到头了。黄兰香也说,房子是现成的,等哪天儿子找个媳妇成了家,她就可以告慰地下的死鬼丈夫了。说这些时，她的脸上还有了些许笑容。

一天早晨出门的时候，儿子对黄兰香说："妈，我都好久没吃您做的酸菜炒肉片了。您做的酸菜炒肉片老香了，今天能不能给我做一顿啊？"

黄兰香嗔怪道："不想省钱找媳妇了？"

"吃顿酸菜炒肉片就娶不上媳妇了？"儿子憨厚地笑笑，"我不信。"

"妈给你做，做好等着你下班回来吃。"黄兰香答应着和儿子一起出了门。儿子进铸造厂，她去菜市场。

酸菜炒肉片做好了，黄兰香摆好碗筷眼巴巴地等着儿子回来美美享用。然而，儿子一个大活人没有回来，传来的是身亡的噩耗。"儿啊，你吃吧，酸菜炒肉片在桌子上……"黄兰香呼号一声，就一头栽倒在地，不省人事了。

原来，那天铸造厂的混砂机坏了，车间主任打电话给修理工，修理工说他正在另一个车间忙着呢，等那边好了就过来。这样等着也不是办法，工人们总不能闲着吧？车间主任这么想着，就叫过黄兰香的儿子，说："你是技校毕业的，应该懂点技术，你下去看看这台混砂机哪里坏了？能不能尽快修一下？"黄兰香的儿子一向乖巧听话，当即点头答应。车间主任很高兴，拍拍他的肩膀，就走过去拉下了配电箱上的闸刀。就这样，黄兰香的儿子钻进了混砂机的肚子，车间主任在外边递送工具。两人紧密合作干得正起劲时，修理工从另一个车间忙完过来了。要命的是，他一见配电箱上的闸刀拉下了，不管不问直接推了上去，随着一声惨叫，鲜血从混砂机肚子里飞溅而出，刚才还活生生的血肉之躯，瞬间……这起事故发生在宁浩东到应急局工作前。到应急局工作后,宁浩东曾把事故调查报告找来研读,直读得心惊肉跳,毛骨悚然。

去年,在宁浩东的倡议下,白桦县应急局向社会公开招募安全生产志愿者,主要目的是壮大安全生产志愿服务队伍,更好地开展安全生产宣传教育和技术推广,没想到黄兰香得到消息就报了名。宁浩东想劝黄兰香不要参加,但又找不到合适的理由。黄兰香说,她想用儿子血的教训让人们更加重视安全生产。这之后,不少部门和企业常邀请黄兰香去作报告。黄兰香不收一分钱,连工作餐也不吃一口,一讲完就走,今年"安全生产月"的报告日程也早就安排好了。其实,作报告也好,"唠唠儿子那事"也好,宁浩东是不希望黄兰香去的。他知道,每讲一次,实际等于把黄兰香鲜血淋淋的心撕开来,再在上面撒把盐……

开发区到了,宁浩东停稳车,又把黄兰香扶下车,心里想,还是要和有关方面说说,尽量不要邀请黄兰香作报告;如果非要邀请,那必须安排车辆接送。

宁浩东赶到局里大会议室时,会议刚刚开始。他见其他副局长都坐在台下第一排,正中自己的位置空着,就坐了过去。以往局里开会,局领导班子成员都是要坐到主席台上的,看来今天真的是情况特殊。

会场内很安静,宁浩东抬头看去,豪成和王组长坐在主席台上,豪成按照他的老习惯一二三点地讲着。他说,今天会议的主要内容,就是推进党风廉政建设和反腐败工作。他先强调了三点,再和大家约法三章。他强调,一要充分认清党风廉政建设的重要意义。大家要算政治账,要算经济账,要算亲情账。要对组织负责，要对事业负责，要对家庭负责，要对自己负责。二要认真落实党风廉政建设的关键措施。要加强学习，要严格管理，要履行责任。三要严厉查处影响党风廉政建设的恶劣行为，尤其是腐败行为。要依法查处，依纪查处，露头就查，敢犯就打，绝不姑息。最后，他一字一句地说："今天，在这里，我要和大家约法三章，从我做起，整个系统的同志，绝不允许借监督管理和执法检查，牟取不正当的利益；绝不允许到管理对象那里去吃拿卡要；绝不允许通过亲朋好友向下面推销商品。"让宁浩东感到纳闷的是，从头至尾他都没有提陈益宁被纪委带走的事。至于没有借全体人员都在的机会通报科达化工事故的情况，则在意料之中。

　　豪成讲完之后，就请纪检组王组长讲话提要求。王组长讲起话来也是有模有样的。他说："机构改革之后，安全生产监督管理局成了应急管理局，既要管安全生产，又要管防灾减灾，还要管应急救援，不但有管理权，有监督权，而且有执法权。权力大得很哪！但是同志们啊，有权不能任性，有权不能乱来，否则是要出问题的。"王组长敲敲桌子，滔滔不绝，语重心长，但也始终没有提陈益宁被纪委带走的事。

　　王组长讲话结束后，豪成又对会议精神的贯彻落实提出要求，强调要在今天上午下班前把会议精神，特别是王组长的重要讲话精神传达给系统内的每一个同志，还要求老马把今天的会议精神原原本本记录在册……宁浩东觉得，这就是一个形式大于内容的会议。他惦记着科达化工"6·8"事故，很多事等着他去做，但又不能说什么，更不能擅自离开，这关系到自己对党风廉政建设和反腐败的态度问题，马虎不得。

会议一结束，宁浩东拿起桌上的本子，叫了一声杨波，就回了办公室。他刚在椅子上坐下，一个花白的脑袋探了过来。跟在后面的杨波对宁浩东做了个手势，意思是"有人找你，我过会儿再来"，然后转身走了。

第五章
迂回也是进

来找宁浩东的是白桦化工园区管委会分管安全生产的副主任吴正海。他是周雅婧的舅舅。宁浩东经常和他打交道,工作上联系得比较多。

宁浩东叫了声"吴主任",拉过一张椅子让他坐。吴正海习惯性地掏出一包烟,抽出一支递给宁浩东。宁浩东摇摇手没接,吴正海也没勉强,顺势送到自己嘴上,觉得不妥,又拿下来,放在桌子上。宁浩东看了一眼吴正海,发现他的气色比前些日子还差,不但头发全白了,脸上也是黄中泛白,有些浮肿,还未开口说话,已经大口大口地喘着气,很吃力的样子。

"你们刚开始开会我就来了,一直在楼下办公室等你。"吴正海气喘吁吁,四方脸上泛着汗,油乎乎的。

"不急,慢慢说。"宁浩东知道吴正海的烟瘾很大,想抽又不能抽会很要命,便指了指桌上的烟,"你抽……"

43

"不抽了。"吴正海打起精神,费力地咳了几声,"最近身体难受得很,前两天一直在家躺着,实在是挺不住了,我家那口子逼着我今天就到人民医院办个手续,住在那儿好好地查一查……"说着,又不停地咳嗽起来。

"你的气色好像有点问题,是得好好查一查。"宁浩东安慰道,"当然也不一定有什么大毛病……"

"我的身体我有数。既然查了,有些情况就说不清了。"吴正海说,"所以我今天过来找你,就是想在住院检查之前向你表个态,昨天科达化工那起事故,你放开手脚去查,不要顾及许多。作为分管领导,我理解,我支持。"

宁浩东心中一惊,没想到吴正海竟是专门为科达化工事故的事来的:"昨天科达化工发生的事故你都知道了?"

"今天早晨才听说。生病在家,消息就不灵了。"吴正海连咳了几声,又说,"你比我懂,化工企业一爆炸,咋能是小事?"

"嗯,"宁浩东点了点头,"不管是小事还是大事,总得查清楚吧。"

"我也是这样想的。"吴正海的声音一下子大起来,"事情查清楚了,该整改的问题整改,该追究的责任追究,促一促,逼一逼,对企业好,对园区好,对我们这些责任人也好。"

"是的。"宁浩东表示赞同,"都说要高质量发展,可是没有生产上的安全,哪有高质量的发展啊!这些话听上去很大,却一点儿都不空。"他看一眼吴正海,心里更是敬佩了几分。

宁浩东真切地知道,作为白桦化工园区管委会分管安全生产工作的负责人,吴正海一直坐在火山口上。化工园区集中了从浙江、江苏等东部沿海地区转移过来的近五十家化工企业,其中相当一部分是精细化工，并且设备陈旧，工艺落后，管理水平也较低，属地管理的压力很大。化工本来就是传统的高危行业，稍不留神就会出事故，出惊天动地的大事故，而一旦出了事故，就必须追究责任，首当其冲的就是分管安全生产的负责人。百密一疏，只要追查，怎么可能查不出一点责任？追究起来，轻则党纪、政务处分，重则丢饭碗、下监狱。也正因如此，谁也不愿意分管安全生产。外界一直流传着白桦化工园区管委会在明确安全生产分管领导上的几则笑话。这些笑话在宁浩东听来不但不好笑，反而非常苦涩。

一次，白桦化工园区管委会召开领导班子会议，研究安全生产分管领导问题。在会上，一把手杜主任放下身段，态度谦和，语气亲切，以民主协商的口吻先后点了几位副主任，但就是落实不了。

王副主任说，感谢组织的信任，可是我身体不好，管不了，也管不好。李副主任说，组织如此信任我，我非常感动，但是我从没接触过化工，心有余而力不足，力不从心啊。朱副主任说，组织信任我，我应该没有二话，问题在于我是一个年轻的女同志，正在积极响应国家的人口政策，准备生育二宝。分管安全生产，难免天天往化工企业跑，那些水啊，气啊，味啊，肯定会影响胎儿的发育成长，要是出了什么问题，是主任你负责呢，还是组织上负责……

孙副主任大概是茶喝多了，中途起身去了趟厕所，轻轻松松地跨进会议室，迎接他的是热烈的掌声。杜主任庄严地宣布："刚才大家一致举手通过，由孙副主任分管安全生产工作。"少数服从多数，孙副主任只好保留个人意见，答应下来，但是他提出,只分管一年。

一年终于结束了,又要明确新的分管负责人。这时有人提出,化工园区管委会五个副主任按照排名顺序,一人一个月,轮流分管,说是这样做最公平,最公正,也最合理。大家也都觉得好像是这么回事。杜主任想了想,表示同意。之后,化工园区非常喜剧的一幕出现了。每到月底,领导们必定聚在饭店里推杯换盏,觥筹交错,举行"交接仪式",与"交"的同志碰个杯,祝贺平安着陆;与"接"的同志喝口酒,祝愿安全顺利,倒也不亦乐乎。偏偏这事被县委书记张明凯知道了,他严肃批评道:"你们这样哪是在分管安全生产,完全是在撞大运。如此下去,必然会出大事,必须立即叫停。"叫停容易,明确新的分管负责人不易,杜主任又皱起了眉头。

就在这时,吴正海由县工业和信息化局副局长调任白桦化工园区管委会副主任,和他一起到任副主任的还有县商务局的办公室主任黄杰。黄杰是新任副科级干部,排名当然在吴正海的后面。在研究安全生产分管负责人时,孙副主任提议给年轻人压压担子,就由资历最浅、排名最后的黄杰分管。杜主任摁掉烟头,摇了摇头。其实,黄杰是主任的外甥,新提拔的同志根据规定得有一年的试用期,如果这期间出了安全事故,问责下来背个处分,孩子的大好前程是会大受影响的。

杜主任又点上一支烟,也给吴正海扔过去一支,并亲自点上,然后边抽边笑边点头。吴正海明白,主任是想让他分管。吴正海想得很简单,自己初来乍到,推三阻四不好,也不是他为人处世的风格,便爽快地答应。不过他提出,各位领导得全力支持。否则,光凭他一个人是管不好的。

应该说，吴正海是尽心尽力的，但是生产安全事故还是时有发生。这期间，在责任追究中他被诫勉谈话两次，党内警告两次，政务记过一次。面对这些，他的态度很端正，多次表示："工作没做好，受到处理不冤枉，领导干部就应当有这种担当精神。"

看着眼前日渐憔悴的吴正海，宁浩东说："吴主任请放心，我们会严肃认真调查，依法按规处理。"

又是一阵咳嗽过后，吴正海站起身，把香烟塞进裤兜里，转头看了看门外，低声对宁浩东说："其实我也有私心。我真的希望宁局长好好查一查，触动触动某些人的神经。像这样下去，会不得了的。只要有利于加强化工园区的安全生产工作，哪怕再给我一个处分，甚至撤了我的职，也是值得的。我有这个思想准备。"他又把嘴往宁浩东耳边靠了靠："化工园区水很浑，也很深，陈益宁出事，不足为怪，不足为怪啊！"

吴正海咳嗽着往外走，宁浩东跟在后面要送他。吴正海停下来连连说："你忙，就不要送了，不要送了。"说着，伸手和宁浩东握了握，叮嘱道："雅婧病了，有空去看看她。她也老大不小了，我老姐为她操着心呢……"

吴正海一走，杨波就过来了。

宁浩东看他两手空空，一副悠闲自得的样子，没好气地问："昨晚我打电话给你，让你起草科达化工的事故信息和成立事故调查组的请示，你都起草好了吗？"

"没有啊。"杨波两手一摊，说得倒很坦率。

"那还不快去？"宁浩东的脸往下一沉，"起草好了拿给我签

47

个字，按程序送豪局长签发。"

杨波抿了抿嘴，在宁浩东办公桌前的椅子上坐下："我的好领导，你就不要没事找事了，好不好？"

"什么叫没事找事？"宁浩东真想狠狠地批评批评杨波。

"实话告诉你，信息也好，请示也好，我都起草好了。"杨波说，"可是，我早上在办公室正打印时，豪成局长过来了，看了一眼后就让我不要打印了，还说我们是在胡闹。"

"他真这么说了？"宁浩东没想到豪成竟然这样说。

"是啊。"杨波点了点头，解释道，"我是如实向你汇报，没有挑拨你们领导关系的意思。"

"我没说你在挑拨领导关系。不过，你也有责任，你应该把昨天看到的情况，和我走后你们现场勘察的情况好好地向豪局长汇报汇报。"尽管有意识地控制着情绪，但宁浩东的语气里仍有责怪杨波的意思。

"你这样说我，我真没什么好说的了。"杨波不无委屈地说，"昨天你一走，钱景说有事也走了，把我和李柯晾在那儿。我们再到三号车间找那个'炸汤圆'，可是连个人影也没见着。"

"这恰恰说明昨天科达化工的事故非同寻常，需要我们好好调查调查。"听杨波这么一说，宁浩东心中的怨气更多了，对杨波说，"你把信息和请示打印出来，我去给豪局长签发。"

"领导你这又是何必呢？"杨波不动。

"你少啰唆，快去。"宁浩东真的急了，"事故发生这么久了，信息还没上报，上级追究下来谁承担责任？成立事故调查组的请示还没报到县政府，调查组第一次会议什么时候开？事故调查什么时候开始？你都看到了，事故现场已经被破坏。"

"那好吧。"杨波起身回办公室去了，不一会儿便把打印好的两份材料拿了过来。

宁浩东从头至尾看了看，没发现需要改动的地方，就分别在右上角写了"请豪成局长签发"，再签上自己的姓名和日期，然后拿去找豪成。

豪成的办公室就在宁浩东办公室旁边。豪成正在看文件，宁浩东说："豪局长，有一份信息和一份请示请你看看。如果没有什么意见就签发吧，这是有时间规定的，不能拖。"

"什么信息，什么请示？"豪成抬起头问道。

宁浩东强忍着迫切的心情把材料放到豪成面前："就是科达化工昨天事故的信息和成立事故调查组的请示。"

"谁认定那就是生产安全事故了？没有认定生产安全事故报什么信息，成立什么调查组？"豪成把材料往外一推，显然对宁浩东的做法很不满意。

"这……这不是明摆着嘛。"宁浩东急了，"再说，昨晚张县长不是也说按规矩办吗？"

"对啊，张县长要求按规矩办，我们就得按规矩办。"豪成眼睛紧盯着宁浩东，"什么是规矩？规矩既指明文的规定，也指约定俗成的做法。现在那个受伤的工人谁也没有宣布死亡。这种没有造成人员死亡的小微事故，哪条规定或以往的做法说要往上报？还要在政府层面上成立事故调查组开展调查？法律上规定得很清楚，死亡一到两个人，或者三人以上重伤的事故，属一般安全事故，由县级人民政府成立事故调查组进行查处。否则，充其量要求企业自己调查处理。你这个分管局长，得好好学习法律法规啊。"

"化工事故再小也是大事故。"宁浩东说。

"我干安全差不多十年了，经得多了。"豪成挤出一丝笑容说，"年轻人有热情值得肯定，不过总得按规矩办吧。"

"那好，"宁浩东一时竟然无言以对，只好摆摆手，"该说的我都说了，我打住，我打住。"说完，气呼呼地出了办公室。

杨波一直在宁浩东的办公室等着，见他回来，忙问："怎么样，豪局长签了？"

宁浩东一屁股坐在椅子上，朝杨波摆摆手让他走。杨波刚要迈步，却又被叫住，宁浩东说："去叫一下李柯、聂静萍，让他们抓紧到我办公室。"又叮嘱一句："你也来。"

很快，杨波带着李柯和聂静萍来了。宁浩东扔给他们一人一瓶矿泉水，开始布置工作："杨波你带着李柯他们抓紧到科达化工去，一定要弄清事故原因，锁定事故证据。只要发现发生了事故，我看谁能掩盖得了。"

"难道你非要当作事故去查？"杨波皱皱眉，"这明显是与县领导和局主要领导对着干，不妥，不妥啊。"

"那……"宁浩东想想也是，但不去查肯定不行，"那去查查科达化工擅自恢复生产的情况，总可以吧？"

"这还差不多，迂回也是一种前进嘛。"杨波拧开矿泉水瓶盖，猛地喝了一口，竟被呛住了。咳嗽了好一阵，他才深有感触地说："做事如喝水，不可过猛啊……"

"你们危化科的主要任务是，"宁浩东不理杨波，对聂静萍道，"进驻科达化工排查整治事故隐患，同时给面上的企业发个通知，要求把开展安全生产大检查作为'安全生产月'活动的一个重点，扎扎实实地抓出成效，严防类似事故的再次发生。"

聂静萍是危化品监管科的科长,五十多岁的她做事向来稳重。她问:"通知中能通报科达化工'6·8'事故的情况吗?"

杨波建议道:"我觉得现在还不能通报,缓一缓再通报比较好。"

宁浩东觉得杨波的建议有些道理,便说:"以深化'安全生产月'活动,扎实开展夏季安全生产大检查的名义进行部署。"

"好的,我们现在就起草。"聂静萍说着起身要走。

"进驻科达化工排查整治事故隐患必须抓紧,千万不能拖。"宁浩东再一次要求道。

下午,杨波回来了。他根据宁浩东的安排,带领李柯等监管执法人员到科达化工公司调查了解三号车间擅自恢复生产的情况,一回来就直奔宁浩东的办公室。

宁浩东忙问情况有没有查清楚,杨波没好气地说:"这有什么难查的?人家没有擅自恢复生产!恢复生产是经过批准的。"

"经过批准的?"宁浩东吃惊不小,"谁批准的?"

"还有谁?是豪局长。"杨波说着,把一份材料往宁浩东的办公桌上一放,"你自己看。"

这是一份科达化工公司关于三号车间恢复生产的请示。右上角是批复意见,上面写着"根据专业机构验收结论,同意恢复生产。豪成"。

"专业机构验收结论在哪?"宁浩东抖抖手上的请示,"请示后面并没有附什么验收结论啊。"

杨波摇摇头:"这我就不知道了。"

宁浩东问:"你们有没有查一下,专业机构到底有没有到场验收？是谁组织的？"

"我们没有查到专业机构到三号车间检查或验收的任何资料。"杨波强调道。

"你们还可以调取监控录像啊。"宁浩东提醒道。

"监控录像？"杨波说，"科达化工公司所有的监控录像都坏了，什么东西都调不出。"

"这不是胡闹吗？"宁浩东难以抑制心中的愤懑，"我们责令停产整改，他同意恢复生产，这工作还怎么做？"说着拿起请示直奔豪成的办公室。杨波在后面叫他，他头也没回。

"豪局长，科达化工公司这份请示是你批复同意的？"宁浩东板着脸把请示递到豪成面前。

豪成扫了一眼文件，看着宁浩东道："对，是我批准的，有什么问题吗？"

"豪局长，我是分管危化和执法的副局长，这三号车间我们查出重大事故隐患，不能保障安全生产，发出现场处理措施决定书，要求停产整改。你这批复同意恢复生产，其实是可以和我沟通一下的。"宁浩东努力把话说得婉转一些，尽量避免再与豪成发生冲突。

"沟通？那是必经程序吗？"豪成却生气了，"再说了，专业安全评价机构已经作出了结论，认为重大事故隐患完全整改到位，可以恢复生产。难道我们比专家还懂安全技术？难道专业机构的结论我们不应该尊重？"

"专业机构的结论在哪？"宁浩东问。

"你的意思是我在骗你？"豪成冷脸看着宁浩东。

"我不是这个意思。"宁浩东觉得自己确实有点冲动，顿了顿，调整调整情绪说，"我的意思是，同意企业恢复生产还是慎重点好，尤其是科达化工这样的化工企业。"

"我懂你的意思。"豪成面无表情地说着，拉开抽屉翻出一张纸，递到宁浩东面前，"专业机构的验收结论。"

宁浩东一看，确实是一份验收意见。他把验收意见推回到豪成面前："可是……可是这份专业机构的验收意见有问题啊。"

"有问题？你怎么知道有问题？"豪成不信。

"他们没去过三号车间，企业也提供不了专业机构检查或者验收的任何资料。"宁浩东怕豪成不信，又补充道，"杨波他们都调查过了。"

"这个我不管。"豪成看一眼宁浩东，指指验收意见下方圆圆的红章和潇洒的签名，意味深长地说，"作出验收结论的是安源安全技术服务有限公司，它的法定代表人、董事长贾京鸣据说是你的老乡、小兄弟，你可以去问他嘛。"

"这……"宁浩东一时语塞。

"据我所知，你从不滥交朋友，这个贾京鸣可是例外啊……"豪成看着宁浩东，嘴角动了动，说出来的话却别有一番深意。

第六章
真精明还是假精明

这几天,贾京鸣的心就像吊在过山车上晃来荡去。

昨天是星期天,下午贾京鸣和几个朋友在公司娱乐室打麻将,正手气旺盛玩得兴高采烈时手机响了。不过,不是他常用的那部手机,那部手机早被他关机了。这部手机的号码只有几个铁杆朋友知道,现在响了,估计是有什么事。果然,打来电话的是一个重要人物,白桦化工园区安监分局局长陈益宁。贾京鸣立即让老婆钱娜来打一把,自己捂着手机跑去办公室。

"哥,你说,我在听着呢。"贾京鸣压低声音,语气谦恭。

"我在碧水蓝天888包厢,你现在过来。"陈益宁在电话里吩咐道。碧水蓝天是白桦最有名的洗浴中心,吃喝玩乐一条龙。

虽然赢了钱中途离开不厚道,但陈益宁召见,贾京鸣不敢怠慢,便回道:"好,我马上就到。"

"对了,那个……我急用,你就带'一只手'吧。"陈益宁嘱咐道。

"哥你放心，我知道。"贾京鸣明白陈益宁说的"那个"指的是钞票，"一只手"指的是五万元。虽然心中暗暗叫苦，但他不能拒绝，因为要想把公司办下去，他就离不开陈益宁。

贾京鸣拱手作揖安抚了麻友们，又回办公室从保险柜里拿了五万块钱塞进提包里，向碧水蓝天赶去。为了保险起见，贾京鸣给陈益宁的都是现金，从不通过微信、支付宝、银行卡网上转账。

想起第一次和陈益宁见面，贾京鸣就想笑。那是公司成立不久的一天下午，贾京鸣去拜访陈益宁，推开办公室虚掩的门，就见陈益宁半躺在沙发上，嘴上叼着香烟，双手捧着手机，两只脚交叉搁在茶几上，正戴着耳机津津有味地欣赏着什么。

贾京鸣叫一声"陈局长"，恭恭敬敬地走近。陈益宁抬头看一眼，招招手让贾京鸣过去，不解地说："你来瞅瞅，这家伙咋这么厉害，都一个小时了，是不是吃了什么药？"贾京鸣看了一眼不由惊呆了，原来陈益宁正在看那种片儿。他没回话，嘿嘿笑着拿烟给陈益宁点上，站在一旁看陈益宁吞云吐雾陶醉其中。直到看完了，陈益宁才收起耳机，放下手机，端起茶几上的大茶杯，打量着贾京鸣，问："你是谁？咋来了？有啥事？"

贾京鸣便自我介绍了一番，临了还有意无意地说了句"应急局宁局长是我老乡，也是好兄弟"。

贾京鸣原以为凭宁浩东的身份，一定会使陈益宁对自己另眼相看，谁知陈益宁不屑地说："小宁啊，我熟悉。他嘛，是我媳妇表哥的部下。"

"你亲戚……"贾京鸣一怔，连忙省略了"媳妇表哥"这层关系,"你亲戚是哪位领导?"

"豪成,应急局局长。"陈益宁又加上一句,"法定代表人,一把手。"

"哦,原来是豪局长。"贾京鸣为自己的聪明感到好笑,又毕恭毕敬地给陈益宁点上一支烟。

陈益宁吐出一个烟圈,手指在茶几上敲了敲:"我跟你说,以后少提他们。他们职位再高,和我们有毛关系?我俩倒是可以紧密合作,互利互惠,实现双赢。不管你是假总还是真总,只要我想帮你,你就一定会生意兴隆、财源滚滚。这是真的,不糊弄你。"

"我就认定陈局长了。"贾京鸣提高语调道,"跟着陈局长好好干!"

这之后,陈益宁不但为贾京鸣介绍了白桦化工园区很多业务,而且从来没有为难过他,甚至为他搞变通、走捷径,大开方便之门。当然,陈益宁的吃喝玩乐贾京鸣全包了,每笔业务的提成还很及时地交到陈益宁手里,从来没有拖欠过。对于其他要求也不折不扣地满足,像今天的"一只手"就是额外的部分。

时间不长,贾京鸣便到了碧水蓝天洗浴中心。走近888包厢,就听见里面传来女人的笑声。贾京鸣佯咳一声,推门进去。陈益宁正躺在软床上,只穿一条短裤,一个搽脂抹粉的年轻女人在他身上这里捏捏,那里按按。见贾京鸣来了,陈益宁便让年轻女人先走,说洗好澡再叫她。

陈益宁问:"那个……带来了?"

"带来了。"贾京鸣拍拍提包,"全在这。"

"还是老弟够意思。"陈益宁对贾京鸣竖起大拇指,赞赏之情溢于言表，随后又叹息道，"这世界上，有像老弟这样够意思的朋友，也有他妈的忘恩负义的东西。"

贾京鸣明白陈益宁说的是谁。果然，陈益宁说："金鑫化工公司吕成贤就是这么个玩意。"

"大哥不要生气，像吕总那样的人还是少的。"贾京鸣劝道。

"有他这一个，就让我受不了了。"陈益宁非常委屈地数落道，"你老弟知道的，我帮过他多少忙啊？可是，这些日子他一直在举报我，还放风说非把我送进去不可。你老弟带来的'一只手'，我就是退给他的。即使他说给我的不止这个数，我也只有这么多了。"

陈益宁帮过金鑫化工公司董事长、总经理吕成贤多少忙，贾京鸣当然知道。不过，他知道的不仅这些，他还知道陈益宁上了吕成贤老婆的床，并且被吕成贤和其驾驶员一道堵在房间里，一笔一画写下了悔过书。过去吕成贤对陈益宁有多好，现在就有多恨，到纪委举报就是顺理成章的事情了。从陈益宁让自己带来"一只手"这事贾京鸣猜想，可能只举报了经济问题，也可能经济问题和生活作风问题一起举报了。

陈益宁见贾京鸣把"一只手"带来了，心里踏实多了，让贾京鸣把东西锁进包厢的柜子里，拉着贾京鸣泡澡、蒸桑拿、享受一条龙的服务。眼看到吃饭的时候了，贾京鸣到自己车的后备厢拿了两瓶五粮液，在洗浴中心餐厅订了一个包间后便给陈益宁发微信，让他享受结束就来用餐。

等了好一会儿，陈益宁才心满意足地过来。或许肚子饿了，或许是鲜美的菜肴很诱人，陈益宁吃喝得很尽兴，一瓶五粮液几乎全是他一个人喝完的。不过，此时的陈益宁醉意已深，放下筷子骂吕成贤,端起酒杯还是骂吕成贤。

这时,放在餐桌上的手机响了。陈益宁把一杯酒一饮而尽,才腾出手拿起手机。贾京鸣凝神一听,是宁浩东的声音。宁浩东在问陈益宁知不知道科达化工出了事故,要陈益宁立即赶过去。陈益宁说他正在外边办事,赶不过去,宁浩东就没再说什么了。陈益宁把手机往餐桌上一拍,一脸讥讽地对贾京鸣说:"你这老乡、好兄弟,就是一傻X。"

"可不是嘛。"贾京鸣嘴上应付着,心里却在想,科达化工出事故了?是哪个车间,多大的事故?不由想起前不久在科达化工结束的一项业务,心中莫名地紧张起来。这时,手机日程提示突然跳出明天是宁浩东任副局长两周年的日子,于是他就发了条祝贺微信。他暗想,如果宁浩东回微信,自己就从侧面打听一下事故的情况。可是,宁浩东一直没有回复。

陈益宁显然喝大了,坐也坐不稳,却又嚷着要泡澡。贾京鸣扶他又回到888包厢。一进包厢,陈益宁倒头就睡,鼾声震天响,醒来都快半夜了。贾京鸣帮他穿好衣服,又拿出装有"一只手"的提包,扶着他出了碧水蓝天洗浴中心的旋转门。

贾京鸣心想,陈益宁醉醺醺的,"一只手"现在给他他也不一定记得,不知情必然不领情,我又何必呢?如果明天他酒醒了问起来,我就说你喝多了,不放心给你,很好解释的。正好门前停着辆出租车,贾京鸣就把半醉半醒的陈益宁塞进车里,让出租载他回家。

他做梦都不会想到,那天夜里一进小区陈益宁就被纪委的人带走了。

一觉睡到自然醒，已是第二天早上八点多了。贾京鸣打开手机，便接到朋友的电话，说是陈益宁出事了。贾京鸣先是惊出一身冷汗，后又暗自庆幸自己的精明，要是昨晚把那五万块给了陈益宁，岂不是人赃俱在？纪委的人一审，陈益宁肯定把他交代出来。虽说给陈益宁送钱抑或陈益宁跟他要钱并不仅此一次，但陈益宁轻易不会交代，也就不会把他牵扯进去。淡定之后他便又想起昨晚宁浩东给陈益宁打来的电话，想起科达化工的事又紧张起来。他不敢给钱景打电话，围着桌子转了半天，还是决定亲自到科达化工探探情况。他最担心三号车间出事故，因为按照陈益宁的指使，他的公司给科达化工出了一份事故隐患整改到位的复查验收报告，作出了可以恢复生产的结论。

很快，他就到了科达化工。看上去科达化工一切正常，没什么发生事故的痕迹。他直接去了钱景办公室，就见钱景正坐在大班椅上翻着面前的一堆材料。

贾京鸣和钱景经常喝酒、打麻将、洗桑拿，相互很熟悉。他打了声招呼，钱景应了一声，眼睛却没抬。贾京鸣递了一支烟过去，然后站在一旁不去打扰。终于，钱景的目光离开材料，看向贾京鸣："贾总怎么来了？"

"路过，顺便来看看。"贾京鸣脑子转得很快，"看看有没有什么需要我们服务的。"

"不会吧。"钱景拿起烟点着吸了一口，看向贾京鸣，"贾总是不是听到什么了？"

贾京鸣不说是，也不说不是。这时，公司办公室主任匆匆跑了过来，向钱景汇报："钱总，陈一栋的老婆又打电话来了，问我们要人呢。"

钱景不耐烦地说:"你告诉她,在医院,别紧张。"

"可是……"办公室主任为难地说,"我说了她不信,还说一家老小要到我们公司……"

"啪!"钱景火了,细长的手往桌上一拍:"无法无天!他们如果真来,你们给我轰走!"

"明白,那我快去准备几个人。"办公室主任像来时那样匆匆跑走了。

贾京鸣眉头一皱,不失时机地问道:"钱总,是不是发生事故了?"

钱景淡然一笑:"这要去问你的老乡、你的好兄弟,应急局的宁浩东。"

"问他干吗?"贾京鸣不理解。

"我们认为没有发生事故,他却认为发生事故了。"钱景非常恼火,"所以他昨天晚上就赶来了,据说还要盯住不放。"

"他这人怎么能这样?"贾京鸣批评起宁浩东,"这不是没事找事吗?真是吃饱了撑的。"

"不仅是没事找事,而且是唯恐天下不乱。"钱景气不打一处来,"你贾总是做安全的,化工企业失把火、响几声很正常嘛,有什么必要大惊小怪?真的查出什么问题,对我们企业当然没有好处,可是对应急局,对他宁浩东本人,对你贾总又有什么好处?"

"和我也有关系?"贾京鸣试探着问,"钱总,这次是哪个车间响了?"

"三号车间。"钱景盯着他,"就是你为我们出报告的那个车间。所以我说,对你贾总也没有好处嘛。"

真是怕什么来什么。贾京鸣不由得心惊肉跳,冷汗直冒。

"紧张没什么用。"钱景一脸镇定的神色,"你不是常说宁浩东和你关系不一般吗?去,去把他摆平。"

"没问题。"贾京鸣打了包票,立马回到自己的车上,正踩油门,就见县应急局的车开进来了,再一看里面坐的是执法大队的杨波和李柯,更是不寒而栗。无疑,宁浩东他们真的是盯住不放了。

既然正如钱景所说,科达化工三号车间到底有没有发生事故,取决于宁浩东怎么看、怎么做,那么他就有必要去见一见宁浩东。但是到底怎么见,得深思熟虑,不可轻举妄动,否则必定事与愿违,得不偿失。

贾京鸣马不停蹄赶回公司,打开保险柜,取出去年在宁浩东老家苏北斗龙港所在的卯西县城购房的合同和全额付款的收据,装进信封,放进提包。原来打算等宁浩东就任应急局局长时再给他,现在有必要提前了,但绝对得找一个说得过去的理由。对,就说祝贺他到应急局工作两周年。可是,怎样去见他呢?贾京鸣翻肠倒肚,拿不定主意。

老婆钱娜觉得好笑,她不明白贾京鸣去见宁浩东为什么这么犯难,以为就是平常见上一面。她给贾京鸣出主意:"你就到他办公室找他。"

贾京鸣摇摇头,说:"不妥不妥,那太正式了,在那儿人前人后的,也说不上什么话。"

钱娜想了想,又说:"约他吃顿饭,找个安静的地方。"

"他不会答应的。"贾京鸣又摇头,"因为那样显得太刻意了。"

"那你在他上班的路上等他,就说是碰巧遇到的。"钱娜绞尽脑汁,想起这一招。

"世上哪有这么巧的事?他不傻,不会信的。"贾京鸣觉得还是不行。

"那你自己慢慢想吧。"钱娜身子一扭,白了贾京鸣一眼,自顾自走了。

贾京鸣从包里拿出手机打开一看,来电提醒显示若干个电话未接,其中有好几个是宁浩东打来的。把手机放到老板桌上,贾京鸣又从裤兜里摸出另一部手机……

第七章
何必揪住不放

宁浩东急于找到贾京鸣,他要问清楚科达化工公司那份专业机构验收结论到底是怎么回事。他给贾京鸣打过好几次电话,每次对方都是关机。他记得贾京鸣好像还有几个电话号码,可之前没留意也没记住。贾京鸣一向神出鬼没,虽然相处这么多年了,仍然有些摸不准、猜不透。

这时,有个陌生号码打电话来,显示所属地是福建泉州,宁浩东在那里没有同学朋友,也没有其他什么熟人,就摁掉了。谁知那个号码又打了过来,他再摁。电话第三次打来时宁浩东火了,按下接听键就准备好好训斥对方一通,谁知电话里传来一声"哥",居然是他找不着、寻不见的贾京鸣。

"你搞什么鬼?"宁浩东喝道,"我正找你呢,你在哪?"

"我就在白桦啊。"贾京鸣回道。

"我真不明白,你为什么要用那么多手机号,还是不同地方的。"宁浩东不满地说。

"狡兔还有三窟呢，何况我是人啊，哥。"贾京鸣开着自己的玩笑，宁浩东听了这话却感到很不自在。

"我们见一下，我有话要问你。"宁浩东没心思听他拿自己开涮。

"我也正要找你。"贾京鸣实话实说，"我打电话给你，就是要找你，有要事拜托。"

"那你过来，我在办公室等你。"宁浩东说得很干脆。

"到你办公室？"贾京鸣有顾虑，"到你办公室不太方便吧？"

宁浩东想想也是，尤其贾京鸣的公司与科达化工的事故看来脱不了干系，豪成还一再暗示他和贾京鸣关系不寻常。宁浩东反复问自己：我和贾京鸣关系不寻常吗？他倒是觉得，无论是以前在蓝坪，还是现在在白桦，贾京鸣似乎在与自己撇清关系，却又好像生怕别人不知道他们的关系。

那时，宁浩东是蓝坪县政府办公室副主任，实际上主要服务张明凯县长。贾京鸣开了一家书店，宁浩东隐约听到一些风言风语，说贾京鸣往学校推销教辅书。宁浩东最担心的就是贾京鸣打着他的旗号，可是，贾京鸣从没开口要他给学校校长打招呼，他也从来没听哪位校长说贾京鸣通过他的关系推销教辅书。

不过，他还是不放心。一次和蓝坪中学的陈校长一起吃饭，饭后两人边聊天边往回走。聊着聊着，陈校长竟然提起了贾京鸣。陈校长说："你老弟对自身要求也太严了吧。"

宁浩东大感不解，不知陈校长这话从何说起。

陈校长说："你有个老乡叫贾京鸣，对吧？"

宁浩东点点头。

陈校长说:"贾京鸣贾总和我也是朋友。"

开小书店的贾京鸣居然成了贾总,还成了蓝坪最高学府校长的朋友,宁浩东不由觉得好笑。他和陈校长在蓝坪中学做过同事,陈校长一向都是非常清高的。

"他卖他的书,他和你交朋友,与我自身要求严不严有什么关系?"宁浩东问。

"他对你可是有意见的。"

"对我有意见?有什么意见?"

"是有意见,并且意见大得很呢。"陈校长说,"不过,我这不是挑拨你们之间的关系啊。"

"我知道。"宁浩东说,"你倒是说说他对我有什么意见。"

"他啊,"陈校长说:"他告诉我,你经常批评他,见面就告诫他,绝不允许他打着你的旗号到学校推销教辅书……"

宁浩东蒙了,他实在想不起什么时候这样告诫过贾京鸣。他承认,他不是没有担心过,但也只是担心而已,人家从没提过让他为自己谋什么利益,他又凭什么去"告诫"人家?不过,他不好把这些话告诉陈校长,说:"这样要求他不好吗?"

"我没说不好。不过,你当你的副主任,人家做人家的生意;你要升迁,人家要生活,井水犯不着河水,你也别管得太宽,对吧?"陈校长一本正经地说。

"对对对!"宁浩东揶揄道。说这话的时候,宁浩东不由想起听过的一则幽默故事。

故事说的是,某县县长的小舅子因为销售假冒伪劣商品被市场监管局责令停业整顿,商品也被没收。县长的老婆一哭二闹三上吊,非要县长给市场监管局王局长打电话,要求他把事摆平。

县长知道这个电话不好打,"不得干涉监管部门履职"的要求他是十分清楚的。可他哪里受得了老婆没完没了闹腾,无奈之下只好拿起电话:"市场监管局老王吗?我是县政府……"

王局长一看号码、一听声音,就知道是县长了,忙说:"是我,县长请指示。"

"指示没有,要求倒是想提几点。"

"县长你提要求,我一定落实好。"

"听说我小舅子被你们处理了。"县长说。

王局长吓了一跳:"我还不清楚这事,马上查,马上查。"王局长说的是实话,一个市场监管局每天查处的违法案件多着呢,他怎么可能全清楚?

"我对你们的要求是,你们必须依法依规严肃处理。"县长语气坚决地明确要求,"法律面前人人平等嘛。绝不能因为是我小舅子而网开一面。这是绝对不允许的!"

"是,是……一定,一定……"王局长就像面对着县长,边点头边答应。

然而,第二天一大早,县长小舅子的商店就重新开业了,被没收的商品也都出现在原来的货架上了。

宁浩东往白桦县城南老街走去。贾京鸣提议说到城南老街的芝麻开门茶餐厅等宁浩东,还说那里非常清静,是见面的好地方。宁浩东心中埋怨,见个面都弄得像特务接头似的,有必要吗?但最后还是依了他。

城南老街原本非常热闹,饭店、鞋帽铺、照相馆应有尽有,但自从商业步行街和几个城市综合体兴起,便渐渐冷落下来,生意也日渐萧条。平时，老街上人很少，除了配钥匙、卖老鼠药的几家摊点外，再也没有什么人在此讨生活了。

推开三号厅的门，宁浩东吓了一跳。只见贾京鸣穿一件黑色风衣，戴一顶黑色棒球帽，鼻梁上架一副黑色墨镜，俨然当年上海滩黄金荣的手下。在这种季节里这身打扮，看得人瘆得慌。

"你瞧你……"宁浩东没好气地说，"你瞧你这身打扮。"

"没办法，非常时期，低调为好，低调为好。"贾京鸣边给宁浩东倒茶，边解释。

"你这样还低调？"宁浩东真感到好笑。不过，他不想纠缠这些，劈头就问："科达化工三号车间恢复生产的意见是不是你们安源公司出的？没有组织专家去检查验收却出了这么个结论，你哪来这么大的胆子？为什么不早点儿老实向我坦白？"

贾京鸣两眼不停地眨，就是不说话。

"看来是真的了。"瞧他那熊样，宁浩东心里已经明白了八九分，直气得心肝疼，"你……你做事还有没有底线了？"

"哥，你先别生气。我承认，你说的全是真的。至于我没早点儿向你坦白，是我拿不准你会把我查出来，我又何必要让你为我担惊受怕呢？"贾京鸣站起身，双手恭恭敬敬地把茶杯端给宁浩东，皱皱眉头，满脸苦恼，"我那样做，也是没有办法啊！公司开着，总得做业务、总得赚钱吧。"

"赚钱赚钱，你只知道赚钱？这就叫利欲熏心，利令智昏！"宁浩东气狠狠地说，"你知不知道，出具虚假报告，酿成严重后果，不但会被吊销资质，而且要负刑事责任，把牢底坐穿的。到那时，你会倾家荡产，人财两空。"

"知道知道，所以我这不是求你来了？"贾京鸣可怜巴巴地说,"哥,你也不想想,我哪有这个胆量出具虚假结论,还不是受人之托?"

"我不管,我也管不了。"宁浩东瞪一眼贾京鸣,"你就咎由自取吧。"

"哥,现在只有你能帮我了。"贾京鸣哀求道,"你就帮帮我吧。在东北,在白桦,我也就你这么一个亲人了。"

"我不是不想帮你,是不知道怎么帮你。再说,有些事我也帮不了啊。"宁浩东说的是实话。

"你不要揪住科达化工发生的那起事故不放不就行了?"贾京鸣替宁浩东把茶水加满,"我听人说,科达化工这起事故本来没有什么,不就是一个工人受了点伤吗?你其实比我更清楚,有几个化工厂没发生过事故?可是你无意中碰到了,就当成个大事揪住不放。企业也好,化工园区也好,本来就没有上报给你们局里,如果你当什么都不知道,哪有那么多事?再说了,领导都定调子了,就是一个突发情况。"

一听这话,宁浩东火了:"你说这些话是什么意思?这是你自己说的还是其他人说的?"

"是……就当是我说的吧。"贾京鸣把墨镜拿下来,抹了抹眼睛,长长地叹了一口气,"哥,你不知道人家在背后是怎么议论的……"

"怎么议论?"宁浩东倒想听听。

"他们说,科达化工这次也真是倒霉,偏偏碰上了你。"贾京鸣似乎在为宁浩东打抱不平,"他们怎么能这么说呢?把你当成什么了?"

"碰上我?我和别人有什么不同吗?"宁浩东心里一动,"不管谁碰上，都不会轻易放过的。"

"也不一定，你和其他人不一样。"贾京鸣走过去把门关紧，"他们说你后面有人撑腰，天不怕地不怕，软硬不吃。"

宁浩东气笑了，问："我后面到底有谁撑腰，你倒是说给我听听。"

"还不是张明凯书记嘛，你是张书记的人。"贾京鸣神神秘秘地说，"整个白桦没人不知道，你是跟着张书记从蓝坪过来的，张书记把你从县委办公室调到县应急局当副书记、副局长，就是为了接豪成局长的班。所以，也只有你敢不听豪成局长的话，还敢和豪成局长顶撞，并且不把县领导放在眼里……"

"别说了。"宁浩东突然一阵心灰意懒，打断贾京鸣的话，"随他们怎么说吧，我是什么样的人我自己心里明白着呢。"说着拿起放在桌上的包就走。

贾京鸣连忙起身拉住："哥，你和我生什么气呢？这些话又不是我说的。"

"我没和你生气。你这些话，不，你传给我的这些话倒是提醒我，一定要把工作做好。否则，还真就对不起在后面给我撑腰的张书记。"宁浩东说。

"看来你真的不想帮我了？"贾京鸣松开手，杵在那里，无可奈何地问。

"你好自为之吧。"

"行。"贾京鸣的脸紧绷着，"你不帮我可以，但陈益宁你也不帮吗？"

"陈益宁？"宁浩东停下脚步，"这事故和陈益宁有什么关系？"

"关系大着呢。"贾京鸣说,"陈益宁和金鑫化工的老板吕成贤是把兄弟,这些年无论是上项目还是应付安全、环保检查,都帮忙周旋,一向平安无事。可是一来二去,他竟然和吕成贤的老婆好上了,前几天被吕成贤抓个正着。一气之下,吕成贤向纪委举报陈益宁受贿,原来陈益宁在这中间得了不少好处,还被吕成贤悄悄录了音。这可是铁证如山啊!所以,纪委就把陈益宁带走了。纪委那边说对陈益宁的处理就事论事,可如果再扯上科达化工这起事故,他一年半载就别想出来了。"

"为什么?"

"我在化工园区的所有业务都是陈益宁介绍的,这次帮科达化工搞验收结论也是他指使的。他和科达化工的钱总好得就像一个人,无事不谈,无话不说。我扯进去了,必然也会把陈益宁扯进去。"贾京鸣哭丧着脸说。

"那是你们之间的事。"宁浩东顾不了这些。

"你听我说,哥,"贾京鸣不管不顾,继续说,"到时就不是我和他的事了。你知道的,科达化工原来是国有企业。对,那时叫白桦化工厂。可是,那时的白桦化工厂怎么就被海达集团出资一块钱成功收购,成了现在的公司?科达化工安全生产、环境保护经常出问题,可为什么总能逢凶化吉、平安无事呢?海达集团的李董事长可不是一般人啊,这里面的内幕你不知道,可钱总是李董事长的姐夫,没有他不知道的。钱总知道,就难保不对陈益宁说,哪怕陈益宁不说,可科达化工经不住查啊,到那时纸包不住火,火一旦烧起来,被烧成灰的可不止我和陈益宁,那些被烧的人能放过你?"

"什么乱七八糟的。"宁浩东嘴上说着,心里却翻江倒海,贾京鸣的话即使不能全信，可挤掉一半的水分，也足以让他震惊了。

"另外，陈益宁和豪局长是亲戚，关键时刻该帮还得帮。豪局长不好出面，你不正好可以做个顺水人情吗？"贾京鸣把语调又降了降，"退一步说，你不帮他，可也不能害他啊。"

"别说了。"宁浩东大手一挥，让贾京鸣打住，"什么都不要说了，我走了。"

"等一下！"贾京鸣一手拉住宁浩东，一手从提包里掏出一个信封，里面是他准备的那份购房合同和全额缴款的票据，"我送哥一样东西，祝你到应急局工作两周年……"

"收起来！"宁浩东脸色一沉，凛若冰霜，厉声道，"不要告诉我里面是什么，更不要给我来这一套！"说完拉开门头也不回地大步走了。

贾京鸣怔在原地。

宁浩东回到办公室，呆呆地坐了半天。刚才贾京鸣说的那些话总是在他的耳边响起，挥之不去，拂之又来，他没想到这里面牵涉的东西太多了，下一步该怎么办……

"宁局长，你来我办公室一下。"豪成出现在门边，脸色有点不好看。

宁浩东来到豪成的办公室，豪成指了指办公桌对面的椅子，让他坐下。

宁浩东没坐，站着问："找我有事？"

"是，有事。"豪成说，"刚才县纪委打来电话，向我通报了一个情况，要求我们局里严肃认真查处，还要把查处情况向县纪委作出书面汇报。否则,就由派驻纪检组或者县纪委直接介入调查处理。"

"怎么了?"宁浩东不知道什么事这么严重。

"是你安排聂静萍带危化科的人,到科达化工开展安全检查的?"豪成说话了,但他没有直接回答宁浩东的问题而是反问。

"是啊,"宁浩东思索着答道,"我安排错了吗?"

"没人说你安排错了。"豪成气得直喘,"可借安全检查在企业吃吃喝喝就大错特错了。有人向县纪委举报,问题就更加严重了!"

"聂静萍他们怎么可能在企业吃吃喝喝?"宁浩东不相信会发生这样的事,因为他对他们是有要求的,他们一向遵守得很好,从来没听过什么负面反映。他必须当着豪成的面把事情弄清楚。

他立刻给聂静萍打去电话并开了免提:"你们在科达化工吃喝了?"

电话那头,聂静萍先是一愣,随后回道:"我们是在科达化工吃喝了,怎么?"

"谁让你们在那吃喝了?"宁浩东被气着了,"企业是我们管理和服务的对象,吃他们的、喝他们的是违反纪律的,你们难道不知道吗?"

"宁局长,我解释一下,详细情况是这样的,"聂静萍汇报道,"我们检查到中午一点多,已经错过了吃饭的时间。科达化工的办公室主任就让我们到职工食堂吃了两个馒头,喝了两碗白菜汤。我还签字记账了,检查结束统一结算。"

原来是这么回事,宁浩东心里有底了。

"你都听到了吧？"放下电话，宁浩东多少有点得意地对豪成说，"他们是在科达化工吃喝了，不过吃的是馒头，喝的是白菜汤，还是自己掏钱……"

"这样当然好，可他们好向我们解释，我们如何向纪委解释？"豪成感到并不轻松，"陈益宁刚刚出事，千万不能再出乱子了。唉，我实在弄不明白，请求市局派执法支队前来执法检查的请示已经报上去了，你为什么就不能再等几天，非要安排聂静萍他们现在就去？"

豪成主动提到陈益宁的事，宁浩东灵机一动，趁机转移了话题："豪局长，我有个建议，希望你听听。"

"说吧。"豪成打开桌上的文件，一边看一边心不在焉地说，"有什么建议你说。"

"陈益宁不是出事了嘛，化工园区安监分局局长的位置不能总空着。"宁浩东有他的打算，无论是日常监管还是科达化工事故追查，化工园区安监分局的配合非常重要。

豪成看了他一眼："陈益宁刚刚接受纪委监委的审查调查，处理意见还没有出来，现在安排人取代他合适吗？"

"这倒也是。"宁浩东想了想说，"他们分局的副局长老顾常年生病，上班都不正常，让他负责肯定不行。那我们是不是可以安排执法大队的李珂去临时负责……"

"不行。"豪成摇摇头，态度很坚决，"执法大队就那么几个人，平时都是一个人当作两个人用，不能动。"又说："危化科人手也很有限，聂静萍又快退休了，更不能动。"

"那我去代管。"宁浩东觉得豪成没有理由不同意。如果真的同意自己去，那是再好不过了，很多事可以以分局的名义直接上手。

"你也不能去。"豪成把目光从文件夹上收回来,转向宁浩东,嘴角翘了翘,"你的担当精神让我很佩服,可是不行。"

"那……"宁浩东急了,"化工园区的监管压力很大……"

"我知道,你不用多说了。"豪成打断宁浩东的话,指着自己的鼻子说,"我,对,由我代管化工园区安监分局的工作。"

宁浩东的心猛地往下一沉。

第八章
贴心人与放心人

潘祥给宁浩东打来电话,要他亲自到市局去一趟,把上次报到局里的请示拿回来。

潘祥是海城市应急局副局长,兼海城市安全生产执法支队支队长,工作分工和宁浩东差不多,一个上级,一个下级,基本对应。最近一个月,海城市应急局局长马正东在省委党校学习,潘祥主持局里的工作。宁浩东知道潘祥要他亲自去拿回来的是什么请示。

一个月前,宁浩东带队在科达化工公司进行执法检查,发现该企业安全生产问题越来越严重,专职的分管领导至今没有配备到位,从业人员培训教育流于形式,事故隐患排查治理未能有效开展,重点高危工艺装置自动控制改造没有落实,重大危险源管理不力,设备设施陈旧落后,安全风险很大。他立即向豪成作了汇报,建议责令停产整改,并派出工作组进驻督导,否则安全底线一旦突破，后果不堪设想。起初豪成不同意，认为既要强化管理，也要优化服务，寓管理于服务之中，如果真有问题，也可以边生产边整改。可是，宁浩东坚决反对。豪成当然知道利害，在宁浩东的一再坚持下就退了一步，同意责令存在重大事故隐患的三号车间停产整改。

尽管如此，宁浩东的心里仍然不踏实，危化品监管科和执法大队的同志也寝食难安，三天两头在他耳边嘀咕。宁浩东再次找到豪成，希望还是要对科达化工公司全面实施停产整改，并按照法律法规严厉处罚。宁浩东还再次提出，由他带一个工作组进驻科达化工公司，督导各项安全管理措施的落实。

然而，豪成就是不同意。他的意见也不是没有一点儿道理。他说，科达化工是县里的重点企业，一旦停产，势必对全县的经济运行造成严重影响。比如，经济总量、财政收入、就业率、用电量等数据都会下降，而这些数据全市不仅要考核，而且要排名通报。再说，局里又没有接到科达化工爆炸、失火、中毒、死人的报告，动不动就让停产，领导问起来，谁承担责任？我们做安全生产工作的，也必须有大局意识和全局观念。

宁浩东觉得，要数据要实绩并不错，可一旦出了生产安全事故怎么办？他换了一种语气对豪成说："反正我已经提出来了，并且不止一次，你一把手局长不同意我也没办法。不过话说在前头，到时我可不承担责任。"

听宁浩东这么说，豪成笑了，说："你终于知道干我们这一行的不容易了，工作要做，但也得把自己保护好。不过，这还不够，作为一个领导，还得把手下的人保护好。否则，大家还怎么愿意跟在我们后面？"

宁浩东一时没太反应过来。

或许是豪成觉得强硬拒绝不好，沉思了半天，对宁浩东说："我们写个请示报给市局吧，请求市局派执法支队来执法检查。这样，不管支队来与不来，我们都会很主动。"

宁浩东听了不禁感叹豪成心思缜密。请示报上去了，支队来执法检查，企业停产也好，罚款也好，县里领导不能怪罪到我们头上。如果上面不来执法检查，出了事情，那他们市局也别完全撇清，肯定也会帮我们说话。

让宁浩东没想到的是，请示报上去也就这么几天时间，市局的批复就有了，并让现在就去拿，不走常规的流转程序，那真的是非特事特办不可能有如此高的效率。

宁浩东是在电梯口遇到潘祥的。潘祥说快下班了，一起到食堂用午餐吧，餐后再来拿请示也不迟。宁浩东想，现在正是吃饭的时候，自己的午餐还没着落呢，也就没客气。

用完午餐，宁浩东随潘祥回到市局办公楼，来到潘祥的办公室。

潘祥的办公室规格明显超标。不过，办公室内除潘祥的办公桌外，还有一张办公桌，上面摆着一个人的名牌卡。那人宁浩东认识，是市局的一个驾驶员。不过那位驾驶员平时并不在这个办公室办公，放上办公桌，摆上名牌卡，是为了表示这个办公室还有一个人，这样就不能算潘祥独享这间办公室了，当然也就不超标了。其实，白桦县不少机关也这么做。

潘祥慢条斯理地剔了牙、洗了脸，然后给自己和宁浩东各泡了一杯茶，这才在椅子上坐下来。宁浩东从那位驾驶员的办公桌

77

旁拉过椅子,在潘祥的身边坐下。

潘祥把一份文件递给宁浩东,不紧不慢地说:"呶,这是你们报来的请示,拿回去吧。"

宁浩东接过来扫了一眼,请示还是原来的请示,上面没有任何其他笔迹。"潘局长,这是……"宁浩东大为不解,"市局怎么没有批复意见?"

"哦,是这么回事。"潘祥呷了一口茶,"我向正东局长报告过了,这也是正东局长的意见。正东局长让我转告你们,把这份请示拿回去,从发文程序上撤下来,就当没有报过这份请示一样。"

宁浩东不明白了。

"正东局长还让我转告你们,以后这类请示不要报,有事可以当面汇报,不要报书面材料。"潘祥吹一吹浮在杯面的茶叶,不悦地说,"也确实是啊,你们把书面请示报上来,领导怎么批示?对你们的请求事项,同意也不是,不同意也不是,这不是为难领导吗?"

宁浩东无语。

"你们基层的同志也应该有担当精神,不能一味地把问题往上推嘛。"

"我们绝对不是一味地把矛盾上缴,确实是需要市局的支持。"宁浩东解释道。

"你们让市局怎么支持?"潘祥说,"如果问题查实了,特别是查到非法生产的问题,是让他们拆除设备下马,还是让他们继续生存?新上一个项目,少的上百万,多的上千万,甚至上亿,哪是你我说停就停、说关就关的?就好比当年违反了计划生育政

78

策超生了孩子,你总不至于把孩子掐死吧?男孩也好,女孩也好,既然生下来了,你就得给孩子一条活路。"潘祥的老婆在市计生委工作过,或许是受老婆的影响,潘祥总喜欢拿计划生育打比方。

"那我们总不至于充耳不闻、置之不管吧?"对于市局的做法,宁浩东是有些想法的,但又不好直接对潘祥说,毕竟他也是转达的正东局长的意见。

"你别说,有时充耳不闻不失为一个极好的办法。"潘祥心有戚戚焉,"我们都是知道的,安监工作不好做,不好做就在于问责太严,弄得不好就会受处分甚至丢饭碗,有句话怎么说来着?对,我想起来了——不到企业检查是等死,到企业检查是找死!"

"那怎样才能不死呢?"宁浩东向潘祥讨教。

"这就看你如何把握好度了。"潘祥笑笑,"拿我来说吧,市安监局成立的时候就来了,满打满算二十多年了,可是从来没被领导批评过,更没受过什么处分。"

潘祥就是一个老江湖。对此,宁浩东早有耳闻,一番话听下来,果真名不虚传。

潘祥指指宁浩东面前的请示,说:"比如说这个科达化工公司,如果出了安全事故,企业没有报告,但你从其他途径得到消息了,那你查还是不查?如果查,又怎么查?这里面大有文章可做。如果把握不好,查来查去就会查到自己和自己人头上,轻则会把和自己一起吃苦受累的弟兄们牵连进去,重则会把自己栽进去。因为企业只要出事,认真起来我们做安监工作的就有责任,有责任就得被追究。这就好比计划生育。计划生育最大的任务就

79

是控制生，安监工作最大的任务就是防止死，这又好比生疮长疖子，一个长在屁股上，一个长在头顶上。长在屁股上反正有裤子遮着，超生的孩子在人家家里养着，谁也不会发现；长在头顶上的本来也有头发遮住，你非要把头发扒开看，如果万一皮肤溃烂、化脓感染死了，你就要负责任。"高谈阔论之后，他又作了归纳总结："总而言之，干安监工作，不能不认真，也不能太认真……"

宁浩东早就听说安监工作不好做，两年来也很有切身感受，但从来没有过多思考过。潘祥这么一说，他不由觉得后背发凉。其实，在来市局的路上，他曾想要不要把科达化工公司"6·8"事故的情况向潘副局长作个汇报，现在看来如果汇报就太不明智了。

"作为好同事、好兄弟、好朋友，我还想善意地提醒你，科达化工的老子是海达集团，不要揪住不放，那对你不好。"潘祥看着宁浩东，"就在昨天市里召开的工业经济运行形势分析会上，汪海副市长在讲话中多次表扬科达化工，还说近期要专程到科达化工去调研指导。"

"汪市长表扬科达化工？还要专程来调研指导？"

潘祥看出了宁浩东的疑惑，打了个哈欠，站起身伸手和宁浩东握了握，神秘地笑笑："你懂的……"

"我不懂。"宁浩东心里嘀咕却不好开口发泄，连忙告辞。他知道市局领导都有午睡的习惯，可不能影响了人家休息。

潘祥也没有挽留的意思。突然，他像想起什么，对宁浩东说："对了，我知道你原来在白桦县委办公室工作，是张明凯书记一手培养起来的，也一直在他身边服务，和张书记应该能说得上话。"

宁浩东一边把请示往包里放一边听着。

"虽然机构改革,安监部门变成应急部门了,但在基层,尤其是你们县一级最基层,干的主要还是安全生产监督管理这个讨饭营生。"潘祥诚心诚意地说,"你应该找张书记换个单位,不要在安监部门干了。对,不要再在应急管理部门干了。"

"为什么?"

"你没听说过干安监的是领导的什么人吗?"潘祥吃惊不小,"大家都知道,你不会是装傻吧?"

宁浩东摇摇头。他是真的不知道。

"外面流行的说法是,干安监的是领导的放心人,但不是领导的贴心人。"

"这是什么意思?"宁浩东问。

"安全生产如果出了事,特别是出了大事,就会被严厉问责,甚至领导的职位也不保。因为如果不严厉问责,向上级,向群众,向社会,向舆论,都不好交代啊!所以,领导得选一个不把责任往他身上推、心甘情愿为他牺牲的放心人替他担着。一旦出了事,你就得为他挡子弹,为他扛事。而领导的贴心人,领导会把人放在党委办公室主任、政府办公室主任的岗位上培养。你可以看看你们白桦县,这么多年来,有哪一个县委办公室主任、县政府办公室主任没有得到提拔重用?什么叫领导培养?这就叫领导培养。"

刚才还不停打哈欠的潘祥,此时睡意全无,异常兴奋。他拍拍宁浩东的肩膀,非常关切地说:"我知道你在等着接豪成的班,但还是回去和张明凯书记说一说,把你放到县委办或者政府办主任的岗位上,应急局局长那档子差事,没意思,不当也罢。"

从市局回来,宁浩东直接去了豪成的办公室。

豪成正在看文件。他知道宁浩东刚从市局回来,抬起头问:"怎么样?"

"不但没有批复意见,还让把请示拿回来,按发文程序撤下来,就当从来没有这回事。"宁浩东从包中拿出请示,放在豪成面前。

豪成并不感到奇怪,看也没看便说:"这是意料之中的事。既然如此,你就交给办公室,让他们处理吧。"

"那还是我们继续加大对科达化工的检查力度,依法依规严肃处理。否则,出了问题,市局他们脱得了干系,我们不行。"宁浩东说。

豪成面露不快,皱着双眉,不紧不慢地摇着头:"不妥,不妥。"

"前天出的那起事故,已经给我们敲响了警钟。"

"检查归检查,你怎么又和什么事故扯上了?"豪成的嗓门猛地提了上去。

"我是说……"宁浩东正想解释,豪成大手一摆,打断了他的话。

"你先听我说。"豪成斜了宁浩东一眼,却没往下说,合上文件夹,随手放到办公桌的右上角。这是豪成的习惯。宁浩东观察过,这个习惯和张明凯书记一样。

豪成示意他坐下,自己起身倒了茶,也顺便给宁浩东倒了一杯,说:"张艳梅县长要求我局牵头,在近期组织全县应急干部到实力强的高校分期举办能力提升培训班。张县长说,要想做好应急工作,特别是安监工作,关键还是靠人,靠能力强的人。办这个能力提升班确实重要。哎,我们怎么就没想到这一点?领导毕竟是领导啊,站得高,看得远。"

"办培训班与加大科达化工检查力度和……和……并不冲突啊!"宁浩东还是忍住了,没有把"事故调查"四个字说出来。

豪成知道宁浩东的意思,但撇开了这个话题。

"问题是局里分管培训教育的李局长前几天跌了一跤,左腿粉碎性骨折,跌打损伤一百天嘛,他今年回来上班肯定不现实。所以,我想请你带着宣传教育科的王凌云,明天就出发,到南京大学、复旦大学、浙江大学等几所国内应急管理培训搞得好的著名高校走一走,对接对接,尽快把培训工作落实好。"豪成对宁浩东交代着,非常认真。

宁浩东愣住了。他万万没想到豪成居然给他布置了这么一项工作。依照以往的脾气,他有很多话要对豪成说,但他最近听到的事情太多,了解得越深入越觉得需要沉下心来。他忍住了,毕竟豪成安排的也是工作,并且是县领导交办的工作。他说:"豪局长,其实搞培训不一定舍近求远,我们东北有实力的高校就很多。"

"宁局长,到哪里培训不是我说了算,这是张县长定的。"豪成耐着性子说。

"到华东去培训也行,但不一定非得到那些高校去对接,我们可以在网上沟通啊,现在网络这么发达。"宁浩东出了个主意。

"别说了。"豪成的脸沉了下来。他走过去把门关上,非常不快地说:"宁局长,我今天倒要和你当个真。你到局里也超过两年了吧？你自己说说，我安排你的工作，你哪一次是顺顺当当、愉愉快快地接受的？又有哪一次没有讨价还价、斤斤计较？组织上让你到我局，是配合支持我的工作的，还是让你来和我对着干的？"

"我和你对着干了吗？"宁浩东反问道。

"你这不是和我对着干又是什么？"豪成的脸涨得通红，胸口起伏，"请你，是请你，而不是安排，是请你到几所高校去对接对接，你怎么就不行呢？"

"我有我的工作。"宁浩东道。

"我知道你有你的工作，但李局长病了走不了，你就不能有点大局意识？"豪成越说越激动。

"他病了，走不了，确实是事实。"宁浩东一步不让，"可是，我难道走得了？我负责的危化品监管和执法工作压力很大。你知道，夏季是事故易发多发时段。"

"你……"豪成被噎住了，半天才冒出一句，"你说，你去还是不去？"

宁浩东正想说话，门被推开了，一个胖乎乎的脑袋伸了进来。

豪成、宁浩东一看，猛地站起来，同时叫道："李主任——"

李主任点点头，慈祥地笑笑，亲切地询问："你们在商量工作？"其实，宁浩东和豪成都看得出来，李主任是在打破眼前的尴尬。

李主任是来找豪成的，宁浩东当然不便在场。他和李主任打过招呼握了手，拿起包回到了自己的办公室。

李主任七十多岁。他担任过白桦县委常委、宣传部长，白桦县委副书记，后来转任白桦县人大常委会主任。他任县人大常委会主任时，豪成是县人大常委会办公室的副主任，主要工作就是服务李主任。据说，豪成是李主任一手提拔起来的。

宁浩东随张明凯由蓝坪来白桦时，李主任已经退休。但他是原县四套班子老领导，每年的中秋节和春节，宁浩东都会跟着张明凯书记到李主任家进行慰问看望，李主任有什么材料要交给张书记时，也都通过宁浩东，所以宁浩东和李主任不陌生。有几次退下来的老领导搞活动，李主任还请宁浩东参加过。他们老同志外出旅游，每次李主任都会给宁浩东带个小礼品。这让宁浩东很感动。毕竟资格这么老的领导还把他小宁放在心上。

宁浩东坐在椅子上生闷气。每次和豪成冲突后，他都会很不愉快，也很后悔。他和豪成没有个人恩怨，冲突都因工作而起。因为工作伤了和气，影响感情，他知道划不来。他也曾发誓，下不为例，可是临了又控制不住自己。

门外有人说话。宁浩东听得出来，那是豪成在送李主任。宁浩东正在犹豫自己要不要也出去送送时，突然听到李主任对豪成说："你先忙，我到小宁办公室坐坐。"

宁浩东连忙起身打开门，诚惶诚恐地把李主任迎了进来。

宁浩东的办公桌对面也有一张椅子，但他觉得让李主任坐在那不合适。可李主任就是要在那坐，最后硬是被宁浩东拉到了自己的座椅上。

宁浩东要给李主任倒茶，李主任连忙制止，说是刚才在豪成那喝过。他问宁浩东："来安监局几年了？"李主任仍习惯称现在的应急局为安监局。

"两年多了。"宁浩东答道。其实他看得出来,李主任这是在没话找话。

李主任一脸慈祥,犹如自家长辈:"看到你和小豪成长起来,我心里真是非常高兴。"尽管豪成五十多岁,很快就要退居二线,但李主任总是叫他小豪。

李主任对宁浩东说:"在一起工作就是缘分,要珍惜,要团结。"

宁浩东点头称是。

"我工作了一辈子,最大的体会就是,主要负责人要尊重副职,副职呢,也要尊重主要负责人。另外,副职永远不要和主要负责人闹矛盾、搞对抗,那对副职没有好处,因为主要负责人和副职拥有的资源不一样。比如,主要负责人到上级领导那里去汇报副职的不是,那很正常,那是班子建设的需要嘛。而副职先不论是否有机会到上级领导那里汇报,即使真的有机会汇报主要负责人的不是,上级领导也马上会警觉起来。这就是明摆着搞不团结,到头来对主要负责人没什么影响,自己反而会给上级领导留下不好的印象。"李主任问宁浩东,"你说我说的对不对?"

宁浩东连连点头:"对对对。"他这是真心话,不是奉承,他觉得李主任说的确实有道理。

"所以,副职要配合支持主要负责人的工作。"李主任循循善诱,"这就像上楼梯,主要负责人已经在你前一个台阶上了,不管你服气不服气,事实已经形成。你只有扶持他,支持他,他再上一个台阶,或者上一个新平台后走了,你也才有机会跟着上一个新台阶啊。"

李主任从口袋里摸出一支烟,对宁浩东说:"在你办公室可以抽烟吗?"

宁浩东连忙说:"可以可以。"说着就去找打火机。李主任又从口袋里摸出一只打火机,在宁浩东面前轻轻甩了甩,说是自己有,不用找了。宁浩东感到很尴尬,他找来一只纸杯,到饮水机前接上水端到李主任面前,权作烟灰缸。

李主任深深地吸了一口烟,在淡淡的烟雾中说:"我说的意思归根结底就是一句,要讲团结,团结就是力量。团结出生产力,团结出战斗力,团结出凝聚力。当然了,团结也出干部。而要团结,就要互相补台而不拆台。互相补台,好戏连台;互相拆台,全部垮台。这是实践证明过的千真万确的道理。"

宁浩东听着听着,浑身不自在了。

第九章
终归要回斗龙港

一如昨日,早晨七点周雅婧的微信问候把宁浩东准时叫醒。所不同的是,宁浩东收到后不再视若无睹,他会回复三个字"早上好"。这不是敷衍,而是真诚的感谢。但他不喜欢发些花里胡哨的东西,也不想给周雅婧带去过多的遐想。"早上好"——简洁,明了,表达的意思也正好。

洗漱完毕,电饭煲里煮着的粥也熟了。尽管只是一个人,但宁浩东从不在外吃早餐,作为从苏北农村走出来的男人,他早上喜欢喝一碗香香稠稠、热气腾腾的大米粥。馒头和饺子也吃,但很少,他还没有真正喜爱上面食。

刚坐到餐桌边,手机响了。宁浩东拿过来一看,是周雅婧打来的。

"在吃早饭吗?"周雅婧问。

"是的,你恢复得怎么样?"想起周雅婧的病情,宁浩东停住了筷子。

"我恢复得很好,这两天就要出院了。"周雅婧道,但声音低沉,没有半点欣喜和轻松,果然她后面的话让宁浩东不由大吃一惊,"我想来想去觉得还是要告诉你一声,我舅舅被查出了重度肺气肿,还有肺结节。肺结节不但大,而且是磨玻璃状的,医生说是最容易癌变的那一种……"

"你说什么?"宁浩东简直不敢相信自己的耳朵,把筷子往桌上一搁,站起身来对着手机说,"你再说一遍……"

周雅婧说的是真话,可宁浩东还是难以置信,就在星期一上午吴正海还来办公室找过自己。不过,他的肺部疾病应该不算太出乎意料。据说他二十岁不到就抽烟,一直没停过。也难怪,他十九岁当兵入伍,说是海军,实际上守卫着十来个足球场大的孤岛,很多时候得靠抽烟打发时间。他的烟瘾很大,抽得凶咳嗽就凶,恶性循环,不能自拔。周雅婧这么一说,吴正海花白的头,煞白的脸,就又在宁浩东面前晃动,他似乎还闻到了吴正海身上浓重的焦油味。

"他打算怎么治疗?"宁浩东关切地问,"是去省城,还是去北京、去上海?"

"舅舅哪儿也不肯去,坚持留在县人民医院。"周雅婧说,"我表哥只好从省人民医院请来一位专家,昨天下午就给我舅做了肺结节手术。专家说,重度肺气肿是没法根治的,由于受周边血管和气管的影响,肺结节只能切除三分之一。快速病理结果是交界性病变,也就是介于良性与恶性之间的病变……由此看来,磨玻璃状的肺结节癌变的趋势难以逆转……"

宁浩东听人说吴正海的儿子在省城工作,有一些能耐,但请来的专家把手术做成这样，是难以想象的。"目前精神状态怎么样？"宁浩东放心不下。

"还好吧。"周雅婧说，"舅舅曾经是军人，一向坚强。"

宁浩东毫不犹豫地说："我得去看看他。你方便的时候把病区和床号发我。"

周雅婧应了一声。

"不过，上午我得到企业检查，那是早就安排好的，得下班后才有空。"宁浩东知道白桦有早上看望病人的习俗，寓意是"早看早好"，但他上午确实抽不开身。他相信，生性豁达的吴正海是不会和他计较的。

人生无常。宁浩东到应急局两年多，牵头查处过二十多起亡人事故，而每起事故中最少有一个鲜活的生命瞬间消逝，对于生命有着非同寻常的感受。如今，和自己打过很多次交道，一向惺惺相惜、彼此理解的吴正海，生命又面临病魔的威胁，宁浩东十分痛惜而又无能为力。在宁浩东看来，吴正海就是他人生命的守护神，而老天对他为什么就不能网开一面呢？

中午一下班，宁浩东手捧19朵康乃馨装成的花篮，直奔县人民医院。周雅婧穿着病号服在电梯口等他，除脸色白了一些外，看不出有什么异常。宁浩东高兴地说："能下地走了。"

周雅婧轻轻地跺了跺脚，说："岂止是能下地走了，照常活蹦乱跳好不好？"

见到周雅婧，宁浩东不由不心生愧疚。周雅婧住院手术后除了那次夜间，他还没专程来过。周雅婧伸手要接鲜花，宁浩东知道她是想帮他拿着，但还是自我解嘲道："这不是给你的……"

"我知道。"周雅婧莞尔一笑,"欠着,下次补啊。"

宁浩东"呸"了一声,道:"尽胡说八道,我倒是不希望你给我这种弥补机会……"

两人进了病房,吴正海躺在床上吸氧,可还是不停地咳嗽。吴正海的爱人、周雅婧的舅妈黄薇看到宁浩东非常感动。黄薇曾经也是一名军人,转业后一直在县委组织部工作,是个老资格的科长,宁浩东和她比较熟悉。围在病床旁的白桦化工园区管委会杜主任,管委会办公室主任小钱,也伸出手和宁浩东握了握。

吴正海朝宁浩东点点头,想坐起来,宁浩东轻轻将他按住,让他好好躺着。吴正海身子很虚,喘气声很重,脸也好像小了一圈,两腮瘪下去不少。

杜主任靠前一步,俯下身子对吴正海说:"吴主任,我先走了,你好好养着。"

"杜主任,我……我刚才的意见请你考虑。"吴正海有气无力,一字一喘,一喘一咳,"我这种情况……请你还是安排另外的同志分管安全生产……"

"吴主任,你安心治疗。"杜主任声音不大,但语气很坚决,"你的分工不调整,因为我们对你的治疗、对你的身体恢复很有信心,我们大家期待你早日康复,尽快回到岗位上。"说完,又对宁浩东说:"宁局长,我说得不错吧。我相信,我说的也正是你想说的……"

"那是,那是。"当着吴正海的面宁浩东也只能这么说。

杜主任和小钱走了,宁浩东在吴正海床边的椅子上坐下,抓住他冰凉的手。吴正海叹了一口气,说:"没想到一体检就查出这么多的问题。"

"你应该能想到。"黄薇语气里带着责备,"让你少抽烟少抽烟你就是不听,现在肺子还像个肺子吗?你还要不要继续抽下去?"

周雅婧依偎到舅妈身边,耳语几声,让她少说几句。

黄薇转换了话题:"刚才你们都看到了吧?都说官不限病人,可他们那个杜主任仍然要老吴管安全,说得那么冠冕堂皇,实际上安全责任还是想让老吴担着。他们怕承担责任,难道只有老吴不怕?"

宁浩东没有搭茬儿。他是来看望吴正海的,不是来讨论工作的。他当下要做的就是安慰吴正海,开导吴正海,为吴正海早日康复加油。

"雅婧,带宁局长出去找个地方吃点儿东西。"黄薇掏出手机看了一眼时间,"不早了,都快过吃午饭的时间了。"

宁浩东下午还有事要忙,是得走了。他又宽慰了吴正海几句,和黄薇打了声招呼,然后看了周雅婧一眼,便往外走去。黄薇和周雅婧也跟着他出了病房。

在门外走廊一侧的电梯口,黄薇叫了一声"宁局长",似乎有话要说。

"黄科长,有什么要我做的,我一定尽力。"宁浩东停住脚步,真诚地看着黄薇。

"那就非常感谢了。"黄薇欲言又止,"有件事想请宁局长关心,又怕……又怕……"

"你尽管说。"如此说话,可不是黄薇的风格,宁浩东表态道,"只要我能做到,我肯定会把它做好。"

周雅婧看看宁浩东,又看看舅妈。她不知道舅妈要说什么。

"是这样的。"黄薇仰了仰头，眼睛里有泪花一闪一闪的，"你瞧老吴现在这个样子，哪还能在化工园区干？我想和县领导说说，把他调回工信局……你知道的，他是从那儿出来的。出来时他是副局长，三级主任科员，现在调回去，职数都是满的，想就任原来的职务是不可能了，职级上提一提，任个二级主任科员就不错了……其实，他原本是有机会再上一步的，可是在化工园区总是分管安全生产，一出事故就少不了问他的责，一直在处分影响期，机会就一次又一次地错过了……"

黄薇不说，宁浩东也知道吴正海的情况，并一直为他惋惜，但是分管安全生产，尤其是属于传统高危行业的化工企业高度集中的化工园区的安全生产，不是被问责，就是在被问责的路上。这种状况，现在看来短时间内难以改变，更不是他宁浩东一个小小的应急局副局长所能改变的。他想了想，说："我记得吴主任上一次的处分影响期已经过了吧？"

"是过了，刚刚过的，要不我也不会有这个想法。"黄薇揉了揉眼睛，"可是，听老吴说，科达化工前几天又出事故了，你正在顶着压力查处。我怕……你能不能……"

宁浩东明白黄薇想表达的意思，但他无法给她一个承诺。他说："我们查的是事故本身，而责任追究是纪委监委等有关部门的职责。不过，请黄科长相信，责任追究一定会依法依规、客观公正。尽职免责，也不是不可能……"说着，他看了看周雅婧，心想，你是纪委监委的人，你也说句话啊。

"宁局长，"黄薇显然有点激动，嘴唇颤动，脸色通红，"我们都是体制内的人，你不觉得所谓的尽职免责就是一个伪命题吗？试问，'尽职'了，何来的'免责'一说？而安全生产责任的追究，往往是以结果为导向，以查实的事故为基础的。谁都会认为，尽职了，为什么还会出事故呢？换句话说，只要出了事故，肯定有尽职不够的地方；只要尽职不够，受到追究就是理所当然……当然，我不会反对你调查，要你关心的是，能不能等老吴工作变动和职级到位后？据我了解，是有搁一搁、放一放的可能的……"

早就听说黄薇伶牙俐齿，今天终于领教了一番。宁浩东没说话，安全生产责任涉及企业的主体责任、企业主要负责人第一责任人的责任、监管部门的监管责任等等，老吴仅仅负责的是属地管理责任。问责问责，我们也概莫能外。

这时，电梯到了。周雅婧把宁浩东往里一推，对黄薇说："舅妈，您去照看舅舅，宁局长我来送。"

黄薇还想说点什么，电梯门关了。她只好和宁浩东挥了挥手。

一楼到了，宁浩东一言不发，步履沉重地走出电梯。

"还在想我舅妈说的话？"周雅婧看着宁浩东。

宁浩东点点头，吐出一个字："嗯。"

"想归想，但我知道你不会听的。"周雅婧言之凿凿，"更不会影响你对科达化工事故的查处。"

"为什么？"宁浩东反问道。

"我还不知道你吗？"周雅婧笑了。

"你说得对，我不会那样做的，你舅舅也不会同意我那样做。"宁浩东感叹道。

"我知道。"周雅婧又重复了一句，"舅舅是怎样的人我知道，你是怎样的人我也知道。"

她看了宁浩东一眼，不由想起第一次和宁浩东见面的情景。

那时，因为机构改革，周雅婧由县检察院反渎局整体转隶到县纪委监委。一次，白桦化工园区发生一起生产安全事故，根据规定要求，周雅婧跟着室主任受事故调查组的邀请参与事故调查。事故调查组组长正是调来应急局不久的宁浩东。一行人来到化工园区，见到分管安全的管委会副主任吴正海，周雅婧就叫了一声舅舅。谁知正好被宁浩东听到，他问周雅婧："吴主任是你舅舅？"

"是啊，怎么了？"周雅婧心想，这个人模人样的副局长莫非也十分无聊，乐于八卦？

得到肯定的回答后，宁浩东把周雅婧叫到一边，一本正经地说："事故调查问责，肯定涉及分管领导吴正海，建议你回避。"

"啥？"舅舅只是旁系亲属，何况吴正海这个舅舅和自己的母亲并没有血缘关系，他只是外公外婆收养的一个孤儿。周雅婧冷笑一声，转身就走。

谁知宁浩东不罢休，又找到一起来的室主任。室主任为难地说："小周虽然是跟我来的，但是领导安排的，让她回避我做不了主。"宁浩东说了声理解，就出门给纪委监委分管领导打电话，非要领导发话让周雅婧回去，重新安排一个同志过来……

这一闹腾，宁浩东以为和周雅婧的关系一定会搞僵。谁知周雅婧反而从此开始，多次找机会和宁浩东接近，过了一段时间还开始天天给他发微信问候。宁浩东觉得，现在的女孩子真让人捉摸不透，他比周雅婧大好几岁，认为她就是一个女孩子，加上自己的心事，就一直没回应她。

他不知道，周雅婧最欣赏的就是他这种顶真的人。在她心灵深处，有个根深蒂固的观点，顶真的男人才有责任心，才有使命感。大学时她谈过一个男朋友，很帅，很健谈，还很会逗人开心。那次周雅婧的母亲不远千里到学校看她，因为要听一个特别难得的讲座，周雅婧就请他到高铁站接一下，他很爽快地答应了。可是，母亲在高铁站等了一个多小时也没见人来，打周雅婧的电话，偏偏周雅婧把手机调成了静音。事后周雅婧问男朋友怎么不去接人，"打游戏，忘了。"男朋友一副无所谓的样子，没有半点不安和内疚，"我没接，你妈不也照样找到了学校？"周雅婧气得泪眼婆娑，之后很快断了和他的来往。

"想什么呢？"宁浩东问周雅婧，"快回病房吧，我得走了。"

"不行。"周雅婧一把拉住宁浩东，眸子里充满期待，"我想问你一个私人问题，你回答我。"

"时间不早了，以后问吧。"宁浩东把周雅婧的手从自己的手腕上拿开，周雅婧却抓得更紧了。

"你不回答，我就不回病房，也不让你回去。"周雅婧噘着嘴，露出生气的神情，"罚你，罚你饿肚子。"

"真拿你这丫头片子没办法。"宁浩东只好妥协，"问吧。"

"你告诉我，你为什么不找女朋友？是信奉单身主义吗？"周雅婧追问道，嘴里嘟哝着，"你都奔四的人了，还小吗？"

宁浩东突然打了个寒战，深深地吸一口气，又长长地吐出来："我终归是要回去的，回到苏北。"

"是苏北兴化吗？"周雅婧知道宁浩东的祖籍是苏北兴化，那里属里下河地区，沟渠纵横，湖泊密布。

"不是，是回到苏北斗龙港。"宁浩东一字一顿地说。

宁浩东告诉周雅婧，大概是在他两岁的时候，父母撑着小船,带着他离开了家乡兴化,沿着斗龙河,来到黄海边上的斗龙港。他们在斗龙河里张网捕鱼,然后到附近的斗龙镇上卖点钱,买米买菜度日。斗龙港的乡亲们你家搬来碎砖,他家送来旧瓦,再找来几根木头,帮助他们在岸上搭了两间碎砖房,这才有了个落脚的地方。

那时,长江入海口有很多鳗鱼苗,鳗鱼苗又称软黄金,因捕鳗鱼苗一夜致富的大有人在。宁浩东四岁那年,爸爸妈妈禁不住诱惑,到老家向亲朋好友借了不少钱,置办了捕鳗鱼苗的船和网,准备大干一场。一天,他们把宁浩东寄在斗龙港一户姓叶的人家,满怀着发财的梦想驾船出海了。哪知夜里刮起狂风,下起暴雨,他们的船翻了,再也没能回来。就这样,他成了孤儿。由于他爸妈在兴化老家欠下亲朋好友不少钱,他们不愿收留他。但斗龙港的乡亲没有不管他,姓叶的那户人家把他当作亲儿子抚养,村里的老支书韦龙存更是把他当自己的亲孙子一样疼爱……说到这里,宁浩东哽咽起来。他下意识地抹了抹眼睛,再也说不下去了。

"既然如此,你为什么要离开斗龙港来到东北?"周雅婧十分不解,"再说了,即使终有一天要回到斗龙港,和找女朋友结婚成家又有什么关系?哪怕将来回斗龙港定居生活,带着老婆孩子又有什么不妥?"

"你的问题好多啊,我现在没法回答你。"说完,宁浩东掰开周雅婧的手,头也不回地直奔停车场……

虽然才是六月天气,但夏日太阳的威力正在一天天显现,人们已经感受到了闷热,有些赶时髦的大姑娘、小媳妇,甚至还撑起了花阳伞,穿上了短裙子。

车开进小区大门，宁浩东看到黄兰香拎着点肉正低头往里走。估计又是到哪个单位作报告去了，所以耽搁了买菜做饭。唉，请她去的单位为什么就不能安排车接送一下呢？他是和有关方面打过招呼的，但他们好像没当回事。

临近下午上班时分，宁浩东突然听到从三号楼那边传来伤心的哭声，时高时低，哀怨凄切，让人肝胆俱裂。宁浩东听出来了，那是黄兰香在哭。对，今天应该是她儿子的忌日。她手上拎着的肉，是为儿子做酸菜炒肉片而买的吧……

第十章
反常，必然不平常

受豪成委托，宁浩东到县融媒体中心协调"安全生产月"活动宣传事宜，回来时在局大门外车被一帮人拦住了。门卫大声呵斥，试图把他们往两边分，好让宁浩东把车开进去。那些人哪里肯让，一位老大爷还扑倒在宁浩东车前。

宁浩东下了车，双手扶起老人，问："你们是……"

"我是陈一栋他爹，就是那个叫科达化工的厂子里受伤的陈一栋。"老人瘦得只剩下一把骨头，声音沙哑，眼神混沌。他指了指一边抱着孩子的年轻女人说："她是我儿媳妇，怀里抱的是我孙女，才三个月啊。"他又指指一个老大娘："这是我孩子他妈，直肠癌晚期，身上带着粪袋子，哭都哭不动了。"他又指指蜷在一旁不敢动弹的两个老人说："这是我亲家公、亲家母，他们都七十出头了……"

看着这群老的少的，宁浩东心里满是同情，随着老人的指点一一看过去，完了他又多看了几眼那年轻女人，他觉得好像在哪儿见过她。看着她结痂的额头，宁浩东一下子想起来了，她就是6月8日夜里，他在县人民医院停车场东南角见到的那个磕头祈祷的女人。

"老人家，你们怎么到我们局里来了？"宁浩东说，"伤员抢救工作不归我们管啊。"

宁浩东话音未落，老人就激动起来。他从宁浩东手中挣脱出来，就要往汽车上撞，拉也拉不住。他放声哀号，诉说道："我们到厂里去，大门都进不了……他们比什么人都凶，说是受伤了给看，命没了赔钱，多大的事，闹什么闹？硬是把我们赶了出来。我们到信访局去，他们说安全事故属你们管……现在你们再不理我们，我们还能找谁？你告诉我，这事咋整？"老人说着，其他人也都跟着号啕大哭，哭声响成一片，尤其那三个月的女娃声嘶力竭的哭声，更加让人心痛难忍。

"不急，有话慢慢说。"宁浩东让驾驶员小钱帮自己把车开到车库，自己引着他们往接待室走。

来到接待室，宁浩东一一递上矿泉水，让他们先喝口水喘口气，这些人才稍稍安静下来。

宁浩东掏出笔记本，拿起笔，说："你们有什么要求请讲，我都记着。"

年轻的媳妇搂着怀里的孩子，未开腔先流泪："我们没啥要求，我只想问，我男人到底咋样了？是活着还是死了？"

"你是说陈一栋吗？"宁浩东问。

"事情发生好几天了，我真不知道我家那口子到底是活着还是死了……"年轻媳妇鼻子一抽一抽的，哽咽着，"说死了，我们没看到尸体;说活着,我们没看到人。"

"在 ICU,"怕他们听不懂,宁浩东又说,"在重症监护室抢救呢。医院自然有一套抢救办法。"

"都这么说,可为啥就不能让我们进去看一下,哪怕进去一个人,只看一眼?"年轻媳妇又哭起来,怀里的女娃也跟着哭,"不让进去也行,但为啥就不能有个人出面告诉我们到底伤到哪儿了?要不要紧?现在只有我们急,他们都像没事人一样……"

"领导啊,"一位满头白发的老妇人痛心疾首,"我听人说,我女婿伤得不轻啊,往医院送的时候就已经没气了。"

"不会不会。"说这话时宁浩东有种自欺欺人的感觉,"如果真的没气了,为什么还要往医院送呢?你放心,只要有一线生的希望,都是要尽一切力量抢救的。"他喝了一口水,掩饰着内心的不安。

"备不住他们想先避过风头,然后告诉我们没有抢救过来……"老妇人混浊的双眼看着宁浩东,凄凄戚戚,悲悲怆怆,让人浑身发凉,冷汗直冒。

"不会……不会……"宁浩东轻声说道。他突然想起那天在医院会办会上张艳梅和吴院长的对话,心里更加不安。

"不会更好,哪个做老人的不盼着自己的孩子齐齐整整的啊!"另一个老人说。

年轻媳妇抖着怀里的孩子,想哄她不哭。孩子的哭声没有止住,她自己又跟着哭起来:"那天,是孩子爸的生日,我给他买了蛋糕,可他没能回来吃上一口。现在,蛋糕还完完整整地放着,都长毛了……出事以后我一直在想,万一孩子爸有个三长两短,我这日子还怎么过?孩子这么小,还有四个老人,他是我们家里的顶梁柱啊……到厂里做工是赚钱养家的,不是白白送命的……"

"你们要往好处想,往好处想。"宁浩东安慰她,但也觉得自己的话苍白无力,"现在医疗水平高……"

"就算是把命保住了,还是原来的人吗?如果落下了后遗症怎么办?"年轻媳妇想得还挺多。其实这也是人之常情,宁浩东能够理解。

"落下后遗症,就成废人了。这老的老,小的小,哪个服侍他啊?"满头白发的老妇人又大哭起来,哭着哭着,突然口吐白沫,一头栽倒在地上,哭声戛然而止,人也一动不动。瘦得像根芦柴棒的老伴连忙扑上去掐她的人中,抠她咬得紧紧的牙齿。接待室里乱作一团。宁浩东要打120,年轻媳妇对他摇摇手,说用不着,这是老毛病犯了,会醒过来的。

忙活了半天,白发老妇人终于慢慢地睁开眼,白纸一般的脸上也渐渐有了点血色。宁浩东这才松了一口气。

这时,局办公室的马主任过来了。他具体负责局里的信访接待工作,天长日久,三烤六炼,接待信访群众是有些办法的。

马主任一副轻松的表情:"宁局长,你去忙吧,这里我会妥善处理的。"他朝宁浩东一笑:"他们有话照说,我和他们耗着。"说着,朝宁浩东扬了扬笔记本和一本书。

"你不能敷衍。"宁浩东不放心把一屋子的老小交给马主任,"要想办法解决问题,这一大家子真是可怜……"

"我马上和科达化工的钱总联系,让他们妥善处理好还不行吗?"马主任显然对处理群众上访很有经验,"解铃还须系铃人嘛。"

宁浩东犹豫着往外走。见宁浩东要走，一屋子的老小又放声哭起来，四个老人还齐刷刷地跪下了，又是磕头又是作揖："领导啊，你要替我们做主！这事咋整，我们听你的。"宁浩东忙将他们扶起来，他也很想替他们做主，可他目前真不知道这个主怎么做，只好狠狠心向门外走去。

宁浩东在办公室呆坐着，马主任拎着包过来，得意地说："那几个上访的走了，没事了。我下班了，你也回家吧。"

宁浩东起身关窗户，这才发现天色已晚，早过了下班时间。他收拾东西走到局门岗处时，门卫叫住他，说有人给他送来了一封信。

宁浩东很纳闷，想不起来谁会给他送信，还丢给了门卫。他打开一看，只见一张不知从哪里找来的纸上，歪歪扭扭地写着两行字："宁局长，我在白桦长途汽车站等你，有重要情况和你说。"

宁浩东叫来门卫，问给他送信的人长什么样。

门卫说："一个女的，环卫工，五六十岁。对了，那个环卫工人负责我们局周围街道的保洁。"门卫四处看了看，突然指着不远处一个在路灯下弯腰扫地的环卫女工说："在那儿，就是她送来的。"

宁浩东朝那位环卫女工走去，环卫女工见有人过来，显得有点手足无措。

宁浩东指指局办公楼："我是前面应急局的，姓宁。"他拍拍手上的信，问："这是你送给我的吗？"

环卫女工点点头，又摇摇头，吞吞吐吐地说，信是她送的，但不是她写的。她也是受人之托。

原来，下午她正在树荫下休息，突然不知从什么地方冒出一个三十岁上下的女人。女人不时四处张望，走近环卫女工焦急地说："大姐，我有一封信，你帮我送到前面应急局的门岗，让他们转给宁局长。"递上信的同时又递来五十块钱。她见那女人满脸焦急，脸色诚恳，举手之劳的事，怎么好要人家的钱呢？她接过信，但没拿钱。那女人鞠了个躬，说一声"拜托了"，转身拐进一个小巷不见了。

宁浩东想不出那个女人是谁，但他断定绝不会是谁没事找事恶作剧。他似乎意识到什么，连忙开车向长途汽车站赶去。

此时，整个世界都被浓重的暮色笼罩着，只有路灯顽强地发出自己的光亮。长途汽车站站前的小广场上，显得非常冷清。宁浩东心想，那人还在吗？他把车停在一边，拉开车门下了车。

突然，他看到一个熟悉的身影站在一辆奔驰轿车前，那人似乎也看到他了，却招呼都没打扭头就走。宁浩东叫道："钱总——"

宁浩东没认错，那人就是科达化工公司的总经理钱景。

钱景听到宁浩东叫他，只好折回来打招呼："原来是宁局长啊。"

宁浩东打趣道："钱总坐着大奔到车站来，真是件新鲜事。"

"接个人，接个人。"钱景讪讪地回道。

"那个……受伤的工人怎么样了？"宁浩东装出不经意的样子，随口问道。

"还好，还好。"钱景请宁浩东放心，又问，"宁局长还有事吗？天不早了，如果没什么事，我请你吃个工作餐。"

"你不等人了？"

"哦……不等了……"

"我还要等个人。"宁浩东多了个心眼,"你先走,我一时半刻走不了。"

"那行。"钱景伸手和宁浩东握了握,晃动着身子向大奔走去,尖尖的脑袋在路灯下泛着白生生的光。他上车后,车子慢慢向前挪了挪,却又在一棵梧桐树下停住。

宁浩东不想管那么多,向四处看看,但看不出哪个女人像是在等他。张望了一圈,他拐向广场北侧的厕所。或许是路灯坏了,广场北侧阴森森的。宁浩东摸索着进了厕所,又摸索着出来。

突然,宁浩东发现女厕所南边的墙角处蜷缩着一个人,定睛一看,是个女人。那女人也看到了宁浩东,轻轻叫道:"宁局长……"

"你是？"宁浩东脱口问道。

"我是……我是科达化工公司的。"女人嗫嚅道,"我叫余琴。"

宁浩东看清了,原来是科达化工那个端茶倒水的女服务员:"是你约的我？"

"是。"余琴怯怯地回答。

"找我有事吗？"宁浩东问。

"我,我……"余琴惶恐不安,胸前紧紧抱着一只提包,"钱总一直在找我,我怕……"

宁浩东明白了。他向站前广场走去,隐隐约约中发现钱景的大奔还在梧桐树下停着。宁浩东毫不犹豫,直接向钱景的大奔走去。眼看越来越近了,钱景的大奔突然加大油门,疾驰而去。

宁浩东赶紧回走几步上了自己的车，开到广场北侧，在阴暗处让余琴上车。他带着余琴兜了好几个圈子，确定钱景没有跟上来，才把汽车停在开发区内的一条道路旁。

借着车内微弱的灯光，宁浩东看了看余琴。突然，他像想起什么，问道："我外套口袋里那个本子……"

"是我，是我放进去的。"余琴老老实实地说，"宁局长你不认识我，可你到我们公司来过很多次，我认识你。"

宁浩东问："那究竟是怎么回事？你把我约出来，是有什么要紧事要说吗？"

余琴哭了。她告诉宁浩东，那天钱景让她给宁浩东他们泡茶，泡好茶她就到钱景的总经理室拿他的杯子，钱景喝茶只用自己的杯子。来到钱景的老板桌前，她只听到一阵嗡嗡声，低头一看，桌下一台碎纸机已经启动，旁边丢着一个小本子。她把本子拾起来看了一眼，揣到衣兜里，回头去给钱景送茶。后来宁浩东接了个电话就要走，钱景他们忙出来送行。趁着这个空隙，她把小本子塞进了宁浩东落在沙发上的外套口袋里。

"你为什么要冒着这么大的风险，做这种事？"宁浩东看着她的眼睛问道。

"我恨他们。"她说这话时，宁浩东能听到咬牙切齿的声响。

"你恨他们？为什么？"

余琴恨他们是有缘由的。两年前，她和丈夫丢下年幼的女儿，从老家长春市农安县来到科达化工公司打工。没想到去年八月十五的晚上，丈夫上班的车间氯气泄漏，丈夫当场中毒死亡。钱景就找她谈话，要她把丈夫的尸体运到海城下面的一个什么火葬场火化，然后送回老家悄悄安葬。事情办好后公司会赔偿三十万，其中十万火化后先给，余下的二十万三年之后如果没人知道这事再给她结清。余琴答应不在外面说，但想让公司把三十万一次给清，她就回老家，不再留在这伤心之地。可钱景不同意，说要走也行，剩下的二十万一笔勾销，还威胁她说不服气可以去告，看看到底谁输谁赢。余琴拗不过他们，她一个外地小女子，叫天天不应，叫地地不灵，所以只得继续留在科达化工，天天以泪洗面。

"火化尸体，不查验死亡证明吗？"宁浩东问。

"我也不知道，反正都是他们安排的。那些天，我的天都塌了，他们怎么说怎么做，我都六神无主，由着他们。"余琴哭着说，"听说去年公司还死了一个人，也是这样料理的……"

"简直是无法无天！"宁浩东的心中犹如升腾起一团火焰，但他只能控制住，转而安慰余琴，"放心，我会为你做主的。"

"宁局长，我就知道你是好人。"余琴说，"科达化工几乎天天都有当干部的过来，吃喝玩乐吹牛皮，可是你每次来都和他们不一样，除了工作，还是工作，从来不与钱总他们称兄道弟，连饭也不吃。老天帮我，让我没看错你。"透过车窗玻璃，她朝外边看了看，又说："我今天约你，还有一件事……"

"有什么事，你尽管说。"宁浩东鼓励道。

"那天你们走后，钱总发现少了东西，就问是不是我拿的。我死活不承认，"余琴说，"钱总就吓唬我，说要马上开除我，我丈夫用命换来的剩下的二十万也不给我。我知道我在科达化工没办法再待下去了，哪怕钱拿不到也要回老家。我收拾东西，准备走了，没想到钱总又不许我走了，找人看着我，不让我出厂子。后来我想个办法溜了出来，临走前我想见你一面，哪知道钱总跟踪我……"

余琴说着说着又哭了,宁浩东不知道怎样安慰她,心口好似有一个东西堵着,几乎透不过气来。

"宁局长,我知道我给你添麻烦了。"余琴说,"东西你可以还给我,这样就与你无关了。"

"给你?"宁浩东没想到余琴会这么说,"给你你怎样处理?"

"我也不知道。我……我可以还给钱总,也可以撕掉不让任何人知道……"余琴抹一把眼泪,心有不甘地说,"只是那样,我对不起死掉的几个工人大哥……"

"你说什么?"宁浩东打断余琴的话,"你说死掉的几个工人大哥?几个?到底几个?"

"那天爆炸……应该是死了四个人……"话音未落,余琴一把抱住车椅,身子似筛糠一般。

"四个?"宁浩东吓出一身冷汗。

"嗯。那天事故发生后,车间那个光头主任捂着头慌慌张张来向钱总汇报,我正好在钱总屋里,就听他结结巴巴地说'四个……都没气了'。钱总也吓坏了,似乎有点不信,让他重复一遍。突然钱总意识到我在,就大声叫我滚,后来的话我就没听到了。"说起当时的情景,余琴还是一副惊魂未定的样子。

宁浩东知道余琴说的那个光头主任,就是"炸汤圆"。

"那死去的工人呢?"宁浩东努力让自己保持镇定,追问道。

"我只知道一个本地的工人被送去医院了,另外三个我不清楚。"余琴嘴唇翕动了几下,"让我感到蹊跷的是,那个光头主任以前就见得少,出事后就再也没有见过了。"

被送医院的是陈一栋,没送医院的三个肯定是外地人,他们都去了哪里？难道"炸汤圆"也失踪了？

"四个……四个冤魂……不平常的事故啊……"宁浩东像梦呓一样重复着，突然恍然大悟，"怪不得有些人对这起事故格外'重视'，反常背后必然不平常……"

宁浩东要给余琴找住宿的地方，余琴死活不肯。她说钱景一定还会找她，让宁浩东把她放到国道边上，只要有长途客车她就上去。她想先回家看看老人和孩子，然后找个地方避一阵子。

由南往北开来一辆客车，余琴赶紧挥手拦车。车没停稳，她就拎起提包往还未完全开启的门缝里挤。

"宁局长，你不能放过他们。如果有那一天，我还要过来，还要讨回剩下的二十万，那是我丈夫用命换来的……"突然，余琴回过头来，眼巴巴地看着宁浩东，一字一句，如钢针，似铁钎，一下又一下，重重地刺在宁浩东的心上。

第十一章
汪海调研，意欲何为

自从和李英达达成医药中间体项目的共识后，丁铛响一直处在亢奋之中。这可是一个大项目啊！那天晚上，他躺在床上搜肠刮肚选择合适的词汇来描述这个项目，想来想去觉得可以用三个"最"来概括：这是白桦历史上体量最大的项目，也是白桦历史上投资最多的项目，更是白桦历史上科技含量最高的项目。

尽管是化工项目，但毕竟是医药中间体，在丁铛响看来，肯定不同于普通的精细化工。这样的项目，不仅在白桦县绝无仅有，在整个海城市，又有什么项目能够媲美？更何况，海达集团上市后，作为旗下骨干企业的科达化工前景一片大好。而给他丁铛响带来的，肯定也是大好的前程。丁铛响翻来覆去就是睡不着。他知道，不是离家时间太久了，而是这个项目闹的。

这天上午上班时，吴主任敲敲门，捧着笔记本进来向他汇报说："市政府邢副秘书长刚才打电话来，说汪海副市长下午要到科达化工调研。"

"哦。"丁铛响既感到意外又不感到意外,在市里召开的工业经济运行形势分析会上,汪海副市长曾表扬了科达化工,还说要在百忙中抽出时间专程调研。没想到他不是信口说说,而是动真格的,并且来得这么快。

"他有没有说汪市长调研的主要内容?"丁铛响挠了挠下巴,问道。

"没有,或许是全方位的吧。"吴主任说,"邢副秘书长还说,企业那边由他们沟通和通知,只是要我向您汇报一下。"

丁铛响指了指办公桌对面的椅子,让吴主任坐下。他靠在椅背上,用手把大背头往后捋了捋,看着手握钢笔随时准备在笔记本上做记录的吴主任,想了想说:"你马上向张明凯书记报告一声……不,就现在。"

"好的。"吴主任答应着,开始拨张明凯的电话。他知道,汪海曾任白桦县县长,是白桦县的老领导,必须敬重有加。

电话很快就接通了。听完吴主任的汇报,张明凯说他的高血压用了很多药就是降不下来,前两天托人约了省中医院的老中医,此时正在请老中医把脉。他让吴主任转告丁县长,请丁县长好好陪同,并代他向汪副市长说明一下情况。

吴主任用的是免提,张明凯的意思丁铛响听清楚了。他直了身子,又想了想,对吴主任布置道:"你和邢副秘书长再联系一下,看看市直部门哪些领导来,我们这边也要通知对应的同志参加。不过,不管对应部门的领导来没来,县重大项目办主任马有弟、县应急局局长豪成都必须通知参加。海达集团的李董事长肯定要来,正好我们把上次谈的项目再靠实靠实。"

"好的，我现在就去落实。"吴主任合上笔记本起身要走，丁铠响招了招手，把他叫住。

"你通知张艳梅副县长也参加。汪市长来了，她不能不到场陪同。"说这话时，丁铠响的嘴角露出一丝诡秘的笑意。

根据行程安排，汪海副市长下午两点半亲临科达化工调研。丁铠响、张艳梅以及白桦县发改委、工信局、应急局、重大项目办的主要负责人两点前就到了。海城市发改委、工业和信息化局的主要负责人，应急局主持工作的副局长潘祥也先后到达。海达集团董事长李英达、科达化工总经理钱景早早地迎候在公司行政楼的大厅里，不时与到来的各级领导拍拍肩，握握手，寒暄几声，玩笑几句。豪成往潘祥那边走了几步，碰了碰肘，对视一下，没来由地笑了笑。

两点半，汪海副市长在邢副秘书长的陪同下准时来到。汪海下了车，习惯性地摸了一下鼻子，伸手和走过来的丁铠响、李英达、钱景握了握，又对站在丁铠响身边、眯着眼笑着看他的张艳梅开玩笑道："小张县长好像又年轻了几岁……"

"市长可不带这样笑话我的。"张艳梅扭了扭腰肢，把修长白皙的手向汪海伸去。

"李董，怎么安排？"汪海问李英达。

李英达说："先请汪市长参观生产现场，再请汪市长作指示，好吗？"

"可以。"汪海点头同意。

钱景一听，连忙朝不远处招了招手，很快，三辆电动旅游观光车悄无声息地鱼贯而来。李英达请汪海、邢副秘书长、丁铠响、张艳梅上了第一辆，并在汪海的身边坐下。其他人也都上了另外两辆。

三辆旅游观光车向生产区驶去，进入大门，两个保安"唰"的一下站得笔直，右手敬礼，左手做了个"请"的姿势。

突然，李英达让驾驶员停车，冲着保安喝道："为什么不请各位领导留下火种，关闭手机？"

两个保安被吓到了，瞠目结舌，面若黄纸。

坐在第二辆车上的豪成也愣了，进入化工企业的生产区是有这方面的要求，没想到李英达如此当真。

李英达把保安训斥一通，又转头笑着对车上的领导们说："大家请把手机关闭，把打火机留给保安。"又朝潘祥和豪成指了指："不好意思啊，这是潘局、豪局两位领导的要求。"

汪海带头掏出手机，摁住电源关机。

车子继续沿着厂区道路平稳向前，李英达一一介绍是几号车间，生产的什么产品，有什么用途，市场销售如何。在二号车间旁，李英达让驾驶员把车停住，第一个下车，说："请各位领导下车，到二号车间参观。"

这时钱景跑来，对李英达耳语了几声，然后退到一旁。李英达咂了咂嘴，说："汪市长，对不起啊。钱景总经理对我说，各位领导没有穿防护服，也没有戴护目镜和安全帽，就这样进入车间不安全。是不是我们就……"

"听你们的，服从安全规定。"汪海摸了摸鼻子，又回到车上。大家也都跟着上了车，有的还对潘祥和豪成竖起大拇指，对他们的严格要求表示钦佩。

前面有一处崭新的建筑，外墙刷成了绿色，高高的烟囱正冒

113

着袅袅白烟。汪海指了指,问李英达:"那就是固废焚烧炉?"

李英达点头称是,说固废焚烧炉建设得到过汪市长的帮助,还没找到机会表达谢意呢。

汪海说:"为什么要谢?环境保护是大事好事,政府理应支持。"又嗅了嗅,问:"为什么味道还这么大?"

"气味应该是小点了吧。"李英达也仔细嗅嗅。其实,他心中有数,固废焚烧炉解决的是固体废料的处理问题,对整个大气环境的改善作用有限。

丁铛响接过话头说:"化工企业也好,化工园区也好,有气味是正常的。家里烧个菜、包个饺子,还满楼的油味、韭菜味呢,何况搞化工生产……"

"有道理,有道理。"汪海点点头,"我赞同铛响同志的观点。"

坐在旁边的邢副秘书长却开起了玩笑:"刺鼻的味道我倒没有太在意,倒是小张县长身上的香味让我很是享受……"

张艳梅一听,掐了他一把,笑道:"把你熏倒,把你熏倒……"

众人哈哈大笑。

车子在生产区转了一圈,又回到行政楼。李英达在前面引路,把汪海等领导请进了四层的大会议室。

汪海在条形会议桌的正中间坐下,接过服务员递过来的热毛巾擦脸、鼻子和手,最后放在桌子上。见上厕所、回电话的人都坐定了,他就摸了摸鼻子,清了清嗓子,拍了拍话筒,说:"同志们,今天我专程到海达集团旗下的科达化工调研,目的是了解情况,总结经验,帮扶服务,促进发展。刚才,李英达李董带着大家参观了生产区,虽然是坐在旅游观光车内走马观花,但一定给大家留下了深刻的印象。下面,我们进行座谈,先请李董说说情况,主要是科达化工生产运行的情况,下一步的重点打算,需要市政府尤其在座的各位协调解决的问题。然后请白桦县的领导、市直有关部门的负责同志谈谈意见,最后我再说几句。大家看这样安排好不好?"

没有人说不好。汪海就请李英达先讲。

李英达一开口就感谢汪海副市长的关心厚爱,感谢白桦县委、县政府,以及市直各部门的大力支持,还站起来向大家鞠了个躬。紧接着,他回顾了科达化工近两年的发展,尤其是今年以来的发展情况。他说,科达化工生产运行不仅健康顺利,而且正大踏步地迈上发展的快车道。科达化工是海达集团的骨干企业,地位举足轻重。对海达集团来讲,不是半壁江山,而是三分天下有其二。

李英达讲得兴奋,汪海听得激动,打断李英达插话道:"李董事长的话,又让我想起当年新上科达化工公司的情景。当然,那时不叫科达化工公司,叫白桦化工厂。办这家企业,当时是有争议的。有人说,化工项目高温高压、易燃易爆、有毒有害,容易引发安全事故,我就旗帜鲜明地讲,宁可被炸死,也不能被穷死!宁可被毒死,也不能被饿死!宁可被烧死,也不能被困死!不过,现在不能讲得这么直白了,但是道理还是这个道理。现在怎么样?这家企业发展得很好嘛。"汪海摸了摸鼻子,把目光投向丁铠响和张艳梅,说道:"上缴给你们白桦县政府的税收应该不少吧?"

丁铠响用力地点着头,说:"对我县的财税收入贡献确实很大。"

张艳梅也补充道:"在财税贡献十强企业中排第六位。"

汪海又发了一阵感慨,才伸手关了面前的话筒,对李英达点点头:"你说,你继续说。"

李英达在后面的讲话中主要表达了两层意思。一层是拜托各位领导一如既往地关心科达化工的发展。科达化工发展如何,直接关系海达集团能否顺利上市。另一层是海达集团顺利上市,就能彻底解决海达集团的融资问题。他特别提到,已经和白桦县政府的丁铠响丁县长初步达成了以科达化工为基础,新上总投资二十亿元的医药中间体项目的意向。丁铠响发现,李英达把项目信息一公开,在座的各位领导、各位同志纷纷议论开来,还向自己投来不一样的目光……

李英达讲完后,海城市有关部门的负责同志一一表态,无非是从部门职能出发,为科达化工,为海达集团的发展,特别是顺利上市开绿灯、作贡献。丁铠响代表白桦县政府也作了表态,说科达化工在白桦,白桦县委、县政府就有责任、有义务搞好服务,为大发展、快发展营造良好的环境,还说当务之急是推动海达集团顺利上市,确保总投资二十亿元的医药中间体项目早日开工实施,把蓝图化为现实……豪成知道这种场合他只有听的份儿,但心中总觉得不够踏实,闷得慌。坐在前排的潘祥不时回过头对他咧嘴笑笑,似乎饱含深意。

大家都讲完了,汪海看了看手表,摸了摸鼻子,做总结讲话。他首先肯定了科达化工的重要贡献,然后环视了一下会场,说:"科达化工成功的经验很多,但是我认为最重要的一条,就是从高层开始,十分重视安全生产。大家今天看到了吧,李董事长把安全生产看得很重。对保安没有提醒大家上交火种、关闭手机的行为，当即给予严厉的批评，还有能不能进入车间，尊重总经理的意见，遵守安全生产的规定。如此等等，了不得啊，同志们！"说到这里，汪海停下来问市应急局的领导在哪，潘祥举起右手，又问白桦县应急局的同志来了没有，豪成也举了举右手。"都来了，很好。"汪海说，"我向你们提个建议，就是要认真挖掘和全面总结科达化工安全生产上的经验。我记得这个月是'安全生产月'，白桦县可以在科达化工开个现场会，推广他们的成功做法和先进经验。适当的时候，市里也可以组织召开现场会，如果有时间，我亲自参加……"潘祥和豪成头也不抬，忙着在笔记本上记着。

"还有几句话，我专门给白桦县的丁铠响县长讲。"汪海放下摸鼻子的手，看着丁铠响，"李董事长和你初步达成了新上医药中间体项目的意向，对海达集团，对白桦县来说，都是好事。不过，消息传出去后，兄弟县区难免来争来抢，'半路上杀出一个程咬金'也不是不可能。最后花落谁家，比的是环境，比的是服务，比的是条件……铠响同志，好事要办好，可不能搞砸啊。"

因为晚上还有个接待，汪海讲完话就要往海城赶。临行前，汪海再次用力地握住丁铠响的手，意味深长地说："好事要办好，可不能搞砸啊。"

"那是当然，那是当然。"丁铠响从汪海握手的力度上体验到他的重视程度，连连点头称是。

送走了汪海，丁铠响便让吴主任通知县有关部门的主要负责人立即到县政府2号会议室开会。会议的主题只有一个，那就是

"举全县之力，集全员之智，以志在必得的决心，拿下海达集团在科达化工公司总投资二十亿元新上的医药中间体项目"。

吴主任犹豫着说："快到下班时间了，是不是晚上，或者明天上午再开？"丁铠响说不行，特事就得特办，急事就要急办。吃饭向会议让道，就是要表明县政府发誓拿下大项目的鲜明态度。

丁铠响赶到会议室时，参会人员都到齐了。丁铠响首先通报了和李英达达成的项目意向情况，重温了汪海副市长的讲话要求。大家都很兴奋，也很激动，一个个表态，一定全力以赴敲定这个大项目。

见大家态度都非常坚决，丁铠响十分高兴。该他最后提要求了。他清清嗓子，声音铿锵："同志们，任何时候发展都是第一要务，而发展靠什么？当然靠项目。我常说项目为王，就是这个道理。现在，我们面临千载难逢的历史机遇，海达集团的李英达董事长对我们白桦厚爱有加，有意把总投资二十亿元的医药中间体项目放在我们白桦，放在我们的化工园区，放在科达化工公司。我们必须使出吃奶的力气，把这个项目拿下来，做到早签约、早开工、早投产、早达效。"

参会人员睁大眼睛，屏住呼吸，认真听着。

丁铠响敲敲桌子，继续道："要拿下这个大项目，前提还是要解放思想，更新观念，尤其是我们的应急管理等部门。"他停了一下，目光落在豪成身上，右手粗壮的食指有力地点着豪成："不允许你们以安全生产为幌子，干扰企业正常的生产经营，影响招商引资和项目落户。说具体一点，企业在发展中可能会有这样或那样的问题，但是你们不得简单地说'不能'，而应该想办法让它'能'，不得简单地说'不行'，而应该想办法让它

'行'。"他再一次重重地敲敲桌子："这是我的态度，也是县政府的态度！"

丁铠响喝了几口茶，干咳了几声，还是那样慷慨激昂："重点重抓一直是我们重要的工作方法。县政府决定，成立海达集团总投资二十亿元医药中间体项目领导小组，我当组长，在座的都是成员。当前，要把主要精力投到这个项目中来，主动对接，提高效率，优化服务，一天一汇报，两天一会办，不达目的，决不罢休。对海达集团提出的条件，我们有条件满足的，立即满足；没有条件满足的，创造条件满足；政策不许可的，也要解放思想，改革创新。毕竟政策是死的，人是活的嘛。"他坚定的目光从每一个人的脸上扫过，表情冷峻，态度严肃："没有和这个项目无关的部门，也没有和这个项目无关的个人。我丑话说在前头，谁如果阻碍这个项目落户，就是阻碍白桦发展，就是白桦百万人民的罪人。谁如果砸我这个项目，我就砸谁的位置，砸谁的饭碗，毫不留情，绝不姑息！"丁铠响又喝了一口茶，语气缓和了一些："当然了，项目搞定了，我也会论功行赏，该奖励的奖励，该提拔的提拔，该重用的重用。"

会议结束后，丁铠响又专门把豪成留下来，问他如何落实汪海副市长的讲话精神，总结科达化工安全生产上的成功做法和先进经验，并召开现场会进行推广。

豪成脸露难色，说还没有考虑成熟，但有一个建议，就是最好不要叫现场会。因为安全生产上的现场会有两种情况，一是出了事故后召开反面现场会汲取教训，显然汪市长不是这个意思。二是工作做得好召开正面现场会，但安全生产是个易碎品，永远在路上，谁也不敢把话说得过满，正面现场会逆转成反面现场会的悲剧不是没有发生过。有一年海城市安监局在某县召开安全生产正面现场会，第二天参会人员都到了，谁知道该县突然发生一起事故，正面现场会立即变为反面现场会，会议地点也移到了发生事故的企业……

丁铠响没等豪成说完，就大手一挥打断了他的话，说别想那么多了，汪市长定下来的事情不要随意更改，时间上还要抓紧，不能拖拉。

项目洽谈的进展出奇地快，这大大出乎丁铠响的意料。次日下午，吴主任就向丁铠响汇报，李英达董事长并没有提出多少过分的条件，土地出让、税收减免、"五通一平"基础设施配套等要求也在政策许可和白桦能够承受的范围内。李英达董事长转告丁县长，海达集团顺利上市后，根本不需要白桦让利割肉，以后追加投资都是水到渠成的事情。吴主任还告诉丁铠响，李英达董事长透露，海城市政府原定于下个月在上海举办的"海城市投资说明会暨招商引资项目签约仪式"将会提前举行，如果来得及起草文本，《海达集团总投资二十亿元在白桦县化工园区科达化工公司新上医药中间体项目》的协议书可以在仪式上正式签订。届时，李英达董事长亲自参加，代表海达集团签字。

靠着椅背凝神听完吴主任的汇报，丁铠响一拍桌子站了起来，连连称道："李英达李董事长，站得高，看得远，胸怀广，格局大，有情怀！了不起，实在是了不起！"他扳起指头，数道："这个项目我概括了三个'最'：白桦县历史上体量最大的项目、投资最多的项目、科技含量最高的项目，现在还要加一个'最'——签约最快的项目！"

"恰如其分，精准无比，精准无比！"吴主任迎合道。

丁铛响掏出手机，亲自给李英达打去电话："董事长，您好您好！感谢您对白桦百万人民的厚爱和对我丁铛响的信任！只要项目能够顺利实施，有什么要求您尽管提，我们想方设法满足！……好，好，在上海我们把项目协议书正式签了！您亲自到场，我怎能不亲自签字？"

放下手机，丁铛响如释重负，一身轻松："我正愁下个月上海活动上拿什么签约，现在活动提前了，我们的项目也敲定了，并且是大项目。这叫什么？这就叫自助者天助之，自助者人助之啊！"

第十二章
杨大队撂挑子，吴院长不配合

宁浩东很想和县人民医院的吴院长交交心，看能不能请他把那层窗户纸捅破。在宁浩东看来，如果医院宣布陈一栋死亡，那确认安全事故，申请县政府成立事故调查组开展事故调查，就是顺理成章、名正言顺的事了。工作上的事找吴院长交心，自己一个人去不妥，宁浩东想到了杨波。

来到杨波办公室门前，宁浩东看到豪成正在和杨波谈话。他不好进去，也不想和豪成坐在一起。他告诫自己少和豪成说话，免得话不投机又发生正面冲突。他转身折回自己的办公室，过了好一会儿终于看到豪成走了，这才走进去。

杨波正像傻了一样，坐在椅子上看着天花板发愣。

"杨大，你觉得那天科达化工受伤的工人到底是活着还是死了？"宁浩东问。

"你问我，我怎么知道？"杨波像吃了枪药似的，"我管不了这些屁事！"

"这是屁事？"宁浩东火了，"人命关天的事是屁事？这是从你大队长嘴里说出来的话？"

"你教训我是不是？"杨波"砰"的一下站起来，发红的双眼直逼宁浩东。

"我不是教训你，"宁浩东把自己的情绪往下压，语气也更加平缓，"我是想，我们有必要弄个明白。我这……这不找你商量嘛。"

"你别找我，我没时间。"杨波的话仍然很冲。

"没时间？"宁浩东以为杨波在耍脾气。

"是，我要休年假了。"杨波道。

宁浩东忍不住笑了："休年假？你想得好美啊。我们做安全生产工作的，一年365天，一天24小时，有谁轻轻松松关了手机休息过？尤其是节假日，人家过节，我们过关。你还休年假，说什么气话呢？"

"我没说气话，也没说假话。"杨波认真地说，"我刚才已经和豪成局长提过了，他说他同意。"

"那我信了。"宁浩东拉过一张椅子在杨波对面坐下，"告诉我，怎么想起现在休年假了？"

"不瞒你，宁局长，出去找找老首长，请他们帮帮忙，把我调走。"杨波心情平复了一些，老老实实地道。

"你想调走？"宁浩东大吃一惊，脱口问道，"为什么？想调哪？"

"当然想调走。"杨波平静地说，"首选是公安。"

宁浩东摇摇头，劝道："调到公安系统是不可能的，你还是

123

省省心吧。"

"怎么不可能？"杨波瞪大眼睛，很不服气，"宾馆的服务员能当上派出所所长，医院的护士能当上公安局长，我一个副科级干部、公务员，怎么就不能当一个普普通通的公安干警？"

宾馆服务员当派出所所长，医院护士当公安局长，这样的报道宁浩东在网上也看过，不过人家能成，你就一定能成？他开玩笑道："你不能和人家比，不能比啊。"

"为什么？"杨波根本不信。

"你比人家上面少两笔，下面多一笔。"宁浩东摆出一副非常严肃的样子。

"什么意思？"杨波想不明白。

"上面少两笔，是少了一撇一捺，也就是少一个'人'，下面多了一笔，就是多了一竖，自己品，慢慢品，细细品。"宁浩东正儿八经不露声色地开着玩笑。

不过，玩笑归玩笑，宁浩东还是很诧异。杨波是军转干部，曾经是东北某地消防大队副大队长，在救火救援中表现突出，立过两次三等功。前几年转业时凭他的条件是完全可以到公安队伍的，但他觉得干安全生产工作专业对口，毅然来到安全生产执法大队。宁浩东想不通，一个消防大队的副大队长从安全生产执法大队的中队长干起，一直干到目前的大队长，并且几乎每年岗考都是优秀，现在怎么就要调走不干了？

杨波委屈地道："这个单位我不能再待了，这个工作我也不能再干了。再待再干，饭碗总有一天被砸了。我是一个农民家的孩子，走到今天这一步实在不容易，我不想毁了自己。"

到底是怎么回事？宁浩东想，肯定有原因。

杨波说:"刚才豪成局长找我通气,说是'4·21'事故调查报告明天就要正式公布,对责任人的处理意见也敲定了。"

"4·21"事故宁浩东知道。那是发生在兴盛塑业有限公司化工塑料桶生产车间的一起触电事故,由于事故造成三人死亡,属于较大事故,调查处理的权限在海城市人民政府,白桦县应急局不好过多介入。事故调查发现,在发生事故的前三个月,杨波曾带同事小钱到兴盛塑业有限公司开展过安全生产执法检查,偏偏在检查中未能发现车间内一个配电箱插座没安装接地线。发生事故的那天天气反常,少有的闷热,车间内的温度有三十多度。汗流浃背的丁姓职工在用拌料机对塑料颗粒进行拌料时,身体碰到拌料机外壳发生触电,当即死亡。另外两个工人盲目施救,也先后触电身亡。调查组认为,这么重大的安全隐患,杨波他们在执法检查中,怎么就没有发现?造成如此严重的后果,必须以涉嫌玩忽职守罪追究刑事责任。

豪成一直关注着事故调查的进展。听到这些消息后,他多次找海城市应急局马正东局长和事故调查组组长、市政府邢副秘书长说明情况、据理力争。豪成认为,企业是安全生产的责任主体,企业主要负责人是安全生产第一责任人,排查整改事故隐患,保证企业安全生产,是企业的法定责任。而监管执法人员虽然负有监管责任,但不是企业的安全员,没有责任也没有能力帮助企业把所有隐患都排查出来并整改到位。再说了,杨波他们是事故前三个月到企业进行执法检查的,当时生产设施运转正常,谁也不能证明插座当时没有安装接地线,谁也不能保证插座中的接地线不是最近才拆除的。豪成表示,如果真要追究杨波他们的刑事责任,他会亲自担任辩护人,出庭为他们辩护。

正东局长也好，邢副秘书长也好，都让豪成不要激动，宽慰他说，会实事求是处理好的，请放心。正东局长还说，杨波他们是你的兵，你知道疼爱，可他们也是我的兵，我难道不知道疼爱？说是这么说，豪成却一点儿不敢大意，一直跟踪，得到的消息是"你尽可放心，领导们是会考虑实际情况的"。所以，宁浩东觉得责任追究对杨波他们不会有什么影响。可是，从今天杨波的表现来看，不是这么回事。

"处理结果到底怎么样？"宁浩东很想知道。

"豪成局长说，刚才市局潘祥副局长给他来电话了，对我的处理是党内严重警告，而小钱，开除公职。"杨波的眼泪都流出来了，"我好歹还保住了饭碗，小钱可是大学毕业后好不容易才考上的公务员，所有的付出就这样完了。"

"能不能再更改了？"宁浩东感到十分惋惜，"如果有可能，我们一起再努力努力。"

"不可能了。"杨波像被霜打过的茄子，蔫蔫的，"事故调查报告市长已经签发，明天就会向社会公布。上面的领导还说，这是最好的结果了。"

"唉！"宁浩东长叹一声。

杨波骂出一句脏话，愤愤不平地埋怨道："有哪个职业像安监这样处处是陷阱？卫健委主管防病治病吧，可是病人再多，追究过谁的责任？公安局负责社会治安吧，可是发生了重大刑事案件，追究过谁的责任？反而是案件越大，立功受奖的人就越多，授奖的层次就越高……如果我真的不负责任，给我再重的处分我也认了。可是，宁局长你凭党性、凭良心说，我是工作漂浮的人吗？还有小钱，一直任劳任怨……"

虽然有时会耍点小脾气，但杨波的工作表现一直无可挑剔。宁浩东很想安慰他几句，但也知道说再多都无济于事，不如不说。

杨波站起身，对宁浩东说："我反正铁了心要调走，作为你的老部下，劝你一句，科达化工那起事故你就不要再往下查了，那样会把你自己绕进去的。领导们都说是突发情况，那就是突发情况吧……"

杨波现在这种情况，宁浩东也不能做什么，而且话都说到这个份儿上了，再让他和自己一起去找吴院长肯定不现实。宁浩东想到了执法大队的李柯。把李柯叫到办公室一说，李柯挠挠头，很踌躇。宁浩东火了："你去还是不去？爽快点！"

李柯这才说："我不是不服从领导安排，而是初恋对象在那儿工作，万一遇上有点尴尬。"

"你就这点出息。"宁浩东白了李柯一眼，"少废话，快走。"

在去县人民医院的路上，宁浩东给吴院长打手机，但一直无人接听。怎么办？想来想去，宁浩东决定还是去，万一吴院长就在办公室呢？作为一院之长，宁浩东认为，他不会出远门，顶多只是到县卫健委开开会。

吴院长的办公室宁浩东来过几次，熟门熟路，没费多少周折就找到了。但门是关着的，李柯拧了一把门锁，拧不动。显然，吴院长不在里面。

正好一个护士从门前走过，宁浩东便问："吴院长上哪了？"

护士脚步没停，说了句："今天是他的专家门诊。"

难怪不接手机。宁浩东明白了，但既然是专家门诊，他当然不能去打扰，那会影响对患者的诊治。

127

"他还会来办公室吗？"宁浩东冲着护士渐渐远去的后背问。

"你去问他！"护士丢下一句话，在走廊尽头拐了个弯，白影一闪，人就不见了。

"最好的办法是等。"一直在玩手机游戏的李柯建议道。

"你说得太对了，"宁浩东说，"这样才不会影响你玩游戏。"

"我无所谓，现在走也行啊。"李柯头也没抬，所有指头都在手机上灵活地动着。

都快过十二点了，吴院长还是没回办公室，也不知道回不回了。宁浩东正想着，抬头一看，吴院长穿一件白大褂，正疲惫地走来。他赶紧迎上去，李柯也识相地收起了手机。

没有握手，也没有寒暄，甚至连头也没点一下，吴院长旁若无人地走到办公室门前，掏钥匙开门。宁浩东站在旁边，小心地说："我给您打电话了……"

"专家门诊，天王老子的电话我也不接。"吴院长进了门，把白大褂脱下来挂在衣架上，问，"找我有什么事？"

不知道是因为疲惫还是什么原因，吴院长一直沉着脸，宁浩东小心翼翼地说："我今天和李柯过来找您，是想请您谈谈科达化工那个叫陈一栋的情况……"

"他的情况有什么好谈的？"吴院长声音冷淡，又问，"你问他干什么？"

"我们应急部门应该知道啊，"宁浩东说，"毕竟是事故引起的嘛。"

吴院长一听，来劲了："哦，你们还知道自己是谁？我真不懂，你们平时工作是怎么抓的？工作没抓好，发生事故了，人往医院一送，就成我们的事了。气，我们受着，责，我们担着，世上哪有这个道理?"

李柯忍不住咕哝道:"企业负主体责任嘛。"

"主体责任还不是靠你们落实,"吴院长教训说,"你们就一推六二五?像话吗?"

"不是这样的,吴院长。"宁浩东忙说,"该我们负的责任我们肯定负。这不,我们今天不是来了吗?"

"你们来有什么用?"吴院长质问,"是不是可以把人弄走?"

"不是不是……"吴院长这么说,宁浩东一时不知道说什么。

"那你们来干什么?"吴院长瞪着宁浩东,让他无法回避。

宁浩东尽量把话说得婉转一些:"就是想问问,那个……那个叫陈一栋的工人还有救吗?"

"什么意思?"吴院长顿时警觉起来。

"我的意思是,如果没救了,是不是可以宣布死亡?"宁浩东语气平缓,但表达得非常清楚。

吴院长鼻子里呼出一股冷气,盯着宁浩东问:"你说我有这个权力吗?那天晚上的会办会难道你没有参加?"

"实事求是嘛。"宁浩东还想争取争取。

"你说得好轻巧。"吴院长看一眼手表,朝门外挥了挥手,"早该下班了,走吧,走吧……"

心没交成,反而受了一肚子气,还是当着自己部下的面,宁浩东很是气闷。

李柯看宁浩东的表情,轻声说:"其实,这样来找吴院长不好。"

"那我跪下来求他?"

"下跪倒也不至于。"

"那你说怎么办？"年轻人说不定头脑灵活、办法多，宁浩东真想听听李柯的意见。

"我倒觉得，我们可以直接到ICU看看。"李柯说。

"我们进得去吗？"宁浩东有顾虑。

"进不了可以问问护士。"李柯说，"吴院长顾忌多，护士可不一定。把情况弄清了，我们再来找吴院长，他如果还是这个鸟样子，我们就直接去找县领导给他下命令。当然，如果真是人还活着，那更是大好事，你省事我省事，大家都省事。实事求是嘛。"

宁浩东冲李柯笑笑，终于懂了什么叫站着说话不腰疼。

"走吧，我初恋对象就在ICU做护士，希望遇不着她。"李柯笑笑，又说，"当然，遇上问题也不大。"

"你小子心存私心，说到底还是想遇着。"宁浩东拉了李柯一把，"那还不快走……"

ICU在县人民医院住院部的九层，正中吊着的"静"字非常醒目。厚重的大门前，铺了两张草席，上面放着毛巾被，两个中年男女愁眉苦脸盘腿坐在上面。宁浩东知道，那是患者的家属，他们的家人正在ICU，守在这儿是想离得近一些，顿时心生怜悯。

说来也巧，宁浩东和李柯刚站定，正准备按门铃时，门开了，一个白衣白帽的护士走了出来。李柯一见，忙叫道："尹玲，是你……"

"是你啊？"尹玲认出了李柯，激动得满脸绯红，"你来这里干什么？"

李柯把宁浩东介绍给尹玲，说："我和宁局长来，是想看看科达化工爆炸受伤的那个工人怎么样了。"说着，就要往里闯。

尹玲一把拦住，没有半点商量的余地："那不行，我们是有规定的。"说着一按手上的控制器，大门便轻轻合上了。

"李柯，不要难为你……你熟人。"宁浩东把李柯往外拉了拉，问尹玲，"那人到底怎么样了？"

"还能怎么样？"尹玲气不打一处来，"你是应急局宁局长？我正好问问你，那样一个人，为什么还不弄走？为什么呼吸机还不拔？医院就这么几台呼吸机，浪费医疗资源怎么就不可惜？我真不懂，为什么至少三十天后才能拔呼吸机？天哪，真以为放在ICU就万事大吉了？"

宁浩东还想问得具体一点，比如"那样一个人"到底是怎样一个人，谁知盘坐在草席上那个中年女人猛地跳起来，一把揪住尹玲，喝问道："我家那口子我们要上呼吸机，你们说不需要，我问你，是真不需要还是呼吸机没有了？"

李柯忙用力把那人的手掰开。

尹玲吓得不轻，连忙把大门开了个缝，丢下一句"我什么都不知道，什么都没说"，就逃进去了。随即，门又合得紧紧的。

中年女人怒气难消，不停地拍着大门。

中年男人走过来，一把按住她的手："你拍大门就不对了。有理你去找院长啊！"

"找院长？我才不找院长呢。"中年女人拎了拎裤腰，"我去找县长！"

中年女人真的上县政府找县长了。不过，县长不是那么好找的，她一走近县政府大院，几个保安就迎过来把她拦住，随后又

131

走来两个男人。两个男人是县信访局的，今天轮到他们和保安一起值班。他们告诉中年女人，有什么事先和他们说，他们负责向县长汇报。

中年女人无奈，只好如此这般地说了。信访局值班的同志不信，中年女人便急了："我亲耳听那个护士和什么应急局宁局长说的，难道我耳朵长反了？"

信访局值班的同志想起局长曾向他们交代，说最近科达化工出了个突发情况，要留意会不会引发信访问题，进而影响社会大局和谐稳定。他们不敢怠慢，赶紧向局长汇报。局长也不敢懈怠，立即向张艳梅副县长汇报。

张艳梅陪海城市的一个领导用过午餐，回到公寓正卸妆准备躺一会儿，接到信访局长的电话不由火冒三丈，当即把电话打给了卫健委主任，责问他对吴院长是怎么要求的，吴院长对医院又是如何管理的。她让卫健委主任严肃地问一声吴院长：这个院长他还想不想干？还能不能干？

卫健委主任不停地检讨，表示马上就去查明原因、落实整改。

张艳梅还不解气，又把电话打给了豪成。

当然，上面这些情况宁浩东开始并不清楚。他只知道自己给尹玲惹麻烦了。他还在想，如果要追究尹玲的责任，他是会找吴院长帮尹玲说几句话的，必要时找卫健委主任也行。没想到正在想这些，吴院长的电话却打来了。没等宁浩东开腔，吴院长劈头盖脸就是一顿咤叱："宁浩东，从现在开始，你，对，就是你，不要再踏进我们医院一步！你，不受欢迎！"

第十三章
排查问题与总结经验

早上八点,宁浩东就带着聂静萍、李柯他们,同乘一辆依维柯出发去白桦化工园区。根据工作安排,今天危化品监管科和执法大队,将继续在科达化工公司联合开展监管执法检查。事故调查无法正常开展,宁浩东指望在监管执法检查中能得到一些有价值的证据。

科达化工的大门保安故弄玄虚,冷冷地把宁浩东他们的车拦住,任凭驾驶员不停地按喇叭,门闸就是纹丝不动。

值班的是那位两个眼袋下各有一颗黑痣,看上去像有四只眼珠的保安。以往来科达化工,只要看到县应急局的车,黑痣保安迅即起立,一手敬礼,一手按动遥控器打开门闸,目光随着车子移动,杨波曾打趣地说这叫行注目礼。可是今天,黑痣保安坐在椅子上,跷着二郎腿,眼珠却紧盯着自己忽上忽下、忽左忽右移动的脚尖,嘴里还哼着小调。

宁浩东让聂静萍把执法证给他看一下。聂静萍摇下车窗玻璃，掏出执法证向黑痣保安递去，可他还是那样神气十足地毫不理会。无奈，聂静萍只好下了车，把执法证送过去。黑痣保安用余光扫了一眼，就是不按门闸的遥控器。聂静萍催他，他不冷不热地问道："车上不是还有几位吗？"

聂静萍回道："那是我们宁局长、执法大队的小李和危化品监管科的小朱。"

"谁也不能例外，特别是局长。"黑痣保安把聂静萍弄得很不自在。

宁浩东朝李柯笑笑，叫上李柯和危化品监管科的小朱，一起走到黑痣保安面前，同时把执法证递过去。黑痣保安扫了一眼，可还是不开门闸，说是要向钱总汇报。

"那你赶快汇报。"宁浩东把执法证放进口袋，不和黑痣保安计较。

钱景的大奔从行政楼前开过来，在宁浩东面前停住。钱景阴沉着脸下了车，没好气地嚷道："上次查出来的问题，我们正在帮你们整改，怎么今天又来了？这是没完没了吗？"

"钱总，这么说可不对啊。"宁浩东刚想说几句，聂静萍抢先开了口，"你可不要忘了，配合监管执法检查，全面加强问题整改，是你们的责任和义务。"

"好好好，道理我懂。"钱景摆摆手，让聂静萍不要再说了，往宁浩东面前靠了靠，"宁局长，今天情况特殊，你们先回去，明天再来好不好？"

"有什么特殊情况？"宁浩东问。

"有个重要接待。"钱景朝停在一边的大奔努努嘴，"这不，我正准备亲自去接尊贵的客人。"

"我们不会影响你的重要接待。"聂静萍说着拉小朱穿过门闸就往里走。黑痣保安想拦,聂静萍喝道:"请你不要影响我们执行公务。"

这时副总经理王健民肥胖臃肿的身子出现在行政大楼下,钱景喊道:"老王,应急局又来检查了!你找人陪着他们,如果要查资料,搬到职工食堂让他们看,三楼接待室我要用。"

"真让钱总费心了。"宁浩东对钱景说,"你快去接你尊贵的客人吧,我们也得工作了。"

这时李柯吸了吸鼻子,皱眉道:"咦,我怎么闻到一股怪味?"

这股说不出的怪味宁浩东也闻到了。其实,刚才下车的时候,他就发现空气中夹杂着什么怪味,原以为是企业生产过程中产生的气味,现在再细细闻闻,又好像不对。

"这怪味肯定不是我们公司的。"钱景也吸了吸鼻子,"不是吹,我们公司的味道我闻得出来。"

"你去忙吧。"宁浩东对钱景挥挥手。这股怪味确实不是科达化工的,钱景这句话,宁浩东相信。

离科达化工公司最近的是金鑫化工公司,难道怪味的源头在那里?往往怪味的背后就是生产安全事故,宁浩东不敢大意,决定带着李柯到金鑫化工看看。

金鑫化工离科达化工也就五分钟左右的车程,越接近,宁浩东感到怪味越浓烈。车来到门岗前,保安接过李柯递过来的执法证,看了一眼,顿时紧张起来,犹豫着想打开门闸,却又不敢。

135

"有什么问题吗?"李柯问道。

"没有,没有。"保安赶忙回道。

"那为什么不开门?"李柯的脸色不好看了。

"我……我……"保安不知说什么好。

"我什么我?"李柯喝道,"开门!让我们进去。"

保安很不情愿地打开了门闸。

一进金鑫化工的行政区,宁浩东就听到一阵阵有节奏的木鱼声,闻到一股股很浓重的檀香味。那怪味,原来是檀香味和化工园区各种化学物料的混合味。上午气压低,怪味就很难散去。那木鱼声又是怎么回事?

李柯吸吸鼻子,抠抠耳朵,疑窦丛生:"金鑫化工在搞什么鬼名堂?"

宁浩东看了李柯一眼,深以为然。

依维柯正对着金鑫化工行政大楼停住,宁浩东和李柯一下车,便被眼前的一幕惊呆了。只见行政大楼门前,多达十三炷,每炷一人多高、十一层的宝塔形斗香一字排开,香火熊熊,香雾袅袅,香味浓浓。大厅内,并排高悬着大慈大悲观世音菩萨像和金黄锦缎上刺绣着各种图案的平安符。观音像和平安符下面是一尊高大的香炉,里面香火缭绕。香炉后,并排站着七个身披袈裟,胖瘦不一、高矮有致的和尚,他们正手上敲着木鱼,嘴里念念有词,忽而舒缓,忽而激昂……公司董事长、总经理吕成贤率一众管理人员,手上捧着三炷香,整齐划一地肃立在和尚身后,低头垂目,虔诚万分。忽然,像歌者看到了休止符,念经声顿时收住,只有木鱼声仍在鼓噪,一众和尚依次向两边退去。吕成贤率先恭恭敬敬地走近香炉,捧着香抬头对头顶上的观音像和平安符深深地作了三个揖,随后"扑通"一声跪倒在香炉前,嘴里喃喃祷告。少顷,再作揖,再跪倒,再祷告,最后双手把香插进香炉……

大厅内香味很浓,吕成贤跪拜完,就想出来透透气,一转身就看到了外面站着的宁浩东。他迎上来伸出手,不好意思地说:"宁局长来了,怠慢,怠慢!"

宁浩东握了握吕成贤伸过来的手,说:"找个地方,我想和你说几句话。"

"好的,好的。"吕成贤连忙回到大厅和几个和尚打了声招呼,然后把宁浩东和李柯领进了旁边的接待室,亲自倒上茶。

"吕总,你们今天阵仗不小啊!"李柯终于把憋在心中的话说了出来,"你觉得,安全生产求菩萨有用吗?"

吕成贤年届六旬,长得很敦实,一副憨厚相,乍一看就像进城接送孙辈上学放学的农民,跟企业老总根本搭不上边。听了李柯的问话,他的脸竟然红了:"见笑,见笑了。其实,两位领导知道我的,我也只是图个心安。"

宁浩东当然知道吕成贤。他原本是浙江宁波一个小镇上的剃头匠,附近一家企业的老板对他的手艺非常欣赏,经常来找他理发。一来二去,感情深了,老板就鼓动他去做生意。可是,吕成贤既不会,也没有本钱。老板就让他进了自己企业的销售部门,并要求销售经理带吕成贤。当然,老板头发的打理仍由吕成贤负责。慢慢地,吕成贤摸着了做生意的门道,后来就出来单干,几年下来赚了不少钱。遗憾的是钱赚到了,老婆却遭遇车祸死了。有钱人再找老婆并不难,吕成贤也一样,第二个老婆比他小十九岁,长得很有韵味。听说在东北办化工企业门槛比较低,他们就来了白桦。人地生疏,加上本来是搞销售的,对企业管理不是很稔熟,吕成贤就靠上了陈益宁。没想到那家伙不仅图财,还求色,让他忍无可忍无法再忍。现在,陈益宁被他送进去了,年轻的老婆被他赶回了浙江老家,但这么大的企业搬不走啊,所以他就搞了这么一出。

宁浩东喝了一口茶,并没有批评吕成贤,而是用赞赏的口吻说:"虽然我不赞成你这样做,但最起码说明吕总你是想把安全生产抓好的。"

"宁局长,我当然想把安全生产抓好啊。"吕成贤实话实说,"6月8号科达化工爆炸了,响声我都听到了。那天夜里我怎么也睡不着。科达化工是本地企业,我们企业是外地来的,人家出事了有人罩着,我们可不行啊!所以我就寻思着……"

"你就寻思着把观世音菩萨请来,把平安符挂上?"李柯插话道。

李柯的话,让吕成贤更窘了。

宁浩东接过吕成贤的话头说:"你说本地企业出了事有人罩着,外地来的企业不行,这话不对。我可以明确地告诉你,不管是本地企业还是外来企业,只要出了事,谁都罩不住。最好的,当然是不出事。"

"那是,那是。"吕成贤连连点头。

"既然我们今天来了,你就说说企业安全管理上有什么困难,有什么要求,我们也好提供更加精准的服务。"陈益宁出事后,宁浩东就想来金鑫化工会会吕成贤,今天机会正好,得说道说道,"不要以为我们只是检查检查,处罚处罚,其实提供服务也是我们的本职工作。我们的目的,就是保障企业安全发展。安全与发展并不矛盾嘛。"

宁浩东的话让吕成贤很感动，也很受触动："说老实话，我是想把安全生产抓好，但确实不知道怎么抓。"

"我给你提几条建议。"李柯扳着手指头一一说来，"责任肯定要落实到位，尤其是你这个第一责任人。你不会管没问题，但你可以聘请会管理的专家啊。还有，事故隐患要排查出来，整改到位。另外，风险也要防好，总不能屁股整天坐在炸药包上吧？总而言之一句话，请观世音不如请专家，挂平安符不如把安全管理抓扎实。"

"是，是。"吕成贤唯唯诺诺，不时往笔记本上记着。

"这样吧，吕总，"宁浩东觉得这样空对空地说教并不会收到多少效果，便说，"今天，我们主要是向你表明一个态度，那就是安全管理上有什么困难，尽可以找我们。后面这几天你和管理层好好排一排，把困难找出来，下一次我们再过来，和你们坐在一起研究解决。当前'安全生产月'活动正在开展，你们要按照县安委会的部署一一抓好落实。对了，事故应急预案的准备和演练不能不搞啊，并且要真搞，不能把演练整成演戏。宁可备而不用，不可用时无备。"

"宁局长今天来，我的心里踏实多了。"吕成贤说着，起身给宁浩东和李柯续水。

这时，宁浩东的手机突然响了。一看号码，是科达化工钱景打来的。钱景在电话里不住地埋怨："宁局，聂科长是你安排来为难我们的吧？再这样，我可得投诉了。"

"你怎么没有亲自去接尊贵的客人？"

"我亲自接回来了，但聂科长整得我无法安心接待。"

"什么意思？"宁浩东很想弄明白钱景为什么会这么说，但电话里肯定说不清楚，"你等着，我马上到你们公司。"

科达化工职工食堂里，聂静萍和钱景正僵持不下。王健民则闷坐在一旁直喘粗气，满脸都是汗水，身上的衣服也是湿漉漉的。

见到宁浩东，钱景鼻子里哼了一声，讥讽道："我不知道哪里得罪了宁大局长，要如此这般几次三番派人来为难我们。"

李柯觉得钱景这话很不中听，刚要开口，宁浩东挥手制止住，说："到底什么情况？能说清楚吗？"

"你们要来检查，我们拦不住，也挡不了，好，那就来吧。"钱景似有万般委屈，"今天，我说了，我要接尊贵的客人，接回来好好接待，能不能……能不能……你们不同意，我就让王健民王总一步不离地陪着，像孙子一样跟着。可是，你们的聂大科长却和我们王总吵了起来……我把客人接回来正在接待室接待，实在没办法只好把客人晾在一边赶了过来。可是，对我，聂大科长也是一点面子都不给，一点情面也不留……"

"怎么了？"宁浩东问聂静萍。

没等聂静萍开口，王健民扶着桌子爬起来，指着聂静萍愤懑难耐地抢着说："就是她说的，罚款，要罚我们的款！"

"对，就是我说的。"聂静萍理直气壮，"上次来检查时，我们对查出的事故隐患发了责令整改指令书，可是几天下来，你们一个都没有整改，甚至连整改责任人、整改计划都没有落实。这是拒不执行整改指令的行为，依据安全生产法律法规，必须进行处罚，你有什么不服气的？我还得告诉你，你们企业全员责任落实、安全培训等方面问题也很多，如果再不整改到位，也是要处罚的，你可得有个思想准备。"

"两位老总，聂科长说的都是实情吧？"宁浩东出奇冷静。

王健民又一屁股坐到椅子上，拧开水杯盖子大口大口地喝水，却不言语。钱景不说是，也不说不是，只是嘟哝着："你们就是为难我们。"

"钱总，我可以明确地告诉你，对于你所说的这种'为难'，我坚决支持。"宁浩东义正词严，掷地有声，"你知道你们这是什么行为？这是草菅人命的行为，是违反安全生产法律法规的行为。你们连安全的底线都不要了，难道不应该处罚吗？我们就是要通过对你们的'为难'，倒逼你们把安全生产好好抓起来。"

"我们没有不抓啊！"钱景想为自己辩解。

宁浩东摇摇头，一针见血地说："你们认为安全是为我们抓的。你不要不承认，你还记得今天上午你见到聂科长说的第一句话吗？你说'上次查出来的问题，我们正在帮你们整改'。这是什么话？是帮我们整改吗？企业是安全生产的责任主体，你们企业的法人代表、实际控制人，还有你这个实际负责人是安全生产的第一责任人，是我们监管部门在帮你们整改！"

"我们……"钱景浑身冒汗，还想为自己辩护。

"你想说你们抓得不错是吧？"宁浩东敲了敲桌子，提醒道，"你可不要忘了，县人民医院 ICU 里，还躺着你们一个叫陈一栋的工人……"

"我们没忘……"钱景擦着额上的汗，"是是，还在 ICU……"

"也请你转告你们企业的所有领导，如果再这样下去，我们还会持续不断地来'为难'你们的。你听好了,该经济处罚的经济处罚,该停产整改的停产整改,如果触犯刑律,当然得追究刑事责任,一个也跑不掉。"宁浩东说得非常严肃,也非常严厉。

"宁局长。"身边有人轻轻叫了一声,宁浩东回头一看,是局宣传教育科科长王凌云。

"你怎么来了?"王凌云平时很少来企业,今天却来科达化工公司了,宁浩东感到奇怪,"怎么没看到你的车?"

"哦,我和小马是钱总接过来的。"王凌云说,"钱总正在接待我们,听到聂科长和王总吵得不可开交,就下来了。我们等了半天不见他回去,也就过来看看。"

"你们来……"宁浩东想不明白王凌云他们来凑什么热闹。

"哦,还没来得及向宁局长汇报,"王凌云说,"豪成局长让我们来总结科达化工抓安全生产工作的成功做法和先进经验,说是为召开现场会做准备。"

"宁局长有所不知,"钱景来劲了,得意地说,"我们的安全生产工作是得到海城市政府汪市长充分肯定的,豪局长应该是在落实汪市长的要求。"

"总结成功做法和先进经验……还要召开现场会……"宁浩东指着王凌云,气得手直抖,不知说什么才好。

王凌云急了,连忙解释:"宁局长,您不要怪我们,我们也是领导要求来的。你们领导之间应该协调好,不能……不能让我们为难。"

"你说得对,我不怪你们。"宁浩东挤出一丝笑容,拍拍王凌云的肩膀。"不过啊,总结科达化工的成功做法和先进经验,不能只听钱总介绍,还要听听工人们怎么说。"他指了指聂静萍、李柯,"也得听听他们监管和执法一条线的同志怎么说。"

王凌云点点头。

宁浩东朝钱景一指:"钱总,你是不是安排陈一栋的家属和王科长见一见,听听他们怎么说?"

钱景转过身狠狠地擤了擤鼻子,斜睨了宁浩东一眼,心中愤恨地骂道:"狂,狂妄!"

第十四章
搅局者

海城市政府关于在上海举办"海城市投资说明会暨招商引资项目签约仪式"的通知发了,就在本周三举行,时间比原先预备的通知足足提前了一个半月。海城市政府带队领导是副市长汪海。

按照通知要求,出席会议的对象是各县区的县长、区长和重大项目办公室主任。通知要求,每个板块都必须有签约项目,绝不允许出现空白。这也是对各地发展思想牢不牢、项目意识强不强、招商效果好不好的重大检阅。

白桦县的签约项目只有一个,那就是"海达集团总投资二十亿元在白桦县化工园区科达化工公司新上医药中间体项目"。虽然只有一个,但这个项目非同一般,是十个、二十个普通项目都比不上的顶天立地的大项目。项目的签约文本由白桦县政府和海达集团共同起草,并已报经丁铠响县长和李英达董事长审定。

丁铛响带着吴主任和马有弟提前两天乘飞机出发。吴主任不是参会对象，但丁铛响还是要带着他。他跟着丁铛响已经四个年头了，丁铛响不仅习惯衣食住行靠他安排，办文办事办会也少不了他的亲力亲为。临上飞机前，丁铛响又给李英达发了微信，告诉他自己已经出发，相约在下榻的上海虹桥大饭店一起吃生煎包。李英达很快就回了个"OK"的表情包。

丁铛响来过上海多次，但每次都不是旅游而是公干。这次虽然还是公干，可是比以往任何时候都要轻松，因为签约项目已经敲定，并且是那么一个大项目、好项目。丁铛响可以想象得到，当他和李英达一起气宇轩昂地走上签约台，在汪海副市长的见证下分别签上自己的大名，其在海城市的轰动效应肯定不亚于我国第一颗原子弹爆炸成功。

白天逛了南京路，晚上又游了外滩，吃过城隍庙的特色小吃，回到宾馆时间已经不早了。丁铛响冲了一个热水澡，洗去一天的疲惫，裹着睡衣斜卧在沙发上，正借着OA系统处理办公室发来的公文。

这时有人敲门，声音越来越急促，丁铛响很不情愿地打开门，就见吴主任站在门外。

吴主任跨进房间，猛地把门关上，却急得一时说不出话来。丁铛响面露不悦："出什么事了？慌里慌张的！"

"县长，出大事了！"吴主任呼吸急促。

"什么大事？"丁铛响表现得十分沉着，"就是天掉下来也得慢慢说嘛。"

"李英达董事长不来签约了。"吴主任努力让自己沉着起来，言简意赅汇报道。

"他不来,那派谁来了?"这突如其来的消息也让丁铛响吃惊不小。

"谁也没派。"吴主任如实汇报,"李英达说,现在看来这个项目还不具备签约的条件,不签了。"

"什么?他说什么?"丁铛响傻了,脸涨得通红,"都商定好了,也都报给市政府了,他说不签就不签了?我给他打电话,他老板再大,也不能这样玩!"

"丁县长,你还是不要打这个电话吧。"吴主任劝道。

"不行,明天就要正式签约了,他给我来这一手,还有没有信用了?"丁铛响气愤地说,"我得问问他凭什么临时变卦。"

"他一说完,就把手机关机了。"吴主任无奈地说,"打不通的。"

丁铛响把号码拨过去,传来的果然是"您拨打的电话已关机"的提示音……

海城市投资说明会暨招商引资项目签约仪式,在虹桥大饭店金碧辉煌的一号大厅举行。丁铛响一走进来,肃立两侧的迎宾小姐就在他胸前别上胸花。他放眼看去,整个架势让他十分震撼。只见主席台的后侧,宽大且清晰度很高的LED屏上,蓝底红字"海城市投资说明会暨招商引资项目签约仪式"分外显目。主席台下,第一排是应邀而来的上海市吴领导和相关部门的负责同志,汪海坐在吴领导的身边,不时摸摸鼻子,俯下身和吴领导及其他领导交谈着。他们的后排,是参加投资说明会和签约仪式的嘉宾。再往后,则是海城市相关部门负责人和海城市下辖各县区参加活动的人员。他们一个个西装革履,胸前戴着飘带上写有

"嘉宾"金字的鲜花，头发打理得很顺溜，已经谢顶的人也用定型摩丝把珍贵的几根头发紧紧地盘贴在光滑的头皮上。丁铛响赶紧找到自己的座位坐下来。

随着欢快的音乐，主持开场，人员介绍，播放宣传片，领导致辞，程序依次进行，丁铛响的心跳得越来越快。

"现在举行项目签约仪式。请上海市吴领导、相关部门负责人、海城市副市长汪海先生上台监签。"主持人邢副秘书长激情洋溢地邀请道。

欢快的音乐声又一次在大厅内回荡，领导站到了主席台的中央。两个服务生各搬长条桌放在主席台前排，麻利地铺上蓝色台布，将一块写有"签约席"的席卡放在中间，再搬来两张椅子，随后退下。四名身穿旗袍的礼仪小姐走过来，准备引领签约嘉宾上台、离场。

"丁县长，我们是第五批上台签约。"马有弟凑到丁铛响的耳边说。

"吴主任呢？"丁铛响想起了办公室吴主任。

"他不是参加活动的对象，没办法进来，肯定在外边和市政府办的兄弟们聊天呢。"马有弟道。

"你给他发个微信，让他和负责签约的人对接好，不要再捅出什么娄子。"丁铛响觉得有必要再叮嘱一遍。

"我现在就发。"马有弟答应着。

很快，邢副秘书长的声音响了起来："现在进行第五批签约，签约项目是上海市卓越资源再生公司在白桦县投资2.5亿元的资源回收加工利用项目。请上海市卓越资源再生公司董事长钱荣祖先生、海城市白桦县县长丁铛响先生上台签约。"

悠扬的音乐声中，客商席上出来了一个大腹便便的男人，和从后边走来的丁铛响一起走上签约席。海城市领导席那边顿时一阵窃窃私语，大家互相打听："怎么回事？""怎么不是海达集团投资二十亿元的医药中间体项目了？"

其实，议论声丁铛响也听到了，但他佯装未闻，径直和钱荣祖一起完成了签字仪式。之后丁铛响伸出大手，和钱荣祖肥嘟嘟的圆手握在了一起，等随行的《海城大众报》记者摄影完毕，再往后退了一步，站在前几批签字人员的行列。

签约一共八批。等最后一批签字完毕，邢副秘书长欣喜地宣布："本次签约一共八个项目，总投资十六亿。可喜可贺！"

这时，十多名礼仪小姐把装满红酒的高脚酒杯送到吴领导、汪海等监签领导，以及签约嘉宾的手上。

见大家都已拿到酒杯，邢副秘书长提议道："让我们共同举杯，庆贺签约仪式圆满成功！"

音乐声喜庆悦耳。丁铛响先和钱荣祖碰了一下杯，然后弯下腰，笑容满面地双手捧着酒杯伸向汪海。然而，汪海没有理他，侧过身子，主动把酒杯碰向另一个县年轻的县长……

丁铛响的心拔凉拔凉的。

签约仪式结束后，便是祝贺酒会。

酒会在宴会厅举行。上海市的吴领导参加酒会没多久，因有事先走一步，汪海把对方送出大厅、送上车，返回宴会厅时发现刚才和丁铛响签约的那个客商，正在和服务小姐争执什么。他扫了一眼，继续迈着方步有条不紊往里走。

"伯！"这时身后有人叫他。

汪海一愣，回头一看，正是那个客商。他停下脚步，摸了摸鼻子，打量着对方，似乎在哪儿见过。

"伯，你不认识我了？我是老钱家的二憨，大名叫钱荣祖。"钱荣祖兴奋地说，"你不认识我，我可一眼就认出你了。只是我不敢叫你。你是我们村，不不，我们镇上出的最大的官。大前年清明你回家扫墓，我看到过你。"

老钱家的二憨？都长这么大了？对于老钱，汪海是忘不了的。他们在一个村一起长大，还有一段纯真的儿时友谊。不过，看着眼前腆着肚子的二憨，汪海纳闷了："听你爹说，你在上海捡破烂、收废品，现在发大财了？开公司了？要回乡投资兴业了？"

"哪有啊，"钱荣祖往汪海身边凑了凑，"我说了伯你不要笑话我，上海捡破烂、收废品的人多，赚不到钱，只能勉强糊口。"

"那你这是？"汪海更是不解了。

钱荣祖神神秘秘地说："这些年各个地方的人都到上海招商引资，还签什么约。可是，哪来那么多想投资的客商啊？那些招商的人找不到客商签约也着急啊。有个专门招揽客商的小头目，对，我们叫他经纪人，看我长得像个老板，就让我置办了这身行头，办了个公司，经他专门培训后上岗了……"

"你爹那么老实，你却做这种事。"汪海摸了摸鼻子，有点不屑。

"这工作好啊，伯，见大世面，有出场费，吃山珍海味，还有土特产和纪念品拿。"钱祖荣得意地说着，突然脸色一沉，拎了拎裤子，往汪海身边凑了凑，"伯，今天海城的活动太小气，没有土特产，也没有纪念品。刚才我想搬两箱红酒走，那个小姐就是不同意。伯，你帮我跟她说说，反正这酒是公家的。我敢说，她肯定听你的。"

汪海真是哭笑不得。他朝不远处的一个服务生招招手，服务生很快就过来了。他再往坐在大厅角落和人聊天的丁铠响指了指，让服务生去把丁铠响叫来。

丁铠响紧随服务生来了，汪海板着脸说："丁县长，这是你们请来签约的客商吧。既然请来了，就要服务好啊！"

"是，是。"丁铠响忙点头。

"真客商请不来，真项目谈不到，搞这些旁门左道很在行嘛。"汪海摸了下鼻子，白了丁铠响一眼，"一再要求你好事要办好，这就是你办的好事？"说完，头也不回地走了。

丁铠响愣在原地，满脸通红。

吴主任端着一杯红酒走了过来，问："县长，怎么了？"

"怎么了？"丁铠响没好气地说，"都是你们出的好主意。"

吴主任满腹委屈："县长，我们那是救场啊！责任不在我们，您不能怪我们啊，要怪就怪那个宁浩东，是他搅了局，他才是罪魁祸首⋯⋯"

上海的活动让丁铠响窝了一肚子气。活动结束后，他不想回白桦，只想直接到海城拜访李英达。他给李英达打电话，电话接通了，李英达却让他不要来，说自己飞机票已经买好了，马上要直飞深圳，集团上市还有最后几个事项要敲定。既然如此，丁铠响只能实话实说，希望医药中间体项目能够继续推进下去。

李英达说，他是很有诚意的，但是光他有诚意还不行，还得双方都有诚意,只有这样才能为项目建设创造良好的外部环境。丁铠响知道李英达说的是什么意思,说请李英达放心,过去发生的不愉快不会再发生了。

"县长大人真是个一心一意谋发展的好领导,也是个难得的实在人,和你这样的地方领导打交道,我愿意。"李英达也请丁县长放心,尽管很多地方的领导盯着这个项目,但他还是对白桦情有独钟,等从深圳回来,他会再来向丁县长讨瓶矿泉水喝,到时再就一些细节问题好好商量,三步并作两步走,把耽搁的时间抢回来,争取早日签协议,早日开工建设。

直到这个时候,丁铠响沮丧的心情才缓过来,让驾驶员调头回白桦,又让吴主任通知豪成到办公室等自己。一见豪成的面,丁铠响劈头盖脸就是一顿训,要求豪成立即整改不顾大局、不顾发展、破坏招商引资的恶劣行为,特别是对那个叫宁浩东的副局长不能放纵。这豪成也真是,不做任何解释,只是反复地检讨,从头至尾都没说宁浩东一个不字。丁铠响训豪成,本来是想让他承担领导责任,好好管束宁浩东,可他把责任全揽过去了。

豪成走后,丁铠响坐在椅子上深思良久,觉得有必要专门找一下张明凯书记。这时手机响了,县委办公室朱主任通知他下午三点到张书记办公室参加书记办公会,就部分县直部门干部人事调整问题先通通气。丁铠响一喜,机会来了。

无论是在乡镇当镇长、书记,还是现在做县长,丁铠响和自己搭班子的同志都相处得很融洽。这得益于当初在省委党校参加乡镇长培训班学习时,一个资深教授讲的一番话。那位教授看上去像个老学究,但说的话很有道理。他说,现在乡镇也好,市县也好,两位主要领导团结的不多,闹矛盾纠纷的却不少,弄得下面的同志工作很难开展，要汇报工作总得趁另一个不在单位，生怕另一个看见了不高兴，给小鞋穿。这不仅影响工作，也影响个人的成长进步。其实，要解决这个问题很简单。作为行政首长你要这样想：虽然我是一把手，但党委书记才是真正的一把手，要服从他。作为党委书记你要这样想：我是一把手，但行政首长也是一把手，我要尊重他。大家都这样想了，团结的问题还有什么解决不了的呢？教授的话，丁铛响一直铭记在心头上，落实在行动中。不过，他坚信自己一定也有媳妇熬成婆的那一天。

下午两点半，丁铛响就到了张明凯的办公室。敲门进来时，张明凯正就着白开水吞药。等张明凯把药吃了，丁铛响才坐到沙发上。

"张书记，省中医院的老先生怎么说？"丁铛响轻声问道。

"配了一些中成药。"张明凯说。"我现在是一天四次药。早上一起床，先吃降压药，早饭后再吃中成药，中午、晚上也得吃。至于效果……"张明凯一指办公桌上的电子血压计，"量一次失望一次，我都不想量了。"

"量还是要量的。"丁铛响宽慰道，"中医药是我们中华民族的瑰宝嘛。你要相信老中医，只是中药药效来得慢。"

"老丁你看，"张明凯拍拍自己的胸脯，"很多得高血压的人都肚大腰圆，那我这身子骨，虽然不能说骨瘦如柴，可也好不到哪里去，为什么就得了这顽固性高血压呢？"

"这还用问，还不是你长期一心扑在工作上，压力太大导致的？"丁铛响说得很自然，看不出有半点恭维的成分。

"你啊，也要注意身体，不要走我的老路。"张明凯说，"这一段时间你在主抓招商引资项目建设，情况怎么样？"话题一下子就转到了工作上。

"我正准备向你汇报呢。"丁铛响说,"手上有几个项目在谈,但进展都不是太顺利。究其原因,有客观的,主要还是主观方面。最近我想召开一次招商引资项目建设推进会,再次强调项目为王的理念,还打算利用半年多的时间,开展招商引资项目建设百日竞赛,到时请你到会讲话提要求。你身份不一样,用农村人的话说'磨盘大,分量重',一句顶我一万句。"

"你主抓,你重点讲。我嘛,为你提供后勤保障。"张明凯不无惭愧地说,"本来应该我和你一起出去招商,唉,我这身体不帮忙啊。"

"你掌舵,我行船。"丁铛响说,"这也叫分工负责,各司其职。"

张明凯示意丁铛响喝口水。他自己也端起了水杯,但没往嘴边送:"招商引资确实很难,但我们不能因为难而降低了标准,要变招商引资为招商选资。能耗高的不能要,污染重的不能要,安全生产不能保证的不能要。尤其是安全线一定要守住。千万不能项目上去了,职工的生命安全反而得不到保障。我们要 GDP,可是不能要带血的 GDP。我们要发展,但要的是安全发展。否则,还有什么价值和意义呢?"

"张书记说得对,对我们招商引资,不,招商选资工作很有指导意义,我们一定贯彻落实好。"丁铛响边往笔记本上记边表态。

这时,县委办公室朱主任把县委副书记陈明祥,县委常委、县纪委书记、监委主任韦国庆,县委常委、组织部长肖建国引了进来,并一一倒上茶。张明凯见人齐了,说:"因工作需要,近期县委打算对部分县直部门负责人作一次调整,按照加强党的领导、充分发扬民主、严格执行民主集中制的原则,今天我们开个书记办公会,并请纪委监委、组织部的主要负责同志一起参加,主要是对调整方案进行酝酿、沟通、协商。现在请组织部肖部长报告拟调整的方案。"

肖建国打开材料夹,向大家汇报起来。汇报一结束,张明凯就请大家考虑一下,提出意见。

谁也不先开口讲话,张明凯就一个一个点,被点到的人不是摇摇头,就是摆摆手说,无论是被免的、被提的,还是交流的,都很合适,没有意见。

张明凯最后请丁铠响提提意见。丁铠响沉思一会儿,说:"对这个调整方案,我和大家一样,没有意见。但是有一个同志,我认为很不错,建议提拔使用。"

大家都向丁铠响看去。

"丁县长肯定是慧眼识英才。说说看,说说看。"张明凯招呼道。

"这个同志就是县应急局的副书记、副局长宁浩东。"丁铠响喝了一口茶,清了清嗓子,说,"这个同志在座的应该都熟悉,以前在县委办工作。说实话,那个时候我觉得他有点书生气,没想到到一线工作后,政治素质、能力水平、工作作风就表现出来了。凡是和我接触的人都说他不错,很不错。我也很有同感。他敢于负责、勇于担当,人才难得啊!所以我建议,把他从应急局调出来,安排到一个部门当主要负责人。好钢就是要用在刀刃上。"

丁铠响刚说完,张明凯便摇手道:"小宁我了解,他还不够成熟，需要继续锻炼，现在不要动。"

"张书记，你不能因为宁浩东为你服务过就不提拔他。"丁铠响有不同意见，"古人说举贤不避亲，何况你和他也只是工作关系。"说着把目光投向与会的其他人员："同志们说是不是啊？"

大家说，是这个道理。

张明凯说："小宁这个问题大家就不要多议了。我的意见是，这次不动，让他继续在应急局现在这个岗位上磨炼磨炼，摔打摔打。如果，我说的是如果，如果真的行，以后就提拔到应急局局长的岗位。豪成快到年龄了，他也多次向我推荐过小宁。"

大家表示，这样也行。丁铠响却倒抽了一口凉气。

第十五章
谁都不容易

宁浩东把办公室的门关上,再一次从裤兜里拿出那个前几页被撕掉的生产记录本。他不敢把它放在包里,万一弄丢问题就大了。之前他已经认认真真、仔仔细细地看过好几遍了,不过怎么也看不明白。上面的字歪歪扭扭,错字别字一个连着一个,更多的不是文字,而是一个又一个数字编号,有好几处不知是被汗水还是被物料浸过,就是一个墨水团……真是比天书都难懂啊!宁浩东感叹着。但即使真的是天书,他也要把它破译出来。它是弄清事故原因、厘清事故责任、实施责任追究的重要依据。

那天,当宁浩东再次关起门来研究这本"天书"时,突然眼前一亮,目光停留在几行字上。这几行字是由一些读起来很拗口的词组成的,但似乎是某种化工原料的名称。再往下翻,除了数字编号,类似的情况还有。他把生产记录本重新装回裤兜,来到二楼的危化品安全监管科,悄悄对正在忙的聂静萍说:"找一下科达化工三号车间的许可材料,带到我办公室,我等你。"危化科不但负责危化品安全监管,而且负责危化品生产的行政许可。宁局长为什么要找这些材料?聂静萍心中很纳闷,但既然分管局长要,她就得赶紧找。

不一会儿,聂静萍捧着一叠材料来了。宁浩东接过来翻了翻,更加坚信自己的判断。他不动声色地翻开生产记录本,要聂静萍重点看看那几个拗口的词,再对照许可材料,判断一下是不是有问题。聂静萍对照着看了又看,额上逐渐沁出细小的汗珠,然后惊叫道:"他们是在非法生产啊!"宁浩东连忙做了个手势,让她小点声,同时赶紧把办公室的门紧紧地关上。

非法生产是严重违反法律法规的恶劣行为,是导致生产安全事故的重要原因。因此,国家对非法生产一直利剑高悬,轻则行政处罚,重则追究刑事责任,酿成事故的既要行政处罚又要追究刑事责任。宁浩东十分清楚,如果科达化工这次真的发生了亡人事故,相关责任人更是罪加一等。作为监管部门和监管人员,在打击非法生产上责任重大,出了如此性质的亡人事故,肯定逃不了干系。他深深地叹了一口气,事情越来越复杂了。

"宁局长,你要帮我!"突然,聂静萍叫道,"我不想像杨大、小钱那样受处理。你知道的,从在劳动局负责劳动保护开始,我做了一辈子的安全生产工作,还有一年半载我就要退休了……"说着声音里就带了哭腔。

"哭什么哭?"宁浩东递给聂静萍一张面纸,沉声道,"哭就万事大吉了?"

嘴上这么说,但聂静萍此时此刻的心情宁浩东十分理解,更何况作为分管领导他也感同身受。非法生产导致的生产安全事故,追究起来安全监管人员难辞其咎,并且远不是失管失察就能对付过去的,玩忽职守、失职渎职,那可是犯罪啊!"

"宁局长,打非治违我……我们一直抓得很紧啊,可是怎么就没发现他们非法生产呢?"聂静萍想不通,"上次你带我们和执法大队一起去联合检查,也只是发现了重大事故隐患啊……"

宁浩东也想不通,皱着眉头在办公室转圈。突然,他停住了,拿起放在桌上的包果断地说:"走,你和我一起到科达化工去,暂且抛开那些数字编号,先弄清楚拗口的词是什么化工原料,再一步一步深入下去,一定要弄清他们生产的是什么!"

聂静萍不动。

"怎么愣着不动?"宁浩东疑惑。

"宁局长,能不能……不往下查啊……"聂静萍叫道,"我害怕!查到最后,两败俱伤,他们企业老板反正腰缠万贯,而我们会一无所有……我们伤不起啊,宁局长……"

"那就让他们蒙混过关?那就让死者死得不明不白?"宁浩东反问道,他脑海中浮现出余琴的话,以及陈一栋那一家老小,"他们这次爆炸可是造成人员伤亡了,这是犯罪啊!"

聂静萍怔怔地看着他。

宁浩东看了她一眼:"走,带上执法记录仪,现在就走!"说罢,拎起包率先走了出去。

聂静萍一声不响跟着宁浩东来到钱景的总经理办公室。钱景板着脸,不看他们。宁浩东故意打趣道:"又来'为难'你们了,看来钱总不欢迎啊?"

"你们是剁肉的刀,我们是案板上的肉,哪里敢啊?"钱景一如既往地把他们往接待室领,语气中带着明显的不满,"说,今天还要查什么?"

"你把三号车间的原料进库和产品销售台账拿给我们。"宁浩东说。

钱景一惊,随即又镇定下来:"可以。不过,宁局长能告诉我为什么吗?"

"看看你们三号车间到底生产的是什么产品。"没等宁浩东开口,聂静萍跟上来就是一句。

"怀疑我们非法生产?"钱景猛地停住脚步,脸色更加难看了。

"怀疑归怀疑,最终还得靠事实说话。"宁浩东故作轻松。

"哦,哦……"钱景回过神来,磨蹭着寻找借口,"今天可能不行了,管账的小管回家生孩子了,得等她休完产假。宁局长,你知道的,我们企业难啊!不招女工吧,劳动监察大队找我们说话;招吧,今天谈恋爱明天结婚后天生孩子,这个事那个事的……"

"也行。"宁浩东倒也通情达理,"台账拿不到,我们就先和你谈谈吧。"

"不好意思,实在不好意思,有几个销售商正在洽谈室等着我。"钱景搓搓手,"你们能不能改日?"

宁浩东换了个话题,问:"王健民王副总在吗?我刚才看到他办公室的门好像开着。"

"在,应该在。"钱景道。

宁浩东说:"那你先去接待销售商,我们先和王副总聊聊。"

"可以,可以,我这就去安排。"说完钱景走了出去,边走边想，聊吧，他能知道什么？即使知道，又岂敢胡说八道？

等了半天，王健民终于端着茶杯，像只企鹅摇晃着走了进来。他打了声招呼，放下茶杯就要给宁浩东和聂静萍加水。宁浩东让他坐下，说他们的水杯都满着呢。

见王健民坐下了，宁浩东问："王总除了分管安全、生产，还分管什么？"

"我啊……"王健民擦着头上脸上的汗，"什么都管，什么又都不管。"

"王总这话什么意思？"宁浩东不解。

"公司就我一个副总，这不是什么都管吗？"王健民解释道，"可是，钱总是李董的姐夫，能让我插手多管吗？还不是让我干什么我就干什么，充其量我就是一个打工的。"

"既然分管，就得负责！"宁浩东看着王健民，"责任重大啊。"

"可……可……"王健民好像在努力想表达什么，但是非常吃力，汗珠不停地往下滚，突然，眼睛、鼻子、嘴巴都扭曲起来，最后双眼一翻，瘫在沙发上。

宁浩东吓了一跳，他一步跨过去，抱住王健民，不停地叫道："王总，王总……"聂静萍赶紧打了120，又跑出去大声呼喊。

钱景听到喊声，匆匆跑了过来，一见眼前的场景，连连问道："怎么啦？王健民到底怎么啦？"

宁浩东说王健民突然就这样了，看样子是突发中风，已经打了120。

钱景摇摇头，咂咂嘴："中风？好好的人怎么就中风了？

不能在这里等着120,先用我的车把他往医院送,时间就是生命……"说完连忙叫来驾驶员,七手八脚把王健民抬上了车。

车开走了,钱景不停地唉声叹气,嘟囔着:"这怎么好,这怎么好……"

谈话肯定无法进行了,宁浩东和聂静萍使了个眼色,对钱景说:"钱总,今天只能到此为止了,我们明天再来。"

钱景瞪大眼睛,问:"你们想走吗?"

宁浩东点点头。

"你们不能走。"钱景脸往下一沉,"王健民好好地来上班,好好地被你们叫来谈话,现在生死难料,你们就这样一走了之?"

"那你要我们怎么样?"宁浩东平静地问。

钱景冷笑道:"你们是干部,我们是小老百姓,你们是管人的人,我们是被管的人,我们能把你们怎么样?但我就是不信,你们就能无法无天?"

"你放心,该我们负责的我们会负责到底。"宁浩东话中有话,"我们谁都不能无法无天。钱总,你觉得我说得对吗?"

"那当然是。"钱景挠了挠尖尖的脑袋,"不过,宁局长可能不知道,王健民的老婆是有名的母老虎,她可不是讲理讲法的人。"

宁浩东没搭理钱景,径自走到自己刚才的座位上拿包,可是座位上空空如也。他问钱景有没有看到自己的包,钱景一脸蒙,说根本就没看到宁浩东拎着包过来。宁浩东让聂静萍打开执法记录仪回看,执法记录仪的镜头对着王健民的位置,宁浩东的座位是个盲区。

这时，吕成贤给宁浩东打来电话，请他指导如何开展生产安全事故应急救援预案演练，宁浩东只好先过去，到了金鑫化工公司还没坐下，豪成的电话就来了，要他尽快回办公室，说是有事找他。宁浩东想，肯定与王健民突发中风有关。在宁浩东看来，那就是个意外，并且意外得有点不同寻常。当然，向豪成汇报一下也是应该的，所以他很快就赶了回来。然而，豪成不在办公室，宁浩东只好先回自己的办公室耐心等待。

正好黄兰香拎着一捆宣传资料过来了，说王凌云科长刚召集他们安全生产志愿者开会，她开完会顺便来看看宁局长。宁浩东赶紧给她倒茶。她说不喝了，马上就走，临走时看着他说："听小区里的保安讲，宁局长一向很忙，经常很晚才回家。如果来不及做饭，就到我那儿对付一口，我给你做你们南方人最爱吃的红烧肉，还有……还有大米饭。"

办公桌上摆着一摞文件夹。局里每天都会收到很多文件，办公室会分门别类装进文件夹，送豪成阅批后让班子成员一一传阅，说是传阅，更多的是在自己的名字上画个圈、写个日期而已，只是按程序"传"，哪有精力详细"阅"？当然，如果是与自己分管工作相关的，会看得仔细点，还要思考思考如何落实。不过，这类文件不是太多。与其他班子成员不同的是，宁浩东对每份文件都看得很认真，这或许和他长期在办公室系统和领导身边工作有关。

豪成推门进来了，在宁浩东对面坐下，宁浩东也就放下了手上正在看的文件。

"你什么时候回来的？"豪成说，"我在丁县长那里耽搁的时间长了点儿。从丁县长办公室出来我就给你打电话，谁知他又把我叫回去，一谈就是半天。"

自从上次和豪成闹僵后，再和豪成坐在一起宁浩东就感到有点不自在。"回来有一会儿了。"今天宁浩东想把气氛营造得轻松点，就开玩笑说，"领导一声召唤，我拔腿就跑，两条小腿直打屁股。"

"个人的事有进展吗？"豪成关切地问道，并带有歉意地说，"这些日子忙，等闲下来我给你介绍一个。对，县纪委的周雅婧就很不错。她是吴正海的外甥女，我出面请他为你牵线搭桥，怎么样？"

宁浩东说声"谢谢"，又说："你也知道的，我是不想恋爱结婚的，就不劳豪局长忙活了。"

"男大当婚，女大当嫁，天经地义。"豪成摆出严肃的样子，"你这么优秀的人，只准晚婚，可不准不婚。国家计划生育政策都调整了，你可得响应号召，多作贡献啊！"

豪局长让我回来，不会仅是关心我的个人生活吧？难道王健民的事……宁浩东想。

果然，豪成开口了。

"宁局长，我想问问，科达化工副总经理王健民，被送进县人民医院急救室是怎么回事？"豪成拧开随身带的水杯到饮水机上接满水，喝了一口，又坐到宁浩东面前。

"我正准备向你汇报呢。"宁浩东异常平静地说，"其实，那就是一个意外。"说着，就把情况向豪成作了简要汇报。

没等宁浩东说完，豪成便打断了他的话，问道："你确实是带着聂静萍去核查科达化工非法生产了？"

"是。"宁浩东实话实说。

"你凭什么怀疑人家非法生产？"豪成失控了，和之前判若两人，气呼呼地站了起来，拍着桌子说，"你这不是胡闹吗？"

"我没有胡闹。"宁浩东也一下子站起来，从裤兜里掏出生产记录本往豪成面前一拍，"你自己看！"

宁浩东庆幸一直把生产记录本随身放着。现在，包被偷了，生产记录本还在。

豪成并没有翻看生产记录本，只是指了指，问道："哪来的？"

"我……"宁浩东支吾着，并不想把实情告诉豪成。

"你从这个本上已经看出他们在非法生产了？"豪成又问。

"是。"宁浩东说，"我们正在查找和固定证据。"

"你……你……"豪成一把抓起生产记录本，往宁浩东面前一摔，气得上气不接下气，"你太天真了，人家即使真的非法生产了，能让你从原料进库和产品销售台账看出来？"

这一点，宁浩东觉得豪成说得对，自己当时没考虑周全冲动了。

"再说了，一旦真的查实非法生产，你知道是什么后果？"豪成指了指自己，又指指宁浩东，"等着我、你，还有杨波、聂静萍他们的又是什么？"

宁浩东何尝不知道？

好半天，豪成才平静下来。他连喝了几口水，放下水杯后又用双手使劲地擦了擦脸，心平气和地说："你的心情我理解。我比你年长几岁，丢掉工作这层关系，也算是你的老大哥了，也请你理解我。"

宁浩东看着豪成，没有说话。

"坦率地说，我们做部门领导的，尤其是过去的安监部门，现在的应急部门领导，一定要有大局意识、全局观念。"豪成说，"不能就安全抓安全，要对发展负责。发展是第一要务嘛。"

宁浩东听着，没答话。

"短短几天，丁县长已经把我叫到办公室好几次了，每次都是劈头盖脸一顿狠批。今天，他又接到报告，说科达化工堂堂的副总经理王健民，竟然被逼进了医院，到现在还神志不清……"豪成不无委屈地说，"丁县长骂我，说我们应急局是白桦发展的绊脚石，我豪成更是白桦百万人民的罪人。"

"什么绊脚石、罪人，丁县长他偏听偏信是不对的，"宁浩东听不下去了，"他更不应该随随便便给人扣帽子！"

"唉，我完全可以理解丁县长。"豪成叹了一口气，"本来和海达集团李董事长已经商定好，医药中间体项目要在上海签约，可是签约头一天晚上，李董事长不干了。无奈之下，吴主任他们临时救急，还出了状况，被汪市长当场戳穿……"

"海达集团凭什么不讲信用？"宁浩东忍不住问道。

豪成看了一眼宁浩东，意味深长地反问："你说呢？"

宁浩东的心似被什么东西戳了一下，猛地一惊。

"你可以说我说的是大话空话，"豪成强忍住心中的憋屈，"行，先把对发展负责、对县委县政府负责放到一边，作为一个局长，我总得对我手下的同志负责吧？"豪成喝了一口水，又擦一把脸，努力不使自己的情绪失控："你是知道的，安全生产最大的特点就是问责严厉。这些年，我总是想方设法保护自己手下的同志，可是……可是很多时候我做得不够好。我对不起他们……就拿'4·21'兴盛塑业触电事故来说，这家企业本来没有列入执法检查计划,可我听说他们的安全基础不好,就让杨波带小钱去搞了一次安全检查,结果三个月后还是出了事故。问责下来,杨波党内严重警告,小钱开除公职。那天,杨波向我请求调动,我心里舍不得,但我还是爽快地表态,只要你调得走,我一定支持。最可怜的还是小钱,多老实的一个孩子啊!好不容易读完大学考上公务员,结果饭碗丢了。那天一大早,他就找到我家,跪在我面前哭着说,他上有老人要赡养,下有孩子要抚育,老婆还常年生病,没有工作。他问我,以后的日子他还怎么过?你说,我能有什么办法……"

豪成说的这些,宁浩东深有体会。他想说点儿什么,但一时又不知从何说起。他不敢看豪成,他知道豪成的眼里肯定噙满了泪水。

豪成擦擦眼睛,看着宁浩东,动情地说:"我还得对你宁浩东负责啊。"

宁浩东心头一紧。

"你是张明凯书记身边的人,我知道张书记把你安排过来担任副书记、副局长,目的是让你先熟悉熟悉情况,然后接我的班。我感谢张书记的信任,但也觉得责任重大。所以,我尽量把责任担过来,把你保护好。举个例子来说吧,科达化工三号车间复产的请示,我没让你签字,你只知道冲我大嚷大叫,就是不知道我这么做是为了不让你承担责任。你知道的,安全生产上有一个'谁检查谁负责,谁签字谁负责'的要求。问题是你不理解啊,还以为是我忽视了你。"

宁浩东想了想,确实如此。

"上次你要兼任化工园区安监分局的分局长,我没同意,你也一定对我有意见吧?"

"我只是从工作出发。"

"可我却是从关心你的角度出发,我的良苦用心你就是不明白。"豪成看着宁浩东,扳起了手指头,"那个岗位,不是权力,而是压力和责任。那儿有48家化工企业,263个重大危险源,易燃易爆的危化品不计其数,你如果兼任了那个分局长,一旦出事,要负的可不是领导责任,而是直接责任。"

听到这些话,宁浩东对豪成不由多了几分敬意。

"在你接替我走上局长岗位之前,你理应韬光养晦,和方方面面搞好关系。可是……可是说一句违反纪律的话,相当一部分企业老板对你不满意,分管领导张艳梅副县长也对你不满意。这次海达集团的项目被搅黄了,我向丁县长检讨,说责任完全在我。但是,丁县长对情况了解得一清二楚,说我要负的是领导责任,而你一意孤行,自行其是,要负全部责任。"

"对不起,我让你受冤枉气,让你两头难做人。"宁浩东看着豪成真诚地说。

豪成摆摆手:"不能这么说,不能这么说,我当然有责任。"

"责任在我。"宁浩东又补充了一句,"有什么责任完全由我承担。"

"我们之间不要这样说。"豪成诚恳地说,"其实我也有私心,我想顺利地把班交给你。这个局长我早就不想干了,只想平平安安软着陆,可是,谁接我的班?两办主任人人想干,财政局长人人想干,教育局长人人想干,谁愿意干这倒霉的应急局长?谁愿意整天屁股坐在火山口上?没人接我的班,我脱不了身啊,你老弟就帮帮我的忙吧。"

167

宁浩东被豪成的肺腑之言深深地打动了。来应急局两年多时间，他们还真的没有认真交过心。他站起身，给豪成的茶杯续满水，端过来，放在豪成面前，真诚地说："豪局长，你说的这些道理我全懂。真像大家背后议论的，你确实是个好领导。你一心想着对县委、县政府负责，对发展负责，对同志们负责，对我负责，我真的非常感动。"

豪成摆摆手，打断宁浩东的话，说："我没你说的那么好。"

"你真的是个好人、好兄长。"宁浩东动情地说，"我也想像你那样，可是我一闭上眼，眼前就会出现科达化工的事故现场，就看到躺在担架上的那个工人，就浮现出那位工人年迈的父母和岳父母跪在我面前的场景，就出现了他年轻妻子和幼小孩子挂满泪珠的脸……我觉得我有责任为他们做点什么……"他声音有点哽咽："我们是不是也应该对企业的工人和他们的家人负责呢？他们也想过上幸福安宁的生活啊！我觉得，这应是我们的责任所在，也是我们应该坚守的安全线。"

"我没有说不对他们负责，"豪成说，"可是查处事故的前提是真的发生了事故，并且最起码是一人以上死亡，或三人以上重伤。这在法律上是有规定的，不是凭我们异想天开，或捕风捉影。总而言之，总得靠证据说话吧？"

"上次在人民医院会办会上吴院长的话，你没听懂吗？"宁浩东问。

"我们要的是正式的确认材料，而不是他们怎么说。"豪成说，"口说无凭，不足为证，你难道不懂？"

"我现在就是在搜集证据啊！"宁浩东的语调不由提高了几分。

豪成苦笑道："我是农民出身。农村人有句话，话糙理不糙，叫粪缸不搅不臭。你有什么必要去做搅屎棍……"

"我就这么不堪吗？"

"你觉得呢？"豪成气得两手不停地抖，嘴里数落道，"我真担心，你自以为是，不停地折腾下去，到时怎么收得了场？"

第十六章
醉翁之意

这几天一直闷热,连一丝微风都没有。傍晚,天边不时划过几道闪电,传来几声闷雷响,乌黑的云层也越聚越厚。到了下半夜,闪电更密更耀眼了,闷雷也更近更震撼了。突然,一道银色的闪电把天空劈成了两半,"咔嚓"一声巨响在人们的头顶上炸开,先是小孩的哭声此起彼伏,随之而来的是呼呼的风声和哗哗的暴雨声。

闷热的天气虽然消停了点儿,宁浩东却久久难以入睡。不知怎么的,他的胃一直在闹腾,一会儿疼,一会儿胀,一会儿又像要吐,不停地下床上床……到了后来,他就干脆在沙发上躺下。

突然,茶几上的手机猛地震动起来,一阵紧似一阵,抖动着,转着圈发出呼呼的声响。宁浩东一把抓过,压低嗓门,喊出一声"喂"。

电话是李柯打来的。今夜,他和小徐在局值班室值班。李柯急切地汇报道:"宁局,刚刚接到县政府总值班室电话,一辆由西向东开往化工园区的危化品槽罐车被一辆大货车追尾了。"

"装的什么?有多少?有没有泄漏?具体位置?"宁浩东一怔,本能地抛出一连串的问题。

"装的是液氨,35吨,大货车撞上去后,前保险杠正好顶住槽罐车罐体左侧底部。罐体肯定破损了,如果两车分离,很可能造成泄漏,一遇明火极容易引起燃烧甚至爆炸。具体位置是化工大道化工园区出口200米处。"李柯显然对情况了解得比较详细。

"你立即赶往出事现场,我在那儿与你会合。小徐不要去,让他在值班室留守。"尽管情况十分紧急,但宁浩东努力保持沉着,以免影响了李柯。安排完毕,他迅速收拾好赶往出事现场。

手机响了,宁浩东一看,是豪成打来的。豪成说自己刚才也接到报告了,不过正在省厅开会赶不回来。宁浩东告诉豪成,他很快就会赶到现场。豪成语气中透着担心,再三叮嘱宁浩东一定要安全、妥善处置。宁浩东知道豪成的担心不无道理。液氨有毒有害,刺激性气味很强,极易造成人员中毒甚至死亡。液氨具有腐蚀性,并且容易挥发,一旦遇到明火就会发生爆炸。2013年6月3日吉林宝源丰禽业有限公司火灾,液氨设备和管道受热爆裂致使大量液氨泄漏引发爆炸,死亡120多人,受伤70多人,至今让人不寒而栗。这些信息不时从宁浩东的大脑中跳出,使他的心一直堵得慌,连气也喘不过来。

不知什么时候,暴雨停了,闪电和雷鸣也销声匿迹了,天气竟然又闷热起来,打开车内空调根本无济于事。宁浩东的头上身上湿漉漉的。当然,这不全是天气的原因,与他急躁的心情也有很大的关系。

越接近事发现场，路上停留的各种车辆就越多。宁浩东明白，公安交警部门肯定把整条道路都封闭了。车无法再开，宁浩东将它停在路边，一下车正好遇到李柯，两人互相看了一眼，什么都没说，只管向前跑。借着微弱的路灯，宁浩东看到，消防救援大队的消防车正在不间歇地对着槽罐洒水，严防液氨泄漏遇火花引发爆炸。所幸两辆车的驾驶员都没有受伤，正蹲在百米开外的路边，眼巴巴地看着自己的车。

公安交警和消防救援大队的同志是最早到达的，宁浩东和李柯赶到后，生态环境局、交通运输局等部门的同志也陆续赶来了。消防救援大队副大队长黄诚一见宁浩东就长长地松了一口气："宁局长来得正好，我们正愁没人指挥呢。我看了一下，你职位最高，就你来指挥吧。"

李柯抢着说："按照应急预案，应该是县领导担任指挥。"

黄诚无奈地说："县政府总值班室说，丁县长在外招商，张艳梅副县长人在海城，一时半会儿也赶不过来，难道要等？"

"不能等。"县交警大队副大队长孟进说，"化工大道已经封闭，如果时间过长，过境车辆积压太多，那问题就大了。"

"不讨论了。"宁浩东招招手，让各条线带队的同志往自己身边靠靠，"我不但是县应急局的副局长，也是县安委办的副主任，事故处置的指挥员我就当仁不让了。想来情况大家已经清楚，我先提个方案。"

"好的。"

"宁局长你说。"

大家纷纷响应。

这时，白桦化工园区安监分局的施展捧着手机跑了过来，冲宁浩东喊道："宁局长，管委会吴主任要往现场赶，让我发个定位给他。他是个病人，我说了他不听，你来说……"

一听"管委会吴主任"，宁浩东就知道是吴正海。他对着手机劝道："吴主任，你不能来，你不能不要命……"

"宁局长……管委会杜主任随……随丁县长外出招商了，我……我是分管领导，接到报告我理应……理应赶到现场……"电话里，吴正海说一句话，喘一口气，非常吃力。

"请您相信，您不到现场我们也能处理好。"宁浩东打断吴正海的话，"我没时间和您说了，放心，涉及化工园区的事我直接安排给安监分局的施展……"

吴正海还在坚持，宁浩东不容分说摁掉手机递给施展，又让大家往他身边拢了拢，说："刚才我仔细观察了现场，我想，马上请交通运输局的同志从化工园区企业调度一辆同吨位、运载液氨的槽罐车过来，带齐氨泵和管道等设备，将事故车上的物料驳载过去，转移到化工园区的危化品运输车辆停车场。倒罐过程中会有大量液氨气化，消防救援大队黄大队长不但要继续组织对槽罐车气氨排放口和相撞的部位不停地洒水，还要做好万一相撞处破口造成泄漏的紧急处置准备。比如，堵漏。在此期间，大货车千万千万不能有半点移动，就让它死死地顶着。"说完，他又对其他同志说："生态环境局的同志要密切监测周边环境，防止造成环境污染事件。交警大队的同志一定要把道路封闭好，防止有人进入处置现场，甚至把火种引进来。化工园区管委会，对，就请施展同志牵个头，一要配合好交通运输局的工作，还要仔仔细细检查一遍附近有没有群众居住，如果有，要迅速组织转移。"

宁浩东话音刚落，李柯就大声地问道："宁局长提出的处置方案,大家有没有什么不同意见?"

"没有。"

"没有。"

见没有不同意见,宁浩东提高嗓门,郑重要求道:"现在立即开始行动。同时,要做好自身的防护工作。"

处置工作在有条不紊地进行,宁浩东紧紧地盯着,生怕出现半点疏漏。突然,一股氨味扑鼻而来,宁浩东突然意识到很有可能已经发生泄漏。果然,生态环境局负责气体监测的同志匆匆跑来汇报,氨气数值正在急剧上升。宁浩东倒吸一口凉气,立即向消防救援大队发出堵漏的指令。由于罐体内压力很大,刚一堵上,漏点便又出现,再堵,别无选择……与此同时,水枪造成的水幕更密了,流淌出来的液氨迅速得到稀释,并被沙袋堵截在路基下的废沟里……

终于,天亮时分,槽罐车里的液氨已经全部驳载完毕。不过,液位仪显示,原来的35吨已经明显不足,相当一部分已经泄漏。看着大货车和被撞的槽罐车顺利分离后,在交警的引导下开走处理,化工大道重新恢复通行,宁浩东如释重负,瘫在路边,胃也抽搐起来,翻江倒海一般。"哇"的一声,他忍不住大口大口地呕吐起来。

"宁局长,你怎么了?"眼前的一幕把李柯吓着了,"是不是吸了氨气,中毒了?"

"不是,是胃不舒服。"宁浩东用李柯递过来的矿泉水漱漱口,又喝了几口,感觉好多了,"没事了,我们回去吧。"

这时,一辆大众轿车在宁浩东的身边停住,张艳梅推开车门走了下来。见是张艳梅,宁浩东直起身子说:"张县长,事故顺利处理了,还没来得及向县政府总值班室汇报。"

"处置情况相关部门已经汇报过了。"张艳梅不好意思地说,"我没能在处置阶段赶到现场,确实说不过去。尽管处置结束了,但我有必要来看一看,感受感受。"

宁浩东汇报道:"当时情况很危急,不过相关部门配合得很好,最终化险为夷。"

"你有担当精神,指挥有方,每一个党员干部都要向你学习,包括我在内。"张艳梅赞赏着,向宁浩东伸出手。突然,她的目光从宁浩东的呕吐物上掠过,不经意间又缩回了手,掩了掩鼻子,关切地问道:"这是怎么回事?"

"没什么,刚才胃有点不舒服。"宁浩东说着往旁边走了几步,拉开与呕吐物的距离,"现在没什么问题了。"

张艳梅皱了皱眉,摇摇头:"不行,组织上要对同志负责。"

"胃偶尔疼一疼很正常,不需要组织上负责。"宁浩东笑着说,"张县长,上班时间马上到了,我们快回吧。要不,我请您吃早餐?"

"宁局长,我是认真的。"张艳梅一本正经地说,"你上我的车,我亲自把你送到县人民医院,交到吴院长手上,让他安排一下,好好给你查一查,治一治。"

"张县长,感谢关心。"见张艳梅来真的,宁浩东急了,"我手上还有很多事要做,耽搁不得。我去开车了,再见。"

"你给我站住。"张艳梅表情严肃,语气坚决,不容置疑,"你的车我会让豪成安排人来开回去。你现在的任务是跟我到人民医院去,一心一意地治病。"

"张县长,至于吗?"宁浩东哭笑不得。

"浩东同志,你再小的毛病,在领导眼里都是大问题。"张艳梅拉开车门,对宁浩东命令道,"进去!"

张艳梅咄咄逼人,让宁浩东实在无法坚持。他只好后退一步说话:"我再不服从领导的安排,就是矫情了。那请稍等一下,我把车钥匙交给李柯,让他想办法帮我开回去。"

"这还差不多。"张艳梅温柔一笑,"快点,我等你。"

宁浩东走到站在一旁的李柯身边,把钥匙递了过去,压低嗓门道:"这几天不管我在不在,你都得配合聂静萍继续到科达化工检查。检查重点是什么,她知道。"

李柯点点头,说:"你放心,我们会的。"

张艳梅把宁浩东交给了县人民医院吴院长。她要求吴院长像完成政治任务一样严肃认真对待,先安排宁浩东住进体检中心,全面彻底地进行系统检查,再落实后续的治疗工作,该请专家会诊的立即邀请,该转往北京、上海等大医院治疗的照转不误。

豪成给宁浩东打来了电话,说张艳梅副县长对宁浩东的关心,就是对所有从事安全生产监管工作的应急人的关心,一定要珍惜。他还告诉宁浩东,按照张艳梅副县长的要求,宁浩东手上所有的工作都得停下来,心无旁骛地检查治疗……听到这些,宁浩东心里极其反感,但忍住了。

一连两天检查,很多结果已经出来了,除了胃部有一个息肉和一处溃疡外,其他都很正常。宁浩东找到吴院长,想出院回去,可吴院长不答应,说已经把宁浩东的检查结果从网上发给了省人民医院的专家,请他们会诊,拿出治疗方案,现在要做的是耐心等待。吴院长还说张艳梅副县长交代过,宁浩东出院,得经过她同意，请宁浩东不要为难自己。宁浩东想问问陈一栋的情况，可吴院长对他不冷不热，一副公事公办的架势，让他难以开口。

宁浩东被困在病房里百无聊赖，有一种被软禁的感觉。周雅婧出院了，吴正海出院了，否则他倒是可以到他们的病房坐坐……

李柯来了，推开病房的门，把一袋苹果放在床头柜上，看着宁浩东笑。

放下手上的工作不做，跑来看我，几个意思？宁浩东有点不高兴，劈头就问："为什么不到科达化工去？是不是你也以为我得了不治之症？"

"把情况弄清楚再批评好不好？"李柯一脸苦相，委屈极了，"不是我们不到科达化工去，而是豪局长让我们全部撤出，一个也不许过去。"

"为什么？"宁浩东差点把鼻子气歪，"他凭什么？"

"也不能怪豪局长，"李柯让宁浩东不要激动，听他一一汇报，"是上面的大领导让豪局长这样做的。至于是市里的还是县里的，我就不知道了。我只知道，大领导把豪局长叫过去，狠狠地训了一顿，说我们应急局滥用职权，肆意干扰企业的生产经营活动。如果再不立即纠正，市县两级优化经济发展环境办公室将组建联合调查组进驻我局……"

"还有这么回事？"宁浩东火了，"走，我现在就回去，我倒要去问问领导，履行监管执法职责，怎么就成了滥用职权、干扰企业生产经营了……"说完，就动手收拾东西。李柯劝了几句，宁浩东挥手打断他，一脸执拗，他也就不敢劝了。

"你这是要干什么？"管床护士拿着血压计进来准备给宁浩东量血压，见此情景开口就问。

"我要出院，就现在。"宁浩东头也不抬，继续收拾。

"不行，不行的。"护士急得直跺脚，"领导有交代，你不能出院……"

"不管谁交代，我都得走了。"宁浩东拎起包就要出门。

"我去向领导汇报。"护士更紧张了，扭头出门找领导去了。

宁浩东把包递给李柯："帮我拎上。"

李柯不接，朝宁浩东傻笑："稍等一会儿，等护士汇报完了再走也不迟，难为人家小女孩没意思，要怜香惜玉……"

突然，刺耳的消防车警笛声传来，"呜呜呜"响成一片，宁浩东、李柯同时怔住了。

"什么情况？"宁浩东嘟囔一句，连忙拿出手机拨打了县消防救援大队的电话。李柯凝神听着。片刻后宁浩东摁掉手机，拎起包就向门外跑去，边跑边对李柯嚷道："金鑫化工出事了，快走……"

远远地，宁浩东就看到一团团灰白色的烟雾从金鑫化工公司腾起，同时闻到一股股浓烈刺鼻的味道。他给吕成贤打电话，无人接听，又给白桦化工园区安监分局的施展打电话，好半天终于听到了"喂喂"的声音，施展喘着气回道："我正在现场，我正在现场……"

"情况怎么样？"

"正在紧急处置，紧急处置……吴主任在现场指挥……"

"吴主任？难道是吴正海？"宁浩东正想问个明白，一阵嘈杂声淹没了施展的声音，随后便是嘟嘟的忙音。

宁浩东和李柯赶到时，金鑫化工公司一片紧张忙碌的景象。事故发生在公司东北角的罐区。现场到处是跳跃的火焰，升腾的烟雾。最先赶来的是园区消防特勤站的救援人员，紧接着县消防救援大队驰援而来。救援人群中，一个熟悉的声音嘶哑而沉稳，高亢而有力："消防大队继续用泡沫扑灭流淌火，特勤站的消防车继续对着储罐冲水冷却，企业……企业的救援人员不能停，不能停……继续加固增高与生产区的隔离围堰……对，事故储罐与其他储罐的隔离围堰也要加固增高……"

果然是吴正海！透过人群的缝隙，宁浩东看到指挥紧急处置的正是吴正海。他把安全帽扣子紧了紧，冲进人群，对着吴正海身旁一个戴黄色安全帽的女人吼道："把吴主任请走！这里交给我……"

终于，明火扑灭了，烟雾也完全散去了。虽然目光所及一片狼藉，但万幸的是没有造成人员伤亡。所有人这才松了一口气。

吴正海坐在罐区的水泥地上，脸色煞白，不住喘气，不停咳嗽，戴黄色安全帽的女人在帮着擦汗。宁浩东走过去一看，戴黄色安全帽的不是别人，是周雅婧。他把吴正海扶起来，既心疼又气恼："吴主任，你不要命了？"转头一股脑儿埋怨起周雅婧："吴主任是个病人，怎么能……"

周雅婧笑笑，没有回答他。吴正海喘着气说："不怪雅婧，是……是我在家里不放心，说精神状态还好，硬要她带我到企业巡查……唉，好在我巡查到这里，正好赶上，否则还不知……"

"我不带他出来，他就自己打车，我能有什么办法？"周雅婧又帮吴正海擦了擦汗,看得出心中也很舍不得。

"你痊愈了?"宁浩东想岔开这个话题,"痊愈了怎么不去上班?"

"今天是星期天好不好?"周雅婧白了宁浩东一眼。

我怎么把日子都过乱了?宁浩东把安全帽拿下来,心想。

看吴正海这个样子,宁浩东对周雅婧说:"你赶紧把吴主任带走,最好到医院检查一下。"

"没事,没事。"吴正海摆摆手,在周雅婧的帮助下费力地起来,对宁浩东说,"那我先走了。这里,就请你们处理了。"

"你放心,我们会处理好的。"看着吴正海在周雅婧搀扶下一步一步越走越远,宁浩东心潮难平,就是这么一个可敬的人,在分管安全生产的这几年,多次受到组织处理和纪律处分,可是仍然担当作为,无怨无悔……了不起,了不起啊……

满身污迹的吕成贤小跑着过来了,刚准备开口说话,一辆小汽车停在面前,车门用力一推,走下板着脸的豪成。豪成指着吕成贤,喝问:"说,怎么回事?"

"我们本来是想应急演练的。假想事故是罐区动火……一个储罐,以为里面是空的,没想到还残留了一些甲苯,阀门一松,流了下来,遇着火就烧起来了……工人们忘了启动泡沫灭火系统,手忙脚乱,用的是消防水……水流到哪里,火就烧到哪里,形成了流淌火……"

"好险啊!如果罐区烧起来,生产车间烧起来,后果不堪设想……"豪成看着事故现场,长长地叹了一口气。

"宁局长,"豪成侧过身对宁浩东说,"领导说的是对的,不能只死死地盯着科达化工公司……"

"我们没有啊，面上正常的监管执法检查一直在进行。"宁浩东说。

"领导不这样想。"豪成一脸严肃，"领导要求我们不得再到科达化工去，集中监管执法人员，组成专门的工作组，进驻金鑫化工开展为期一个月的全面解剖。领导要求得很明确，既然你不在医院待着，这个组长就由你来当。"

宁浩东心往下一沉，看一眼曲着腰跟在后面的吕成贤，郁闷至极："吕成贤，你尽给我添乱！"

真是神速！第二天，白桦县应急局安全生产工作组，就浩浩荡荡开进金鑫化工公司。副县长张艳梅亲自参加了进驻动员大会，宣布由宁浩东任组长，强调必须严明进驻纪律，严格执行考勤制度，所有人员统一专车接送，不得请假或擅自离岗，中午在企业职工食堂代伙，腾出职工宿舍安排午休。时间服从质量，初定一个月，达不到目的再延长……

对于进驻企业全面解剖，宁浩东不反感，觉得还是有必要的，但是这种极端的做法他有保留意见。道理很简单，所有人员都集中到金鑫化工公司，面上的监管怎么办？重点重抓，不代表非重点就不抓。最近一段时间，监管执法力量是向科达化工公司有所倾斜，但并没有放松其他企业的监管执法。再说了，如果需要进驻企业全面解剖，排在第一个的应该是科达化工公司……现在这样做，肯定是有些人别有用心。想归想，宁浩东现在不能言说，也无法言说。

草草地吃了几口午饭，宁浩东走出职工食堂。他是有睡午觉习惯的，但进驻金鑫化工公司之后一次也没睡着。吕成贤专门给

181

宁浩东安排了一个带阳台的单间，能做到这样确实很不容易。走进这间不大但很干净的屋子，宁浩东没有一点睡意，大脑似乎比早上醒来时还要清爽。嘿，也真是怪了。

宁浩东在床上坐了坐，又在房间里转了转，不知不觉踱到了阳台上。夏天的天真是让人难以捉摸。就在刚才，天突然变了，火球般的太阳没了踪影，厚重的乌云正向头顶集聚，沉闷的雷声也越滚越近。起风了，风吹得厂区内的树木东倒西歪，也吹得没关紧的窗户哐啷作响。眼看着一场暴风雨即将来临。

透过窗玻璃，宁浩东静静地看着眼前的一切，竟然想起了杨波。两年多来，他俩一直配合得很好，也非常默契，一个眼神，一个语气，就能明白对方的意思。杨波现在在哪儿呢？他不由自主拿起了电话。

"宁局长，怎么没有午休？"杨波的电话一拨就通。

"睡不着啊。"宁浩东实话实说，"最近事有点多，也有点烦。"

"什么时候事不多不烦？还是自我调整调整吧。"杨波开导他。

"不说我了。"宁浩东把话头转到杨波身上，"告诉我，你年假什么时候休完？"

"什么意思？"杨波感到宁浩东话中有话，"别兜圈子了，有话直说。"

"我知道你休年假是假，找老首长是真。"宁浩东直截了当地说，"调动哪有那么容易？回来上班吧。"他抬眼看了看已经锁上的房门，压低嗓门说："我告诉你，科达化工公司那起事故肯定死人了，并且很有可能是四个。"

"四个？"杨波大吃一惊，"照你这么说，陈一栋宣布死亡了？除了他，还有三个人死亡？可问题是，人呢？"

"陈一栋没宣布死亡,我也不知道另外三个人在哪里。"宁浩东几乎是在恳求,"除此以外,其他情况也很复杂。所以,我需要你的帮助……你赶快回来,我们一起细查深挖……"

杨波那头没了声息。宁浩东的脾气上来了:"你怎么回事?是无动于衷,还是根本就不想理这个茬儿?"

"宁局长,别动不动就发火好不好?"杨波终于开腔了,语气平和,"请原谅,我回不去了。我老首长帮我做了很多工作,方方面面都同意我先借用到县公安局,过些日子过了处分影响期再办调动手续。"

"啊?"宁浩东始料不及。

"如果……如果你早点告诉我这些,还有可能……现在肯定是不行了。"杨波诚恳地道歉,"只能请你理解和谅解了。"

"你再找你老首长说说,不行吗?"宁浩东还想做最后的努力。

"哪能那么随意?"杨波告诉宁浩东,没有回旋的余地了。

"亏你曾经还是一名军人,逃兵,逃兵而已!"宁浩东气得把电话挂断了。

他电话刚挂,豪成的电话打进来了。豪成说:"县委办打来电话,让我们下午一上班就一起到张书记办公室去。"

"张书记?我和你一起?"宁浩东不确定。

"张书记要我们一起去。"豪成强调说,"你抓紧点儿,我在行政中心北门等你。不要迟到了。"

"好的,好的。"宁浩东莫名地兴奋起来,似乎早就在等待这个时刻。

第十七章
有人向省里举报了

下午两点，宁浩东在行政中心北门见到了豪成。豪成比宁浩东早到，正焦急地等他。两人对视一眼，没有说话，一前一后匆匆往县委办公楼赶去。

县委办公室朱主任在电梯口等豪成和宁浩东，一见到他们，便往张明凯办公室领。到办公室一看，宁浩东就被吓到了，豪成肯定也吓得不轻，一时间竟停下脚步，在门边僵了好几秒。

张明凯坐在办公桌后边的椅子上，表情严肃，脸色通红，额上满是汗水。副县长张艳梅站在张书记对面，脸上常挂着的媚笑不见了，也没过去那么好看了。

张明凯把一个蓝色文件夹往张艳梅面前一摔，厉声说道："你们自己看吧！有人向省政府安委会办公室和省应急管理厅举报科达化工公司发生了安全事故，从企业到县里都隐瞒不报并且不作查处。几位领导的批示都在上面，领导要求认真核查，并在七个工作日内以书面形式将核查结果上报。如若属实，必须依法按规严肃处理，还要向社会公开。"

办公室内很静，静得张明凯的脚在地板上动一下，都听得很真切。张明凯的目光从张艳梅、豪成、宁浩东脸上一一扫过，手在他们的眼前直点："你们好大的胆子，一个化工企业发生了事故，连我这个县委书记都蒙在鼓里。"

张艳梅连忙检讨："这事我有责任。本来我是要向您汇报的，可是县委办说您不在县里，去省城了，就没敢打扰。后来向丁县长汇报了，他指示我协调处理，我也没有懈怠，当天晚上在人民医院会议室就召开了协调处理会。"说着，她看一眼豪成和宁浩东："对了，你们两位都参加了。我要求你们按规矩办，你们都按规矩办了吗？"

张明凯一摆手打断了她的话："现在说这些还有什么意义？我只想问你们，举报信上反映的情况到底属实不属实？在医院的那个工人，现在到底是死了还是活着？"

依然是一片寂静，谁也不敢回答。

"豪成，你说。"张明凯点了豪成的名。

豪成结结巴巴地说："医院那个工人的情况，要……要问医院。"

"好，我来问。"张明凯说着，拿起了桌上的座机话筒。

张艳梅靠过去，双手把张明凯手上的话筒拿下来："张书记，不需要您亲自问，我来问，我来问。"说着，拿出手机给吴院长打了过去。

张艳梅开的是手机免提，双方的通话张明凯、豪成、宁浩东都能听到。

"吴院长,我是县政府张艳梅。"

"张县长好!是我。"

"我问你,科达化工那个叫陈什么栋的工人,呼吸机还在用吗?"

"还在……还在用。你有什么指示?是不是……"

"没什么是不是的,还是那句话,只要有百分之一的希望,就要做百分之百的努力,绝不能轻易放弃!"

"我……我明白……我明白……"

宁浩东听得出张艳梅在诱导吴院长,但在这个场合他没办法点破。

张艳梅挂断手机,向张明凯汇报:"没死……"

"没死当然好。"张明凯舒了一口气,语气仍然沉重地说,"举报信上还反映,不排除还有几名工人在事故中当场死亡。"

张艳梅看看豪成,豪成看看宁浩东,宁浩东故作镇静地看着手上的笔记本。

张明凯提高了嗓门:"那几个工人又是什么情况?"

豪成一脸惊讶:"不排除还有几个工人在事故中死亡?我们没接到报告啊。"

张艳梅摇摇头,吃惊得有点夸张:"啊!不可能,绝对不可能!"

"你们都说不可能?"张明凯的眼睛直逼在场的每一个人,"还这么绝对?"

张艳梅和豪成都不敢作声了。分管领导和直接领导都在,当然轮不到他宁浩东开口。

又是长时间的寂静。

张艳梅一直站在张明凯对面,尽管身边就是椅子,就是不敢坐。她试图说点什么,但还没等她开口,张明凯大手一摆制止了她,她只好把要说的话咽了回去。

张明凯说:"现在我不要你们说什么,马上,成立一个核查小组,把举报信中反映的问题用尽可能短的时间——核查清楚,然后向省政府安委会办公室和省应急管理厅汇报。"

张艳梅和豪成、宁浩东都在笔记本上认真地记着张明凯的指示。

张明凯看一眼张艳梅,问:"丁县长人呢?"

张艳梅说:"他外出招商引资了,临走的时候和我说了一声,到底是去哪儿了,他没说,我也没好问。"

张明凯按了按太阳穴,问张艳梅:"你看这个核查小组……"

"我当组长,豪成同志当副组长,您看怎么样?"张艳梅似乎早就想好了,脱口答道。

张明凯沉思了一会儿,说:"我看基本可行,但还不够。"他看了一眼宁浩东:"小宁不是分管危化品监管和行政执法吗?也当副组长。"

"宁局长很忙,正带队进驻金鑫化工公司搞解剖呢。"张艳梅忙说,"不能分散宁局长的精力吧?"

"他忙,比你这个副县长和当一把手的豪成还忙?"张明凯主意已定,不容改变。

"我服从领导安排。"宁浩东赶紧表态。

"这就对了。"张明凯看着宁浩东,"现在这个年代,谁不忙?统筹兼顾,十个手指弹钢琴嘛。"

"那就听您的。"张艳梅看了看豪成和宁浩东,"我们三位,一个组长,两位副组长都在,您还有什么要求?"

"要认真核查,高度负责。"张明凯说,"安全生产上不是有个'谁检查、谁签字、谁负责'的要求吗?"

"有这个要求。"豪成答道。

"要把这个要求落实好。"张明凯指指张艳梅,指指豪成,又指指宁浩东,"往省里报的核查材料,你们三位都要签字。"

"好。"张艳梅率先答道。

张明凯的语气仍然十分严肃:"你们都给我记住,新一轮机构改革到位后,安监局没有了,应急局成立了,但这并不意味着安全生产不重要了。安全生产仍然是应急管理工作的基本面和基本盘,任何时候都必须毫不动摇地抓紧抓实。所以说,安全线是生命线、是红线、是底线。应急管理追求的最好境况是什么?无急可应啊!但是,如果安全生产抓不好,那可就应接不暇了。近期县委常委会要听一次专题汇报。你们先做一些调研,把新情况和新问题排出来,提请县委常委会研究如何应对和解决。正在开展的'安全生产月'活动也要善始善终组织好。"

"您的重要指示我们马上落实。"张艳梅边记录边表态。

"你们先商量一下怎样把手上的事情统筹起来做好。"张明凯说完,一只手按在太阳穴上,另一只手轻轻地向外推了推,示意他们走。

"张书记,我帮您按几下?"张艳梅又恢复了往日的温柔。

张明凯并不领情,板着脸说:"走吧走吧……"

张艳梅和豪成、宁浩东对视了一下,收起笔记本,拿起包向外走去。

张艳梅要豪成和宁浩东到她办公室去。

一到办公室,张艳梅就把漂亮精致的小包往沙发上一扔,气愤地说:"这是什么风气?动不动就寄举报信,还得了?这风气要刹。"

"是要刹。"豪成接过话头说,"都说咱东北人豪爽、直爽,有话说在明处,不在暗中捣鬼,现在可倒好,举报,背后举报。"

宁浩东听他们发着牢骚,心里既感到好笑,又似乎有那么一点得意。

张艳梅一屁股坐进办公桌后面的椅子,拉开抽屉,掏出一支烟点上吸了一口,对豪成和宁浩东说:"你们说,怎么核查?"

豪成说:"核查组肯定是要成立的,不能有组长没组员吧?"

宁浩东附和道:"是,要成立一个核查组。"

张艳梅弹弹烟灰,说:"就按照刚才张书记的要求,我牵个头,但具体工作你们两位来做。"

"好。"豪成说,"不过,你得加强领导。"

"你们按规矩办。"张艳梅的手指弹着桌面,像弹在钢琴的琴键上,"按张书记的要求,你们二位签好字送给我,我最后把个关。"

"当然要请你把关。"豪成说。

"这是规矩嘛。"张艳梅强调道,"规矩不能破,得守啊。"她看看豪成,又看看宁浩东,"说说核查组还要哪些人参加。"

宁浩东说:"你们两位一个组长,一个副组长……"

豪成打断宁浩东的话:"你也是副组长,这个你不要推。"

宁浩东笑笑:"我没推啊,当仁不让。杨波不在了,我觉得核查组可以请危化品监管科的聂静萍、执法大队李柯他们参加……"

豪成点点头,表示可以。

对于人选,张艳梅没有什么意见。她换了一个话题:"我觉得,我们这次核查要把重点放在科达化工突发情况中有没有死人上。"

"张县长说得对。"豪成点头赞同,"根据我的经验,如果没有死人,上级也不可能再继续追究。至于有没有发生事故,那都是次要的,化工企业是传统的高危企业,发生一些小事故是常有的事。"

"有道理。"张艳梅说。

"我觉得还要查一查事故的原因。"宁浩东建议,"查一查是不是由非法生产引发的事故。"

张艳梅手指重重地弹了一下桌面,不可思议地看着宁浩东:"举报信上提到非法生产了吗?核查核查,我们只能就事论事,不要东拉西扯,无事生非。"

宁浩东刚想说话,豪成拿胳膊肘碰了他一下,让他打住。

"都没有认定为事故,浩东同志说说看,事故的原因又从何说起?"张艳梅的眼睛直逼宁浩东。

"是这个道理。"豪成忙打圆场。

宁浩东欲言又止。

豪成对宁浩东说:"我们俩也简单分个工,我先到人民医院去,你带聂静萍、李柯他们到科达化工去。"

宁浩东说:"都在金鑫化工公司呢,我马上去接他们。"

豪成脸上堆起笑意,对张艳梅说:"请张县长给人民医院那边打个电话。"

张艳梅把烟头在烟灰缸里拧了拧,说:"你先去,如果他们不配合再说。不过,我想他们是不会不配合的。"

宁浩东到金鑫化工公司把聂静萍、李柯接到车上,把情况说了,李柯非常激动,信心满满:"我们这次是带着尚方宝剑来的,看谁还敢制造障碍,一定可以查个水落石出。"

宁浩东问怎样核查,李柯说:"科达化工公司的监控录像全坏了,但是可以把三号车间的工人找过来,逐个面谈,活要见人,死要见尸。当然,还可以找公司的钱景、王健民询问。"

李柯这家伙是真不知道王健民突发中风?宁浩东想。他看看聂静萍,聂静萍脸上的表情可比李柯复杂多了。

科达化工公司把守门岗的又是那个黑痣保安。宁浩东让车停下,几个人都下了车,一起把执法证递给他。黑痣保安认真查验过后,又给钱总打了电话,才慢吞吞地打开门闸。

钱景看到他们,板着一副面孔:"不知宁局长这次来又有何贵干?"

宁浩东直奔主题:"有人举报你们公司确实发生了事故,还造成了人员死亡,并且不止一个。按照上级领导的批示要求,我们前来核查。对了,你得听好,我们这次是奉命行事。"

钱景愣了愣,故作镇静地说:"欢迎你们来核查。弄清事情真相,也正好还我们一个清白。"然后又把宁浩东他们引到那间接待室。

李柯说:"本来我们想调看一下你们公司的监控录像,但上次来你们就说监控录像坏了。我和你说,这是不应该的。现在,请把你们人力资源部主任找过来,我们想见见。"

钱景把电话打过去，不一会儿人力资源部主任腆着大肚子挪来了。

李柯上下打量了她一番，客气地说："我要找三号车间的工人谈话，麻烦你把他们一一找来。"

人力资源部主任喘着气说："工人不在公司，找不到啊。"

"咋回事？"李柯问。

"三号车间不是按照你们的要求停产整改了吗？"钱景抢着说，"一停产，工人都放假回去了。"

"一个都不在？"李柯问。

"一个都不在。"钱景回答得很干脆。

"车间主任呢？"李柯又问，还补了一句，"就是那个圆圆胖胖、脸色焦黄的光头，像个'炸汤圆'似的……"

"车间不生产，工人全放假，他车间主任留在公司干什么？"钱景说，"他也不在，走了。"转头正好看到宁浩东在看自己，便说："宁局长今天也在，恳请你们早点让我们三号车间复产。长时间停产，企业吃不消啊！"

宁浩东没有理他。

"那……那王总呢？"李柯想起了王健民。

"王总？"钱景冷冷一笑，"你得问你们宁局长。"

宁浩东对李柯说："王总今天不谈。"

"那……"李柯看看宁浩东，意思是怎么办？

宁浩东想了想说："既然监控坏了，工人找不到，车间主任也不在，那就先和钱总谈谈吧。"

"好，我实事求是反映情况。"钱景很爽快。

宁浩东知道这样查下去是查不出头绪的。他突然想起了余琴，心中懊悔，那天余琴走得匆忙，自己怎么就没留她的手机号码呢。

他让李柯他们问着，自己走出接待室，在楼道里转来转去，目光扫见一个六十岁上下、双眉间有块胎记的大婶正在擦玻璃。那是科达化工公司专门负责环境卫生的女清洁工。记得第一次见面，她就给宁浩东留下了深刻印象。她让他想起斗龙港的叶大妈。叶大妈和她年纪相仿，双眉间也有一块褐红色的胎记。宁浩东和叶大妈是邻居，从小叶大妈就像疼爱自己的孩子一样疼爱他……以往他来科达化工，经常可以看到她和余琴站在墙角说话。

他走过去，故意问道："这位大婶，你们公司余琴上哪儿了？我怎么没看到她啊。"

大婶说："余琴离职了。"

"离职了？什么时候？干得好好的，为什么要离职？"

"离职好多天了，为什么离职我不知道。"大婶用手上的抹布抹着窗玻璃，摇摇头说。

"你知道她到哪儿去了吗？"宁浩东又问。

"我哪知道啊。"大婶看了看宁浩东，回应说。

"那你能告诉我她的手机号吗？"宁浩东很自然地提出了自己的要求，"我有事想找她。"

"她没手机。"大婶说。

"啊？"这太出乎宁浩东的意料了。现在，连街上捡破烂的都有手机，余琴竟然没手机？

或许是怕宁浩东不信，大婶又补了一句："我们做工的哪能和你们比，公司里没手机的不止余琴一个呢。"

这话,宁浩东信。他又问:"她没手机平时怎么和老家联系啊?"

"她啊,"大婶如实相告,"她想家里老人孩子时,就找我借手机。她家附近有个小卖部,每次都把电话打到小卖部,然后小卖部的人叫她家里人来接。"

"大婶,你在手机里翻翻,看能不能找到她家附近小卖部的电话号码。"宁浩东觉得只有这个办法可以联系上余琴,就请大婶帮个忙。

"唉,"大婶叹了一口气,"你昨天来找我,我可以找找。今天不行了。"

"怎么了?"宁浩东忙问。

"昨天傍晚我打扫厕所时,一不小心把手机掉茅坑里了。"大婶又叹口气,"那么好的手机毁了。"

"余琴还借过其他人的手机吗?"宁浩东只好问道。

"她和其他人连话都很少说,怎么会去借手机?"大婶反问道。

这时,豪成兴冲冲地走了过来,看见宁浩东,说:"人民医院那边搞定了。"又关切地问道,"你这边有没有进展?"

宁浩东没说话,和豪成一起进了接待室。

看到豪成来了,正在接受聂静萍、李柯他们询问的钱景赶紧站起来让座,并且非常委屈地说:"豪局长,企业不能干了。也不知道谁无中生有,说我们发生事故,死了好几个人。"他一指正在做记录的李柯:"我们哪还像个企业家?简直就是犯罪嫌疑人。"

豪成坐下,对钱景摆摆手,也让他坐下,说:"你不要激动,更不要冲动。你实事求是给我们反映情况，究竟死没死人？死了几个？"

"我对天发誓，没有死人。"钱景双手合十，语气肯定，"只有一个工人受了点儿伤，正在人民医院治疗嘛。"

"这个我知道。"豪成又问，"你能肯定没有死人？一个都没有？"

"我当然能肯定啊。"钱景合起双手，又要发誓。

"谎报瞒报事故，那可是要负法律责任的。"豪成严肃地说。

"我知道。"钱景回答得很笃定，"我不会知法犯法。"

"那行。"豪成交代道，"你马上写个东西给我们，保证没有死人；并且要承诺，如有不实，自愿承担法律责任。对了，要签字，还要盖公章。"

"没问题，我照豪局长的要求办。"钱景两眼放光，双手绞在一起，显得特别激动。

"那你去办吧。"豪成朝钱景挥挥手。

宁浩东根本没有想到豪成会来这么一手，还没等他反应过来，钱景已经兴奋地走了出去。

钱景一出去，豪成就示意李柯把门关上。他从包里掏出一张纸，递给宁浩东。宁浩东一看，是县人民医院出具的证明，上面写的是，科达化工公司事故中受伤的工人陈一栋，正在重症监护室接受治疗，目前生命体征平稳。

"真没事？"宁浩东不相信。

豪成一笑："你管那么多干吗？人家医院说怎样就怎样。"又说："马上钱景把证明给我们，我看我们核查的结论就有了。"

"核查有结论了？"宁浩东惊讶，"结论？什么结论？"

"结论不是十分明显吗？"豪成说，"结论就是举报反映的情况不属实。"

"不属实？"宁浩东觉得不妥，"我们凭什么说不属实？"

豪成拍拍桌上县人民医院的证明："凭的是人民医院的证明，还有科达化工马上出具的证明。"

"万一，万一他们弄虚作假呢？"宁浩东问。

"弄虚作假是他们的事，责任当然也得由他们来承担。"豪成泰然自若，举棋若定，"马上我们形成一个结论，然后你我签了字，再给张艳梅副县长签字上报。"

"这个举报件的核查难道就这样了？"宁浩东心有不甘。

"那你还想怎么样？"豪成鼻子里哼了一声，"息事宁人不好吗？"

"如果真这样的话，这个字我不能签。"宁浩东声音不高，但语气非常坚决。

"你不签？"豪成十分不解，"你为什么不签？"

"我不能确定举报信反映的问题就是不属实的。"宁浩东理直气壮。

"你啊，你啊。"豪成急得团团转，手指不停地点着宁浩东，"你不签，你居然不签，你居然不签……"

"反正我不签，这是我的底线。"宁浩东没有半点儿让步的意思，"如果非要这样，我建议请求省里，哪怕是市里也行，组成核查小组自己核查。"

钱景手里拿着没发生事故的证明兴冲冲地跑过来，正好看到豪成和宁浩东闹僵了。他愣在门边，心情一下子又沉重起来。

第十八章
督查组来了，督查组走了

　　白桦县委、县政府总喜欢把会议安排在星期六，因此，又有星期六是会议日的说法。难得的是，这周的星期六下午县里偏偏没有安排会议。

　　中午，宁浩东就接到了豪成临时决定召开局领导班子民主生活会的通知。会议的主题是"强化大局意识，增进班子团结"。宁浩东一听这个主题就明白，会议是针对他来的。

　　作为党委书记、局长，豪成是会议的主持人。他先阐述了此次民主生活会主题的深刻内涵，然后要求大家围绕主题，查摆问题，剖析根源，提出整改措施。接着他先发言，说是抛砖引玉，为大家放个样子。

　　豪成讲得很真切，也很诚恳，但宁浩东没有听进去。他用水笔在笔记本上修改自己的发言提纲，但基调总觉得把握得不够好，写了划，划了写，一直没有理出个思路。现在，他对于自己是不是正如豪成骂的那样"没有大局意识，就是个偏执狂"，都有点怀疑了。

昨天，在科达化工公司和豪成闹僵后，他满腹怨气无处出，禁不住走出接待室，在楼下漫无目的地转悠，试图自我排解。然后，他竟然看到陈一栋的老婆骑着三轮车进了职工食堂。

她怎么会在这里？宁浩东过去一了解，原来陈一栋的老婆已被钱景安排在职工食堂帮工，主要是到附近村民家中采买蔬菜。她表情很轻松，说她在县人民医院ICU看到了陈一栋，几个老人看病的钱钱总也帮助解决了。难道陈一栋真的起死回生了？如果真的起死回生了，科达化工公司肯定会大张旗鼓宣传。宁浩东不相信，可陈一栋的老婆不会说假话吧？"6·8"事故发生时的情况三号车间那个"炸汤圆"应该最清楚，"四个人全死了"这话余琴也是听他说的，可是怎样才能找到他？

宁浩东想起了县公安局副局长蒋锦荣。公安有的是手段，只要蒋锦荣肯帮忙，"炸汤圆"应该是能找到的。宁浩东和蒋锦荣一起在市委党校培训过，每次查处事故公安局也常常会派他参加事故调查组，一直配合得很好。可是这次宁浩东给他打去电话把情况一讲，蒋锦荣二话没说直接拒绝。他还责怪宁浩东，说是以往配合是因为县政府成立了事故调查组，作为调查组成员他有责任和义务做好工作，现在私下搞小动作，算怎么回事？

从科达化工公司回到办公室天都快黑了，豪成再一次来到宁浩东的办公室，告诉他张艳梅副县长又在打电话催了，要他们把字签好送给她。可是，宁浩东想来想去，愣是没有签，气得豪成把桌子拍得震天响，骂他"没有大局意识，就是个偏执狂"。

民主生活会正在不紧不慢地开着。这时，办公室马主任推门进来了。他快步走到豪成的座位旁,把电话记录本放到豪成的面前,凑到耳边说:"豪局长,刚刚接到一个电话通知,蛮急的。"

马主任的到来,打乱了宁浩东的思绪。他抬起头,只见豪成眉头紧皱。

班子成员和宁浩东一样,都把目光投向豪成。

豪成问马主任:"你没听错?"

马主任汇报道:"没有,我听得很清楚,问得很仔细。"

豪成合上笔记本,对大家说:"民主生活会先暂停,后面再选个时间继续开。我们先商量一下眼前这件事怎么办。"

宁浩东知道肯定有新情况了。

豪成把电话记录本拿在手上:"刚才办公室接到一个电话,说是省应急厅督查组下午两点半要到我们局里来,还说有工作要对接。"

没等豪成说完,大家就议论开了。有的说,不可能啊,省里的督查组怎么可能到我们这小地方来?有的说,以往省里的督查组不是没有来过,可市里都有陪同啊。还有的说,即使真到我们最基层来,也应该有个正式通知吧,时间也太赶了吧……

豪成摆摆手,让大家停止议论,说:"我也觉得奇怪,以前冒充上级领导到基层督查的事情不是没有发生过,可是,万一是真的呢?"

"打电话过来的人,说他是督查组的联络员,而且把手机号码也告诉我们了。"马主任向豪成建议道,"您打个电话过去,问一问就明白了。"

豪成想了想,摇摇头:"不合适。"

"你可以打个电话问问市局正东局长。"宁浩东建议道。

"正东局长也不一定清楚情况,如果清楚应该早就通知我们做准备了。"豪成稍作考虑,"这样吧,休息日打电话给省厅领导不合适,我来问问省厅办公室主任,他应该了解情况。"

宁浩东知道前不久省厅办公室主任带家人到白桦县逛了一圈,豪成不但热情接待,全程陪同,临走时还送了一些土特产,两人的友谊又进了一步。

豪成一把电话打过去,那头就有人接听了。寒暄了几句后,豪成直奔主题。宁浩东隐约听到省厅办公室主任说,根据省政府领导的要求,省应急厅确实有几个督查组在下面明察暗访,到你们局的应该不会错,你们要认真做好接待工作,这是代表全县形象的事啊。

放下电话,豪成对大家说:"你们先在这等一等,我去向书记和分管副县长汇报,请他们下午出面接待。丁县长在外招商引资就不打扰他了。"

马主任忙说:"督查组说不要惊动领导,他们到我们局里对接一下工作就行。"

豪成白了马主任一眼:"不成熟。他们可以这么说,我们不可以这样做。"

豪成到办公室汇报去了,宁浩东去了趟厕所,回到座位上坐下,正好豪成打完电话也回来了。豪成说:"书记和分管副县长都很重视,下午他们都来参加接待,我们班子成员也要一个不少。散会后大家马上把分管条线的工作理一理,备备课,不要到时督查组的领导一问三不知。"

下午两点十分,张明凯和张艳梅就坐车到了白桦县应急局。

豪成把他们往三楼的会议室领，张明凯边走边问："有没有了解到督查组来的主要目的？"

豪成支支吾吾。

张明凯批评道："这些都应该弄清楚，弄清楚了才能有的放矢，少走弯路。"

"是，是。"豪成连连点头。

陪同张明凯一起来的县委办公室朱主任和宁浩东熟悉，意味深长地看了宁浩东一眼，宁浩东装作什么都没有看到。

在会议室坐了一会儿，豪成看了看手表，凑近张明凯轻声说："马上两点半了，我到门外等候领导。"

张明凯站起身，说："我们一起去等。"

张艳梅往嘴唇上又抹了点口红，也跟在张明凯后面下了楼。

宁浩东不是主要负责人，不好跟着张明凯他们到门外去等候，就站到正对着大门的玻璃窗前往下看。

张明凯他们来到大门外刚站定，一辆省城牌照的小汽车便开了过来。张明凯他们连忙迎了过去。车停了，先是副驾驶座下来一个年轻人，随后从后座下来两个人，一个微胖，看上去五十多岁，一个偏瘦，应该在四十岁上下。众人一边寒暄，一边向会议室走。

宁浩东和会议室里的其他人都站起来迎候。张明凯请督查组的领导在主位坐。等他们都坐定了，张明凯他们才在对面坐下。

见大家坐好了，中间那位微胖的领导开口了："我真的要批评白桦县应急局的豪成同志了。我们再三说，到局里来就是有工作要对接对接，不要惊动领导，领导们都很忙，何况今天又是星期六。"

豪成连连谦恭点头:"领导批评得对,领导批评得对,我完全接受。"

张明凯解释说:"省领导专程来我县督查,我们再忙也要亲自来汇报工作啊。"

"你们嘴上这么说,心里肯定在骂我们呢。"领导笑着说,"迎来送往,真的不知道耗费大家多少时间。要改,真的要改。"

张明凯说:"喝茶,请领导先喝茶。"说着带头端起了茶杯。

"对了,我得先把我们的人介绍介绍。"领导把茶杯放下,"我姓赵,赵钱孙李的赵,名愚,愚蠢的愚,是省应急厅安全生产督察专员,也是我们这个督查组的组长。我左手边这位是王繁王处长,右手边这位是小吕,双口吕。小吕,把公函给白桦县的领导看看。"

小吕从包里拿出一张纸,送到张明凯面前。张明凯礼貌性地看了看,说:"欢迎各位领导。"

宁浩东掏出手机,打开百度,输入省应急厅赵愚,立马跳出很多条目,随便点进去一看,有照片有文字介绍,没错,就是眼前这位赵愚赵专员。不过,这个赵专员是半年前才由赢州市应急局局长位置调上来的,难怪豪成不熟悉,自己更不熟悉。

赵愚说话不疾不徐,有大领导的风范:"根据省应急厅的安排,我们这个组主要负责到海城市督查化工生产企业重大风险防范工作。这次督查和以往不同,采取的是'四不两直'的形式。'四不两直'就是不发通知、不打招呼、不听汇报、不用陪同接待,直奔基层、直插现场。"

张明凯称赞道:"省里给我们放了个好样子。"

赵愚说:"这倒不是对我们基层的同志不信任,而是这样做既能了解到真实情况，又不会给基层增加负担。"

"理解，理解。"张明凯说。接着，他也把白桦县的同志向赵专员作了介绍。

"厅领导昨天给我打了电话，布置了新任务。"等张明凯介绍结束，赵专员继续往下说。

宁浩东心中一怔，下意识地停下手里的笔，凝神静听。整个会议室也非常安静。

赵愚喝了一口茶，说："省政府安委会办公室和省应急厅前几天收到一封举报信，反映你们县的科达化工公司发生了一起生产安全事故，造成人员死亡。举报信已经批转下来，要求你们核查。我们正好在海城市明察暗访，领导就要求我们到白桦来，和白桦的同志一起把事情核查清楚，给群众一个交代。所以，本来不打算惊动地方，却不得不惊动了。"

张明凯终于明白督查组为什么来了，说："省政府安委会办公室和省应急厅领导的重要批示我们收到了，并且已经就落实领导指示要求、认真做好核查工作作了安排。"

豪成看看张明凯，得到张明凯的点头允许后，插话道："我把情况向赵专员和各位领导汇报一下。接到领导的批示后，我们县委、县政府高度重视，张书记亲自部署亲自要求，成立了专门的核查组进行核查。"

张艳梅接过话头说："核查组我当组长，应急局的豪成局长，以及分管危化品监管和行政执法的宁浩东副局长当副组长。这都是张书记亲自点的将。"

"我这样安排，目的是要落实责任。"张明凯说。

赵愚点了点头，又喝了一口茶："落实责任很重要，尤其是安全生产上。"接着话锋一转:"不过,在我看来,张副县长负的是领导责任,豪成局长负的是主管部门主要负责人的责任,而那位宁副局长负的才是具体责任。"

"是这么回事。"张明凯表示赞同。

"工作上经常可以看到,负责的人多了,貌似人人负责,实则人人不负责。也就是说,并不是负责的人越多越好。"赵愚语速虽然不快,但话不转弯,"我倒是觉得,这次核查我们就认具体责任人说话,毕竟具体工作是他负责做嘛。当然,我不是说要放松领导。不知张书记有没有什么意见?"

张明凯摇摇手说:"没有,没有。还是赵专员考虑周到,这样责任落实就更具体,也更精准了。"

"你继续说。"赵愚对豪成招了招手,让他往下说。

豪成正要开口,张艳梅抢过话头说:"豪成同志向我汇报过了,核查的结论是,举报反映的情况不属实。书面汇报正按程序往上报。"

"你们已经有了核查结论?看来效率很高啊。"赵愚抬头看了看张艳梅,不知道是真夸还是假夸。

张明凯眉头皱了一下,觉得张艳梅说的多有不妥,连忙纠正道:"刚才张艳梅同志说的是初步的核查意见,还要进一步核查,进一步认真核查。"

"既然这样的话,我想请具体负责的宁……对,宁浩东同志,会后和我们聊一聊核查的具体情况,再来研究研究怎样核细核实,最终拿出一个实事求是的结论。"赵愚说完后,又征求白桦县各位同志的意见。

宁浩东摇摇头,表示没有意见。其实,不但没意见,而且觉得这样安排挺好，只是肩上的担子无形中更重了。

豪成摆摆手，也表示没有意见。

张艳梅习惯性地弹了弹桌面，说："赵专员这样安排好是好，就是宁浩东同志一向比较忙，分管工作压力大，最近又带队进驻金鑫化工公司搞解剖，我看能不能把宁浩东同志换下来，让豪成同志具体负责？主要负责人亲自抓，亲自做，不是更好吗？"

一听张艳梅的话，宁浩东心头猛然一惊，赶忙说："张县长请放心，我会把手头工作兼顾好的。我分管危化品监管和行政执法，比较熟悉情况。再说，我本来就是县里核查组的副组长，前期也做了不少工作，我觉得还是不要换人了吧？"

豪成说："我听领导安排。"

张艳梅还想说点什么，张明凯用眼神制止了她，一锤定音："临阵换将，兵家大忌，就是小宁了，不要再换。豪成同志是局长，管的事多，尤其是面上的安全生产一点都不能放松。千万不能这边在核查，那边又出事。"

赵愚说："张书记说得有道理。"

张明凯说："相信小宁能不辱使命，完成好核查任务。当然，还请赵专员和省里的各位领导多多指导帮助。我们家里的各位领导要关心，但不要添乱，要把关，但不要干涉。"

"张书记说得很好。"赵专员深有感触地说，"事故核查一直是个敏感话题，关系到事件的真相，关系到各方的利益，关系到责任的追究。人命关天啊！相信大家都能正确对待。"他看了看手表，最后说："我们住在白桦宾馆，今天休整休整，明天上午请宁浩东同志到我们那儿说说情况，商量商量，一起再把核查思路理一理。"说完，看向张明凯和张艳梅："今天星期六，你们也请早点回吧。"

张明凯客气道："晚上我陪大家吃个工作餐。"

赵愚摆摆手："没有必要，没有必要。你忙你的，如有需要，我再找你。"

张明凯也就不好再勉强了。

星期天上午八点半，宁浩东开车来到白桦宾馆。小吕正好从赵专员的房间出来，看到宁浩东道了声早，说："宁局长，你到我房间吧，赵专员马上也过来。"说着，打开了8304的房门。

宁浩东进房没多久，赵愚手拿笔记本和王处长一起过来了，一见宁浩东就很热情地握手。小吕已经在房间的桌子上摆好笔记本电脑。王处长递给宁浩东一瓶纯净水。

赵愚在宁浩东旁边坐下："浩东同志能不能先给我们把科达化工公司的情况说一说。"

"好的，我把情况向各位领导汇报汇报。"宁浩东说，"科达化工公司发生事故是肯定的，只不过到底有没有死人，死了几个人，还需要我们进一步核查。"

"昨天豪成同志说已经开展了核查。那么，核查的结果到底如何？"赵愚问。

宁浩东沉思了一会儿，说："根据初步了解的情况，这应该是一起由非法生产引起的爆炸事故。"

"是吗？"赵愚眉头一蹙，"有什么依据？"

"这……"宁浩东深吸一口气，从裤兜里拿出一个本子，"这是我获得的事故车间的生产记录本。"

赵愚接过去，一页一页地翻起来。王处长也把头凑过来看。

"赵专员，赵专员……"突然，门外传来一个男人粗犷的声音，王处长走过去把门拉开。门一开，海城市应急局副局长潘祥大步跨进房来，远远地就向赵愚伸出热情的大手。紧跟着他进来的张艳梅笑眯眯的，满脸妩媚。

"潘局长，你怎么来了？"赵愚把生产记录本倒扣在桌上，连忙起身，握住潘祥的手。

"你来了，我能不来吗？"潘祥笑着说。

"肯定是张县长通风报信的。"赵愚对张艳梅半开玩笑半当真地说道。

张艳梅嘴一噘，装出生气的样子："这真是天大的冤枉，是潘局长自己获得的情报。"

领导们还在寒暄，宁浩东和小吕一起把茶倒上。房间小，人多，潘祥就和张艳梅一起坐在床边和赵愚说话。

潘祥说："正东局长听说你来了，就要求我专程赶过来，向你汇报汇报工作。来得匆忙，事先也就没给你打电话。"

"白桦宾馆我正好有个接待，在大堂巧遇潘局长，有幸带了个路。"张艳梅也笑着说。

"既然来了，那我们就聊聊。"赵愚说，"星期天让你们都没休息好，实在不好意思啊。"

"哪里，哪里，向领导汇报工作，哪能分工作日还是星期天？比方说，我老婆做计划生育工作时，下面的计生干部经常深更半夜打电话。"潘祥说着，从包里掏出笔记本，摆出汇报的架势，"我们很多工作需要赵专员指点呢。"

宁浩东犯难了，留也不是，走也不是。赵愚看出来了，便说："宁局长你先回吧，下午再来。"

"下午你不要来了，让赵专员休息休息，星期天没必要弄得这么紧张。"张艳梅对宁浩东说完，又笑着对赵愚说，"我带你和各位省领导到我们白桦天边湖看看，那里的生态环境保护得很好，放眼看去全是湿地。我这样自作主张，你可不要批评我哦……"

"也行。"赵愚想了想，同意了，然后对宁浩东亲切地说道，"大周末的，你也回去休息休息，陪陪老婆孩子。"

"人家是钻石王老五，金贵着呢。"潘祥侧过身子和宁浩东开起了玩笑，"国家计划生育政策放开了，得为人口增长多作贡献啊……"

"那我明天早晨来。"在大家的笑声中，宁浩东退了出去。

第二天上午，宁浩东早早地往白桦宾馆赶。刚到半路上，一个归属地是省城的手机号码打了进来："宁局长，我是小吕。你到哪了？赵专员在等你。"

"怎么能让领导等？"宁浩东急了，加大了油门。到白桦宾馆后，他把车子停好就大步流星直奔赵专员的房间。

赵愚、潘祥还有张艳梅都在小吕的房间。驾驶员正把一只只行李箱往外拉。一见宁浩东，张艳梅就批评："怎么才到？赵专员一直在等你。不要讲客观，你早到一分钟，就是等领导，晚到一分钟，就是领导等你。"

"没这么严重。"赵愚对宁浩东说，"有个突发情况我得和你说一下。"

宁浩东心往下一沉，屏息听着。

"今天凌晨，赢州市下辖的三个县突然遭到龙卷风和冰雹袭击，房屋倒塌严重，企业受损惨重，而且造成了人员伤亡。厅主要领导已经和省长一道赶到现场组织救援。我是从赢州出来的，情况熟悉，加上赢州又是我挂钩联系的市，领导要求我带领我们的督查小组立即赶过去，接受新的任务。所以，科达化工公司的事故核查我们就做不了多少事了。"

"我明白……"宁浩东想说点什么，但又不知说什么好。其实，一大早他已从网上看到赢州几个县遭遇极端天气损失严重的报道。

赵愚又对张艳梅说："你可得加强领导，全力支持啊。"

"责无旁贷，责无旁贷。"张艳梅点头答应。

"还有你，潘局长，"赵愚指着潘祥说，"你也要多多指点才是。"

潘祥笑道："你放心走吧，浩东同志很能干，一般不需要指点。就比如当年计划生育，超生的往往是男孩，谁去指点了？"

"潘局长尽说笑话。"张艳梅笑得合不拢嘴，粉拳往潘祥的左膀上轻轻地捶了捶。

赵愚没有笑，让宁浩东出来一下。来到他的房间，赵愚从裤兜里掏出宁浩东给他的生产记录本，说："生产记录本我看了，就是看得不很明白。不过，这确实是一条重要的线索，可以顺着它往下查，但还远远不够。"他把生产记录本还给宁浩东，又说："我在基层工作过，知道想查清事故，尤其是刻意隐瞒的事故不容易。你要有充分的信心，但也要有必要的思想准备。"说完，双手伸过来，把宁浩东的两只手紧紧地握住。

第十九章
敬酒罚酒都是酒

手机李英达是摔到桌面上的,气急败坏的样子着实让女秘书小颜吓得不轻,双手不由自主地捂住瞬间白了的脸。

电话是集团公司副总经理老单打来的,他具体负责企业上市。看到老单的手机号码,李英达起初很兴奋,开口便问:"单总,情况怎么样?有什么好消息要告诉我?"

"董事长,进展顺利,企业上市指日可待。"看来老单很高兴,电话里的声音很响,好像害怕李英达听不清似的。

"简直是太棒了!"李英达一跃而起,捧着手机在办公室里转圈:"敲锣上市的日子排定了吗?"

"初步排过了。"老单说,"就差一个证明了。如果证明到了,就能把最终的日子定下来。"

"什么证明?"李英达收住脚步,神情凝重起来。

老单汇报道:"证监会对拟上市企业的安全生产状况审核很

严,尤其对化工生产企业简直就是一票否决。现在我们上报的材料中,就差白桦县应急局对科达化工公司安全生产情况的审查证明了,请董事长安排人抓紧办一下。"

李英达的脑袋"嗡"的一声响,仿佛就要爆炸了。他知道证监会要审核拟上市企业的安全生产状况,也一直做着相应的准备,但是如果催得不紧,当然不会没事找事,主动报个什么证明材料,何况安全生产上的问题他很清楚。他一直希望证监会把这个证明忽略不计,现在看来不幸代替了侥幸,无路可退了。

"董事长,审查证明的具体要求我马上发到您的微信上。"老单再次提醒道,"时间要抓紧,拖不得啊……"

"抓紧抓紧,难道我不知道抓紧?"李英达烦透了,也很恼怒,"你告诉我,怎么抓紧?"

老单一愣,心想董事长的情绪怎么说变就变,我哪句话说错了?刚想说点什么,只听手机里响了一声,随即便无声无息了。

看着死人一般躺在桌上的手机,李英达胸中的怒火仿佛能将眼前的一切点燃。企业上市,是他毕生追求的目标,也是他倾力打造的辉煌,一向踌躇满志,志在必得。可偏偏在这个节骨眼上,科达化工公司出了那档子事,还偏偏就是摆平不了。现在,又得按照要求向证监会提供那纸证明,这不是"屋漏偏逢连夜雨"吗?难道我就这样眼睁睁地看着所谓的安全生产,让企业上市化为泡影?李英达不死心。

"你打个电话给钱景,让他立刻过来见我。"李英达对愣在一边的小颜说道。

"我现在就打,董事长不要着急上火哦。"小颜任何时候都是那样善解人意,声音也是那样悦耳好听。

"我能不急吗？"或许是受小颜的影响，李英达的声音平稳了许多，但还是愤愤然，"他造成的局面，弄得不好会让我的伟大目标功亏一篑……可他，就像没事人一样……"

其实，李英达这样说，实在是冤枉了钱景。

每次发生事故，钱景一开始都会很紧张，但很快就摆平了，一切回归风平浪静，他也就心静如水，安之若素了。但这次不一样，到现在为止，非但没有搞定，反而愈演愈烈，他像一只破船在波涛汹涌的大海里翻滚，说不定什么时候就会被卷进无底的深渊。他害怕极了，大白天都会冒出几身冷汗，夜里更是无法入眠。好不容易闭上眼睛，却又被一阵又一阵的嚎叫声惊醒。他弄不清嚎叫声从何而来，弄不懂为什么那么凄厉。他很想知道，但又不敢向其他人打听。这样下去自己肯定会疯掉的。真到了那一天，孩子他不担心，老婆一定会抚养好，而八十多岁的老爹怎么办？他思虑再三，还是决定找董事长汇报汇报自己的思想，说说自己的想法。尽管董事长李英达是自己的小舅子，但钱景从来不敢直呼其名，言语上更是不敢有半点放肆。正当他鼓足勇气准备给李英达打电话时，小颜的电话抢先打来了，要他立即、马上、现在就来见董事长，不得耽搁。

海达集团在海城市有一幢独立的大楼，董事长李英达的办公室在十七层。十七层装修得十分豪华，除了董事长的办公室，还有休息室、娱乐室、招待客人的奢华餐厅等，每个电梯口都有训练有素的保安把守。即使没有保安把守，任何人也进不了电梯。因为电梯门是声控的，客人一到，会向董事长的女秘书小颜通报，也只有小颜发出声控指令后，电梯门才会打开，才会关闭，才会上升。

钱景马不停蹄地赶到时,温婉可人的小颜两手交叉放在腹部,正立在电梯口等他。

一见钱景,小颜身子欠了欠,头点了点,优雅地在前面引路,直接把他领到了李英达宽大气派的办公室。

李英达气度不凡地坐在老板桌后面的大班椅上。

小颜给钱景沏了一杯茶,然后退出去,把门轻轻地带上。钱景不敢坐,耷拉着脑袋站在李英达的老板桌前。

"知道我找你什么事吗?"李英达直视着钱景。

"不知道。"钱景声音很轻,但说的是实话。

"集团上市,就差科达化工安全生产状况的一纸证明了。"李英达脸色冰冷,"这张证明要白桦县应急局出,你去给我搞来。"

"我……我搞不来……我不敢说大话,不敢骗您。"钱景脸上汗珠直滚。

"搞不来,就会影响集团上市,你打算怎样承担责任?"李英达的声音像把冰冷的剑直逼钱景。

"我……我辞职谢罪。"钱景鼓足勇气,吐出这样几个字。

"辞职?你要辞职?"李英达以为自己听错了,"你,你再说一遍。"

钱景蔫蔫的,吞吞吐吐:"是……是的,我想引咎辞职。还请您恩准。"

李英达霍地站起身,指着钱景的鼻子骂道:"你看你就这点能耐!我真不明白,我姐当年凭什么看上了你这个窝囊废!"

钱景垂头丧气,乖乖听训。

"你不是想办法解决问题,而是要逃避,哪儿还像个男人?哪儿还像个企业家?"李英达坐回椅上,胸脯急促地起伏着。

213

"我实在是想不出什么办法。"钱景郁郁地说,"如果6月8号不发生事故,如果不落在宁浩东手上,我还能做点工作。现在,我……我承认我无能……"说着说着,眼泪流出来了:"我担心的不仅是搞不到证明,还怕那起事故,一旦真被查出来,后果不堪设想……那个宁浩东本来就在死磕,现在更不得了,省里来的督查组把豪成和张艳梅架空了……还有……还有……"

李英达出奇的冷静,竟然抬了抬下巴,让钱景在他老板桌对面的椅子上坐下来慢慢说。

"我一直没敢向您汇报,那个生产记录本落到宁浩东手上了。"钱景不敢坐,眼里充满了恐惧,声音颤抖,"所有生产情况,都在上面记着……尽管我们预先做了点防备,但不能保证宁浩东就一点都看不出来……他怀疑我们非法生产,十有八九就是……非法生产酿成事故死了人,那是……那是要关厂抓人的……何况我们生产的又是……"

李英达心中一惊,身体一歪,但紧接着还是挪了挪屁股,努力坐正坐直。

"生产记录本……"钱景本想把生产记录本是如何落到宁浩东手上的叙说一遍,但李英达右手一抬,让他别说了。是的,现在过程不重要了,争取一个最好的结果才是最重要的。而最好的结果就是把事故摆平,把证明搞到。

"我倒要会会这个宁浩东!"李英达冷笑一声,端起手边的茶杯猛喝一口,然后"砰"的一声往桌上一顿,茶水溅了出来,湿了一片。

近几年,白桦县借助天边湖建起湿地公园,打造成国家AAAA级旅游景区,周边也纷纷搞起民宿,办起农家乐,一到节假日或者周末，人头攒动，好不热闹。李英达与宁浩东约的见面地点，就定在一个叫"老家的味道"的农家乐的"夏威夷"厅。"农家乐""夏威夷"，不伦不类，李英达很不屑。再一想，也可能人家要的就是这个效果，农家嘛，越土越好，越俗越好。其实，他是完全可以请宁浩东到海城市区海达集团大楼十七层的，但思考良久，斟酌再三，最终还是放弃了这个想法。

　　李英达来得很早，耐着性子等宁浩东。这在以往是完全不可能的。他接待客人有个怪毛病，就是宁可让客人等他十分钟，他也绝不先到六十秒。不管客人是怎样的身份，都是如此。可是今天不同，他必须放下身段。

　　钱景轻轻推门进来，皱着眉汇报道："潘祥局长说他已经出来了，很快就会到……"

　　"你到外边等他。"李英达手一挥，又说，"站隐蔽点儿，别让宁浩东看到。"

　　"我知道，我知道。"钱景哈着腰退了下去。

　　一身农家姑娘打扮的服务员大大咧咧地走进来，直着嗓子问："就是四位吗？不错的话我通知厨房了。"

　　这种服务员，还真配得上所谓的农家乐。李英达心生不满，但既然选择来这里，他只能忍："没错，是四位。"

　　"四个人用这么大个包厢，浪费！"服务员抱怨一声，转头就走，没想到重重地撞在一个人怀里，"没长眼睛吗？"

　　"对不起。"来人是宁浩东，他边打招呼边问道，"这是夏威夷厅吗？"

　　"自己看。"服务员骂骂咧咧，十分夸张地揉着额头走了。

　　宁浩东还在迟疑，李英达已经走到他身边，握住他的手热情地说："宁局长，就在这，欢迎，欢迎啊。"

"你是……你是李董事长？"宁浩东是认识李英达的，但他怎么会在这里，莫非自己走错了？宁浩东忙说："我是来见市应急局潘祥副局长的，看来是我走错了。不好意思，打扰了李董事长……"

"没错没错，潘局长已经在路上了，马上就到。"李英达说，"一直没能有时间请潘局长、宁局长出来坐坐，不好意思，不好意思啊。"

宁浩东迷糊了。潘祥打电话约他出来，他是不想答应的，可是潘祥不高兴了，说有事和他商量。宁浩东说请潘祥到局里来，或者自己到市局去，潘祥更不高兴了，问为什么要搞得那么正式，放轻松一点可不可以？还说不是请他到大酒店，是普通的农家乐。潘祥说："虽然有规定不能接受服务和管理对象的宴请，但我潘祥还算是你的领导吧，有哪条纪律规定领导不能掏钱请部下吃顿饭？"最后撂下一句"反正我等你，你来不来自己看着办"，便挂了电话。

李英达把宁浩东按到椅子上，端来一杯茶，关切地问道："路上不好走吧？车多，说明白桦繁荣啊！"

"乘同事的便车过来的。正好他有个同学来白桦，晚餐就安排在这里。"宁浩东说的是实话。他确实是搭李柯的车来的。

"先喝茶，先喝茶，潘局长一到，我们就吃饭。"李英达热情地端起茶杯。

"我得去一趟洗手间。"宁浩东说着出了包厢的门。等他回来时，没看到潘祥，却看到了钱景。钱景凑在李英达耳边说着什么，没等话说完，李英达便嘟哝了一句"老滑头"。

"潘局长还没到？"宁浩东握了握钱景伸过来的手，问道。

"我正准备向宁局长汇报呢。"钱景不无遗憾地说，"刚才潘局长给我打电话，说走到半路上突然接到他爱人发来的微信，说头晕得厉害，看来是眩晕症犯了，得赶回去照应，否则有个三长两短那还得了？他还说，都是计划生育闹的，他们的独生女在省城工作，如果多生一个孩子哪还要他回去照应？"

李英达走过来招呼道："潘局长情况特殊来不了，理解，理解。宁局长请坐。"

此时，花样冷盘已经摆好，茅台酒也已打开。李英达拉着宁浩东坐下，说："听钱景说，他和你之间可能有一些误会，今天就我们三个人，把它说开了，说开了就好。"

宁浩东不想入座，也不能入座，他知道入座意味着什么，但就这样僵着也不是办法，只好坐了下来。

钱景见宁浩东坐下了，就开始倒酒。这时，李英达使个眼色，钱景知趣地放下酒瓶走了出去，并把门轻轻带上。李英达打开自己的包，拿出一个大红颜色的十分精致的盒子放到宁浩东面前，说："这是我们集团为庆祝上市定制的纪念金币，纯金，100克一枚，请宁局长品鉴。"

宁浩东一惊，下意识地把装有金币的盒子推向李英达。

李英达又推给宁浩东，并举起酒杯："我先敬你……"

搁在桌上的手机猛然响起，宁浩东一把抓起："喂……"

"你是白桦县应急局的宁浩东吗？"

"你是……"

"我是《海城大众报》的。是这样，刚才有人向我们举报，说是你正在接受服务对象的宴请。你能加我微信，发个视频给我吗？也好证实举报真伪。你就用我的手机号加我微信……"

"好，可……可以……"宁浩东挂断手机，拎起包，顾不上愣在座位上的李英达，拔腿就往门外跑，边跑边说，"有人举报我，我得赶紧走……"

钱景见宁浩东跑出去了，赶紧回到包厢问是怎么回事，李英达把情况一说，钱景一咬牙："肯定是宁浩东那小子自导自演的。刚才我看到李柯把车开来了，停在门外，一定是来接他的……"

"应该是他借上厕所时间搞的鬼，"李英达把酒一饮而尽，将酒杯紧紧地攥在手里，"也好，敬酒不吃那就吃罚酒吧！"

李英达决定去找汪海和张艳梅。他一遍又一遍地给张艳梅打电话，一次又一次听到的都是"您拨打的电话已关机"。他又给汪海打电话，得到的回应也是"您拨打的电话已关机"。以往的"情报"多次验证，只要他们俩同时关机，就一定在一起。为了证实自己的判断，李英达拿出手机，在屏幕上轻轻一点，一个实时画面出现了——省城高档小区紫薇花园那套二百平方米的爱巢里，一丝不挂的张艳梅正和赤条条的汪海……

对不起了，我可能要坏你们的好事。李英达心里说着抱歉，手上却发动了汽车。他要撞上门去，会会他们。

一路上，李英达又一次想起他和白桦县副县长张艳梅的初次相识。那年，白桦县县长汪海正在大张旗鼓地推行企业改制，范围之广，力度之大，史无前例。汪海提出的口号是"解放思想，敢闯敢干，能卖的卖，能租的租，卖不掉、租不出的送，必须对所有国有集体企业实行脱胎换骨的改造，激发发展活力，提升发展水平"。李英达敏锐地觉察到，可以从白桦县的企业改制中找到千载难逢的机遇。在一位好友的介绍下,他专程赶来白桦县拜访县长汪海。

那天,雷雨过后,天气反而更加燥热。汪海在自己宽大的办公室里接待了李英达。他们先是聊都很熟悉的那位好友,然后汪海向李英达介绍白桦的企业改制情况,李英达也适时向汪海介绍自己希望参与白桦企业改制的想法。汪海听着,有时点点头,有时问上一两句,更多的时候则是哼哼哈哈。李英达看得出,汪海表面上很热情,内心却对自己很冷淡,恰似这室内空调吐出来的冷气,让人毛孔竖起。

这时,"笃笃"两下敲门声过后,一个年轻俏丽的女人推门走了进来。女人一进门,就缩紧肩头娇滴滴地抱怨道:"把空调开得这么低,不怕伤了身体?反正我怕。"边说边伸手从衣架上拿起汪海一件夹克外套披在身上。

李英达一眼就看出这个女人和汪海的关系不一般。

"我把省领导来白桦调研的接待方案拟好了,送来请你过目。"女人把一个文件夹放到汪海面前。

汪海接过来,笑着对李英达介绍道:"这是我们县政府接待办主任,张艳梅。"

张艳梅大方地向李英达伸出纤细的手,李英达站起身轻轻握住,自我介绍道:"海达集团李英达。"

就这样,他们认识了。巧的是李英达的一个红颜知己是张艳梅的表妹,在她精心安排下几次"偶遇",他们都有了相见恨晚的感觉。一次酒后,张艳梅叹息在省城连个落脚的地方都没有,事情办晚了不是住酒店,就是往回赶,李英达恰到好处地送上刚刚装修好的紫薇花园那套房子的钥匙。张艳梅不敢要,李英达就说给她"借住"。张艳梅考虑了两天,也就笑纳了。不过,张艳梅做梦也没想到,李英达在那套房子里装上了针孔监控探头,是那种最新款的高科技产品,不但功能强大,画面清晰,可以连接手机、电脑,而且体积很小,便于隐藏。只要他愿意,可以随时随地在手机上看到房间的情况,还可以回看。

李英达敲响房门的时候,汪海和张艳梅刚将饭菜端上桌子,一瓶1992年的拉菲也才刚刚打开。两人听到敲门声都是一怔,不由屏住呼吸,侧耳细听。

敲门声在继续,还是汪海镇静,轻轻来到门边,问道:"谁?"

"是我,李英达!"门外的人答道。

房内的两人同时松了一口气。张艳梅拍拍心口,说:"吓死我了,还以为是你家那位。"

汪海打开门,李英达一进来就抱拳表达歉意:"实在不好意思,这个时候来打扰。"

"坐。"汪海让李英达在沙发上坐下,平静地说,"怎么也不打个电话?"

"电话我打了,打不通。"李英达说。

汪海突然想起自己的手机关机了。他还有另外一个号码,只有市政府邢副秘书长知道,市里如有紧急情况,是能找到他的。

张艳梅走过来,招呼道:"饭菜刚好,董事长和我们一起吃吧。"

"不不不,已经打扰了。我有重要的情况向汪市长汇报一下,马上就走。"李英达推辞道。

"李董能找到这里很不容易,我倒也想听听到底有什么重要的情况。"汪海白了张艳梅一眼，不经意地说。

李英达听得出汪海的弦外之音，应道："是不容易找。好在我有个大学同学就住在你们这个单元，只是他认识市长，市长不认识他。要不是他告诉我，我哪知道您住在这里啊？"

"哦。"汪海把茶杯往李英达那边推了推，自我解嘲道，"我和小张就这么一点隐私，都被你知道了。"

"你可不许瞎说。"张艳梅接过话茬儿，"你可以不顾及我的形象，但是不能不顾及汪市长的形象。"

李英达心中想笑，嘴里却说："你们能有什么隐私？作为汪市长一手培养起来的老部下，张县长来看领导很正常，很正常嘛。"李英达故意把这里说成是汪海在省城的家，而张艳梅是来看汪海的。

一个深呼吸过后，汪海显得轻松多了。他对李英达说："说说看，是什么重要的情况？"

"还是科达化工公司的事。"李英达说。

汪海点点头，朝张艳梅招招手："小张，李董汇报的情况涉及你们白桦，你也过来听听。"

"好的。"张艳梅走过来，在汪海身边坐下。

"那起事故麻烦越来越大了。"李英达不无担心地说，"像这样下去我不知道会是怎样的结果。"

"丁铠响不是过问了吗？"汪海说，"我也一直在敲边鼓。对了，小张不是也在周旋吗？"

"我原本想利用丁铠响施加一点影响，现在看来他的影响很有限。"李英达摇摇头，"张县长一直很帮忙，但是……"

"我确实感到力不从心。"张艳梅面露难色，"宁浩东软硬不吃,刀枪不入。"顿了顿又说,"这次省督查组更是把核查的权力全给了他。"

"现在还出现了新的情况。"李英达眉头紧皱,"我也是刚刚才知道的。我姐夫,也就是科达化工的钱景向我汇报,他们那个生产记录本不知怎么搞的,已经到了宁浩东手上,他很有可能据此定性为非法生产引发的亡人事故。"

"有这么严重?"汪海端茶杯的手停在半空中。

"严重的问题还有。"李英达如实禀告,"老单从北京打回电话,证监会正在对海达集团的上市资格抓紧审核,敲锣的时间也初步排出,现在就差科达化工安全生产情况的审查证明。"

"那就让白桦县政府出一个。"汪海轻描淡写,对张艳梅说,"你帮李董具体办一下。"

李英达摇摇头:"不行。按照要求,这个审查证明得白桦县应急局出。"

"那就让他们出。"汪海根本不当一回事,声音不高,却非常威严,"难道他们不听招呼?反了?"

"我估计不会那么顺利。"李英达眨巴着眼睛,叹了口气。

"我觉得也是。"张艳梅也和李英达一样没有信心。

"你们说说看,问题出在哪?"一纸证明就能把一个企业家、一个县领导难住,汪海觉得不可思议。

"只要宁浩东在,6月8号那起事故就摆不平,安全证明就搞不定。"李英达说出了心中的担忧,"所以,我急啊!"

"有什么好急的?"汪海对张艳梅招呼道,"给李董拿筷子和酒杯,我们边喝边议。说不定啊,酒没喝完,办法就有了。"

第二十章
舆情汹涌

一阵急促的手机铃声把宁浩东从睡梦中惊醒,他首先想到的是哪里发生事故了,万万没有想到竟然是周雅婧打来的。周雅婧很少打来电话,尤其是在他入睡之后醒来之前。她只是在早晨七点准时发来"早安"的问候微信。

现在时间刚过六点。

"你上网了吗?"没有问候,没有寒暄,也没有过渡,宁浩东一接手机,周雅婧开口就问。

"我没上网。"宁浩东一脸蒙,"什么意思?"

"网上有你的舆情。"周雅婧说话干净利落,"具体内容你自己去看。新浪、网易、头条号,还有我们本地的'多彩白桦'……对了,抖音、快手也有,都在关注,都推上热搜了。"

"有我的网络舆情?"宁浩东一时反应不过来,"我就一个普通人,有啥值得媒体关注?怕是搞错了吧。"

"有没有，搞没搞错，你自己去看。"周雅婧严肃认真，听不出半点开玩笑的意思，"你应该知道，网上不是说理的地方。我郑重地提醒你几点：一是不管发生了什么，都要相信组织；二是马上应该会有很多电话打给你，不熟悉的坚决不接，否则你会招架不过来的；三是不要轻易接受任何媒体，特别是自媒体的采访，不能人为地制造新的话题，形成新的发酵，那就没完没了了。"略一停顿，她又加了一句："你好自为之吧。"说完挂断了。

"什么事情这么严重？"周雅婧的话让宁浩东顿时警觉起来，立即上网查看。

被推上热搜的是一个自媒体的爆料：《毛贼偷窃，揭开副局长受贿黑幕；灵魂四问，惩处贪腐者更待何时？》说的是一个贼到一家叫安源安全技术服务有限公司的企业偷窃，撬开保险柜，发现里面有一份购买商品房的合同，以及全额缴款的发票，而购买者是白桦县应急局副局长宁浩东。这贼对腐败分子一向深恶痛绝，毅然选择向媒体爆料，揭开副局长受贿黑幕。在为这位反腐小偷点赞的同时，媒体提出的四个问题咄咄逼人：第一，一个是应急局领导，一个是安全服务公司，两者之间到底有没有利益输送？第二，商品房在这个副局长的苏北老家，住房公积金无法异地使用，据悉其人在银行没有贷款，而96万元的购房款是一次性缴清的，一个四十岁不到的副科级干部哪来的能力？第三，为什么这个领导要把购房合同藏在安全服务公司的保险柜里？第四，如此胆大妄为的腐败分子什么时候才能受到党纪国法的惩处？附在报料后面的，还有缴款发票的高清图片……

宁浩东再翻网页，由此爆料引发的各种评论、漫画、小段子铺天盖地。更让他始料不及的是，很多大V转发评论，许多网红达人表示跟进采访相关人员,还将作直播报道……

都是什么乱七八糟的?宁浩东看着公司的名字立即打电话,他得找贾京鸣问个清楚。可是电话没人接听,再打还是如此。

这时有人给他打电话了,一概是陌生号码。他摁掉这个,那个又进来了,不屈不挠似的。想起周雅婧的提醒,宁浩东干脆关掉了手机。可是不一会儿,常年不响一声的座机又叫个不停,他唯一能做的就是把电话线一拔了事。

无心洗漱,无心吃饭,无心做任何事,呆呆地坐在沙发上,宁浩东感到很憋屈。一夜之间,脏水怎么就泼到了自己的头上身上?明明是无中生有,明明是栽赃陷害,怎么就有那么多人相信?朗朗乾坤,昭昭日月,为什么我有口难辩、有冤难申?怎样才能澄清是非,还我清白?

抬眼看一眼墙上的挂钟,已经十点多了。总是闷坐在家里也不是办法,工作总得去做。宁浩东想,清者自清,浊者自浊,周雅婧说得很对,相信组织,没必要自寻烦恼。他打起精神开车去办公室,谁知刚到小区门口,十几个青年男女一拥而上,把他团团围住,有的还对着手机搔首弄姿直播起来。好在保安冲了过来,喊着推着才为他解了围。局大门口,又是一群手持手机的青年男女。他们张望着,等待着……宁浩东知道他们想干什么,没等保安把门闸完全打开,一按喇叭,冲了进去。

拎着包往自己办公室走,宁浩东目不斜视,但他明显感到同事们都在偷偷地看着他,眼里全是异样的神色……路过局办公室,只见闲在局里的驾驶员小钱、小方,正手捧手机指指点点,和同样手捧手机指指点点的科员小王闲聊,时不时还冒出一句"宁局长"。宁浩东知道他们在聊啥。"说什么呢?"宁浩东听不下去了,大声喝道,"没事去把车子擦擦!"小钱吓坏了,拉起小方头也不抬地跑出办公室,真的找抹布擦车子去了。小王脸一红,撂下手机,拉过键盘埋头胡乱地敲打起来。

宁浩东刚在椅子上坐下,豪成过来了,脸色很平静,和往常没有什么变化。他说:"张明凯书记让你现在就到他办公室去一下。你手机关机,他让我转告你。"

宁浩东"哦"了一声,站起来要走,豪成又说:"让李柯开他的车送你,你的车关注的人多……"

县委办公室朱主任在电梯旁等宁浩东。一般情况下,只有县四套班子领导,或者重要部门的主要负责人如约来见张明凯书记时,朱主任才会在电梯口等候,宁浩东知道自己享受这种待遇,不仅是因为过去曾在张书记身边工作,更主要的是今天的情况有点特殊。

张明凯办公室的门关着,宁浩东轻轻敲了敲,张明凯在里面说:"进来——"

宁浩东推门走进办公室,又把门关上。

"来了?"张明凯看着文件,头也没有抬,笔在纸上写着。宁浩东"嗯"了一声,站在旁边,静静地等他把文件看完。

时间不长,张明凯合上文件夹,放到办公桌的右上角。这是张明凯的老习惯,这样放方便办公室的同志收走。他不像有的领导,看完文件后把文件夹很随意地往书报资料堆里一扔,办公室的同志找也不好找,不好找还不好问。

张明凯让宁浩东坐,但宁浩东没有坐。

张明凯找出茶叶盒倒腾半天,给宁浩东泡了一杯茶,宁浩东连忙双手接过来。到县应急局工作之前，宁浩东是县委办的副主任，主要服务张明凯，平时都是他为张明凯端茶倒水。

"坐吧。"张明凯指了指办公桌对面的椅子，再次要宁浩东坐下，宁浩东只好坐了下来。

张明凯又到一旁的洗脸盆中洗了把脸，然后对着镜子梳头，一丝不苟地梳着本已整整齐齐但没有什么光泽的头发。宁浩东看着张明凯一下一下反复地梳头，心里莫名地紧张起来。

好不容易，头发梳好了，张明凯又从抽屉里拿出电子血压计。宁浩东站起来，走过去，说："我帮您量。"

"不用，我自己来。"说着，张明凯熟练地操作血压计，细微的呜呜声在肃静的室内特别刺耳。一会儿声音停了，张明凯一看显示盘非常失望："还是很高！唉，怎么就降不下来呢？"他解开绷带，把血压计往旁边一推，显得十分烦恼。

宁浩东伸手要收血压计，张明凯把他的手推开，说："先放着。"

张明凯把座椅往前挪了挪，坐直了身子，双手摊开放在桌上，一声不响地看着宁浩东。宁浩东赶紧打开包拿出笔和笔记本，做好随时记录的准备。说起来这也是老习惯了，在张明凯身边工作时，他身上总是带着笔和笔记本。当然，是很精致的那种，好带。

张明凯说："今天找你来，想问几件事，你要如实回答我。"

宁浩东心头一紧，不自然地点了点头。

"那封寄给省政府安委会办公室和省应急管理厅的举报信，是你写的吧？"

宁浩东愣了一下，点点头。不过，那封举报信是电脑打印的，他不知道张明凯凭什么说是他写的，总不会是臆测吧？可张明凯不是喜欢主观臆断的人。

"我一看就知道是你写的。"张明凯脸上稍稍有点得意，"你跟了我那么多年，写了那么多文稿，你的文笔，你的文风，你的行文习惯，我太清楚了。"

原来是这样啊。宁浩东释然了。

"只是我不明白，你为什么要写那封举报信？"张明凯说，"你是应急局分管危化品监管和行政执法的副局长，你可以名正言顺地向县政府请示，请求组成事故调查组，开展事故调查。即便遇到了什么阻力，你也可以向我汇报啊。"

宁浩东没有说话。

张明凯继续说："可我又想，你这样做自然有你的道理，我不必过多介意。作为县委书记，我支持你查，一查到底。所以，我让你当核查组的副组长。当然了，我没有省督查组赵专员考虑得那么周全细致，赋予你更多的权力和责任。"

"谢谢书记的理解和支持。"宁浩东真心地说。

"不，你不要谢我，倒是我要谢你。"张明凯摇摇手，又点点头，深有感触地说，"有人说从事安全生产工作的同志是为领导挡子弹的。他们认为，一旦出了事故，上面就要问责追究，领导就会受到处理，所以没人撑住不行。其实不是。从根本上来讲，你们是在护佑人民群众的生命安全，是在为经济社会发展创造良好的安全环境。安全生产，人命关天；安全生产，责任如山。因此，我们都要坚守安全线。安全线啊，是红线，也是底线！"

宁浩东对张明凯充满了钦佩，握笔的手禁不住颤抖起来。他一边记，一边表态："我一定记住张书记的话，履职尽责。"

"光履职尽责还不够。"张明凯的手在桌面上点着,像鼓槌敲打在鼓面上,"履职尽责只能说明想干事,能干事,干成事,对一个领导干部来说,特别是像你们这些既有监管权又有执法权,整天和形形色色的老板打交道的领导干部来说,还必须保证不出事。"

宁浩东由衷地说:"确实是。"

"打铁先得自身硬,说的就是这个道理。"张明凯语重心长地说。

"打铁先得自身硬。"宁浩东向张明凯表态,"我会记住的。"

张明凯不再说什么了,只是静静地看着宁浩东,眼神非常复杂,看得宁浩东的脸红一阵白一阵。

好一会儿,张明凯才端起茶杯,连续喝了好几口。

宁浩东见张明凯茶杯里的水不多了,连忙起身想给他续满。张明凯示意宁浩东坐下。宁浩东只好坐下,正襟危坐的样子。

张明凯长叹一声,问道:"小宁啊,你跟着我几年了?"

宁浩东回道:"从蓝坪县开始,九年三个月了。"

"时间过得真是快啊!"张明凯沉浸在对往日岁月的回忆中,"记得那时你在蓝坪县中学教书,教书之余喜欢写写文章,尤其是对一些经济现象有自己独到的见解。是政府办的仇主任先看上你,然后向我推荐的。所以,你就到了政府办公室,到了我的身边。"

"当时调我很不容易,因为我是事业编制,转了几个弯子才调成。"对于往事,宁浩东同样记忆犹新。

"我在蓝坪当县长时,你没有让我失望。所以,当我调到白桦县任县委书记时,我就征求你的意见,问你是不是愿意和我一起过来。"张明凯继续说道。

"是的,我毫不犹豫地跟您来到了白桦。"宁浩东说。

"两年前,我提议并经县委常委会研究决定,让你到县应急局担任副书记、副局长,就是想让你在实际工作中锻炼锻炼,将来好把更重的担子压在你肩上。"张明凯直视着宁浩东,"今天,你能说,你没有让我失望吗?"

这个问题太笼统,也太大,实在不好回答。宁浩东躲开张明凯的目光,没有回话。

张明凯站起身想给宁浩东倒水,发现水杯里的水仍是满的,便把手收了回去,许久,又说道:"小宁啊,今天网上关于你的舆情,你肯定也已经注意到了。我把你找来,还想问问你有没有什么要对我,要对组织说的。这……对你来说,也是一个机会。"

宁浩东心头一震。"我的工作确实没有做好。就说这次,不管其他人承认不承认,反正我认为科达化工公司的事故是真实存在的。这与我们平时要求不严、监管不够是有关系的,说明我们的工作确实有许多必须加强的方面……我真的让张书记失望了。我一定深刻反思,强化落实,提高工作成效。"停了一会儿,他看着张明凯说道,"至于网上关于我的舆情,我只能说都是无中生有,一派胡言。我没有什么需要解释的。我相信您,相信组织。也请您和组织相信我。"说完不再出声。

"其他什么都没有了吗?"

宁浩东果断地摇了摇头。

张明凯没有再说什么。办公室里非常安静,静得有点让人透不过气。

"那行。"张明凯深深地出了一口气,"那你回去吧。"

宁浩东起身,把刚才坐的椅子扶正,并把面前的一次性水杯抓在手上。

"张书记,那我走了。"宁浩东和张明凯打了声招呼,拿起包向门口走去,拉门,再把门轻轻地带上,把一次性水杯轻轻丢到门边的垃圾桶里。然后,他拎着包走向电梯口。

"小宁……"宁浩东一回头,只见张明凯不知什么时候已经开了门,站在门外叫他。

宁浩东回过头,看着张明凯。

张明凯朝他挥挥手,转身进了办公室。

宁浩东跨进电梯,电梯门随即紧紧关上。

到了停车场,他远远地看见李柯坐在车里等他。刚在车后座坐稳,他突然听到一声紧似一声的警笛声,透过车窗玻璃,就见一辆救护车正向这边疾驶。事后宁浩东才知道,原来是张明凯突发心梗……

见宁浩东坐好了,李柯说:"纪委回应了。"

宁浩东知道李柯说的是什么意思。他不紧张,更不慌张,纪委回应是必然的,早就料到了。他打开手机网页,果然看到《白桦县纪委监委关于我县应急局副局长宁浩东相关舆情的回应》:网上流传的关于宁浩东商品房问题的相关信息我们已经关注,经研究,对宁浩东先行停职,配合调查核实。我们将根据调查核实结果,依法依纪严肃处理,绝不姑息。有关情况将及时向社会通报。感谢社会各界对我县党风廉政建设和反腐败工作的支持与监督……

没容宁浩东多想,一个电话打了进来:"宁浩东同志,我是县纪委常委夏卫东。组织上对你先行停职，配合调查核实有关情况的决定，先前已以信息的形式发在你的手机上，你看一下。另外，请你下午两点半到县纪委第二谈话室接受组织谈话。"

下午两点半，宁浩东准时来到县纪委第二谈话室。推开门，县纪委常委夏卫东已经坐在条形桌子的正中。坐在她旁边的中年男人宁浩东有点面熟，但不知道姓什么叫什么。

宁浩东和夏卫东是认识的，互相点点头算是打了招呼。中年男人面无表情，只忙着摆弄笔记本电脑，完事后对宁浩东抬了抬眼皮。

夏卫东看了一眼手表，说："我们马上开始吧。为了不影响谈话，我们都把手机关上。"说着，关了手机放到桌子上。宁浩东的手机本来就是关着的，但也从衣兜里掏出来放在面前。

"宁浩东同志，鉴于网络上关于你商品房问题引发的舆情，县纪委常委会研究，并报经县委批准，对你先行停职，配合组织调查核实。"夏卫东坐得笔直，声音沉稳，"虽然认识，但按照要求还是得介绍一下。我是县纪委常委夏卫东，这位是县纪委监委第三纪检监察室主任葛进同志。我们代表组织和你谈话。对我们两位，你需不需要提出回避？"

"不需要。"宁浩东回答得很干脆。

"由我和葛进同志代表组织和你谈话，是县纪委常委会决定的，希望你能尊重。"夏卫东说，"按照常规，我先提一点要求，谈话中请你如实反映情况，不得说假话、作伪证，否则是要负相关责任的。你听清楚了没有？"

"听清楚了。"宁浩东答道。

"你个人的基本信息档案里有，请葛进同志读一下，你仔细听着，如果有讹误的地方，你指出来。"

葛进读完宁浩东个人的基本信息，宁浩东说准确，没有讹误。

"好。"夏卫东说，"我想问你，你认识安源安全技术服务有限公司的贾京鸣吗？"

"认识。"

"是怎样认识的？"

"大概十年前我和他第一次见面，是在蓝坪城中菜市场，从普通话中夹带着的方言听出是老乡。那时他卖菜，我在蓝坪中学当教导主任。后来，他在我们学校对面开了间'三味书屋'，卖教辅资料……再后来我调到蓝坪县政府办公室工作，联系不多，见得也少，听说他的书屋仍开着，还做一些工程，主要是校舍维修和塑胶跑道工程……"

"我能不能这样理解，认识你之后，贾京鸣不再做卖菜生意了，而是开书店、做工程？"夏卫东问。

"从时间线上说是这样的。"宁浩东笑了，"可是他做的与我有什么关系？我从来没参与过他的书店和工程生意。"

夏卫东说："据我们了解，当时社会上有传闻，蓝坪纪委也收到过举报，说是贾京鸣利用你的影响力牟利……"

"我没听过这种传言。"虽然宁浩东曾隐隐约约感觉到贾京鸣有利用自己的嫌疑，但他并没有掌握什么证据，更没听过那些传闻，也不知道蓝坪县纪委曾收到举报。不过，他相信夏卫东不可能说假话，一定是向蓝坪县纪委了解过的。

"据我们了解，贾京鸣到白桦县开办公司，从事安全生产技术服务，是从你到应急局任副书记、副局长开始的。你觉得是巧合还是必然？"夏卫东把话题转到了白桦，继续问道。

"这个我不清楚。"宁浩东回忆道，"我在白桦第一次见到他，是带队到化工园区开展安全检查的时候。那天，一个企业老板告诉我，我的老乡和好兄弟来了，我还以为是谁呢，叫过来一看，是贾京鸣。他已经是安源安全技术服务公司的董事长、总经理，正带几个专家为企业做安全评价。在此之前，我毫不知情。"

"据我们了解，你到应急局后，白桦化工园区的安全业务全被贾京鸣包了。你没有在其中起作用吗？"

"我可以很负责地说，我没有向他介绍过一笔业务。"

"一个外乡人，一家新成立的公司，如果没有他人帮助，能包揽化工园区几十家化工企业的安全业务？"夏卫东对宁浩东笑笑，"你信吗？"

"我不信，我也认为一定有他人帮助。"宁浩东回答得很肯定，"他就曾告诉过我，他的很多业务是陈益宁介绍的。他们的关系非同一般。"

"化工园区安监分局的陈益宁？"

"对。"那次和贾京鸣见面的情景又浮现在宁浩东的脑海中，"6月8号科达化工公司三号车间发生事故后，我们在初步调查中发现安源公司曾出具了一份虚假验收合格报告，我找他了解情况，他却求我放他一马，说是陈益宁指使他这样做的。如果把他扯进去，也必然会把陈益宁扯进去，那就如同把火点燃，而在大火中化为灰烬的可不仅仅是科达化工、他和陈益宁……"

"照你这么说，你和贾京鸣没有任何不当关系，那么你在苏北老家购买商品房的合同和全额缴款发票，怎么会出现在他公司的保险柜里？"夏卫东眼神锐利。

宁浩东苦笑一声，一脸无奈："我也不知道是怎么回事，莫名其妙，最好你们找到贾京鸣问清楚。"

"我们已经问过了。"夏卫东翻了翻放在桌上的一叠材料，找出一份递给宁浩东，"我们已经找过贾京鸣了，这是他的笔录。你好好看看。"

夏卫东的回答出乎宁浩东意料，他一直都没打通贾京鸣的电话，对情况一头雾水，连忙抓过资料来看。

这是一份询问笔录，前几页都是一问一答，也就是根据提问进行陈述，最后一页虽然也是一问一答，但是对前面内容的概括、对事实的认定：

问：你最后还有什么要说的？

答：我能从一个菜贩子，成为一个大老板，靠的是宁浩东。我承认，为了感谢宁浩东长期以来给我的帮助，也为了让他当上局长后更能帮助我，根据他的授意，我在苏北斗龙港附近的卯酉县城，为他买了这套商品房。

问：为什么要在卯酉县城购买？

答：宁浩东多次对我说，他终归是要回到老家的，也就是要回到苏北斗龙港。卯酉县城紧靠斗龙港，是一个很漂亮的海滨小城。

下面一行是贾京鸣手写的"以上内容我已看过，和我表达的意思完全一致，没有差错"，最后是签名、大红的手印、年月日。

"构陷,处心积虑的构陷!"宁浩东把贾京鸣的笔录往前一推,心中的怒火难以抑制,猛地站起身,大声叫道,"我是说过终归要回到老家……其他的,都是无中生有,不折不扣的无中生有!"

"无中生有吗?"夏卫东又递来一份材料,"我们给卯酉县纪委监委发去协查函,这是他们的回复。"

接过材料,宁浩东扫了一眼,回复函上写道:"这套商品房确实在宁浩东名下……"宁浩东瞠目结舌。

"有证据证明,签合同的那一天,你和贾京鸣一起到过卯酉县城。"夏卫东不大但很威严的眼睛直逼宁浩东,"你回答我,是不是事实?"

"是事实。"宁浩东的额头上冒出了豆大的汗珠,葛进把自己面前的一包纸巾递过来,要他擦一擦,他却顾不上,只是分辩道:"可是……"

"先别可是,"夏卫东打断宁浩东的话,"你告诉我,这一切,你如何解释?"

"我无法解释。"宁浩东坦然道,"我相信组织,相信组织是会查清真相的。我也愿意接受组织任何形式的审查和调查。"说完,抽出纸巾擦了擦汗,又喝了喝水。

"你能有这个态度很好。"夏卫东看看手表,脸上的表情也轻松了许多,"时间不早了,你还有什么要对组织说的吗?"

葛进敲打键盘的手停了下来,看着宁浩东。

宁浩东长长地吁了一口气,沉默了。

"有吗?"夏卫东又问。

宁浩东皱着眉头想了又想,犹豫再三,最后还是开了口:

"有件事一直压在我心头,也不知道当说不当说?"

夏卫东看看葛进,又看看宁浩东:"没有什么当与不当的,你完全可以说。每一个党员,什么话都可以对组织说。"

宁浩东咬了咬嘴唇,似乎下了很大的决心:"6月8号傍晚,我到科达化工公司事故现场勘查。为找事故车间的生产记录本,我去见总经理钱景。他把我领到接待室,说是向我汇报'安全生产月'活动的安排情况,并把一张纸递给我,说是活动计划。然而我展开一看,却是一份端午节打点明细……"

"端午节打点明细?"夏卫东脱口问道,"那张纸呢?"

"钱景突然发现拿错了,赶紧抢了回去。"宁浩东说,"但是,我长期从事文秘工作,对文字和数字非常敏感。我清楚地记得,那是科达化工公司的红头信笺纸,第一行中间写着'端午节打点明细',抬头写着'董事长,端午节快到了,拟按以下标准,对下列领导进行打点。可否?请指示。钱景。'董事长李英达的批示龙飞凤舞,但我认得出来,写的是'同意。汪、张等所用的一百二十万,也在科达支,要妥善处理好',下面是一连串人的姓名,有……有县委张书记、县政府丁县长,还有应急局、工信局、生态环境局等县里几个重要部门主要负责人……姓名后面是数字和地点……"

"还有这样的事?"夏卫东若有所思地看着宁浩东,"我们今天找你谈话,目的是调查核实网络舆情反映的你的问题,你却说了这些情况。我问你,你能对你说的话负责吗?"

"当然能。"宁浩东毫不迟疑地答道。

第二十一章
假作真时真亦假

　　夏卫东通知宁浩东到纪委谈话的电话，开车接送宁浩东去见张明凯书记的李柯是听到了的。那天分开之后，他就没再见过宁浩东。宁浩东的车一直停在县行政中心的停车场上。外面的传闻很多，有的说谈话没结束，宁浩东就被留置，直接带到办案点了；有的说宁浩东清楚自己的问题不小，谈话中途说是要小便，然后跳楼翻墙逃走了；还有的说宁浩东在省城有好几套房子，还有个情人，能耐很大，把宁浩东藏起来了……他一次又一次地拨打宁浩东的手机，但无一例外，都是"已关机"。

　　李柯想来想去，就是想不明白，宁浩东怎么就出事了？他反复研究网上那些舆情，一个不争的事实是，肯定与安源安全技术服务公司的贾京鸣有关。吕成贤的话也证实了这一点。昨天在金鑫化工公司安全检查时，吕成贤悄悄告诉李柯，自己碰到钱景了，钱景幸灾乐祸地说，宁浩东倒了，再也不能和科达化工过不去了，而把宁浩东打倒的正是贾京鸣。你想想看，如果不是贾京鸣有意而为，怎么会这么凑巧被贼开了保险柜？肯定做过手脚了。告诉李柯这些时，吕成贤不停地叹息，为宁浩东感到惋惜，说宁浩东交错了朋友。

在李柯看来，如果宁浩东真有问题，那是咎由自取。可是，自从宁浩东调到应急局后，他们一直朝夕相处，可以说全局上下没有谁比自己更了解宁浩东了。而且他从没发现宁浩东和企业老板勾肩搭背，也没发现宁浩东为贾京鸣开展业务打招呼、开绿灯的迹象。倒是贾京鸣，在李柯看来不是一个靠谱的人。

记得和贾京鸣第一次相见，是在一家叫致胜的化工企业。那天在执法检查中，李柯发现这家企业安全风险分级管控中存在问题，特别是安全风险辨识标准把握不准。企业负责人说，是安源安全技术服务公司的贾总帮助做的。正好这时贾京鸣走了进来，企业负责人刚把李柯的话转告他，他就不以为然地回道："小李是我贾京鸣的小老弟，昨天晚上我们还一起喝酒来着，我马上和他沟通一下。"李柯从一堆资料中抬起头来，看着贾京鸣的眼睛冷冷地自我介绍道："我就是李柯。"又问："我们昨晚一起喝酒了吗？"谁知贾京鸣没有露出半点尴尬神色，满面堆笑，热情地握住李柯的手，冲企业负责人做了个鬼脸，压低声音说："我唬他呢……"

又是一夜无眠。李柯决心找到贾京鸣把事情弄清楚，星期天上午便去了贾京鸣的公司。

公司的门开着，贾京鸣的老婆钱娜正在擦办公桌。李柯和钱娜熟悉，所以不用拐弯抹角，直接问道："贾总人呢？"

钱娜放下抹布，拉过一张椅子让李柯坐下，说："你是听到什么风言风语来找京鸣的,对吧?"

李柯冷笑道:"什么风言风语,不是都捅到网上了吗?"

"唉,"钱娜神情黯然,"但是我不相信。"

"你问问他不就清楚了?"李柯没好气地说,心想装什么装?

"我能问到他倒好了。"钱娜带着哭腔说,"那天早晨被两个人带走之后,他就再也没回来过。当时我不知道找他的是什么人,后来才听说是纪委监委的。你看,他不在,这公司还像什么样子?业务没法做了,人也走得差不多了。"

这完全出乎李柯的意料。但是,正常情况下,纪委监委会找贾京鸣核实了解情况,一般不会不让人回来,即使不让回来,也会通知对方家属。他问道:"你真不知道他在哪里?手机也打不通?"

"我怎么会骗你?"钱娜说,"说老实话,我也想知道他在哪里,可是我确实不知道。我给他打电话,几个号码都打了,就是打不通。我真不知道他是死是活……"说着揉眼哭起来。

从语气和表情来看,钱娜不像在说假话。李柯觉得再问也不会问出什么,就起身告辞。钱娜也没有挽留,说她马上也要回家。

出了安源公司,李柯坐在车里梳理思路,想着怎么办。过了一会儿他刚准备发动汽车,就看到一辆挂海城牌照的比亚迪开来了,很快停在自己的车旁,从车上下来一个高高瘦瘦、满头黄发的年轻人,大摇大摆地进了安源公司。

海城来的?这人是谁?李柯看那人的表情和打扮不由上了心,来干什么?会不会和贾京鸣有勾连?反正也不着急走,他把车挪了个位置，远远地观察着。

时间不长，黄头发出来了，手上多了个鼓鼓囊囊的提包。李柯觉得有戏，在比亚迪开动之后，就悄悄地不近不远跟了上去。

比亚迪开出了白桦，开上高速，开进了海城市区一个老旧小区，七拐八拐，最后在一排楼房前停下。黄头发拎着提包下车后，用遥控器关上车门，钻进楼房的楼道。李柯也赶紧停车下车，悄无声息地紧紧跟上。

沿着楼梯，折一个弯就是一层……四层、五层、六层……李柯气喘吁吁，但他不敢停下歇息，怕跟丢了。突然，一个身影从楼梯上俯冲下来，李柯来不及反应，就被狠狠地揪住了头发，一个粗重的声音呵斥道："为什么盯我？"

"我找贾总。"李柯脱口而出，竟然道出了心思。定睛一看，揪住他的原来是黄头发。

"你不是找贾总，是找死！"黄头发对着李柯就是一巴掌，"我早就注意到你了。"

李柯揉揉发烫的嘴，眼中怒火迸发，对着黄头发的腹部就是一拳。黄头发飞快地转身躲过，李柯站立不稳，"咕咚"一声扑倒在地。

这时，楼上一户人家的门突然开了一条缝。李柯仰头一看，贾京鸣的脸正夹在门缝中。

那天，贾京鸣心神不定地坐在电脑旁，有一下没一下地玩斗地主。突然，像是从地下冒出来似的，一高一矮两个男人杵在他的左右两边。来人自报家门，说他们是纪委监委的办案人员，奉组织的命令来把他带走，有事情要调查。贾京鸣六神无主，只好乖乖地跟着他们下楼、上车。

在车里，办案人员只是对他横眉冷眼，什么话也没有说。贾京鸣非常紧张，第一个反应是陈益宁把他扯出来了。那天他没把五万元交给喝醉了的陈益宁，原以为会太平无事，但终究还是出了事。他很懊恼，心里直骂自己是拿钱买监坐。

车在一家不起眼的宾馆前停下，办案人员把贾京鸣夹在中间往楼上走。正式谈话在房间里进行。房间不大，没有窗户，低矮得让人感到十分压抑，气都透不过来。不过，他们对贾京鸣的态度还好，但一开口提的却是宁浩东，而不是陈益宁。这让贾京鸣十分意外。

办案人员问的问题很多，概括起来就是三点：第一，和宁浩东是什么关系？第二，宁浩东帮过你哪些忙？第三，你给过宁浩东哪些好处？

贾京鸣交代说，他们是老乡。宁浩东的老家在苏北斗龙港，他老家在斗龙港向北十公里左右的黄沙港。至于宁浩东帮过自己什么忙，贾京鸣说什么忙也没有帮过。其实，贾京鸣自己心里有数，既能说宁浩东帮过也能说没有，除了宁浩东，外面谁人不知又谁人不晓他是宁浩东的老乡、好兄弟？他自己也知道，他做成的一桩桩生意，经营的一笔笔业务，赚到的一张张钞票，怎么离得开宁浩东的影响？不过，他从来没让宁浩东为他打过电话、说过情。这就是他贾京鸣的精明之处。至于给过哪些好处，还真没有给过。当然，饭是吃过的，但很多时候是请宁浩东作陪，专门宴请非常非常少，哪怕是宁浩东外出学习或出差回来，既没有送过行，也没有接过风。那年过年他送了宁浩东一箱海产品，但第二天宁浩东就给孩子送来了一套世界儿童名著。

贾京鸣还算轻松地熬过来了，晚上九点他们还用车把他送到了小区门口，当然，交代他什么都不得外传。毕竟对方是纪委监委的人，贾京鸣一时不敢轻举妄动，想等待一下结果。第二天他们居然又来了，明显感到有点不耐烦，声音大了许多，语气也更加严厉，甚至拍桌子摔杯子骂娘。不过，贾京鸣不紧张，因为他觉得自己说的都是实话。但到第三天，情况就不一样了。他们把贾京鸣带到那个小房间后，从身上搜走了一串钥匙，然后人就不见了。贾京鸣不安起来。钥匙被搜走了，很多秘密说不定会被他们发现。果然，一个小时之后他们回来了，冷笑着把一个信封扔到贾京鸣面前，喝道："这是从你办公室保险柜里搜到的，你解释解释是怎么回事？"

贾京鸣不用看都知道，信封里装的是他要送给宁浩东的购房合同和全额付款的收据。

"你不会说这是假的吧？"高个子男人说。

贾京鸣一动不动地僵在那里。

"说说吧，这到底是怎么回事？"矮个子男人说。

"我实话实说，这份合同和收据都是真的，也确实是我以宁浩东的名义买的，但他什么都不知道，这是千真万确的。"贾京鸣坦白道。

"这就有意思了，你给宁浩东买了商品房，但是他不知道？"高个子提高嗓门怒斥道，"你骗鬼去吧。"

"唉，让我怎么说呢？"贾京鸣头上急出了汗。

"你不要有侥幸心理，必须如实交代。"矮个子说。

"嗯嗯，我如实交代。"贾京鸣说，"去年这个时候，宁浩东要到上海开会，并想顺道回老家看看。我听说这个消息，就说老家侄子结婚要回去喝喜酒,所以和他一道走。我们坐高铁到卯酉高铁站后,原计划一起打车回斗龙港,可他犹豫了,最后只在县城转了转就又坐高铁去了上海。把他送上高铁后,我想回卯酉县城看看我大舅,正好遇到一个楼盘开盘,我就去凑热闹。那个楼盘地段很好,学区房,房价也不高。我知道宁浩东不恋爱不结婚,就想着将来有朝一日回老家。我想,都在传宁浩东马上要当应急局局长了,那可是大权在握的一把手,到时我就把这套房子送给他,让他回老家有个落脚的地方。当然,他也可能不收,那我也不勉强,但是礼多人不怪,油多不坏菜,他一定会领我的情。如果他实在不肯收,我就把这套房子留着,反正房价在不停地涨,就权当我的投资吧。"这些,当然是贾京鸣真实的想法,房子买下后,还为自己的精明之举得意了好久。

高个子听完贾京鸣的话,哈哈大笑,笑得贾京鸣浑身不自在。他说:"你这故事编得也太离谱了吧?"

"我没有编故事,我说的全是真话。"贾京鸣说,"就是这么个情况,千真万确。"

"贾京鸣,我得警告你,"高个子拍了拍桌子说,"我们的忍耐是有限度的,你是不是非得逼我们换个地方和你谈话?你是不是非得逼我们给你上上手段?"

"不不不……"贾京鸣连连求饶,可怜兮兮地说,"我没有说假话,你就是打死我我也这么说。"

"那好,"矮个子抖动着脸上的横肉,"我们换个地方谈吧。"

"我没说假话啊!"贾京鸣满腹委屈。

"啪!"高个子把桌上的茶杯一摔,指着贾京鸣的鼻子喝道,"我告诉你,根据我们掌握的情况,你是为了感谢宁浩东长期以来利用职务之便,帮你牟取不当利益,同时为了今后更多地牟利,在他的授意下,用你自己的钱,为他在老家买了这套商品房!"

"不,不是这样的。"贾京鸣连连赌咒发誓,"如果我说假话,五雷轰顶!"

"你大小也是个老板,现在这个样子连地痞流氓都不如。"矮个子说。

"那……那我说了你们又不信。"贾京鸣双手直搓。

"难道你赌咒发誓我们就信了?"高个子想了想说,"我们去测谎吧。"

"对,用测谎仪测谎。"矮个子一下子兴奋起来,"用科技击破谎言,这个办法好。"

"贾京鸣,现在就看你有没有这个胆量了。"高个子朝贾京鸣冷笑几声。

"测谎就测谎。"贾京鸣反倒很镇定,"反正我没有说谎,我怕什么?"

于是,两人带着贾京鸣离开房间,上了小汽车。一到车上,他们就给他戴上头套。贾京鸣的眼前一片漆黑,但人家说了,这是办案的需要。

贾京鸣被他们牵着下了车。等拿下头套,他发现这是一间安放有各种仪器的房子。一个身穿西装、目光冷漠的中年男人让他躺在一张床上,闭上眼睛,然后把好几根细线布在他的胸口、手腕、腹部。贾京鸣顿时有了做心电图的感觉。然后,中年男人说:"我们马上要问你几个问题,你必须如实回答……"

测谎结束,贾京鸣又被套上头套塞进汽车,回到宾馆的房间。他们让贾京鸣休息一会儿。矮个子看着他,高个子走了出去。

过了好久,高个子神色严厉地推门进来。"贾京鸣,你给我坐好!"高个子大吼一声,把一张纸摔到贾京鸣面前,喝道,"你好好看看,这是测谎结果!你说的全是假话。那套房子并不是你自作主张买的,完全是宁浩东授意你买的。"

"宁浩东没有授意我,真的是我自作主张,他根本不知道。我没有说假话,我说的句句是实话。"贾京鸣就差跪下表白了。

"难道科学的东西还有假吗?"高个子反问道,"难道你要我们不信测谎结果而信你的鬼话?"

矮个子威胁道:"科学面前你还想抵赖?我看你是不想出去了!"

高个子皮笑肉不笑,语气里透着杀气:"贾京鸣,看得出你是一个精明人。识时务者为俊杰。现在你要做的就是配合我们进行调查,如果你拒不配合,甚至在科学面前死不承认,那么性质就会发生变化。我们真的得换个地方,给你上上手段了。还有,你敢说你和那个叫陈益宁的没有任何干系?陈益宁的事就够让你喝一壶了。"

"这……"贾京鸣脸色煞白,但依然嘴硬,"反正宁浩东没有授意我……"

这时,矮个子走过来,拍拍高个子的肩膀说:"老三,讯问的游戏过过瘾就算了,不要和他玩了,时间不早了。"

高个子会意地笑笑,突然双手一把勒住贾京鸣的脖子,露出狰狞的面目:"小子,你真以为我们是纪委监委的?告诉你,我们是海城吴二的手下。吴二,你不会没听说过吧?"

贾京鸣突然裆下一热,跌倒在地。吴二他怎么能不知道,那是海城市黑道上赫赫有名的人物。

矮个子把一张纸和一支笔往贾京鸣面前一拍："写，写一封实名举报信，举报宁浩东授意你为他买了那套房子。"

"我不能写，我不能无中生有害了他！"贾京鸣哆嗦着，上下牙齿磕得咯咯作响。

"你是写还是不写？"高个子掏出一把寒光闪闪的尖刀，在贾京鸣眼前晃着，"小子，写了对你也有好处。他不是正在追查科达化工的事故吗？任他查下去，你也会栽在他的手上。"

贾京鸣仔细想想，再看看高个子手上的尖刀，料定不听他们的话百分百会被修理得很惨。不过，举报信还是不能写，举报了宁浩东，以后怎么混啊？

"你到底是写还是不写？"高个子挥起了手上的尖刀，压在贾京鸣脖子上。

"啊，不要不要……"贾京鸣急中生智，喊道，"写举报信不行，你们可以想个其他办法！"他又看了看高个子手上握着的尖刀，"只要你把刀收起来，有了更好的办法，我一定配合……"

"我反正想不出更好的法子。"矮个子摇头晃脑想了好一会儿，走过来递给高个子一支烟，"老三，还是向掌柜的汇报，请他们拿主意吧。"

……

一夜之间，宁浩东的网络舆情就洪水般滚滚袭来。天刚亮，贾京鸣就被白桦县纪委监委的两个人带走了，做完笔录，签字按印出了询问的屋子，手机响了。手机显示的是虚拟号码，矮个子在手机里说在楼下等他，要带他找个地方躲几天，在把宁浩东送进监狱之前从人间蒸发。贾京鸣想了想，觉得这样也好。

247

此时，贾京鸣显然也看到了李柯，愣了一下，还是打开门，快步下来双手把李柯扶起，用力地抱了抱，就像多日不见的好友："哎呀，原来是李大队啊！"贾京鸣称应急局所有的人都是"局长"，称执法大队每个人都是"大队长"，没有一点违和感。

李柯也不回话，白了黄头发一眼，径自进了贾京鸣的房间。

贾京鸣把黄头发拉过来，讨好地笑笑，说："老弟，你先出去转转，回避，回避一下哈。"

黄头发余怒未消，盯着贾京鸣说："提包放在门边，东西在里面，答应我的你不许耍赖。"等贾京鸣点头答应，这才沿着楼梯一步一步下去了。

贾京鸣将提包拎进来把门关上，对李柯说："李大队，既然来了，那我们就熟人生处，请你把手机拿出来，关机，然后开始我们的谈话，好不好？"

"别搞得神秘兮兮，像个特务似的。"李柯不理他。

贾京鸣不说话，只是满脸讪笑，把手伸到李柯面前。

双方对峙半天，最后还是李柯让步，掏出手机关机，放在茶几上。

"这就对了。"贾京鸣把一瓶矿泉水放到李柯的手边，"现在我们什么话都可以谈，你想录音也录不了。"

李柯讥讽道："还是贾总精明。"

"不得不防着点儿。"贾京鸣向外吹着粗气，笑容也消失了。

"看来贾总是做了亏心事，心里慌着呢。"李柯一语双关。

"那是，那是。"贾京鸣并不否认。

"我不相信，所以我想从贾总嘴里得到确切的答案。"李柯说。

"如此说来，你一路找来，是不是想问我和宁浩东之间到底是怎么回事？"贾京鸣也不兜圈子。

"对。"

"那我明确告诉你，"贾京鸣语气肯定，"我并不想把宁浩东怎么样，但没办法，我不得不配合人家上演一出大戏。"

"哦，演戏啊。"李柯点了点头，又皱了皱眉，咂了咂嘴，"你说，你天天说自己是他好兄弟，怎么就能这么不讲情义？"

"错！我这么做，既是讲情也是讲义，更是为他好啊！"贾京鸣的手用力一挥，提高了嗓门，"他是我的老乡加好兄弟，我不想看到他被人家搞死。你是抓安全的，知道人命最重要。"

"为什么这么说？"贾京鸣的话，着实让李柯大吃一惊。

"他得罪人了。"贾京鸣一声叹息，"他死命地盯着人家科达化工公司，人家能放过他？如果我不配合把他送进去，他也会被白道、黑道上的人整死。现在，他很有可能结束政治生命，但是生理生命还在啊！有句话叫什么来着？对，两害相权取其轻。"

果然是科达化工公司下的黑手！贾京鸣的话证实了李柯几天来的猜想。但是为了一起事故，至于把他往死里整？看来，这起事故非同一般啊。

"李大队，你喝水。"贾京鸣拧开瓶盖，把矿泉水递到李柯手上，"从某种意义上说，我做的是好事，是天大的好事，难道你不觉得吗？"

"可是你也不能栽赃害人吧？"从一开始，李柯就认定宁浩东是清白的。

"赃是我栽的，但我的初衷并不是想害人。"贾京鸣套用了一个时髦的词，还委屈起来，"可是后来我就把控不了了。我也只好真话假说，假话真说，以假乱真，真真假假分不清了。我确实心里有愧，身背罪责，但我没有办法啊。"

"所以你就躲起来？"李柯看着贾京鸣，眼里满是轻蔑的神色。

"差不多也能这么说。"贾京鸣告诉李柯，准确地说，是有人怕他反悔，就把他藏在现在这个地方，还派黄头发看守他。一来二去，他和黄头发达成了共识。手机和银行卡不敢用，他就写了张纸条，让黄头发到白桦找钱娜，当然是有好处的，取一些现金和几身换洗衣服。出乎他意料的是，李柯居然找来了……

听了贾京鸣的话，李柯出奇地冷静，开导道："你知道不知道，宁浩东正在蒙受着不白之冤？只有你才能还原真相，还他清白。也只有这样，你才能消解惭愧，洗清罪责。你现在就跟我走，我带你去找组织。"

"假如我不跟你走呢？"贾京鸣面无表情，声音冷漠。

"不走也得走。"李柯决定今天一定把贾京鸣带走。

"李大队真会开玩笑。"贾京鸣泰然自若，"你把我带走又能怎么样？刚才一冲动对你说的那些话我一概不承认，又没录音，你能怎么办？再说了，黄头发正在楼下转悠，他能眼睁睁地看着你把我带走？"

李柯为难了。

"走吧，我就不留你吃饭了。"贾京鸣从茶几上拿起李柯的手机递过来，"不要再寻思着找我了。你一走，我也就离开了，从此浪迹天涯，云游四海……"

第二十二章
并非只有宁浩东

在老首长的帮助下,杨波顺利地到县公安局上班了。由于处分影响期未满,没办法办理调动手续,目前只能借用,但他明白正式调动是早晚的事,什么安全监管,什么执法检查,什么应急管理,一切的一切,终将成为过去。

不过,现在的身份却让他比较尴尬。他没有警察编制,当然没有警察制服,让他穿辅警的衣服他又不愿意,所以一堆人里就他穿普通衣服,似乎是个另类。局里没有给他安排岗位,说是让他机动,谁忙不过来都可以叫上他,美其名曰"多警种锻炼,多岗位实习",所以他也就没有固定的办公室,很多时候就坐在局指挥中心副主任马商的办公室里。他俩是战友,关系一直很不错。

今天上午谁也没来叫杨波,难得清闲。马商过来了,甩给他一支烟,说刚刚得到消息,他们那时的消防大队大队长得了癌症，在医院里住了大半年，花掉二十多万，昨天还是走了。大队长是山东人，高大威猛，站到哪里，哪里就矗立起一座黑铁塔，可怎么就走了呢？年纪并不大啊。正在杨波对着马商大发感慨的时候，手机响了。县应急局办公室主任老马说，上午十一点在局三楼会议室召开全体同志会议，请他务必参加。老马还说，是县政府分管领导张艳梅副县长要求的，局里所有员工都得参加，不得缺席。杨波虽然人在县公安局上班，但人事关系还在应急局，理所当然是参会的对象。杨波说他理解，肯定参加，不会缺席的。

"什么重要的会议，参会对象张县长还亲自过问？"马商应该是听到了老马电话里的声音，非常不解，看了看手表又说，"十一点的会，十点半才通知你，这临时决定召开的会议看来不一般啊！"

杨波想想也是。他把烟头在烟缸里摁灭，拿起自己的水杯就要走。

马商觉得杨波老实得可爱，说："你真听话。如果是我，肯定找个借口不去参加。看来，你人在公安，心还在应急啊。"

我的心还在应急吗？杨波朝马商笑笑，没有说话。

人有时骗得了别人，却骗不了自己。谁都知道，杨波找关系借用到县公安局，是安全生产工作寒了他的心。一起事故，查处下来，以往连年的先进工作者却背了个处分，换作谁都有委屈，都接受不了。离开应急局，不再从事安全监管和执法检查的那一天，杨波不知在心里说了多少遍"老子不干了"。可让他想不通的是，白天和警察们一起忙着出警，做一些辅助性的工作，夜里做梦却还是和宁浩东、李柯他们在企业监管执法。他想把安全生产丢到脑后，可是时不时地它们又迎面扑来，让他避之不及。

那天，县刑警大队的老王走过来，让杨波和他一起去找一个犯罪嫌疑人谈话。杨波跟着老王上了警车，车却并没有向看守所开去。也许是看出了杨波犯疑，老王说："这个案子是你们应急局移送过来的，犯罪嫌疑人目前处于取保候审阶段，县检察院要我们就一些细节再补充侦查。"

杨波更纳闷了，问："到底是谁啊？"

"黄祥。"老王侧过头来告诉他，"在去年超力钢铁公司'10·12'灼烫事故中负有直接责任的那个班长啊。"

杨波是知道这个灼烫事故的，也知道那天的当班班长叫黄祥，只不过从来没见过面。这起事故是宁浩东担任事故调查组组长牵头调查的，他没有参与，但他是案审会成员，讨论相关责任人的行政处罚时他是参加了的，对事故情况也有所了解。

黄祥是超力钢铁公司一号高炉的炉前班班长，那天下班后他带领第一天来上班的工人小李到食堂吃饭，视禁行警示标语于不顾，引着小李从炼钢转炉下穿过时，正好转炉吹氧过程中发生爆发性喷溅，喷溅出的高温钢渣引燃了衣服，两人全被大面积烧伤。后紧急送往海城市人民医院抢救，最终小李由于烧伤引发并发症死亡，黄祥侥幸保住了性命。根据白桦县人民政府超力钢铁公司"10·12"灼烫事故调查报告的批复，黄祥被公司开除，应急局对他进行了经济处罚，并移送公安局追究刑事责任，之后检察院以涉嫌重大责任事故罪批准逮捕，因其烧伤严重，取保候审。

黄祥的家在青桦镇桦林村一组，一见到黄祥，杨波就怔住了，心也一阵颤抖。门前场院的苦楝树下，坐在轮椅上的黄祥，大半张脸被烧没了，猩红的肉团拧在一起非常狰狞；头上不见一根头发，只看到比碗口还大的疤；右耳朵烧没了，剩下圆圆黑黑的耳朵眼；双手齐手臂处都烧秃了，像弹棉花的棒槌；左腿从大腿根烧断，右腿从小腿处烧断，没有轮椅根本无法行走……黄祥的老婆正在给他喂水，一见老王和杨波便知道了来意，哭着说："他人都成这样了，你们还要……你们把他带走吧，要杀要剐随你们……反正我也服侍够了，小孩看到他都怕，远远地躲……全家也没收入了，就靠低保过日子……"

老王说："我们今天来，有几个情况想再向黄祥了解了解。"

黄祥的嘴唇上下抖动，眼泪不住地往下流。

"你告诉我们，那天小李是不是说有禁行标语，不能从转炉下走，而你说没事，你经常走……"老王问道。

杨波知道，这是黄祥涉嫌犯罪的重要证据。公安侦查时他就老老实实交代了，监控记录虽然听不见声音，但看到黄祥拉了小李一把引着从高炉下穿过。

"黄祥说没事，他就从那里走吗？他怎么那么听话，又不是小孩子……"黄祥老婆抢着说道，显然很不服气。

"你……你别说了……"黄祥哭着打断了老婆的话，费力地侧过头来对老王和杨波说，"是我说的……是我带着他想从转炉下穿过去，还不是想少走几步路到食堂……我恨啊，我悔啊……我好歹还保住了一条命，小李……小李……只有22岁……第一天上班……我有罪啊……"

回去时坐在车上的杨波把头依在靠背上，默默无言，两眼发直，心情久久难以平静，黄祥那惨不忍睹的样子总是在眼前闪现，痛心疾首的忏悔一直在耳边萦绕。他在思考，如果每一个应急系统的安监人工作再细一些，再实一些，黄祥这样的惨剧会不会就能减少一些？他在反省，兴盛塑业"4·21"触电事故中自己难道真的一点责任都没有？自己是有委屈，但用调走的行动表达内心的不满，是不是有点情绪化了？他突然佩服起黄祥来。尽管成了残疾人，但黄祥敢于对自己的行为负责，仍然不失为一个真正的男子汉。

一路紧赶，杨波提前十分钟到了会场。一进会场，见到昔日的同事，杨波才知道召开今天会议的起因是宁浩东。

宁浩东的网络舆情经过出现、发酵、高潮，进而随着纪委的回应，在沸沸扬扬之后慢慢回落。和李柯一样，杨波对宁浩东是了解的。他相信组织上一定会还宁浩东清白。这一点他从来没有怀疑过。但是今天却要召开这么个会议，是什么意思？难道宁浩东的问题已经查实，成了板上钉钉的事？

李柯过来了，对杨波轻声说："散会后别走，到我那儿坐坐。中午请你吃个工作餐。"吃吃吃，早饭还没完全消化，就又考虑中午的工作餐了。杨波把李柯一推，让他滚远点。李柯也不感到难堪，讪笑着坐到一边去了。

只要有人出事，豪成都会及时召开警示教育大会，这已经成为惯例。而让杨波没有想到的是，今天的会议尽管晚开了几天，但是规格非常高，县政府分管应急管理工作的副县长张艳梅亲自到场。据说本来县纪委一位常委应张艳梅的邀请是要亲临现场的，只因临时有事未能成行。在杨波的印象中，上一次警示教育大会是陈益宁出事后召开的，不过那次坐在主席台上的只有豪成和王组长。提高规格，难道因为宁浩东是县应急局的副书记、副局长？这不应该成为理由。宁浩东和陈益宁职务虽然不一样，但行政级别都是副科级，没什么差别。还有就是，陈益宁是被采取留置措施，而宁浩东只是停职，配合调查核实。一个是法律措施，一个是组织处理，是有质的区别的。

会议开始了，从头至尾只有张艳梅一个人讲话。

按理这种会议应该是纪委监委派来一个同志通报情况，部门主要负责人豪成表态拥护组织决定，张艳梅最后提要求。而现在这样安排，就有点反常了。杨波更觉得反常的是张艳梅的讲话内容。大家都知道，"停职，配合调查核实"，最起码说明宁浩东到底有没有问题、究竟是多大的问题现在还没有定论。停职，是组织处理，不是纪律处分。既然如此，大张旗鼓地召开警示教育大会，点名道姓地通报还没最后查实的问题，并且要求深挖根源、肃清余毒，就有点不够严谨和慎重了。

张艳梅在讲话中反复强调"作为党员干部要想干事、干成事、不出事"，这话完全正确，没有半点毛病，可她话头一转，又强调："如果不能保证不出事，那就不要做事了。"也许是怕有人听不明白，张艳梅进一步解释："屁股上不干净的人，还做什么事？"又说，"做事前先摸摸自己的屁股，闻一闻、看一看屁股干净不干净"。她还列举事例说，"宁浩东前不久不是一直在盯着某个企业吗？可是组织上把他的裤子掀开一看，满屁股的屎，臭不可闻"。紧接着，张艳梅又点出宁浩东问题的根源，"宁浩东为什么会出事？原因固然很多，最重要的一条就是狂妄自大、不听招呼、自行其是"。这些话从她这个县领导嘴里说出来，就显得水平太差，也让人费解了。杨波特别想问张艳梅，就算宁浩东真的出事了，难道重要的原因就是他"狂妄自大、不听招呼、自行其是"吗？

在讲话中，张艳梅还要求所有参加会议的职工，放下手上的工作，对照宁浩东的问题，举一反三，认真查找自己身上的类似问题，形成不少于两千字的书面剖析材料，抓紧上交。这事要当作一项政治任务来完成。否则，就把工作停下来，集中学习，集中剖析，不达目的，绝不罢休。在杨波听来，张艳梅是带着情绪讲话的，确实如她自己所说，就是为了达到某种目的。

会议结束了，参会人员捧着茶杯，拿着笔记本，有的窃窃私语，有的互相咬着耳朵走出了会场。杨波却继续坐着，没有要走的意思。李柯过来了，请他到办公室坐坐。杨波摆摆手，没好气地让这家伙该忙什么忙什么去。

杨波是在等豪成。他知道，豪成把张艳梅送走后，一定会回到办公室。他想到豪成办公室坐一坐，说几句话。这是基本礼节，也确实有话想说。会议室正对着大门，杨波看到张艳梅没有和豪成握手，也没有打招呼，而是直接上车走了。豪成在大门边站了一小会儿，然后把双手抱在怀里，没精打采地往回走。

杨波端起自己喝水的纸杯，走进豪成的办公室。豪成眉头紧锁，愁眉苦脸。

"豪局长，是不是不舒服？"杨波在豪成办公桌对面的椅子上坐下。

豪成挤出一丝笑意，掩饰着自己："没什么事，我没事。"

"今天的会议，我怎么觉得有点不同寻常？"转业到地方多年了，可是杨波仍然改不了他直来直去的个性。

"你看出来了？"豪成也不隐瞒，"这个会不是我要开的。"

"但凡有人出事你不总是开这种会吗？"杨波想问个究竟。

"宁浩东这次和过去不一样。"豪成摆摆手，对杨波说，"上次陈益宁出事是开过，可纪委监委对陈益宁采取的是留置措施，让他就涉嫌严重违法违纪问题接受审查调查。在那种情况下，我必须代表组织表明一个态度。而纪委监委对宁浩东没有采取留置措施，只是停职，让他配合调查核实有关情况。再说，我就不相信宁浩东会有什么问题。说他倔，那确实，但说他有什么严重的违纪违法行为，同事两年多了，我还真就没有发现。"

"你不想开，谁还敢要求开？"杨波不明白，"并且比陈益宁那次更隆重。"杨波竟然用了"隆重"一词。

"是张艳梅要求开的。"豪成的不满情绪溢于言表，"我反复解释她就是不听，还要亲自来讲话提要求。在我看来，县纪委的领导也是临时找了个理由不来参加的。她是副县长，邀请人家来，你让人家怎么办？只能表面上答应，却找个借口不来。整个会议全她一个人包场，借题发挥，指桑骂槐。听着听着，我突然明白，都是说给我听的。"

这是杨波没有想到的。豪成的资格比张艳梅老得多。他是正科实职的时候，张艳梅只是县政府接待办的一个普通工作人员，连股级干部也不是。后来张艳梅几乎是一年一个台阶，竟然成了副县长，还直接分管应急管理。在杨波看来，豪成对这位分管领导还是很尊重的，用他的话说，哪怕她是一尊泥菩萨，我也得拜。

"今天上午，她打了三次电话给我。"豪成破天荒地对杨波诉起了苦。原来，一上班，张艳梅就打来电话，说宁浩东被停职了，不可能再负责对科达化工公司举报信的核查，要豪成以举报不实的结论往省里报。豪成说既然赵专员上次明确让宁浩东具体负责核查,还是要听听他的意见。她生气了,二话没说就把电话撂了。后来又打来电话,说海达集团要正式上市了,证监会正在作最后审核,要豪成出个证明,证明科达化工公司近三年没有发生过生产安全事故,没有因严重违反安全生产法律法规受过行政处罚,没有重大事故隐患。豪成一听,当即表示这个证明不能出,张艳梅又把电话撂了。没过多久,她第三次打来电话,要求十一点召开全体人员会议。

"我也觉得,这个证明不能出。"杨波想了想,说,"宁浩东告诉过我,科达化工公司'6·8'事故死亡人数可能不止一个。"

"不止一个?不会吧?"豪成不太相信。躺在县人民医院ICU里的陈一栋死没死他心里有数,但吴院长不宣布他权当还活着。至于举报信说可能死亡不止一个,豪成之前以为只是举报人为了引起上级领导重视而有意夸大的。

"死亡四个人,宁浩东不可能随便说。"杨波说,"那天的事故现场我也看过,死亡四人是完全有可能的。"

"死亡四人?"豪成忍不住惊叫道,"四条人命……"

出了豪成办公室的门,下了二楼,必须从执法大队办公室门前经过。李柯一眼就看到了杨波,冲出来把他拉了进去。

危化科的聂静萍也在,一见杨波,开口就问:"杨大,你觉得宁局长会不干净吗?"

杨波不想正面回答,来了一句冠冕堂皇的话:"相信组织吧。"

"组织的结论我不知道,但我相信我自己的结论。"聂静萍显然有自己的判断,"一次我女婿从浙江过来,带来几包龙井,我就给宁局长拿了一点儿，也就两听吧，可他就是不收。我坚持留给他，他就说他会送到办公室，作为接待用。你说，这样的人，他会不干净？"

李柯把一杯水放到杨波面前，让聂静萍不要说了，说杨大说得对，相信组织没错。聂静萍可不依，脸涨得通红，把灰白的头发拢了拢，说："你们说得都对，是应该相信组织，我想问的是，张艳梅副县长要求我们放下手里的工作，查找自己身上的问题，形成不少于两千字的书面剖析材料，你们说，我们还要不要到企业监管检查？"

一听这话，杨波的口吻认真起来，好像又回到了以往担任大队长的时候："现在是夏季，是事故高发的季节，监管马虎不得，松懈不得。"

"瞧，真不愧是我们的大队长，佩服，佩服。"李柯对杨波竖起了大拇指，笑道，"为了表达我的佩服之情，中午请你吃工作餐。"说完，拉起杨波就走。杨波本来是不想去的，但抗不住他硬拉软磨，只好跟他走了。

出应急局往南走不了多远，便是一家新开的东北餐馆，或许没有什么知名度，里面的顾客并不多。李柯和杨波一进来，便有人和他们打招呼，原来是围着围裙的黄兰香。

"你怎么到这里了？"杨波认识黄兰香是因为查处她儿子的生产安全事故，后来黄兰香成为安全生产志愿者，就更熟了。杨波和宁浩东都觉得，黄兰香能做到这一步真的很不容易，心中对她多了几分敬重。

"这家餐馆是我外甥开的，缺人手，我来打下手儿。"黄兰香道。

"最近没去参加志愿者活动？"李柯问。

"'安全生产月'刚开始那阵子活动多，后来就少了。"黄兰香说，"我正想和你们叨叨，安全生产不能雨过地皮湿。'安全生产月'来了整几天，一过，甚至还没过就又丢到后脑勺了，那样指定不行。"

"你说的是个问题。"杨波答道。

"对了，咋好几天没瞅着宁局长了？"黄兰香问道。

看来黄兰香平时不怎么上网，也很少与人交流，还不知道宁浩东的事。李柯便回道："他啊，最近出差了。"

"哦，"黄兰香点点头，松了口气，"是这样啊。上次有几个吃饭的客人神神叨叨瞎嚼舌头，我不信，但心里啊总是不得劲儿。"

原来黄兰香不是不知道，而是不相信，李柯说："你放心好了，宁局长没什么事。"

"是啊，他能有啥事？"黄兰香一边把他们往一间小包厢领一边说，"帮我捎个信给宁局长，饭要及时吃。来不及做的话就到这里来，打包带走也成，在这里吃也成，想吃红烧肉我给他做。我知道他们南方人稀罕这道菜。"

进了包厢，黄兰香把空调调了调，又倒上两杯茶，就关上门出去了。李柯却又走过去从里面把门反锁上。杨波正在纳闷，李柯开口了："我见到贾京鸣了。"

杨波一笑，不以为然："你拉我过来就是为了告诉我这个？见贾京鸣又不是见美国总统，有什么新闻价值？还郑重其事的。"

"你听我说，"李柯把椅子往杨波身边拉了拉，凑近了说，"我们都知道宁局长出事与贾京鸣有关，可是为什么早不出事晚

261

不出事,现在出事?这背后到底有什么?"

"想想也是啊。"杨波皱了皱眉头,又把茶杯端起来,但没往嘴边送,"一个保险柜,如果不故意留下点什么漏洞,能被一个小贼撬开?这贼不但敢,还懂怎样找媒体爆料,如果说没有高手策划、导演,打死我也不信。"

"透彻。"李柯说,"你觉得这个高手是谁?贾京鸣吗?"

"不可能。"杨波喝了一口茶,"贾京鸣你我都了解,他能有那水平?即使有,他犯得着吗?他还想靠着宁局长呢,至于玩这一出?他以后在白桦还怎么立足?"

"我这次见了贾京鸣,证明你的分析完全是有道理的。"李柯说,"我可以肯定,高手就在科达化工公司,就在海达集团,或者海达集团背后。他们这样做的目的,就是阻挠宁局长把'6·8'事故查下去。"

杨波认真地听着,不停地思考着。

"杨大,你觉得'6·8'事故会不会特别严重?"李柯说,"如果就是平平常常的事故,他们有必要这么害怕吗?"

杨波手上转着茶杯,再次想起宁浩东电话里对他说的话,赞许地点点头。他思来想去,最终还是把宁浩东的话告诉了李柯。

李柯听了没太惊讶,似乎早在他的意料之中。李柯说:"这次省厅赵专员来,赋予了宁局长查处'6·8'事故更大的权力和责任,有些人是难以再插手了,但也把宁局长推到了风口浪尖,架上了熊熊烈火。那些人为了自身的利益当然要把他置于死地。"

"你分析得很有道理。"杨波说,"刚才我见了豪局长,他正头疼着呢。"

"怎么了?"

"海达集团上市,证监会要审查科达化工公司的安全生产情况,需要白桦县应急局出具证明。"杨波告诉道。

"证明科达化工公司安全生产状况良好,没有问题,符合要求吗?"

"对。"

"他出了吗?"

"你说他敢吗?"

"我想,他不敢。"李柯说,"大是大非面前他应该拎得清,尤其是如此重大的原则问题。"

杨波把茶杯放到桌上,看着脸色凝重的李柯。

李柯猛地一拍桌面:"我突然想起来了,怪不得他们要不择手段阻挠宁局长彻查'6·8'事故,还有一个目的就是让海达集团瞒天过海顺利上市。"

"对。"杨波说,"我估计,如果'6·8'事故得不到查处,豪局长最后只好签字盖章出具证明,因为他没有充足的理由啊。在有些人眼里,曾经因严重违反安全生产法律法规受到处罚、存在重大事故隐患那都是小事一桩,可以通融,可以忽略不计,只有亡人事故被查实才是可怕的。"

"如果那样,他们的目的就得逞了。那是对安全的藐视,对生命的漠视,对犯罪的纵容。"李柯义愤填膺,激情难抑,"杨大队,说老实话,每次看到黄兰香我心里都很难过,我们没有把职工群众的生命安全护佑好。如果我们不彻查'6·8'事故,让科达化工,让海达集团逃避惩处,挂牌上市,那安全生产法律法规就会失去权威,就会有更多的工人像黄兰香的儿子那样失去生命,就会有更多的家庭遭受不幸,就会有更多的父母像黄兰香那样孤苦伶仃。他们，可不是个个都像黄兰香那样坚强啊！"

杨波不知不觉沉浸在李柯的慷慨陈词中，半晌才说："你今天怎么像个演说家了？我还真没想到你有这种天赋。"

"让你见笑了。"李柯不好意思地说，"不知怎么搞的，都有点激情澎湃了。"他站起身子，恳切地说："杨大，回来吧，我们一起干，把宁局长没有查完的继续查下去，查它个水落石出、干净彻底。让他们知道，白桦县应急局不止一个宁浩东……"

杨波伸出双手，把李柯按坐在椅子上，直直地看了好一会儿才说："不要激动，不要激动啊。你的心情我理解，但是，我没办法和你一起干了。我，人已经到了公安局，就剩下姓名在应急局的人事花名册上了。"

"你是说你不回来？"李柯一双大眼直视杨波，"你再说一遍，说得更明确一些！"

杨波点了点头，随即端起茶杯掩饰着惶恐的表情。

李柯猛地抢过杨波手上的茶杯，"啪"的一声往桌上一顿，跨过去打开餐厅的门，冲着杨波喝道："滚，你不值得吃这顿工作餐！"

黄兰香正好端菜过来，一下子怔在当场。

第二十三章
斗龙河的传说

宁浩东哪里也没去，就在自己家里。

问题问完了，名字签了，手印也按了，夏卫东最后对宁浩东提要求，要他最近一段时间就待在白桦，时刻保持通信畅通，准备随时接受组织的再次谈话。当然，只要把家庭电话号码留给组织就行，手机可以关了，免得各路媒体尤其是自媒体肆意打扰。说完后夏卫东站起来，活动活动身子，问宁浩东有没有什么问题要问。

宁浩东说："我能不能回局里上班？副书记、副局长的职务停了，普通工作人员的职责还能履行吧？"

夏卫东笑笑，回道："停职停职，不是仅停领导职务。"

宁浩东"嗯"一声，表示明白了。

见宁浩东准备往外走，葛进顾不上收拾材料赶紧叫住他，让他停下来等一等。

宁浩东回头问道："葛主任还有事吗？"

葛进说："按照规定，你是不能一个人回去的，得单位有人陪你回去。"

"对对对，主要是出于安全的考虑。"夏卫东扭了扭腰，附和道。

"没这个必要吧？"宁浩东一脸轻松地开起了玩笑，"你们放心，我不至于自绝于组织，自绝于人民的。"

夏卫东开门出去，正好看到周雅婧挎着包从面前走过，连忙喊住："小周，你停一下。"

周雅婧收住脚步问："夏常委有事？"

夏卫东指着身后的宁浩东说："你开车了吧？如果开了，把浩东同志捎上，亲自送到他家里。"

"我自己有车。"宁浩东连忙说，"我是自己开车来的，就停在停车场。"

"别开了，由周雅婧送你回去。"葛进也说。

"走吧。"周雅婧对宁浩东做了个请的手势，"既然领导这样安排，你我就服从吧。"

宁浩东摇摇头，苦笑着跟在周雅婧后面上了车。

周雅婧送宁浩东回家，还算是顺路，只要多拐一个弯，用不着专程跑一趟。上车后，周雅婧扔给宁浩东一瓶矿泉水，说了句"是不是委屈了"，就不再言语了，专心开起车来。

六月的天气已经热得让人有点受不了。车内空调恰到好处，让宁浩东周身充满了凉意，但内心却很焐燥。他没有回答周雅婧的问题，但怎么可能不感到委屈呢？工作十几年了，担任科级干部差不多也十来年了，被纪委找去谈话还是第一次，停职配合组织调查核实问题更是第一回。

在他看来,那套商品房不是房,而是一个密不透风的套子,把他结结实实地套进去了,可叹的是他还不知道这套子从何而来,神秘得就像从天而降。房子肯定实实在在地存在,也肯定是贾京鸣去年回老家时买的,可贾京鸣为什么要那么做?难道就是有意做局陷害自己?可是,他又想不出贾京鸣这样做的理由。

会不会与那份虚假验收报告有关?答案是否定的,因为科达化工的事故是今年6月8日才发生的,而商品房早就买了,难道贾京鸣早有预谋……烦死了,不去想了,宁浩东把目光投向窗外。正是下班的时候,路上行驶着的汽车、电动车就像河中漂移的一叶叶小舟,上面载着的都是匆匆回家的男男女女……

前面就是县应急局了,大门两边悬挂的"白桦县应急管理局"和"白桦县人民政府安全生产委员会办公室"门牌清晰醒目,平日里宁浩东几乎天天从它面前经过也视而不见,今天却备感亲切,顿生感慨……

"到我们局门前停一下,我到保安室找些报纸杂志带回去看看。"宁浩东对周雅婧说。

"到保安室找报纸杂志?"周雅婧觉得奇怪,侧脸问道。

"我们局保安室和收发室设在一起。"宁浩东自我解嘲道,"停职在家,认真看书学习,提高自身素质。"其实,看书看报是他一直保持的习惯。

"也是啊。"说话间,应急局到了,周雅婧把车停好,拉开车门说,"我去找吧,你还是不要露面为好。"说着下了车,往保安室走去。

宁浩东往四周看看,并没有发现什么异样。

过了十来分钟，周雅婧抱着一堆报纸杂志，拎着一只塑料袋过来了，把东西往宁浩东身旁的座垫上一丢，说："能找的都给你找来了，够你看了吧？"又说，"那个保安对你不错，把你的所有信件都装在塑料袋里，要我带给你。"

那个保安确实不错，一直对宁浩东很尊重。

汽车开到宁浩东住的楼下，宁浩东说了声谢谢，收拾好东西下了车，周雅婧关上车门也跟了上来。宁浩东回过头不好意思地说："时间不早了，我就不邀请你到家里坐了。"说到底，宁浩东不是不想邀请，而是没有心情。

"你不邀请我也得去啊，"周雅婧一本正经地说，"夏常委是要求我把你送到家的。"

宁浩东咂了咂嘴，只好捧着东西在前面带路。

宁浩东一打开房门，周雅婧就理所当然地走了进来。她换了鞋，每个房间、每个角落都转了转，然后一脸深沉的样子，说："凭我的侦查，你不应该是腐败分子。"这既是玩笑话，也是大实话。周雅婧在县检察院工作过，是依法到一些腐败分子的家里搜查过的。今天她看到的就是一个普通人的家，确切地说就是一个普通单身男人的家。

"既然进来了，那就坐吧。"宁浩东开了空调，又打开冰箱拿来几听可乐。

周雅婧刚在沙发上坐下，一眼就看到茶几上的根雕母牛，推开手边的可乐，把根雕母牛拿在手上，抚摸端详，十分喜爱，禁不住问道："这根雕好漂亮啊！哪来的？"

宁浩东道："是我们斗龙港的老支书韦龙存为我雕的。那时我才十来岁，来东北时我就带来了……它一直陪伴着我。"提起根雕，他又不禁想起老支书，一阵酸楚涌上心头："现在，根雕还在，贾京鸣回老家时帮我打听过，老支书早走了……"

"老支书韦龙存为什么要雕一头母牛呢？"周雅婧猜度着。

宁浩东看着根雕母牛，就像孩子看着母亲，眼神平和安静，心情也变得安稳踏实了。

"能告诉我老支书为什么要给你雕一头母牛吗？"周雅婧把根雕母牛抱到怀里，摩挲着母牛的头、母牛的背、母牛的角……

"不瞒你说，看到这根雕，我就想起了苏北斗龙港，想起了斗龙河，想起了父老乡亲……我虽然不是在那里出生的，但是在那儿长大的……"宁浩东动情地说，眼睛逐渐湿润。

"我理解，尤其是人在受了委屈后，想起这些跟以前的心情还不一样。"周雅婧把根雕母牛轻轻送到宁浩东手上。

"在我们斗龙港，流传着斗龙河的传说。"宁浩东把根雕母牛放到茶几上，深情地看着它，说，"我给你讲讲斗龙河的传说吧，小时候老支书经常给我讲。听完了，你一定会知道老支书为什么给我雕母牛。"

周雅婧点点头，眼里满是期待。

宁浩东声情并茂地讲起来，就像小时候老支书讲给他听一样："相传很多年前，我们苏北串场河边上有个地方叫白驹洼，白驹洼有户姓薛的人家养了一头大白母牛。这头大白母牛啊，力大无比，忠厚肯干。它还生了一头小牛犊，也是浑身雪白。那时，离白驹洼不远的黄海里有一条大乌龙，经常兴妖作怪。每到这时，大白母牛就两眼怒睁，双蹄腾空，哞叫不止。一天，大乌龙再次作怪，直搅得黑浪滔天，暴雨倾盆，渔船颠覆，盐田尽毁，百姓鲜活的生命瞬间湮灭。大白母牛怒火难禁，'哞'的大吼一声，跃出牛棚，一低头拿角向大地顶去，硬生生顶开一条水沟，河水立刻倾泻过来。大白母牛蹚着河水，一角接着一角顶去，竟从平地开出一条新河。小白牛见母亲弃它向东而去，只急得在牛栏里团团乱转，眼看不见了母亲踪影，'哞'的一声猛地跳出牛栏，朝母亲追去。小白牛的叫声大白母牛听到了，它不时深情地回过头看一眼小白牛，既是不舍也是回应，一回头那条河就拐一个弯。大白母牛赶到黄海边，和大乌龙战成一团，直斗得天昏地暗，翻天覆地，直斗得大乌龙节节败退，落荒而逃。大白母牛哪肯放过，跃上天空，紧追不舍。这时，人们突然发现，大白母牛已经化作一条大白龙。原来，大白母牛本是天上的大白龙，是专门下界护佑万民的。从此以后，这里就成了风调雨顺、粮丰鱼美的福地。后来，人们把这儿叫斗龙港，把大白母牛顶开的那条河叫斗龙河。大白母牛曾经回过十八次头看它的孩子，所以斗龙河就有了十八个拐弯口……"

周雅婧走了。临走前她给根雕母牛拍了照，说是要用它当手机屏保。宁浩东想，一个女孩子怎么可能用根雕母牛当屏保？或许只是说说吧。

宁浩东没什么食欲，所以也就没做饭，草草吃了一碗方便面，便坐到沙发上，先翻报纸杂志，又从塑料袋里拿出一摞信件。这年头写信的人少了，但宁浩东还是会经常收到信件。他只要有时间就会为报刊撰写稿件，调研报告、工作心得等各类文章时不时地见诸刊物。文章发表了，就会寄来稿费和样刊。由于通讯地址和姓名他人容易获知，诸如"你在某某刊物上发表的文章获奖了，一收到你汇来的工本费，就将邮寄获奖证书""你的大作被组委会选定在某某全国性研讨会上交流，请缴费为你安排食宿和考察"之类的垃圾信件也多了起来。当保安把这些信件收进塑料袋送给他时，有的他会打开扫上一眼，有时看一眼信封干脆塞进废纸篓。

宁浩东把今天拎回来的那摞信件都翻了翻，一封寄信人为"内详"的平信引起了他的注意。撕开封口，只见信是打印字体，上面写道："大哥，你还记得我吗？我就是上次在省城那家高档浴城为你服务的林妹妹，你当时把我搂在怀里……本来我的日子过得还好，可最近遇到了麻烦。由于'扫黄'抓得紧，我和我的姐妹们已经没有什么生意可做了，我想回家，可又没有路费……"宁浩东看不下去了，团成一团。随信还寄来一张照片，照片上Ｐ着宁浩东和一个妙龄女郎的亲密照，照片背面是银行卡号。宁浩东感到好笑，这是明目张胆的敲诈啊……

第二天上午七点，周雅婧的问候微信准时到了。昨晚周雅婧要出门时，宁浩东让她加了自己的新手机号和微信，原来那个号码现在是不能用了。周雅婧说这样也好，旧的不去新的不来。

宁浩东眯着眼睛看了一眼微信，立刻坐起来，这才想起自己被停职了，没必要起这么早。他又躺下，可是翻来覆去再也睡不着了。平时忙得屁股后面冒青烟，做梦都在期盼能闲下来睡个三天三夜，可一旦真闲下来却又合不上眼了。夏天已经来临，正是安全生产最吃紧的时段，可是再紧张、再忙碌组织上也不要自己去做了……想到这里他不由叹了口气，心里非常难受。是啊，人一旦失去工作的机会……

宁浩东又想起科达化工公司事故的核查，核查结论是要限期呈报省里的，而自己不得不放下了，但还是觉得应该打个电话给豪成，做一下交接。看看墙上的时钟，估计豪成已经起床了，宁浩东就用家里的座机给豪成打过去。豪成有点吃惊，当宁浩东把话说完时，他说他知道了，会向领导汇报的，就不再说话了。宁浩东知道他是怀疑自己的电话被纪委控制了，生怕说了什么不妥的话而被误解。

和豪成通完电话后宁浩东就起床了。停职，配合组织调查核实问题，他很坦然，并不紧张。真相水落石出，还他清白无辜，那是早晚的事。他不紧不慢地刷牙、洗脸、吃早餐，不慌不忙地收拾屋子做卫生。他把杂志整了整，把报纸理了理，又把昨晚没看完的那摞信件过了一遍，把纯属垃圾的送进废纸篓。突然，他眼前一亮，看到一封寄自长春市农安县的信件。

信很薄，很不起眼，就夹在两封垃圾信件中间。长春农安，那不是余琴的家乡吗？宁浩东三下五除二撕开信件，一看，果然是余琴寄来的。

余琴的字写得歪歪扭扭，但意思表达得很清楚。她说她回到家时，5岁的女儿已经发烧好几天了，去县里医院看烧一直退不下来，她就带女儿到省人民医院看专家门诊，检查诊断的结果是白血病。她如五雷轰顶，六神无主。丈夫没了，如果女儿再没了，她在这个世界上还有什么活头？现在，她带着女儿在吉林省人民医院住院。她说身无分文，女儿住院的钱都是好心人捐的，向亲戚朋友借的。她还想给女儿做骨髓移植，那还得一大笔钱。她问宁浩东科达化工公司的事故有没有查清？钱景有没有被抓起来？如果抓起来了，她就敢来讨要被扣下的二十万，那是她丈夫的命换来的啊！她没宁浩东的手机号，一时间也走不开，只好抱着万分之一的希望写信给他，现在女儿的大姑给了她一部旧手机，可以打这个电话给她。信的最后是大大的一串数字，那是她的手机号码。

宁浩东看了很揪心，她这是在字字泣血向他倾诉啊！他对这不幸的女人充满同情，虽然事故还没查清楚，但他想给她打个电话，问问孩子的情况，告诉她事故还在查，她那二十万他会帮她讨要的。

电话拨通了。一确定那熟悉的声音是宁浩东的，余琴忍不住哭出了声。她说她没想到宁局长真的会给她打电话，然后絮絮叨叨说了很多……等她平静下来，宁浩东问她，丈夫出事后，处理善后时钱景有没有写个字据给她？她说没有，什么都没有。宁浩东知道，没有凭据这笔钱是很难讨要的，除非把那起事故查清查实，可那又谈何容易？眼下，孩子看病没钱怎么行？他想了想，让余琴告诉他一个银行卡号，他先给她打5万块钱救个急。可余琴不肯，说无论如何也不能要宁局长的钱，自己写信就是想问问事故的情况，她一定要找钱景讨个公道。宁浩东安慰她，说等拿到了那笔钱可以再还给他，但余琴就是不同意……

宁浩东的心情变得格外沉重，眼前一会儿闪现出她单薄的身影，一会儿又是她抱着病中的女儿蜷在床头的样子……不行，必须得帮帮她。可是，怎么帮呢？对了，通过邮政把钱汇过去，就汇到吉林省人民医院血液科住院部转病人家属余琴收。

拿定主意后，宁浩东找了一顶太阳帽戴上，又找出一副墨镜遮住眼睛，小心翼翼地从小区西侧门走了出去。他不是怕什么真记者、假记者，他们应该没那个闲心和耐心一直守着他。他是怕

273

遇到熟人，怕熟人提起他不愿意提起的话题。他的车停在县行政中心停车场上，只好步行到银行取了钱，然后到邮政局把钱给余琴汇了过去。汇款手续办好后，宁浩东又给余琴打去电话，让她注意查收。电话那头，余琴哭了，不停地抽泣着，不停地说"谢谢"……

宁浩东再三让余琴不要放在心上，让她遇到困难不要一个人扛着，可以随时给他打电话。临挂电话的时候，宁浩东让她再回忆一下，是不是真的听到那个主任向钱景报告，说四个人都死了，有没有可能听错？余琴急了，说她听得清清楚楚、明明白白，死了四个人那是千真万确。她对天发誓，如果有半点儿假话，她就不得好死。她又说，假如钱总和光头不承认，她就来和他们当面对质，只要宁局长为她做主，她就敢……

回去的路上，宁浩东心情阴郁，步履沉重。他把太阳帽帽檐往下拉了拉，又把墨镜朝鼻梁上抬了抬，一步一思量。网络舆情反映问题的调查核实，他不再过多地放在心上，相信组织上一定会有一个实事求是的结论，倒是科达化工公司"6·8"事故的查处压力重重，举步维艰，何时才能走出山重水复，迎来柳暗花明？那绝不是一起事故，而是几条人命啊。如果"6·8"事故能够得到查处，造成余琴丈夫和其他工友死亡的那些事故，就有可能重见天日，让死者得到安息，让责任人受到惩处，否则将会冤魂难以消散，正义难以伸张……宁浩东越想越难过，越想越烦躁，加上天气闷热，头上、脸上、身上全是汗。

宁浩东做梦都不会想到，一个五十多岁、大半张脸被口罩遮着的胖女人正不近不远地跟着他，胖女人的身旁还跟着两个女人。这两个女人一个长发，一个短发，也都戴着口罩，不时和胖女人交换眼神，或比画手势。突然，胖女人加快步子冲到宁浩东前面，挡住了去路。宁浩东往左边让，胖女人就往左边拦；宁浩东往右边让，胖女人就往右边拦。

"你是谁？"宁浩东收住脚步问道。

"我是谁不重要。"胖女人冷笑，绕着宁浩东兜圈子，"重要的是剥了皮我也认识你，你就是宁浩东……"

"你是谁？你想干什么？"

"想干什么？反你的腐败！"胖女人眼睛瞪得像铜铃，声音似破锣，"你给我记好了，从今往后，只要你敢出门，只要被我看到，我就反你的腐败，绝不手下留情！"

"你谁啊你，有毛病吧？"宁浩东忍无可忍骂了一句，把胖女人往旁边一拨拉，拔腿就走。

胖女人哪里肯依，把头发一散，双手一拍，直着嗓门号叫道："快来人啊！腐败分子打人啦，腐败分子打人啦……"说着一手死死揪住宁浩东的衣领，一手扯掉宁浩东的太阳帽和墨镜，还去揪他的头发。

这时，旁边的那两个女人也冲过来，像变戏法似的拿出生鸡蛋、熟番茄，向宁浩东砸过来，边砸边嚷："砸死腐败分子，砸死腐败分子……"

"住手！"这时，一个瘦小的女人从路边冲过来，大叫一声，用自己的身子挡在宁浩东身旁，任由鸡蛋、番茄砸在自己头上、身上，死命地去掰胖女人紧抓宁浩东的手。突然，胖女人戴着的口罩在撒泼中掉了，瘦小女人不由惊叫一声，喝道："母老虎，你们这是干啥？再这样乱闹，我打110了！"

见有人认出了自己，胖女人一手遮住半边脸，一手挥了挥，叫上另外两个女人,向道路右侧的小树林逃去。

宁浩东抬眼看去,给自己解围的不是别人,正是黄兰香。

"没伤着吧?"黄兰香关切地问。

宁浩东顾不上感谢,问黄兰香:"那女人你认识?叫母老虎?"

"我们一个屯子长大,烧成灰我也认识。"黄兰香一边帮宁浩东清理头上的鸡蛋液和番茄汁,一边说,"她打小就忒不讲理,像个泼妇,成年后更是成了远近闻名的母老虎。听说她丈夫是哪个化工厂的副总……"

"母老虎?难道是王健民的老婆?"宁浩东自言自语,暗自思忖,"她应该知道王健民的突发中风仅仅是一场拙劣的表演,可她为什么还要这样干?"

前几天,宁浩东带着一篮水果,到县人民医院看望王健民。他觉得,王健民毕竟是在他们面前发病的,到医院看望一下于情于理都应该。那时已经是晚上了,病区里非常安静。在护士的指点下,宁浩东来到王健民的病房前。

王健民住在VIP病房,此时正和什么人在通电话,只听里面传来他肥胖的身体里发出的带有共鸣的声音:"没事,吓他们的。我真不知道事故情况,即使知道打死也不可能说……但是,不玩点儿阴招他们怎么可能放过我……"说着说着,得意地大笑起来……

宁浩东转头就走。一气之下,他真想把手上的水果扔进垃圾桶,可转念一想,水果是无辜的,不能糟蹋。

来吧,阴招阳招都使出来吧。宁浩东摘下太阳帽和墨镜,挺直身子,步履坚定地向前走去。

第二十四章
压力啊压力

豪成有预感，警示教育大会之后，科达化工公司的钱景一定会找上门来，要他出具安全生产情况证明。他认定，在钱景看来，张艳梅的话已经说到那个份儿上了，一纸证明豪成敢不出？果然，第二天上午刚上班，钱景就开着大奔来了。

出乎豪成意料的是，今天的钱景没有一点往日的派头，一进豪成办公室，又是点头哈腰，又是递烟端茶，仿佛他是主人似的。豪成指了指办公桌前的椅子让他坐，他却像个小学生似的毕恭毕敬站着，从包里拿出一张写满字的纸双手送到豪成面前。

"这是什么？"豪成没有接，更没有看。

"这是我亲笔写的检讨书。"钱景一副诚惶诚恐的样子，"上次的会议我没有参加，豪局长要求作出说明，我也认识不到位。经过这么多天的认真反思，我从灵魂深处作出深刻检讨。"

钱景这么一说，豪成想起来了。钱景说的"上次的会议"指的是5月31日下午省安委会召开的安全生产工作视频会议。省里明确要求，市县政府分管领导，乡镇长和政府安委会成员单位主要负责人，冶金、化工等传统高危企业主要负责人参加。可是，那天的会议三个镇长、五个安委会成员单位主要负责人既没请假也没到会。参加会议的张艳梅非常恼火。她一向认为有她参加的会议，其他人不参加就是对她的蔑视，要求政府办公室通知没有到会的对象作出书面说明。作为县政府安委会办公室主任、县应急局局长的豪成，也就相应地要求既没请假也没有参会的冶金、化工企业的主要负责人作出书面说明。他是想抓住这个契机整顿整顿会风。道理很简单，连会议都不参加，怎么会真正重视安全生产？不过，豪成不要求做官样文章，只要求他们讲清三点：一是为什么不参加会议？二是会议精神怎样贯彻落实？三是今后怎么办？

没有参加会议的钱景将书面说明交上来了，豪成一看差点把肺气炸。围绕豪成要求的三点，钱景写了三句话：一是没有参会是因为睡觉没醒，二是会议精神想怎样贯彻落实就怎样贯彻落实，三是今后的会议能睡醒就参加。钱景真是太嚣张了。豪成当即把危化品监管科科长聂静萍叫了过来，要她转告钱景，就说是他豪成说的，不管企业有多大、老板有多牛，不服从安全监管，就不要指望应急局提供安全服务。聂静萍是当着豪成的面用免提给钱景打的电话，电话里钱景只回了"知道"两个字就挂掉了，简直是狂妄至极。不过，这件事豪成并没有放在心上，气头上的话只是说说而已，也没有当真。可是今天钱景玩这一套，葫芦里到底卖的什么药？

豪成把钱景的检讨拿到手上，扫了一眼后说："能有这个态度是值得欢迎的，希望落实在行动上。企业一定要把安全生产的主体责任承担起来。"

"那是那是。"钱景连连点头称是，又从包里拿出一张纸双手送到豪成的面前，"我这里有张表，请豪局长签上尊姓大名，再盖上贵局的公章。"

葫芦里卖的就是这个药，还装什么装？果然与豪成料想的完全一样，只是换了个法子。

"张县长对我们企业非常关心，既要亲自打电话，又要亲自陪我来，我说不需要，我自己来就行。"钱景说，"张县长真那样做了，豪局长肯定会以为我们拿领导压你，以上压下那是绝对不行的。"

豪成装出什么都不知道的样子说："什么表？你说清楚一些。"

"对，我还没有向豪局长详细汇报呢。"钱景说，"海达集团马上要正式上市，证监会正在作最后审核。我们科达化工是海达集团的全资子公司，是和海达集团一起整体上市的，证监会要你们出个证明。也就是，要你签个名，局里盖个章，不复杂。"钱景说得轻描淡写。

"企业上市是好事，只要符合条件这个证明我给你们出。"豪成拿起钱景送到面前的《安全生产情况审查表》，只见结论一栏里已经写上"经认真审查，截至作出审查结论的当日前三年，科达化工公司没有发生生产安全事故，没有因为严重违反安全生产法律法规受到行政处罚，没有重大事故隐患未得到整改"，就差签名盖章了。豪成也不恼，笑道："钱总是怕我的字难看，所以帮我写了？行，既然要审查，那我就来审查一下。"说完，就给李柯打电话。

李柯一路小跑过来了。豪成说:"你去档案室查一下,看看科达化工近三年有没有受到过行政处罚。"

"那还用查吗?肯定的啊。"李柯站着不动,又对钱景说,"钱总,每次的行政处罚告知书和决定书都是您签收的,怎么忘了?"

钱景脸色不好看了。

"钱总日理万机,怎么会记得那么清?"豪成催道,"别废话,快去。"

豪成又打电话给聂静萍,要她上来一下。聂静萍一到,豪成就说:"你去查一下,科达化工公司有没有重大事故隐患没有整改到位。"

"有啊,今年三次检查查出的五处重大事故隐患,到现在都没有整改到位。"看到钱景也在场,聂静萍说,"钱总,我们一直在催你们整改,可你们就是没有行动,都过了整改期限了,依照法律法规是要行政处罚的。"

钱景脸色更不好看了。

"去把资料拿来,万一你记错呢?"豪成道。

很快,李柯来了,把一摞处罚决定书放到钱景面前。聂静萍也拿着几份责令整改指令书来了,还有科达化工公司一企一档安全检查台账资料。豪成也让她放到钱景面前。

豪成说:"钱总看看有没有什么差错。"

钱景翻了翻,脸色阴沉,坐在椅子上不住地咂嘴,半天才说:"可是,可是我们企业没有发生生产安全事故,这才是最重要的吧?"

"审查的三个方面，一样重要。"豪成站起来，把《安全生产情况审查表》送回到钱景手边，"钱总，你可不要忘了，6月8日三号车间到底有没有发生事故，是多大的事故，还在按照省里的要求核查呢。"

钱景并不买账，"啪"的一声把《安全生产情况审查表》重重地放到豪成的办公桌上，冷笑着说："请豪局长先收着，考虑考虑看着办……"

豪成决定约宁浩东见个面，地点定在黄兰香外甥新开的东北餐馆。当然，他不敢无组织无纪律，事先向县纪委作了请示，进行了备案。

宁浩东本来是不想出门的，但是县纪委的同志给他打电话，说豪成找他是因为工作，可以出来见一见，并尽量配合好，不要有什么顾虑。

宁浩东来得比豪成早。他向黄兰香要了一个包厢，点了几个土菜，泡了一壶龙井。菜和茶都是豪成喜欢的。一切准备好后，他就静静地等着豪成。他不去猜测豪成为什么找他。纪委的同志讲得很清楚了，就是工作嘛。

没等多久，豪成推开门走了进来，不停地说抱歉，解释来晚的原因。其实豪成并没有来晚，只是宁浩东来得早了一点儿。宁浩东没有伸手握手，而是微笑着点头打了声招呼，拿过茶壶给豪成把茶倒上。

一路上豪成不停地想象和宁浩东见面的场景，总以为宁浩东虽然不至于痛哭流涕，但也一定会唉声叹气、鸣冤叫屈，没想到他竟然表情轻松，像没事人一样。

豪成拉过椅子在宁浩东对面坐下,问:"你还好吗?"

"好啊。"宁浩东拍拍胸脯,问豪成他看上去气色如何,是不是长胖了。豪成把他上下打量了一番,说没什么大的变化。

菜上来了,豪成端起茶杯真诚地说:"我们以茶代酒,意思一下。说实话,约你见面,是想借这个机会看看你。虽然才几天未见,但还是很想的。"

"我也想你,想大家。"宁浩东的眼睛湿润了,"尽管我们也有争执,也有不愉快的时候,可那都是因为工作,不是个人的恩怨。"

"对,对,是这样。"豪成深有同感。

吃了几口菜,两人不约而同地放下了筷子。

宁浩东给豪成递去几张面巾纸,说:"你约我,肯定不只是为了看看我。要我做什么,你直说。"

"当然不可能只是为了看你一眼,我还想问你一件事。"豪成压低声音说。

"什么事?你问吧。"宁浩东看了看关着的包厢门,也把声音压了下来。

"听杨波说,你曾告诉他科达化工公司6月8日的突发事件,不,就按你说的是'6·8'事故很有可能造成四人死亡。"豪成往宁浩东身边靠了靠,"我想请你把证据提供给我。如果有了证据,我就好办了。"

"你怎么问起这事了?"豪成主动提起"6·8"事故,这是宁浩东没想到的。想了想他说:"是不是举报信的核实你接手了?那是得加快,要在规定的期限内向省里报结论呢。"

豪成摇摇头,端起茶杯喝了一口:"张艳梅要我把最初的结论报上去,我顶住了。我想来想去觉得还是得慎重点,尤其当杨波告诉我很有可能造成四人死亡时,就更不敢了。那样是会有后遗症的。所以我就向省里作了汇报,考虑到核查的复杂性,请示延期上报核查结果,得到了省里的同意。"

一说完,豪成猛喝了几口茶,搁下茶杯,抹了抹嘴,就把海达集团上市,需要县应急局为科达化工公司出具安全生产情况审查证明的前前后后说了,还自我解嘲道:"以前要出证明,我总是要涉及的方方面面先给我一纸证明,比如陈一栋死没死,县人民医院得先出个证明吧,这样也好分担责任。可是现在,压力全在我这里。"

宁浩东一听,既吃惊不小,也体谅到了豪成面临的压力,叹了一口气,非常遗憾地说:"事故造成四人死亡应该是肯定的,不是捕风捉影,也不是空穴来风,但是说实话,目前我还没有掌握足够的证据。不过,我相信证据是会找到的。"

"就怕等不及了。"豪成不无失望地说,"硬顶很难啊。"

"陈一栋难道真的起死回生了?"宁浩东是不相信的,"如果陈一栋死了,那就是亡人事故。"

"吴院长不宣布死亡,谁敢说他死了?"豪成反问道。

宁浩东给豪成把茶杯满上,说:"我认为我还是了解你的。只要有可能,你不会不听领导的招呼。可是科达化工公司的这张证明,你不敢出,也不能出。"接着,他又把余琴丈夫在事故中死亡,以及"6·8"事故极有可能是非法生产酿成的情况告诉了豪成。

豪成听了,平静地说:"我并不感到奇怪,这样的事科达化工做得出来。"

沉默了好一会儿，豪成自我检讨道："看来你批评我是批评对了。我只想到要对县委、县政府负责，要对发展负责，要对一起工作的同志们负责，要对自己负责，恰恰没有想到，要对人民群众生命安全负责。"

"你不要自责了。"宁浩东都有点敬佩起豪成来了，"你不是正在守着最后的安全线吗？"

"守护安全线，难啊！"豪成感叹一声，拿起筷子，"先别烦着了，吃菜，吃菜。你点的这几个菜，我爱吃。"

宁浩东没有动筷子，说："刚才听你说，要审查三个方面，我记得科达化工公司曾多次因违反安全生产法律法规而受到行政处罚，重大安全隐患也是存在的，仅就这两个方面证明也不能出啊。"

豪成嚼着菜，用筷子点着桌面："你说的没错，凭着这两个方面，我已经让钱景碰了个软钉子。可是你也知道，在有些人眼里，只要不死人，或者死人没被查实，什么行政处罚，什么重大事故隐患，那都不是个事。钱景就说，审查的三个方面中，安全事故才是最重要的。他就认定，他们发生的事故我们查不出。"

"那怎么办？"宁浩东替豪成担心。

"到时再说吧。"豪成摆出一副轻松的样子，又拿起筷子吃起菜来。

"这样吧。"宁浩东想了想说，"我回去写个材料给你。"

"你写个材料给我？"豪成弄不明白宁浩东说的是什么意思，把嘴里的菜使劲咽下，问道。

"我想这样。"宁浩东一脸严肃认真，"我写个材料给你，把我掌握的科达化工公司安全生产上的种种问题一一列举出来，还要表明我追查到底的决心。同时我还要说谁敢弄虚作假、包庇纵容，我一定会检举揭发，举报投诉……这样，你把不能出证明的原因全都归到我身上，多少可以减轻一点压力……"

"不能这样。"豪成端起茶杯和宁浩东碰了碰，"我再想想办法，能拖则拖，能推则推，和他们周旋周旋。只要能坚持，我一定坚持下去，请你相信我……"

豪成和宁浩东的眼里，都有泪花在闪烁。

字不签，章没盖，证明没出成，豪成料定钱景一定会向张艳梅汇报，张艳梅也一定会打电话向他施加压力。他真想关掉手机躲到天边去，可是作为应急局长，他的手机必须每天24小时开机，张艳梅是分管领导，不管什么时候打来电话他又不得不接。让他没想到的是，钱景走了之后，张艳梅并没有打电话给他。真是奇了怪了。

手机响了。县政府办公室二科蒋科长通知豪成，说张艳梅副县长请他现在就来她办公室。

这就有意思了。在豪成的印象中，张艳梅有事找他，不管早晚，不管工作日、节假日，不管紧急不紧急，都是直接打电话，从来没有让办公室的同志转达过，今天这是玩的哪一出？如果他没有猜错，应该是生气了。他豪成不给科达化工公司出证明，就是不给她面子，就是说明她在警示教育大会上的讲话没起到作用，她怎么能不生气？

豪成不紧不慢地来到县政府办公楼，不紧不慢地敲了敲张艳梅办公室的门，里面没有回应，拧了拧门把手却发现并没有锁死。豪成暗忖，张艳梅肯定在里面，只不过想晾一晾他。他将计就计,站在门外不动弹。过了一会儿,张艳梅果然叫道:"进来,不要再站着了。"

张艳梅正在闷头抽烟。细小的一支烟随着她深深一吸轻轻一吐,顿时化为淡淡的烟雾,在她的周身缠绕。在豪成看来,她俨然雾中仙女,不,雾中魔女。豪成忍不住咳了一嗓子,面带微笑,轻轻问道:"我能把窗子打开吗?"

"你也打开窗子说亮话,那张证明你要怎样才能出?"张艳梅斜睨了豪成一眼,把烟头在烟缸里揿了揿,"我明确告诉你,海达集团不可能因为拿不到这一纸证明而不上市。"

"那是,那是。"豪成不想和张艳梅硬杠,尽量兜着圈子,"海达集团那么大的企业,安全生产上的一纸证明怎么可能挡住它上市的步伐……"

"当然了,你给钱景一个教训也是对的,谁叫他们平时不把你们放在眼里呢?"张艳梅以手指弹着桌面,话锋一转,"不过,该支持的还是得支持,都是为了发展嘛。"

"张县长,你说的我都懂,可是我确有难处。"豪成眉头紧皱,唉声叹气,"虚假的证明,我不敢出啊。你是知道的,我都这么大年纪了,风风雨雨几十年,不想到最后因为出了个假证明而受到党纪政务处分,更不想受到法律追究,还想安度晚年呢……"

"慢慢慢……"张艳梅挥了挥手,把豪成的话打断,"你把话说清楚,谁让你出具虚假证明了?你说,谁让你出具虚假证明了?"

张艳梅这一问,倒把豪成问住了。

"来,我们来梳理一下。"张艳梅往椅背上一靠,向豪成竖起一个指头,"第一,也是最重要的,科达化工公司有没有发生生产安全事故?对,近三年,不仅仅是今年。"

豪成最怕张艳梅问这个问题,可她偏偏问了,答不是,不答更不是,便道:"其实张县长你是清楚的,哪还要问我?"

"是啊,我清楚啊。"张艳梅双手在胸前一比画,"我从来没有得到过你们的报告,说科达化工发生过事故。"一丝得意的神色堆上秀丽的脸:"难道你们向我隐瞒了?"

"不,"豪成不住地摇头,"我们怎么可能向你隐瞒?"又加重语气说:"6月8日三号车间……"

"你是说6月8日那起突发情况吗?"张艳梅反问道,"认定为生产安全事故了吗?那个叫陈一栋的受伤工人死了吗?"

"可是有人向省里举报……"豪成觉得有必要提醒一下张艳梅。

"举报的事我知道,你别说了。"没等豪成说完,张艳抢过话头,"对,宁浩东在核查,但是查实了吗?有证据推翻你先前的举报不实的结论了吗?"

豪成被张艳梅的话噎住了。他嘴唇不住地动着,一时没找到回应的话。

"你是担心万一查实了吧?"张艳梅淡淡一笑,又随手点起一支香烟,"其实你是多虑了。即使将来查实,也追究不到你的责任。道理很简单嘛。在你出具这个证明的时候,并没有证据证明科达化工公司6月8日发生过事故。法律上还有个疑罪从无的说法,没有查实的事故为什么就不能认为没有发生事故?"

豪成心里气道,哪里疼你的手就往哪里捏,够狠的。科达化工公司到底有没有发生亡人事故,大家都心知肚明,可没有证据就没有说服力,哪怕宁浩东也只能像重拳打在棉花上,根本使不了劲。

张艳梅吸了一口烟,弹着桌面继续往下说:"你是怕宁浩东继续纠缠不放,对吗?放心好了,别看他现在仅是停职配合调查核实,我把底亮给你,他被采取留置措施那是早晚的事,一留置难道还出得来?即使将来出来了,又能翻得起什么大浪?"

"那好吧,我出。"张艳梅一说完,豪成就站起身要往外走,"你让钱景来找我。"

"这就对了嘛。"张艳梅笑着拿起手机,"我现在就给他打电话。过几天,我让他们李董事长请你吃饭。"

"吃饭没有必要。"豪成说,"不过,我话说在前头……"

张艳梅一愣,拨手机号码的手停住了:"你什么意思?"

"我只能证明科达化工公司近三年没有发生安全事故。"豪成一字一句地说,"近三年他们多次因为违反安全生产法律法规受到行政处罚,确实存在重大事故隐患,我只能如实反映。所有这些都记录在档,证据确凿。"

"啪",张艳梅把手机往桌上一摔,饱满的鼻翼不住地翕动,"难道受过行政处罚、存在事故隐患比安全事故还重要?你心中还有没有大局?有没有发展?有没有服务?"

"那你要我怎么办?"豪成反问。

"变通!"张艳梅回答得直截了当。

"如何变通?"

"你们自己想办法。"

"张县长,你这是让我犯错误。"豪成激动了。

"豪成同志,犯错误怎么了?"张艳梅的手在豪成面前直点,

"企业是上帝,服务企业是天职。为了企业,怎么就不敢犯错误?你担任领导职务时间也不短了,为什么就不能有一点担当精神?"

张艳梅的话义正词严,无懈可击,让豪成难以辩解,只好双手合十,弯腰作揖,委婉地建议道:"能不能这样?你主持召开一个县长会办会,然后作出决定,责成我们应急局按照企业要求出具证明。"

张艳梅呵呵一笑:"豪局长也学聪明了。这样你是不是就不用承担责任了?不过,我向来都是依法行政,按规办事,分管但不替代部门的工作,这种事情做不了……"

第二十五章
手上有了花名册

杨波一身辅警打扮走进总经理室时，钱景正埋头看报表。他白了杨波一眼，不冷不热地问道："你怎么来了？"

"不欢迎是吗？"杨波脱下头上的大盖帽往钱景老板桌上一放，一屁股坐了下来，冷嘲道，"我离开应急局，不做安全生产工作，管不了你们了，你就翻脸不认人？"

"真调走了？我还以为是说说而已。"钱景这才抬起眼皮，摇晃着尖尖的脑袋把杨波打量了一番，"不过，怎么让你穿辅警的衣服？"

"警察衣服哪有那么好穿？要报到上面审批，这身先临时穿穿吧。"杨波拍了拍放在桌上的大盖帽，"你别看不起这身衣服，要不是它你们公司的门我今天都进不了。你们那个看门的，是看在我和他是同行的分上才放我进来的。"

"最近公司麻烦事不少，你就多担待吧。"钱景丢给杨波一支香烟，脸上也有了笑容，"杨老弟，调走好啊，安全生产工作有什么干头？"

"可不是嘛。"杨波拿起面前的打火机"啪"的一声把烟点上，"所以我宁可到公安局穿辅警的衣服，也不愿在应急局多待一天。受够了，实在是受够了。"

"理解，理解。"钱景扔给杨波一瓶矿泉水，也给自己点上一支烟，边抽边聊，"在我看来，做安全生产工作确实没有意思。哪年不是从大年初一，忙到除夕晚上？叫什么'眼睛一睁，干到熄灯''上班得提前，下班不准点，半夜冲向前'。对了，是不是应急局哪位小伙子一天夜里正在和老婆做那事，突然电话响了，小伙子以为哪里出了事故赶紧翻下来，气得老婆一脚把他踹到床下？更让人气的是，那是个骚扰电话……"说到这里，哈哈大笑起来，笑得直喘气。

"也没那么夸张。不过，深更半夜电话响，匆忙之间穿错裤衩的倒是有。"杨波吐出一口烟雾，感叹道，"所以那不是人受得了的活儿。"

"还尽得罪人。"钱景弹掉越来越长的烟灰，不淡不咸地讥讽道，"你觉得我说的对吗？"

"对头。"杨波点头哈腰，"过去做得不够的地方还请钱总多谅解。"

"既然你离开了安全生产这条线，过去的一页就翻过去了，我们从头再来。"钱景向杨波伸过手去，"今天中午就不要走了，一起喝两盅。"

"酒就不喝了，你知道，公安系统有禁酒令。等哪天有空，我请你。"杨波紧紧抓住钱景伸过来的手，热情地摇着。

"那我不勉强。"钱景拍拍胸脯说,"以后如果有什么事,只要用得着老哥,尽管说话,不必客气。"谈话间,钱景已经成杨波的老哥了。

杨波摁掉烟头,不好意思地说:"今天我过来,还真有事要你帮忙。"

"你说。"钱景身子往后仰靠着椅背,对杨波挥了挥手。

杨波拧开矿泉水瓶盖,递到钱景面前:"前天县城发生的凶杀案,你听说了吧?"

"也就是听了一嘴,有什么内幕消息?"钱景直起身子,来了兴趣。

前天县城发生的凶杀案并不复杂。沈阳有个女网友应约来白桦见男网友,在街头吃过烧烤之后,男网友说要带女网友去找住宿的地方,女网友说时间还早,先去看电影。在电影院里,男网友不管不顾对女网友动手动脚,好几次之后女网友再也忍不住了,一把揪住他的T恤衫怒骂"流氓,臭流氓"。听到骂声,周边观众都把目光投了过来,问是怎么回事。见势不妙,男网友死命地掰开女网友的手,向外仓皇逃去,观众们哪肯放过,拔腿就追。男网友往小巷逃时,正好被一位骑着电动车下班的辅警看到。辅警见他满脸血污,以为是杀人犯外逃,就跳下电动车追了过去,一把把他揪住。男网友情急之下拔出随手携带的水果刀向辅警刺去,不偏不斜正好刺中其心脏。等110和120赶来时,辅警的心脏已经停止了跳动。

"有人传,那个男网友开始并没有伤害谁,辅警看到他满脸血污是不假,但那血污其实是女网友的血。说是在电影院里,男网友的手硬是塞进了女网友的内裤,偏偏那天女网友来了例假,手沾了血。他逃跑时紧张得满头大汗，大概是用手抹汗时弄到了脸上……"说到这里，钱景笑着向杨波求证，"这么搞笑的事情到底是不是真的？"

"听刑警大队的人说，是有这么回事。"杨波没有笑，而是伸了一个懒腰，"那家伙作案，却让我们忙起来了。"

杨波告诉钱景，经初步审讯获知，凶犯属流动人口，是外地来白桦开发区一家企业打工的，但是没有办理流动人口暂住证，更没有纳入流动人口管理。领导要求县公安局对来白桦务工的流动人口进行一次全面彻底的调查摸底，亡羊补牢，加强管理。调查摸底的任务都分工给了每一个警察和辅警。杨波和白桦化工园区的企业比较熟悉，领导就把这里流动人口调查摸底的任务交给了他。

介绍完情况，杨波对钱景说："科达化工公司是我到的第一家化工企业，钱总无论如何都要配合帮忙啊！"说着双手一拱，给钱景作了一个揖，"我要顺利地穿上警服，全靠钱总了。"

"我还以为是多大的事呢。"钱景轻松一笑，"你说，要我做什么？"

"你帮我和人力资源部主任打个招呼，请他把公司员工的花名册提供给我，再和我一起梳理梳理。"杨波说，"当然，还得找间办公室，梳理总得要个安静的地方。"

钱景想了想，脸上现出一丝忧虑："你说的这些都没问题。不过，假如有些外来员工没有办理暂住证，你得放我们一马，不要又是罚款，又是让我们写检讨……"

"钱总多虑了，"杨波赶紧笑着解释，给他吃了一颗定心丸，"这次只是调查摸底，不存在处罚，你放一百个心。"

"那就一点问题没有。"说着,钱景给人力资源部主任打去了电话,让她上来一下。

人力资源部主任是个四十岁上下的女同志,钱景叫她沈莹。原来的人力资源部主任回家坐月子了,沈莹刚来没多久。站在钱景的老板桌边听完交代,沈莹不由自主地皱了皱眉,低着头走了。杨波对钱景不住地拱手致谢后,跟了过去。

人力资源部就在楼下。沈莹说,部里还有一个女工,但到省妇幼保健院看不孕不育症了,后天才能回来。她让杨波就在这儿梳理,不需要重找办公室。杨波说当然可以。

"那行。"沈莹说完就去找钥匙开档案柜,突然好似明白了什么,脸上露出得意的神色,"你梳理外来务工人员是假,做生意赚钱是真。我说得没错吧……"

杨波心中一惊,问道:"你怎么会这么想?"

"不瞒你说,应急局有个姓李的找过我,也要……"沈莹一句话没说完,连忙收住,"不说了……不说了……我才不管你呢,反正是钱总让我提供给你的……"

杨波认定,沈莹所说的应急局那个姓李的一定是李柯。因为除了李柯,县应急局再也找不到第二个姓李的了。他不清楚李柯找沈莹要花名册干什么,难道真像沈莹说的,是为了赚钱?可是花名册能赚什么钱?会不会……他决定和李柯见个面,好好问一问。

杨波给李柯打去电话,可是被挂断了。杨波又给李柯发微信,让他方便时回个电话,然而等了差不多一个小时,电话没回,微信也没回。杨波急了,再打,又被挂断。你挂断,我还打，今天我还就真要和你较个劲呢。反反复复十多次，李柯终于接了电话。

"什么事？像催命似的，烦不烦？"电话那头，李柯的语气很不友好。

"你先别问什么事，"杨波心里同样不痛快，"老老实实告诉我，为什么不接电话？"

"你是公安的人了，和我们这些应急的苦命鬼还有什么关系？"李柯的话里满是嘲讽，酸溜溜的。

"你可不要忘了，我的人事关系还在应急局，我的执法大队大队长县委还没有发文免去，不管你服不服，你现在还是我的部下。"杨波索性老船工撑船——一竿子插到底，"你自己说，还有没有关系，有事还能不能找你？"

"亏你还知道自己是个什么人。"电话里传来李柯一声冷笑，随后催促道，"说，找我干吗？"

"有事。"

"公事还是私事？"

"公事。"

"公事明天上班以后到办公室谈。"

"私事。"

"私事先请客，再看我心情。"

"你还真的来劲了？"杨波想发作，但还是忍住了，"晚上我请客，就在黄兰香外甥开的那家东北餐馆。"

"这还差不多。"李柯嘟囔一句，答应了。

晚上一下班，杨波就来到了东北餐馆。

295

一到餐馆，杨波就找黄兰香，想请她给安排一个小包厢，准备几样特色菜。李柯年纪不大，但对菜品还是有点讲究的，自称"超级吃货"。杨波想，平时难得请他撮一顿，既然请了，那就满足一下他吧。

黄兰香从厨房里出来了，后面跟着一个十二三岁的男孩。男孩又黑又瘦，枯黄的头发下是一张比白菜叶大不了多少的脸，一双细小的眼睛深陷在眼窝里。一看见杨波，他身子一蜷，"啊"的一声惊叫，像老鼠看到猫似的拔腿蹿出门外，黄兰香禁不住喊了一声"小哑巴"，然后追了出去，人早没了踪影。

"你认识他？"黄兰香边把杨波往包厢领边问道。

杨波点了点头。

"他咋这么怕你？"黄兰香看了看杨波，疑惑地说，"不应该啊，你有啥可怕的？"

杨波记得，见到这孩子是在一次随110出警途中。那天，杨波坐在警车里巡街，行至金融广场时公安局指挥中心发来指令，说是金融西路12号阳光小区南大门处一送餐小哥报警。接到指令，警车立即掉头，很快赶到了案发地。杨波走下警车，看到送餐小哥正紧紧抓着一个小男孩的衣领，小男孩也不挣扎，缩成一团，浑身颤抖，乖乖地站着。送餐小哥告诉杨波，他把送餐车停在路边去给人家送餐，回来时正好看到这小孩撬开送餐箱偷里面的外卖吃。送餐小哥踢了踢脚下的餐盒说："弄成这个样子，我还怎么给点餐的客户送？"

"是你干的吗？"杨波严肃地问道，"说，叫什么名字？家住在哪？爸爸妈妈叫什么？"

小男孩默不作声，看都不敢看杨波一眼，身子抖动得更厉害了。

这时，一个大婶走了过来，把小男孩往身边拉了拉，又理了理他蓬乱的头发，才对杨波说："他是个哑巴，不会说话。"又说："可怜的孩子，爸爸触电死了，妈妈也不知道改嫁到哪去了，平时也没有知冷知热的人照应……"

"触电死了？"杨波禁不住问了一句。

"是啊，在厂里做工触电死的。"大婶道，"就三四月份吧，触电死了三个人呢。"

杨波一下子明白了，这孩子的爸爸是在"4·21"兴盛塑业触电事故中死去的。他的心像被什么东西刺了一下，生疼生疼的。

"跑了，跑了——"送餐小哥突然叫道。原来，趁人们听大婶说话的当口，孩子已经跑了。

杨波没有去追孩子。他掏出裤兜里仅有的三十块钱，塞到送餐小哥手里。大婶在旁边也说，如果不够的话，她给……

"他怎么到你这儿了？"杨波不知道个中原因。

"也是缘分吧。"黄兰香感叹道。

那天，从开发区一家企业作完报告，黄兰香婉拒了企业安排车子送她回家。在去公交站台的路上，她看到一只流浪狗正冲一个衣着破烂的小男孩狂吠不停。小男孩双手抱头，蜷在路边，浑身发抖。黄兰香不知哪来的勇气，捡起一根木棍冲过去赶走了流浪狗，抱起了小男孩。小男孩嗷嗷叫着，紧紧地搂住黄兰香，惊惶、恐惧、惴惴不安……黄兰香问他为什么跑到开发区了，小男孩比画着，还是嗷嗷直叫，一句话也说不出来。这时，黄兰香发现小男孩左腿有一排牙印，好在不深，但破皮处正在往外渗

297

血,看来是被流浪狗咬了。黄兰香着实被吓着了,立即打了一辆出租,带小男孩去打狂犬疫苗。

"后来我了解到,这个孤苦伶仃的孩子平日里跟着爷爷过。可是爷爷成天喝酒,啥也不干,喝醉了要么放声大哭,要么蒙头大睡,哪里管得了孩子吃饭睡觉?可怜的孩子就四处流浪。这样下去咋整?我收留了他,给他碗热饭热菜,晚上这里忙完了,就带他回家睡觉,也算给他一个落脚的地方……"说这些话时,黄兰香的眼里全是怜爱。

"那……那刚才他跑了……"自责和担心让杨波话都说不利索了。

"你放心。"黄兰香抹了抹眼睛,"他认得这里。他天天出去,也不知道到底去了哪里,但是不管走多远,肚子一饿,天一黑,总会找到这里来的……"

直到东北餐馆挂在墙上的电视机响起《新闻联播》的开头曲时,李柯才不慌不忙地走进包厢。杨波猜到这小子是心里的气还没有出完,有意晾晾他。

杨波把一杯茶推到李柯手边:"喝茶吧。今天我没有点菜,点了你也吃不下。"

"为什么?"李柯斜了杨波一眼,拍拍桌子,"你说,我为什么吃不下?"

"你心中有气啊。"杨波说。

李柯淡淡一笑,随后连喝几口,直喝得茶杯底朝天,然后把空茶杯伸向杨波:"你说,我心中能有什么气?"

"还不是因为我不同意和你一起,把'6·8'事故继续查下去?"杨波把嘴凑到李柯耳边轻声说道,说完又把茶杯满上,递到李柯手上。

"你还知道!"李柯把茶杯往桌上一顿,溢出来的茶水洒了一桌子。

"轻一点。"杨波脸往下一沉,"你傻不傻,难道你是要我像宁局长那样大张旗鼓地查?还是要我和你一起敲锣打鼓地查?我离开应急局,不做安全生产工作了,有这么一层掩护不是更好吗?"

李柯如梦初醒,但仍心有不服:"可是……可是你为什么连我都不信?"

"万一你说漏了嘴呢?"杨波对李柯翻了翻眼睛。

这时,门开了,黄兰香把菜端了进来。

"菜上慢点,我们说点事。"杨波对黄兰香招呼道,"帮我们把门带上。"

黄兰香心领神会。最近应急局她熟悉的几个人都来过东北餐馆了,看得出不仅仅是为了吃饭。宁浩东青天白日受到母老虎纠缠,也肯定是有原因的。今天杨大队和小李又来了,并且和上次一样只有他们两位,应该是找个地方商量事。她不能影响他们。

见黄兰香带上门走了,杨波让李柯往他身边靠靠,然后拿出手机,打开图片库,说:"你看看,科达化工三号车间人员的花名册都拍下来了。"

李柯看了一眼,也不打听杨波是用什么办法拍到的,只是问道:"你拍下来有什么用?"

"那你找人力资源部的沈莹,要三号车间的人员花名册,难道真是为了赚钱?"杨波反问道。

李柯是昨天晚上找到沈莹家里，请她提供三号车间的人员花名册的。工人们放假回家了，但人员名册应该还在。李柯昨天猛然想起了这一点。沈莹他见过，长什么模样心里有印象，住的小区也了解到了。他买了一些水果和一箱牛奶，赶在沈莹下班前到她家楼下守株待兔。沈莹回家刚把门关上，李柯就来敲门了。

进了门放下东西，李柯便自报家门，说是自己的亲舅舅在蓝坪县新办了一家化工厂，但目前招工困难，生产不正常。他想起科达化工公司三号车间6月8日出事后一直没有恢复生产，工人全部放假回去了，而这些工人技术熟练，经验丰富，一招进去就能上岗，所以想请她把花名册提供给他，由他来联系。李柯还说，舅舅承诺招到一个工人给他两千块钱手续费，到时会分一半给她。沈莹不同意，说万一以后三号车间恢复生产老板还通知这些工人来上班呢，她不能帮他，让他快走。

正在这时，一个男人从厕所出来，一见李柯就叫了声"李老弟"，拉起手就握。这男人李柯认识，名叫李刚勇，没想到他是沈莹的丈夫。

李刚勇曾经在白桦化工园区一家化工企业做安全员，李柯每次去检查时都是他对接。一次他告诉李柯，安全培训计划企业老板就是不同意实施，为了应付检查，职工培训考试试卷就让后勤人员照着答案代抄。李柯就狠狠批评了老板。老板怀恨在心，要辞退李刚勇。李柯联系了县劳动执法大队黄大队一起前来处理，告知老板辞退李刚勇是违反《劳动法》的行为，必将受到处罚。老板只好当场收回辞退决定，却重新调整了李刚勇的工作，让他负责打扫厕所、清运生活垃圾。李柯后来就帮他在开发区找了一份安全管理的工作，离开了那家化工企业。

李柯和老婆的对话李刚勇听到了。他说人要有感恩之心，李柯的忙一定要帮。李柯也再三说自己就是先看看有没有合适的人，况且科达化工那里也不知道什么时候恢复生产，双向选择，对那些工人也是好事。所以第二天一上班，沈莹就把三号车间的人员名册拍照，通过微信传给了李柯。

　　杨波说："我思考再三，觉得只有对照名单和工人们一一联系上，才能弄清楚6月8日事故发生时的情况。没想到你也是这样想的。"

　　"联系到那个'炸汤圆'，他不一定会说实话，但是工人们是不可能个个隐瞒的。"李柯说，"如果有人联系不上，那就进一步查下去，死没死，死了几个，就能最终弄清楚。"

　　两人一合计，真是英雄所见略同啊！

　　杨波看了看表，已经是晚上九点多了，觉得如果吃好饭再打电话，说不定有些工人已经关机睡觉了。和李柯一商量，决定现在就打。

　　李柯走过去从里面把门锁上，杨波也把照片调了出来。三号车间只有六名工人，庆幸的是姓名后面都留有手机号码。排在第一位的叫张春亮。李柯认为这个人说不定就是那个"炸汤圆"，要不怎么会排第一位呢？他拨过去，传来的却是"嘟嘟嘟"的声音，反复拨，都是这个声音，根本无法接通。排在第二位的叫钱大锁，关机。第三位吴少华，电话拨通了，李柯刚说了句"你是吴少华吗"，一个粗重的声音不分青红皂白就痛骂道："打错了，你去死吧……"然后挂了。路宽排在第四位，他的电话一直在说"您拨打的电话无法接通"……

　　"怎么回事？"每次都满怀希望地把电话打过去，但无一例外以失望而告终，李柯非常沮丧，杨波也有点心灰意冷。

"你报号码我来打。"按照李柯报出的号码，杨波心情紧张地给排在第五位的苏国强打去电话。这一次非常幸运，电话一拨就通："你是苏国强吗？"

"我是，你是哪位？"苏国强在电话里问。

"我是科达化工公司的。"杨波控制着激动的心情，沉稳地道，"你原来在我们公司三号车间上班，对吗？"

"是啊，怎么了？"苏国强的嗓门高起来。

"是这样的。三号车间前些日子停产整改事故隐患，现在按照要求都整改到位了，马上就要全面复产。"杨波郑重其事地说，"老板让我打电话给你，要你准备准备来上班。"

"哦，是这样啊。我和你说啊，去不去上班我现在还不能答复你。"苏国强说，"三号车间的几个工人和我都是一个地方的，他们都回去上班我就去。他们不去我也就不去了。"他又问："他们的电话你打了吗？他们怎么说？"

从手机号码的归属地，杨波已经看出他们是同一个地区的。"打了四个人了，但是都没打通。"杨波让李柯把手机往他这边靠近，好看清图片中排在第六位的叫什么，"施一明的电话我马上打。"

苏国强说："施一明的电话你不要打了。"

声音传来，李柯和杨波同时一激灵站了起来，莫非施一明在事故中伤亡了？

"他啊，春节期间被电话诈去了两万块。后来他的手机只打不接，不管号码熟悉不熟悉。"苏国强道出了原委。

"那……那你知道其他人的情况吗？"杨波顿了顿，又问了一句。

"说老实话,这年头谁还顾得了谁,谁还管得了谁的死活?回来之后我和他们没有联系过,还真不知道他们现在的情况。"苏国强发了一番感慨后说,"其他几个人的电话你们就不要再打了,我有他们的号码,我来打,打不通我就想办法找他们。反正去不去上班都会给你一个说法。"

李柯连忙朝杨波点头,做了一个OK的手势。

杨波先是感谢了几句,然后关照道:"老板催得紧,你抓紧抽空帮我联系联系。联系好后就打这个手机号告诉我。"

"我知道,你放心。"苏国强一说完,就把电话挂了。

第二十六章
外调，在千里之外

上午一上班，夏卫东、葛进和白桦县纪委常委、监委副主任郭忠明就走进了白桦县委常委、纪委书记、监委主任韦国庆的办公室。

别看韦国庆才三十八岁，但他既老成持重，又思想开明。这不仅与他的性格有关，也与他的成长经历有关。

韦国庆是黑土县一个农家的孩子。他大学毕业后工作的第一站是在一个偏僻的小镇上，可是镇领导却没有安排具体岗位给他，但凡人手不够或没人愿做的工作就让他去顶上，和杨波现在在公安局差不多。当时的韦国庆想法很简单，反正都是工作，做什么都是做，做什么都要做好。一次镇妇联主席找到他，要他帮助采写一篇新闻稿件，还要在省级刊物上发表，说是要用于县妇联对各镇妇联的年终考核。妇联主席说，发表时要署她的名，否则县妇联考核时不认账，但是稿费她可以不要。稿件写好了，可是一个基层的镇级妇联想在省级刊物上发表稿件谈何容易？经一个大学同学介绍，韦国庆结识了省报胡编辑。他带着稿件专程赶到省城，请胡编辑指导，又按照胡编辑的要求重新进行补充采访，修改润色，最终得以在省报发表。不过，交通费、食宿费等费用加起来，他花掉了一千多元。当韦国庆把样报和稿费送到妇联主席手上时，妇联主席脸上笑开了花，不住地啧啧称道："小韦不错，小韦不错。"

镇上这些看似不起眼还吃力不讨好的工作，不仅让韦国庆得到了多岗位锻炼的机会，也让他赢得了名誉。镇政府换届选举，作为差额候选人"陪跑"的韦国庆竟然当选为副镇长，既在人们的意料之外，也在情理之中。后来，他调任团县委副书记，一年后当选团县委书记，再一年后被县委提名为一个镇的镇长人选，然后就是镇党委书记。五年前调来白桦县时，担任的是县委常委、组织部长，前年改任县委常委、纪委书记、监委主任。

韦国庆的办公室里有一张小条桌，能坐五六个人。他不喜欢坐在办公桌后面的椅子上听下属的汇报，总是习惯坐在小条桌前和部下交换情况商量工作。此时，夏卫东、葛进和郭忠明直接走到小条桌边上，拉了张椅子坐下。韦国庆也端了杯茶，拿着笔记本坐到他们对面。

"和宁浩东谈过了？"韦国庆打开笔记本，问道。

"谈过了。"夏卫东汇报道，"他还是很配合的，所以谈得很顺利。"说完，侧过头要葛进把谈话笔录给韦国庆。

韦国庆不再问什么，专心看起谈话笔录。他看得很仔细，也很认真，时不时还往笔记本上记点什么，但是脸上的表情一直很平静。夏卫东他们看着，等着，不说话，也不走动，不给韦国庆造成任何影响。"

谈话笔录看好了，韦国庆喝了口茶，才看着面前的三位开了口："说说你们的意见。"

夏卫东让葛进先说。葛进说："我的意见都对你说了，你就代表吧，我没有什么好说的。"

"好。"夏卫东说，"昨天和宁浩东谈话结束之后，我和葛进同志进行了讨论，也向忠明同志作了报告。我先把我们讨论的意见说一说吧。"

韦国庆点点头，拿起放在笔记本旁边的钢笔，凝神看着夏卫东。

夏卫东的意见归纳起来主要有三点：一是对于网络舆情反映的宁浩东授意贾京鸣为其购买商品房的问题，现在还不能下结论，需要进一步调查核实，建议到商品房所在的苏北卯酉县城实地调查了解；二是对于宁浩东反映的陈益宁的问题线索，建议转案件审理一室欧阳泰主任处理；三是对于宁浩东反映的科达化工公司端午节打点明细问题，建议慎重处理，暂先存档，将来视情况按照有关规定，属于市管和省管的干部，向省市纪委报告问题线索，属于县管干部，再启动办理程序。

"忠明同志有什么意见？"韦国庆把目光转到了郭忠明身上。

"我没有新的意见。"郭忠明正在低头思考着什么，听到韦国庆点他的名，赶紧翻开笔记本看了看，抬起头来，清了清嗓子说："只是宁浩东反映的所谓端午节打点明细的问题，我觉得现在只是宁浩东看到后留在记忆中的印象，没有任何证据支撑，还不能构成有价值的问题线索，并且涉及的干部众多，层次较高，除了县管干部外，有的还是市管和省管干部，太敏感，弄得不好会影响干部团结,产生负面效应,我建议还是要专门找宁浩东谈一次话,要求他不要在外面随便乱说,毕竟是说不清道不明的东西,连捕风捉影都算不上。"

"他只是向组织上反映情况,相信他不会随便乱说的。"韦国庆的语气毫不迟疑。

"那就好。"韦国庆这样说了,郭忠明也就不好再说什么了。

"我来谈谈我的看法。"见大家没有什么新的意见,韦国庆说,"我认为,网络舆情反映宁浩东授意贾京鸣为他购买商品房问题,我们调查核实必须严肃认真,实事求是。既不能漠视舆情沸腾,也不能被网上舆论牵着鼻子走。"

说到这里,韦国庆看了一眼郭忠明:"忠明同志是知道的,宁浩东的网络舆情出来之后,我的压力也很大,甚至有的领导认为证据已经确凿充分,应当按照程序上报批准,迅速采取留置措施。可是我觉得在涉及干部处理问题上还是要慎之又慎。经向县委张明凯书记汇报同意,还是先行停职,配合调查核实。"

"我由组织部长改任纪委书记时,有领导和我开玩笑说,一定会有过去我当组织部长时提拔使用的干部,最终又会落到我这个纪委书记的手上接受处理。我不排除有这种可能。但我始终认为,我们纪委既要监督干部、惩处干部,也要爱护干部、保护干部,特别是对于那些甘于敬业奉献、敢于担当负责的干部,要理直气壮地保护。"喝了一口茶,韦国庆继续往下说,语气也格外干净利落,"总的一条就是,如果问题查实了,必须依照党纪国法严肃认真处理,绝不姑息迁就。假如问题不实,甚至是栽赃陷害,就要澄清是非,还其清白,将栽赃陷害者绳之以法。这才是对党负责,对事业负责,对干部本人负责。而要做到这些,认真严谨的调查核实就显得尤为重要。"

最后，他对下一步的具体工作提出要求："卫东同志提出的三点建议我都同意，请忠明同志牵头，卫东同志具体负责落实好。至于到苏北卯酉城实地调查了解，事不宜迟，稍作准备，明天就出发。到了之后要与当地的纪委监委取得联系，争取他们的支持。"

夏卫东问："韦书记，您觉得谁去比较合适？"

韦国庆说："就你和葛进去吧。"

葛进脸上露出为难的神色，不好意思地说："韦书记，我还没有来得及汇报，我老母亲直肠癌，请了省人民医院的专家来县人民医院，明天上午做手术……"

"那你在家里照应老人。"韦国庆说，"就让你们室的周雅婧去吧。正好和卫东都是女同志，互相照顾起来也方便。"

郭忠明听了韦国庆的安排，心中有话，想说又不好说。

韦国庆看出来了，问道："忠明同志觉得有什么不妥吗？"

郭忠明的嘴张了又闭，闭了又张，顿了好几秒才："我听说周雅婧和宁浩东熟悉，是不是应该回避一下……"

"听说周雅婧和宁浩东熟悉……"韦国庆咀嚼着郭忠明的话，笑着问，"我们纪委的同志对白桦的干部，特别是科级干部，有不熟悉的吗？"

"都在一个县，甚至一个大院工作，基本上是熟悉的。"郭忠明也笑了，"我也只是建议。"

"这样吧，忠明同志你了解一下，对照回避制度，周雅婧和宁浩东有没有需要回避的情形。"韦国庆对郭忠明说，"如果没有，那就不要回避。对同志还是要相信和信任的。"

接到跟夏卫东到苏北斗龙港所在的卯酉县，调查核实宁浩东商品房问题的任务后，周雅婧激动的心情难以自抑。然而，她一时又弄不明白为什么这样激动。以前在检察院工作也好，现在在纪委工作也罢，外调是家常便饭，再平常不过的一项工作，有什么可激动的？难道是因为调查的对象是宁浩东，可是这又有什么特别？他是你的爱人，还是你的恋人？他是你的亲戚，还是你的同学？充其量只是一个普通朋友而已。

是的，每天早晨醒来做的第一件事就是给他发问候微信，可这也是一个正常的礼仪往来。不，谈不上往来，很多时候他是不回复的。再说，"早安"的问候微信她又不是只发给他一个人，夏卫东常委、葛进主任，以及舅舅吴正海和舅妈黄薇也是正常发的呀。周雅婧越想心里越乱，索性就不去想它了，转而按照夏卫东的要求认真做起出发前的准备工作。当然，和夏卫东一起到苏北卯酉县外调，她是不会告诉宁浩东的。宁浩东不是她的什么人，她没有告诉的义务。宁浩东如果是她的什么人，她更有不告诉的责任。组织纪律，她会铭记在心，见之于行。

走出高铁卯酉站，周雅婧的眼界一下子开阔起来。出发前她上网浏览过卯酉县的政府网站，静下心做过一些功课，知道卯酉县地处黄海之滨，坐拥世界湿地自然遗产核心区，是一座富有特色的海滨城市，但是眼前出现的一切仍然让她感到震撼。坐在出租车内，行驶在卯酉县城的主次干道上，感受着扑面而来的种种美好，连夏卫东都在不住感叹"真漂亮""真干净"……

突然，周雅婧脱口问道："斗龙河在哪儿？"

"是问我吗？"司机大哥一时没有反应过来，回问了一句。

"嗯。"周雅婧已经发现夏卫东的脸侧了过来,眼神有一丝怪异,连忙掩饰道,"我从网上看到卯酉有条斗龙河。"

"斗龙河是卯酉人的母亲河。"司机大哥道,"它由西往东拐了十八个弯从卯酉腹地穿过,最后流入黄海。"热情的司机大哥谈兴很浓:"我们卯酉县不但有条斗龙河,还有一个斗龙港,斗龙河的传说更是不知流传了多少代……"说着就给周雅婧讲起了斗龙河的传说,几乎和宁浩东讲的一字不差。

卯酉县委常委、纪委书记、监委主任徐宁在纪委接待室接待了夏卫东和周雅婧。参加接待的还有纪委常委、办公室主任晓强和纪检监察二室主任武非。

互相介绍之后,夏卫东说明了来意,并真诚地说:"据我了解,宁浩东是喝斗龙河水长大的,是从斗龙港走出去的,不管他最终有没有问题,他为我们白桦县所做的工作是不容否定的。"

徐宁说:"虽然相隔数千公里,但我们也从网络上看到涉及宁浩东的网络舆情,我们一定配合支持你们查清真相,作出实事求是的结论。"

周雅婧显得有点矜持,脸上带着浅浅的笑意听夏卫东和徐宁说话。她知道,这种场合她只有听的份儿。

夏卫东说过之后,徐宁要晓强和武非分别说说白桦县纪委发来的协查函的处理情况。

晓强说:"协查函是要我们协查宁浩东在卯酉县城的一处商品房,因为白桦县纪委要得很急,时间很紧,收到之后我立即转给了武非主任处理。"

武非回忆道:"接到晓强常委转来的协查函后,我即刻赶到住建局，请他们通过内部商品房网签系统进行核查，结论是宁浩东确实在我们卯酉城金润好嘉园购买了一处房产，购房合同签了，钱也付了，但到现在为止还没有领房，也没有办理不动产登记手续。然后我就起草了回复函，请晓强常委审阅后盖章传给了白桦县纪委。"

"没错，回复函我们收到了。"夏卫东点头应道。

徐宁想了想，问："当时宁浩东购买商品房的具体情况有没有调查清楚？"

"白桦县纪委要我们协查的是宁浩东在我地有没有这套商品房。"武非说，"我们根据要求协查，其他情况没有涉及。加上当时时间上也不允许。"

"那能不能请你们再辛苦一下，带我们去把具体情况调查清楚？"夏卫东委婉地提出了要求。

"没问题。"徐宁爽快地答应，然后满怀歉意地说，"我马上还要参加一个会议，就不陪你们了。我请晓强和武非陪你们一起去，有什么要求直接和他们说。"然后又对晓强和武非提出了要求。

"宁浩东名下的这处商品房，是大卯酉房地产开发公司开发的名为金润好嘉园的楼盘，如意汇祥房地产销售服务公司销售。楼盘紧靠卯酉高级中学和卯酉实验初级中学，地段好，配套优，一开盘就销售火爆，所有商品房均已售罄，如意汇祥房地产销售服务公司也已经离开卯酉县城，转到其他城市开展业务，但售房资料应该按照规定移交给了大卯酉房地产开发公司。"来到卯酉县住建局说明来意后，姓姜的副局长介绍道。

姜副局长又带着夏卫东一行来到大卯酉房地产开发公司。接待他们的是副总经理老吴。老吴说，所有售房资料都会在销售公司销售完毕后移交过来，金润好嘉园的楼盘也不例外，肯定在公司档案室保存着，说完就安排负责档案管理的女员工查找宁浩东名下那套商品房的资料。然而，几乎是翻箱倒柜找了好半天就是没有，急得老吴就差要求女员工挖地三尺了。

夏卫东、周雅婧都觉得奇怪。

老吴也觉得奇怪。女员工更觉得奇怪，所有的售房资料中为什么就独独少了宁浩东名下的这份呢？

姜副局长对老吴严肃地说："看来你们档案管理漏洞不小啊。"

老吴连连承认，汗水使得满脸油光可鉴。

夏卫东走到局促不安的老吴身边，说："能不能请你帮助了解一下，宁浩东名下这套房子当时是哪位负责销售的？"

"这个可以。"老吴擦了擦汗水，"如意汇祥那边应该是有记录的，特别是销售提成费的发放肯定有明细。"说着即刻电话联系对方的负责人。

老吴是用当地方言和对方通话的，夏卫东一句也听不懂。咕咕哝哝好一阵，老吴才挂断手机说："他们安排人查了，查到后就打电话过来。"

夏卫东心里很着急，但知道再急也没用，只得按捺住性子静待消息。周雅婧倒是希望对方能够提供有价值的信息，时间早点晚点倒不是最重要的。

时间不长，老吴的电话响了。又是一阵咕咕哝哝后，老吴告诉夏卫东，宁浩东名下那套商品房是一个名叫袁芳的女销售经手的，不过袁芳结婚后就离职了。至于那套房子的售房资料，对方一口咬定已经移交给了大卯西房地产开发公司，老吴真是有口难辩……还好,对方找到了袁芳的手机号码,并且发到了老吴的手机上。

老吴把袁芳的手机号码转给夏卫东,然后抱歉地笑了笑,拱了拱手,意思是:"我已经尽力了,只能如此了……"

夏卫东走到门外,找了个清静的地方给袁芳打去电话,坦率地说,没有在大卯酉房地产开发公司找到她经手售出的宁浩东名下那套商品房的售房资料,所以想见见她,了解了解情况……袁芳先是愣了愣,随后说她确实是结婚后就离职了,一直住在南京的婆家。

"那我们到南京找你。"夏卫东说,"请告诉我地址,好吗?"

沉默了好一会儿,袁芳很不情愿地说:"宝宝刚满月,我前天带孩子回卯酉县城的娘家了。"

"那真是太好了。"夏卫东心头一喜,提议道,"我们就在卯酉城里见一面?"

袁芳又沉默了半天,才像下了好大决心似的说:"好吧,我们找个地方……"

在卯酉县城银杏湖公园旁边一家咖啡馆的包厢内,夏卫东带着周雅婧和袁芳见了面。乍一看,袁芳落落大方,但掩盖不了内心的紧张。

夏卫东要袁芳先喝一口咖啡,再回忆回忆当初售卖这套商品房的情况。

袁芳摇摇头,说:"我已经记不清楚了。"又战战兢兢地问:"你们为什么要了解这些情况?"

周雅婧打开手机翻了翻,把《毛贼偷窃,揭开副局长受贿黑幕;灵魂四问,惩处贪腐者更待何时》的文章给袁芳看。

袁芳浏览了一遍，额上、脸上就沁出了细细的汗。她一口喝完杯中的咖啡，打开随身带的包，拿出一个材料袋，说："宁浩东名下那套商品房的资料全在这里。"然后缓缓地吐了一口气，庆幸道："我一直放在我娘家。春节前我妈妈打扫卫生发现了，准备当废纸卖掉，幸亏我爸爸……"

周雅婧忍不住把手伸向材料袋，被夏卫东用目光制止。

袁芳惶惶相告，这套房子虽然卖出去了，提成费她也拿了，却成了她的一块心病，时常想起来，心里忐忑不安。

那天，一个自称宁浩东的人来买房子，却说身份证不在身上。袁芳说没有身份证可不行。那人说，我付了钱，你还怕什么？她说，不是我怕什么，而是有规定，没有身份证，钱再多也不能办。那人后来就翻手机，在手机里找到了身份证的照片，然后打印出来附在了合同的后面。那人当时答应她回去后就把身份证复印件寄来，袁芳也给他留了地址，可他就是一直没寄。之后袁芳忙着结婚、离职、生子，也就没有去催。由于知道身份证不符合要求，售房资料袁芳就一直放在自己的娘家，没有交给如意汇祥房地产销售服务公司。没想到如意汇祥离开卯酉城，把售房资料移交给大卯酉房地产开发公司时，双方居然没有认真核对，也就没有发现少了一份售房资料……

到这时，夏卫东才让周雅婧打开袁芳带来的材料袋。

其实，售房资料并不多。周雅婧把所有售房资料都认真看了一遍。乍一看，并没有发现什么异常情况。要不是袁芳先前提过，周雅婧很可能不会看出身份证有问题。现在看来，那张宁浩东的身份证复印件确定不是复印的，而是照片打印出来的，画面歪斜，模糊不清。周雅婧索性再看签名，虽然签的是宁浩东的姓名,但很不流畅,看得出签字人在刻意模仿宁浩东的笔迹。

"那天买房的人是一个人来的吗?"夏卫东问袁芳。

袁芳点点头。

"那人长什么样你还记得吗?"夏卫东让袁芳好好想想。

袁芳认真想了想,详细描述了一遍。

夏卫东把售房资料中宁浩东的身份证照片往袁芳面前推了推,又问:"是身份证上这个人吗?"

"绝对不是。"袁芳对着身份证上的照片反反复复地看了好几遍,语气十分肯定。

最后,周雅婧拿出纸笔,让袁芳做个笔录。袁芳犹豫了,惶恐道:"我当时没有坚持要求核验身份证原件,主要是我们的收入是按照售房款提成的……再说,他说回去之后就把身份证复印件寄给我的……"说着说着就哭起来。

夏卫东安慰了半天,再三表示"我们不是来追究你的责任的",袁芳这才同意做了笔录,并签了姓名,按了手印。她顾不上手指上鲜红的印油,说:"我得回去了,宝宝要喝奶。"说完,拎起包一路小跑冲出了咖啡馆。

如果联系不上袁芳,如果售房资料被当作废品卖掉……夏卫东、周雅婧对视一眼,心中一阵后怕。

高铁票已订好,明天就可以回白桦。

任务顺利完成,夏卫东一身轻松,正要休息休息,周雅婧来向她请假,说是要到斗龙港看一看。夏卫东在她的脸上拍了拍,意味深长地笑笑,十分爽快地同意了。

如果不是宁浩东,周雅婧应该不会对斗龙港产生兴趣。中国的乡村千千万，斗龙港只不过是其中一个，非常普通。可这里是宁浩东生长的地方，又是他多次表示终归要回来的地方。这里有斗龙河，有斗龙河的传说……难得有这样一个机会，周雅婧怎么可能不想去走走看看，不想去体验体验？

周雅婧本来是想在网上约个车的，但身旁一座公交站台上标明斗龙港已经开通了乡村公交。正好一辆开往斗龙港的公交开来，她迈步走了上去。

公交车在平坦的柏油路上开了不到四十分钟，斗龙港就到了。出乎周雅婧意料的是，这里完全不是人们印象中的乡村。她曾担心一个外地女孩来这里，会不会容易引起老乡们的关注，会像看外国人一样围观，现在想来是多么的可笑。一踏上斗龙港的土地，映入眼帘的是一幅美丽乡村的图景，扑面而来的是一股海滨小镇的气息，既有错落有致的别墅洋房，又有随处可见的果树花草；既有田野风光，又有海韵风情；既有农民渔民不时走过，又有游客网红流连忘返……周雅婧想起曾经从网上看到的信息，斗龙港原来只是一个小渔村，现在却是省级文明村和新农村建设示范村。

"老支书好。"这时，一个中年女人打着招呼从周雅婧身边走过。周雅婧看到被称作老支书的人就在她面前不远的地方。这是一个看上去八十多岁的老人，和自己的爷爷、姥爷没有什么两样，不同的是后背笔直，岁月的捶打没让他有半点弯曲。他穿着一件红色背心，背心上印着"志愿者"三个字和一个心形图案，看上去像一团燃烧的火焰。他慢慢地走着，看到地上有个烟头就蹲下身子把它捡起来。

"老支书？"周雅婧想，难道斗龙港有好几个老支书？又想，会雕母牛的老支书不在了，从年龄上看这个老支书也一定认识宁浩东。她走到老人身边，亲切地叫了声"老支书"。

老支书侧过脸打量着周雅婧，问："你是……"

"我从东北来，和宁浩东是……是同事……"周雅婧觉得只能这么说，不然说是什么呢？说是同志？

"宁浩东的同事……宁浩东……"老支书开始并没有在意，嘴里喃喃着，突然激动地问，"你是说宁浩东……宁浩东……"

"是的，是的，宁浩东……"周雅婧也激动起来，一把抓住老支书的手。

"孩子，我是不是在做梦啊？"老支书的双手哆嗦着，泪水顺着槐树皮一样粗糙的脸往下流，干瘪的嘴唇抖动着，"他……他人来了……"

"他没有来，我是出差路过的。"周雅婧看到不远处有个小凉亭，就把老支书搀了过去，扶他坐下。

"唉，这孩子把我韦龙存忘了……也不回来看他爷爷……"老支书抹着眼泪，叹息着。

"韦龙存？"眼前这位一定就是宁浩东说的老支书。可是，贾京鸣为什么和宁浩东说他不在了呢？周雅婧一时想不明白。

"他没忘记您，记着呢。"周雅婧动情地说，"您老给他雕的母牛，他一直放在家里……您老给他讲的斗龙河的传说，他也一直记着……您老……不要怪他……"

"我不怪他，我哪能怪自己的孙子呢？"一口气郁积在老支书胸中久久出不来，他捶着胸，顿着足，说一句，咳一声，"我知道，他心里……心里苦啊……"

周雅婧的心猛地颤了一下。

317

"孩子，浩东是被如花她哥哥赶出斗龙港的……斗龙港的乡亲都知道，我也就不瞒你了……"慢慢地老支书平静下来。对着已经移到西边的太阳，他给周雅婧讲起了宁浩东离开斗龙港的前前后后。

爸妈到海里捕捞鳗鱼苗遭遇意外，宁浩东一夜之间成了孤儿。兴化老家的亲戚不愿收留宁浩东，但斗龙港的乡亲没有不要他。村上叶大叔两口子更是把他当成了亲儿子，老支书韦龙存也把他当作亲孙子一样疼爱和抚养。

叶大叔的家紧挨着宁浩东的家。两口子生了一儿一女。儿子叫叶根坚，比宁浩东大一岁，女儿叫叶如花，和宁浩东一样大。宁浩东白天就在叶家吃饭，和叶家兄妹一起上学放学，晚上就跟老支书一起睡。宁浩东从小爱学习，叶大叔就对他说，你安心学，不管考到哪里我都会支持你读下去。老支书也是三天两头往他的口袋里塞钱。后来，叶根坚由于学习成绩不好，初中一毕业就回家干活了。叶如花考取了卫校读了护理专业，毕业后进了斗龙港所在的斗龙镇卫生院，成了一名护士。宁浩东从江苏师范大学毕业后，又考取了东北师范大学，攻读硕士研究生。叶大叔一家和老支书都全力帮助他，让他安心求学。

也不知从什么时候开始，从小青梅竹马的宁浩东和叶如花好上了。大家都认为他们本来就是天生的一对，叶大叔、叶大妈整天喜滋滋的，干什么都特别来劲。叶根坚更是拼命干活，想多赚一点钱，到时把他们的婚事办得风风光光。他知道，妹妹虽然工作早有工资，但全都花在了资助宁浩东读书上。他这个做哥哥的，不把担子挑起来怎么行？

日子过得很快，宁浩东硕士研究生毕业了。他不想留在东北，只想回到家乡当一名中学教师。卯酉高级中学向他伸出了橄榄枝，他婉言谢绝了，主动要求到斗龙镇中学工作，因为斗龙港的孩子都在那儿读书，他要用这种方式报答斗龙港乡亲的养育之恩。这个时候老支书找到他，说是叶大叔、叶大妈希望他和叶如花抓紧把婚事办了。其实宁浩东知道叶如花也有这个意思。不过，宁浩东坚持等他把碎砖房翻修好再结婚。他不能让心爱的姑娘跟他一起住在爸妈当年留下的碎砖房里。

老支书把话带给了叶大叔，叶大叔说翻修碎砖房不会耗费多少时间，砖瓦、水泥等材料我来准备，师傅我来约请，吃的喝的也由我来负责。叶根坚对宁浩东说，不要匆匆忙忙翻修房子，等结了婚再翻修不行吗？可宁浩东就是不同意。他不同意，叶根坚只好让步。

眼看翻修的日子快到了，为了不影响施工，宁浩东就想自己动手先把碎砖房屋面掀掉。他爬上屋顶，要先把旧瓦片拆下来。正好叶如花下班回来，就爬上去和他一起干。干着干着，宁浩东感到口渴了，叶如花也说想喝水，他就下来拿水壶。谁也没有想到，他的双脚刚刚落地，"咔嚓"一声脆响，房梁断了，碎砖房坍塌了，叶如花重重地掉下来，整个屋顶和墙壁都压在她的身上。当宁浩东呼号着，和闻讯赶来的老支书、叶根坚一起从瓦砾堆里找到叶如花的时候，她已经没了气息……

当天，叶大叔正在斗龙镇上卖鱼虾，听到消息犹如天塌地陷，失魂落魄地往回赶，稍不留神一头钻进了迎面开来的一辆大货车车底……半天时间失去了女儿和丈夫，本来就患顽固性高血压的叶大妈突发脑溢血，第二天下午也撒手人寰……

宁浩东傻了，叶根坚疯了。他满脑子都是对宁浩东的恨，恨

319

宁浩东非要翻修什么碎砖房,恨宁浩东没有阻止叶如花爬上屋顶,恨宁浩东自己下来拿水壶而把叶如花留在屋顶上……他还把爸爸、妈妈的死因全都归结到宁浩东身上。他认定叶如花不死,爸爸就不会出意外,妈妈更不可能离去……叶根坚随手操起一根木棍向宁浩东打去,打得宁浩东头破血流,死去活来。他要宁浩东赶紧滚蛋,滚出斗龙港,再也不要回来,再也不要让他看见,否则见一次打一次……老支书和乡亲们再三劝慰,可叶根坚像只眼睛血红的公牛死活不听。无奈之下,宁浩东只好离开斗龙港,去了求学三年的东北……

好久,老支书才慢慢站起来,对周雅婧说:"你难得来一趟,我带你在我们斗龙港走一走,回去后和浩东说一说……"

老支书把周雅婧带上了巍峨的斗龙闸。站在斗龙闸上向西看,斗龙河水由西往东,曲曲折折,蜿蜒流淌,穿过斗龙闸,奔腾入海;往东看,便是无边无际的黄海……

夕阳西下,五彩的晚霞映照在清洌的斗龙河水里;微风轻拂,斗龙河两岸青翠的芦苇发出窸窸窣窣的声响。周雅婧在老支书韦龙存的引领下,缓缓地走向位于斗龙河西北处的三角尖,将刚刚采来的几束野花,双手献在叶如花、叶大叔、叶大妈和宁浩东父母的坟前……

听完夏卫东的汇报,翻看着带回来的售房资料,以及司法鉴定机构出具的签字笔迹和身份证照片鉴定报告,韦国庆的心里燃起熊熊怒火。贾京鸣为了不可告人的目的,蓄意模仿宁浩东的笔迹,通过不法手段偷拍宁浩东的身份证,在宁浩东不知情的情况下以其名义购买商品房,并以此蓄意陷害,手段恶劣,危害严重，影响极坏。而其背后，肯定有更大的阴谋……作为县委常委、纪委书记、监委主任，韦国庆怎能不愤怒？但他必须控制住自己的情绪。

他打开柜子，拿出一盒袋装雀巢咖啡，给夏卫东冲了一杯，又给周雅婧冲了一杯，然后道："张明凯书记病了，我马上联系主持县委工作的丁铛响同志，把宁浩东同志有关问题的调查核实情况向他作个专题汇报，有几项工作你们先做起来。"

夏卫东和周雅婧连忙打开笔记本，掏出钢笔，做好记录准备。

这时，有人敲门。韦国庆"请进"的话音一落，郭忠明和欧阳泰走了进来。

郭忠明朝夏卫东和周雅婧点了点头，对韦国庆说："欧阳主任有个情况要向您汇报。正好卫东和雅婧同志也在，是不是可以一起听听？"

韦国庆同意了，示意欧阳泰坐下说。

欧阳泰拉了张椅子坐下，打开笔记本，汇报道："根据宁浩东提供的问题线索，我们专门讯问了陈益宁。问题一点出，他瞬间崩溃了，承认先后收受安源公司贾京鸣贿赂款十八万元。当然，这是他自己交代的数额，到底多少，还需要找贾京鸣进行调查。"他停下来喝了口水，看了一眼夏卫东和周雅婧，继续说道："不过，陈益宁交代，在他收受的十八万元贿赂款中，有三万元给了宁浩东。说他与贾京鸣长期勾连，宁浩东一直默认和关照。他还交代，这三万元是通过微信转账的。转账记录我们已经查到……"

第二十七章
轰然坍塌

夏卫东打来电话,要宁浩东下午四点到县纪委二号谈话室,说是有情况要了解。然而,下午三点的时候,她又打来电话,让宁浩东现在就去,越快越好。

纪委再找自己,宁浩东是有思想准备的。让他停职,不就是配合调查核实所谓的问题吗?如果仅找一次而不再找,那就有点不正常了,但是对于一贯以严肃严谨著称的纪检监察干部来说,时间变来变去却是他没有想到的。

在震耳欲聋的雷声中走出家门,宁浩东顿时发现外面的大风一阵紧似一阵,雨借风势,又大又密,小区里到处是被风刮倒的树木和来不及排出的积水。

其实,出现这种恶劣天气,气象部门早有预警。早在前天中午,气象部门就发出了强对流天气黄色预警,预示未来48小时内将出现雷雨大风天气。到了昨天中午,预警级别升为橙色,预示未来24小时内将会受到雷雨大风天气影响,还会伴有强雷电天气。今天上午6点,预警升为最高等级的红色,预示未来6个小时内,将会出现强雷电暴雨大风天气,局部地区可能还有冰雹和龙卷风。宁浩东一直把自己关在家里,只听到隆隆的雷声,对真实的天气状况没有切身感受,而到了外面,置身于雷电、暴雨、狂风之中,终于体验了一把强对流天气的威力。

宁浩东一身雨水走进县纪委二号谈话室,早已在此等候的夏卫东连个过渡都没有,开门见山直接说道:"这次找你来是有个新情况要了解。本来是要和你谈话了解的,但因碰到特殊情况,现改为函询了解……"

夏卫东正说着,周雅婧推开门,顾不上和宁浩东打招呼,急切地问道:"夏常委,车子停在楼下,大家都在等你一起出发,你还要多久?"

"我正在和宁浩东交代,马上到。"夏卫东回道。

"好的,我这就去和大家说。"周雅婧随手把门拉上。

夏卫东抬腕看了一眼表,忧心忡忡地对宁浩东说:"你瞧今天这个天气,多年不遇了吧。唉,全县受灾严重,让人揪心,尤其是有些地方工厂进水,民房倒塌,农作物受灾,群众生产生活遭受严重威胁。目前,各级干部都已深入一线,投入抗灾救灾中。根据县委的要求,我们纪委组成了11个督查组下沉基层督查。和你谈完,我就要出发了。"

如此严重的灾情,这是宁浩东没有想到的。他站在夏卫东对面,等待夏卫东继续往下说。

"是这样的。"夏卫东抬头看一眼站在一边的欧阳泰,"欧阳主任根据你提供的线索对陈益宁再次讯问,他交代曾从受贿款中给了你三万块,感谢你对他与贾京鸣长期勾连的默认和关照。这三万元是通过微信转账给你的。"

夏卫东一说完,欧阳泰就把一份材料递到宁浩东手边:"你看一下。有关要求都在上面,你严格照办。"

宁浩东把材料展开一看,标题是《白桦县纪委办公室关于要求宁浩东同志就陈益宁反映收受其三万元贿款问题作出说明的函》,函中要求宁浩东就相关问题如实向组织作出实事求是的说明,不得隐瞒事实,不得避重就轻,并在三天内把书面说明报县纪委办公室。

"确实有这个情况。"宁浩东眉毛往上挑了挑,摇头苦笑,"他是从微信上转了三万元给我,可那是他还给我的借款啊。不需要写书面说明,我现在就可以把来龙去脉向组织报告清楚。"

夏卫东一愣:"是他借你钱,然后还给你了?"

"是啊。"宁浩东气得没了力气辩解,"这怎么就成他给我的贿赂款了?"

夏卫东和欧阳泰低头交换了一下意见后说:"这样吧,你按照函上的要求,实事求是作出说明,越详细越好。我们会根据你的说明,进一步进行调查核实。"说完,伸手和宁浩东握了握,拿起放在桌边的雨衣和提包,和欧阳泰一前一后向楼下跑去。

外面的世界仍然笼罩在雷电、暴雨、狂风制造的恐怖之中。宁浩东开着车,犹如一叶小舟在惊涛骇浪中颠簸,心也忽上忽下,起起落落。对陈益宁,他也真是服了。你说,这吕成贤和你是好朋友,你不但收了人家的钱还睡了人家的妻。我宁浩东帮你救急,反而被你咬成贿赂我。哪有这样做人的?

宁浩东记得很清楚，那天，从县委办公室起他一直结对帮扶的贫困户姜洪林拎着包找到他，高兴地说家里养的生猪出栏了，还卖了个好价钱。为办家庭养猪场，宁浩东先后借给姜洪林三万块钱，今天姜洪林专程找到他，不但要偿还三万块借款，还坚持要给利息，宁浩东没要。后来宁浩东把钱放在随身带的包里，到县人民医院看牙。在医院停车场，宁浩东遇见满头大汗匆匆赶来的陈益宁。陈益宁说自己八十五岁的老父亲突发心绞痛，被120拉来了，自己一接到电话就着急忙慌赶过来，身上一分钱也没带，问能不能帮帮忙。宁浩东二话没说，掏出包里的三万块塞到对方手上……

突然，耳边"轰"的一声响，宁浩东抬头一看，原来路边一家商场楼顶上的巨型广告牌被狂风吹落，不偏不倚重重砸在一个穿着雨衣路过的行人身上。宁浩东迅即打转向灯把车停到路边，连雨伞也没顾得上拿就一头冲了过去。

广告牌又大又重，宁浩东死命地往外掀就是掀不动。这时，又跑过来几个路人，宁浩东连叫带喊让其中一个女同志赶紧拨打120。人越来越多，在宁浩东的指挥下大家一起用力，终于把广告牌移开。一直压在广告牌下面的行人头破血流，已经不省人事。宁浩东伸手向一个男青年要来雨伞，死死地抓紧伞柄蹲到地上，费力地为受伤的人遮挡风雨……

120救护车来了，110巡警车也来了，大家一齐动手把生死难料的行人抬上救护车。救护车刚开走，又开来一辆车身喷有"应急救援"字样的公务用车，县应急局的李柯和小杨拉开车门下了车。李柯一眼就看到了宁浩东，激动地叫了一声"宁局长"，眼睛顿时红了。

325

宁浩东朝他挥了挥手，说："抓紧勘查现场。"又对站在一边的小杨说："户外广告安全的监管部门是城管局，你赶紧通知他们立即派人过来。"说完，就在围观的人群中寻找商场经理。刚才好像有人说商场经理来了，可现在怎么寻不着了？是没来，还是悄悄地走了？那不行。巨型广告牌是商场的，他们是安全生产的责任主体，他怎么能像没事人一样？

夜幕不声不响地降临了，而雷电、风雨仍然没有停歇的迹象。宁浩东没有离开，和李柯、小杨以及城管局派来的两个同志一起，勘查现场、拍照取证、找人谈话，头上、身上全被雨水淋湿了，腰也又疼又痛直不起来。他刚想喘口气，李柯面色凝重地跑过来，匆匆把他拉到一边，压低声音说："就在刚才，豪局长打电话给我，说有好几个市民拨打政府12345热线电话，反映听到化工园区发出一声闷响，怀疑发生了事故。丁铛响县长要求立即核查。开发区有好几家企业进水了，豪局长正在那儿组织救援，要求我现在就赶往化工园区，弄清楚到底是怎么回事……"

宁浩东的心像被人狠狠地揪了一把。在这样恶劣的天气里，化工企业集中的化工园区传出一声闷响，绝对不是什么好事，物料爆炸、厂房坍塌、设备毁损都有可能，也都有可能造成人员伤亡和财产损失。他对李柯说："这里的工作差不多了，你让小杨留下，和城管局的同志一道把剩下的事情做完，我和你一起现在就到化工园区去。"

"不行，你不要去。"李柯把头上的安全帽取下来又戴上，又取下来，"你……你别忘了，你被停职了，天塌下来也不关你的事……"说完又怕宁浩东不高兴，佯笑道："我倒希望哪天也让我停职，正好休息几天。"

"说什么废话呢。"宁浩东瞪了李柯一眼,"我职被停了,但公民身份还有。我没资格履职,为你开开车、出出主意总可以吧?安全生产,人人有责,难道你忘了?"说着头也不回地向停在路边的车子跑去。

李柯迟疑了一下,还是和小杨交代几句,拔腿去追宁浩东。

划过天空的雷电,在路面的积水中不时闪现,像银蛇扭了扭细细的腰身。车在风雨中穿行,艰难地穿行。

李柯很想和宁浩东说几句话,但看了看对方凝重的表情,又把话收了回去。虽然分开才那么几天,但李柯的肚子里装了千言万语。他想说,大家相信宁浩东是无辜的,相信很快就会还其清白;他想说,他去找过贾京鸣了,贾京鸣很有可能是受人胁迫,被人利用,用以达到不可告人的目的;他还想说,白桦应急局不是只有一个宁浩东,他和杨波正在把宁浩东被迫中止的工作推进下去……

李柯的手机响了,是吴正海打来的,说化工园区管委会也接到县政府办公室转来的丁铛响县长的要求,他正赶往化工园区。

没等吴正海说完,宁浩东一把抢过手机,大声哀求道:"吴主任,我的好哥哥,你不能不要命!核查的事有我……啊不,有李柯,有园区安监分局的同志,你就放心好了,回去好好休息吧……"

"宁局长,你是了解我的。你说,我回去能睡得着吗?"吴正海大口大口地喘着气,咳嗽声时断时续,可还是特别执拗,"哪怕那声闷响是个响屁,我也得查清楚是谁放的。"

宁浩东劝不回吴正海,只好按他说的,把车子开到化工园区安监分局会合。

两辆车几乎同时到达。风雨中,宁浩东和吴正海激动地把手握在了一起。

施展在等他们。

没等坐下,施展就汇报道:"下午我一直在园区巡查,那声闷响我也听到了,还吓了一大跳。那时应该是傍晚吧。"

"有没有接到企业报告,说发生了事故?"宁浩东问。

"没有,一家都没有。"施展说,"没有企业报告,我就一家一家地打电话询问,凡是在正常生产的企业我都问了个遍,都回我说一切正常。"

"这就奇了怪了。"吴正海挠了挠头,喘了口气,说,"难道是天上在敲鼓?"

李柯喷了一声:"会不会就是一个响雷,大家误以为是什么闷响?"

"不是,肯定不是。"施展使劲地摇摇手,"雷声嘎嘣脆,而那一声就是一个闷响,和闷屁有一比。"

大家都笑了。

宁浩东从桌上拿起一瓶矿泉水,拧开盖子,正准备往嘴里送,突然问道:"听得出是从哪个方向发出来的吗?"

"好像……好像……"施展屏息冥想,"应该是东南方向……对,就是东南方向……"

"你确定?"李柯生怕施展搞错了。

"确定,百分百确定。"施展对自己的判断非常有信心。

"吴主任,你看能不能这样?"宁浩东和吴正海商量道,"如果我没记错的话,东南方向一共有8家企业,我们一家一户走一遍，你看怎么样？"

"也只能这样了。"吴正海说，"如果不是这8家企业发出的，再扩大范围查。否则，心里不踏实。"

李柯和施展也都认为可以这样查。

施展搬来方便面让大家填填肚子，又拿来强光手电筒和高筒雨靴。这些都是常备的应急物品。宁浩东没要，他车上有这些，还有安全帽和雨衣。这些都是他车子的"标配"。

吴正海的脸色在灯光下显得更白了。他喘一口气吃一口方便面，最后干脆筷子一扔不吃了，自己和自己憋起气来。宁浩东要他留下值班，不要下去核查，他不同意。临了，施展留下值班，宁浩东、李柯、吴正海又走进夜色浓重的风雨中。

核查的第一家是吕成贤的金鑫化工公司。吕成贤这段时间没有回浙江，就住在企业。见到宁浩东一行，他先是一愣，听清来意后坚决否认闷响是从他这儿发出的。宁浩东要他在前面带路，一个车间一个车间看过去。几个车间都在正常生产，宁浩东确信这家企业没有发生意外。

随后又到紧挨着金鑫化工公司的一家企业核查，没有发现什么异常情况，只不过看到厂区门前一棵大树被狂风拦腰折断。带班的副总经理说，当时风特别大，"咔嚓"一声，大树就折成两段了，声音是不小，但不是闷响，更不可能传得很远。大家听后都觉得有道理。

时间已经到了半夜，东南方向的8家企业已经核查了7家，都没发现什么问题。最后一家是科达化工公司，车在门岗处停下，宁浩东正准备下车，李柯一把拉住他，说："你还是在车上待着吧，你知道，这家企业和你不对付，别再给他们增添话柄。"

宁浩东问："你怕了？"

"我怕什么？"李柯神秘地说，"小不忍则乱大谋。你懂的。"

"那这样吧。"宁浩东拿定了主意，"我不说话，跟在你们后面打手电筒。再把雨衣裹紧，安全帽往下拉拉，这样包裹得严严实实，应该认不出来吧？"

李柯笑着竖起大拇指："这样好，这样好。"

门岗保安被吴正海从睡梦中叫醒，打着哈欠说："钱总不在公司，中午就回海城了。今夜带班的是销售部柏主任。"

柏主任常年在外搞销售，难得回来一趟，昨天一到家，钱景就把他安排在公司带班。保安电话打过去好半天，他才穿着雨衣走过来，说是在值班室睡着了，不好意思。

如果是在往常，宁浩东肯定要发火。化工企业按照规定夜里是要安排公司级领导带班的，销售部主任充其量只能算是中层人员，又不懂业务，还违反制度值班期间睡觉，带班哪能这样？宁浩东心想，这笔账先记着，日后再算。

吴正海说明来意，柏主任就按照要求在前面带路，来到生产区一个车间一个车间地查看。科达化工公司总计五个车间，除了三号车间被应急局责令停产整改，其他四个车间都在运转。

吴正海走到宁浩东身边，把嘴凑到耳边说："看样子没发生什么情况。"

宁浩东点点头，跟着柏主任回到了生产区门前的广场上。柏主任客气道："这么晚了，又是刮风下雨的，各位领导辛苦，到办公室坐坐……"

大家都知道他说的是客套话，但还是说了声谢谢，和他握手道别。

路灯下，宁浩东一侧身便看到生产车间后面一堵高高的围墙。其实，每次到科达化工公司的生产区，宁浩东都会看到这堵围墙，只是从来没在意过。这堵围墙特别高，墙面刷得雪白，上面用大红油漆写着两排大大的标语："安全生产，人人有责。"宁浩东随口问道："那堵高墙后面是什么？"

宁浩东声音很低，柏主任没有听清，李柯就又重复了一遍："那堵高墙后面是什么？"

"我不知道啊。"柏主任是两年前才应聘过来的，平时又不在公司，当然不知道，突然被问到，本能地实话实说。

"那带我们去看看。"吴正海不容分说，拉着柏主任就走。

来到高高的围墙前，柏主任却找不到进入的门。李柯打着手电沿着墙根往左走，尽头有个厕所，再往旁边一看有个小门洞，小门洞上安装着一扇铁皮门，门上挂着一把大铁锁。捣鼓了半天，李柯竟然把这把大铁锁捣鼓开了。

从小门洞进去，在手电的照射下，便看到一块长满杂草的荒地，顺着墙根再往前走了百来米，隐约看到一大堆黑乎乎的东西。宁浩东用手电一照，不由惊呆了——原来是一幢建筑物坍塌了。从残垣断壁可以推测出这幢建筑就是一处厂房，有两个生产车间那么大。

"这是怎么回事？"李柯问道。

"你……你没有听到什么响声吗？"吴正海喘着气，追问道。

柏主任一拍后脑勺："哎呀，听到了！一声闷响，吓了我一大跳，还以为是其他什么地方的响声，根本想不到原来是这里面的一幢厂房倒塌了。"

宁浩东紧走几步，没想到脚下一滑，双脚陷在一个烂泥坑

331

里，一股散发着臭味的黏糊糊的东西灌进了雨靴。他顾不上这些，硬是用力拔了出来，一跐一滑走过去用手电照了照，在钢筋水泥和碎砖破瓦下，他竟然看到一只反应釜和一串串弯曲的管道……他推了推李柯，示意李柯把这些生产装置、生产设备都拍下来。

上午八点不到，吴正海就给宁浩东打来电话。

吴正海告诉宁浩东："科达化工公司的钱景，一大早就找到我家来了。"

"他一定是接到报告，专程来向你解释的。"宁浩东道。

宁浩东推测得没错。夜里他们一走，柏主任就立即向钱景汇报，说是化工园区管委会吴正海副主任带队夜查，发现高墙后面一处建筑物倒塌了。钱景听柏主任这么一说心就慌了，一夜没睡着，天一亮就来找吴正海。他向吴正海解释说，倒塌的确实是一幢厂房，里面原来设有两个生产车间。不过，这幢砖混结构的厂房不是科达化工公司建的。

据钱景介绍，当初白桦县县属企业白桦化工厂，最先建成的就是这幢厂房。厂房里设有两个车间。投产未满一年，先是一号车间发生了一起爆炸事故，死亡两人，紧接着二号车间发生了一起氯气泄漏事故，死亡五人，社会影响很大，好几个干部被问责。当时的县领导一气之下就把这幢厂房关闭了，重新规划建设了现在科达化工公司正在使用的五个生产车间。在白桦县企业改制大潮中，白桦化工厂到了李英达名下，并改名为科达化工公司。一次，李英达邀请一位易学大师前来看风水，大师拿着罗盘转了半天，说是围墙太矮，必须加高，只有这样才能逢凶化吉。

还说,这里面应该经常传来号叫声。大师这么一说,钱景他们就感觉好像真的听到过。围墙成了高墙后,里面就安宁多了。那幢老厂房还在,钱景就让人把废旧和淘汰下来的生产设备存放在里面。由于年代久远,加上年久失修,老厂房就成了危房,昨天风狂雨大难以支撑,就忽然坍塌了。

"他说的这些,你相信吗?"宁浩东问。

咳嗽了好一阵,吴正海才说:"他走后我向一些老同志进行了解,情况和他解释的差不多。"

"我不相信老厂房里的两个旧车间,他们都用来存放废旧和淘汰下来的生产设备。"宁浩东不容置疑地说,"最起码有一个旧车间被他们用来进行非法生产了。"

"真有这种可能?"吴正海半信半疑。

昨晚在现场,宁浩东就有这个感觉。回来之后,他反复研究李柯转给他的照片,照片上反应釜呈半新状,管道串联在一起而不是随意堆放在地上。他脱下雨靴,把里面的污秽物往外一倒,控制不住地大吐一地,那不是淤泥,而是人的粪便。要进入老厂房,必经高墙边上的厕所,有谁厕所不进非得舍近求远去方便……宁浩东又一次拿出了那个生产记录本。生产记录本快记完了,显然生产不是一天两天的事。虽然前面几页已经被撕掉了,但大部分还在。他翻看着,研究着,突然想起豪成批示同意三号车间恢复生产是6月5日,而发生事故是6月8日,那6月5日前的生产又是在哪里开展的呢?无疑就是在这老厂房里某个旧车间内……

听了宁浩东的分析,吴正海也觉得有道理。不过,非法生产是一件大事,不能轻易下结论。他劝宁浩东不要着急,先冷静冷

333

静。他说,他除了分管安全生产,还分管企业运行。化工园区内每家企业每月的用电量,供电部门都是要向工信局反馈的,工信局也是要向化工园区管委会通报的。每个月的通报表他包里就有,他先研究研究。

这时手机传来微信提示音。宁浩东打开一看,原来是吴正海传来了一组数据,是科达化工公司今年以来的用电量。还没来得及细看,吴正海的电话就打来了。吴正海长长地喘了一口气,说:"看来科达化工公司非法生产是存在的。企业生产用电是单独统计的。我分析了这家企业今年1月至5月的用电量。1月到3月每月的用电量基本差不多,4月份突然明显增加,5月份又回落到和前三个月份相差不大的水平,6月份的数据还没有出来,但可以预计还将有大幅回落。"

"是啊。"宁浩东解读道,"这基本可以说明,非法生产是从4月份开始的,所以用电量突然增加。5月份又回落,不是非法生产停止了,而是三号车间被我们责令停产整改了。6月份的用电量还会有大幅回落,因为6月8日发生了事故,三号车间没有恢复生产,非法生产也停止了……"

"没错,是这样的。"吴正海欣慰地说,"昨夜我们没有白忙活,终于揪到了狐狸的尾巴。"

"不过,我还有个问题。"宁浩东沉思了半天,说道,"参与非法生产的是哪些人?"

"对,这是个问题。"吴正海喘着气,回应道。

第二十八章
在哪里，在哪里……

"喂，你在哪？"接听完苏国强打来的电话，杨波立即联系李柯。

"我正和宁局长在一起。"李柯问，"你要和宁局长说话吗？"

"当然要了。"杨波让李柯把手机给宁浩东。他确实有许多话要和宁浩东说，有些话还特别紧要。

"杨大在公安局顺心如意吧？"没等杨波开口，宁浩东先调侃起来。

"宁局长，你讽刺我也好批评我也行，反正我有情况要向你汇报。"杨波没有一点开玩笑的心情，"还是……还是你和李柯来我家吧。"

"电话里说不行吗？"宁浩东听出杨波确实是有正经事。

"电话里说不清楚。"杨波解释道，"尽管今天是星期天，但这种特殊时期到你那儿，会给你带来不便的。正好你弟妹也在家,让她给我们弄几个菜。"

"好吧,听你安排。"宁浩东放下手机,就和李柯一起往杨波家赶去。

此时,强对流天气已过,夏天的威力显露无遗。天上看不到一片云朵飘移,地上感觉不到一丝微风吹拂,只有太阳为昨日风雨抢了它的风头而情绪化地发着威,只有路上那一汪汪还没有完全清理掉的积水上升腾起一层薄薄的雾气,只有树叶、青草等杂七杂八的植物长时间沤在水里酿成的腐臭味不停地飘来,只有被狂风吹倒的行道树、广告牌东倒西歪地躺着……

杨波家离宁浩东家大约半个小时车程。宁浩东和李柯刚出发,他就来到楼下等着。见到宁浩东,他哽咽着拉了拉手,什么话也没有说。

杨波的老婆正在厨房忙着,宁浩东一进门她就手里择着菜走了过来,开机关枪似的不停唠叨:"你说杨波离开应急局对不对?我说对。你看现在多好,手机不要成天开了,也不要深更半夜出去了,更不会再受那些冤枉气了。我知道现在弄个警察身份不容易,但是弄到就弄到,弄不到就拉倒,反正在公安扫厕所也比在应急搞安全强。"菜抓在手上,她手却对杨波不停地点,"可是他这人就是一个贱骨头,夜里做梦都想着安全生产。昨天深更半夜他从梦中一个鲤鱼打滚坐起来,说是他听到消防车在叫,可能哪里又出事了……"

"去去去……"杨波把老婆往厨房赶,"快去忙你的。我要向宁局长汇报事情。"

宁浩东和李柯一在沙发上坐下,杨波连茶都顾不上倒,就忙着说:"苏国强说话算数,给我打电话了。"

"打电话了？"李柯兴奋起来，"他怎么说？"

"谁是苏国强？"宁浩东一头雾水，"怎么我没听过这个名字？"

李柯连忙把他和杨波之前做的大体说了说。宁浩东的心中自然很温暖，但没有表现出来。

"苏国强说，"杨波叹了一口气，"那个叫张春亮的车间主任死了。"随后，脸上的表情复杂起来："其他人也都联系上了，不过，全都不来上班了。"

"那个'炸汤圆'死了？他怎么就死了呢？"李柯叫道。

宁浩东问："说没说是怎么死的？"

杨波摇了摇头。

"其他人苏国强都联系上了，是不是可以说明'6·8'事故中死亡四个人不是事实？"李柯分析说。

"如果不是事实当然好。"宁浩东很冷静，发自内心地说，"谁都希望不发生事故，谁都希望事故不造成人员伤亡。不管几条命，那都是命啊。"

杨波和李柯都使劲地点点头。可不是嘛，应急系统安监人的所有工作，不就是维护人的生命安全吗？

"可是，现在发现了新的情况。"宁浩东看了看一脸茫然的李柯，"我说给你们二位听听，正好也分析分析。"说完，宁浩东便把和吴正海一起研究得出的初步结论和杨波、李柯说了。

李柯思索了一会儿，说："我也很犯疑，特别是看到那只反应釜和那些管道。"

杨波一直在沉思，没有说话。

"原先我以为他们就是在三号车间搞非法生产，现在看来没有那么简单。"宁浩东的眉头时而紧锁，时而舒展，"最大的可能就是，从4月份开始，非法生产就已经在坍塌的老厂房内的旧车间偷偷进行了，'6·8'事故前几天才转移到三号车间。"

"照这么说，4月份开始在老厂房内的旧车间非法生产的不是三号车间的工人，也就是说他们的名字不在三号车间工人的花名册上。因为那个时间段三号车间在正常生产。"杨波分析道，"事故前转移到三号车间生产，工人有可能是三号车间的，因为苏国强告诉我，有三个工人是6月9日、10日左右，也就是事故后才到的家。也很有可能不是。如果不是，那会是谁？是一直在老厂房内的旧车间非法生产的工人吗？"

"那个"炸汤圆"是不是也参与了旧车间的生产？"李柯问。

"一切都还需要我们一查到底。"宁浩东抬起头，脸上露出坚毅而坚定的神色，"对此，我们应该有决心，也有信心。"

李柯想了想，对杨波说："你能不能再打个电话给苏国强，让他把有些情况再详细了解了解……"

"不能，苏国强受伤了。"杨波摇了摇手，不无惭愧地说，"有两个工友的电话他也打不通，好在都是相邻县的，他就骑摩托车去找。没想到路上出了个车祸，他左腿骨折了。其实，都是我的责任，是我骗他，要他问问工友们愿不愿回厂上班……"

"能不能这样？"宁浩东征求杨波的意见，"你亲自跑一趟，找到那几个工友把情况问清楚，包括那个叫张春亮的车间主任。"

杨波一动不动地坐着，没有说话。

"目前安全监管压力很大，李柯去不了。至于我，纪委是有交代的，不能离开白桦，他们随时可能找我。"宁浩东双手一摊，嘴角动了动，苦笑一声。

"是啊,反正就我没有具体的工作压力。"杨波看一眼李柯,看一眼宁浩东,眼睛里有理解,有谅解,也有自我解嘲的意思,"那我就跑一趟……"

"你们谈好了吗?"杨波的老婆边把菜往桌上端边问道,"你们是喝白酒还是喝啤酒?"

"喝白酒……"杨波话还没说完,手机响了,是黄兰香打来的。

"你说,黄大婶。"杨波道。

"小哑巴不见了!"电话里,黄兰香声音急促,"他爷爷找我要人,我里里外外都找了就是找不着,这事闹的,你说我咋整……"

"你人在哪?我现在就去找你……"杨波一边说着一边往门外跑。

"你先等等,"宁浩东拉住杨波,问道,"怎么回事?"

杨波就把情况大体说了说。

"唉,真是个可怜的孩子。"宁浩东感叹道,"这样,我和李柯去找,你抓紧时间出发吧,速去速回。"

"这事就拜托你们了!"杨波对宁浩东、李柯拱拱手,声音颤抖,"就当帮我一回……"

宁浩东和李柯赶到东北餐馆时,一个个头不高、长着蒜头酒糟鼻、满脸潮红的老头正像斗疯的公鸡,挡在黄兰香面前。黄兰香的外甥手里拿着扫帚气得大口大口地喘着粗气,手指点着老头,对宁浩东和李柯数落道:"你们看看这老头,孙子见不着了,自己不去寻,只知道找我舅妈要人!这么热的天,我舅妈已经寻了好几圈了，现在她还要出去寻，他又挡着不让……他在这里闹事，我还要不要把门里门外清理了？我还要不要做生意了？"

李柯走过去，伸手把老头和黄兰香往两边分，一边问："小哑巴怎么回事……"

李柯还没说完，老头对着李柯的前胸就是一拳。李柯根本没有想到会遭此一击，被打得跟跄着后退几步。宁浩东一步跨到他面前，厉声喝道："你咋动手了？疯了？"

"我就整他。"老头的酒糟鼻更红了，"小哑巴是他叫的吗？我家孙子有大号，姓庄，名得祥，叫庄得祥。"

"好好好，我该打，我该打。"李柯气得手直抖，嘴直哆嗦，"老庄，庄大伯，啊不，庄大爷，你能告诉我庄得祥是咋回事吗？"

老庄手指着黄兰香，嚷道："你问她！我话撂在这，如果我家得祥有个三长两短，我饶不了你黄老婆子。我儿子没了，儿媳走了……"说着，就用两只黑乎乎的手指抹眼泪。

"我真不明白，这世上好人还能不能做了？"黄兰香叹着气，诉说着满腹委屈，"小哑巴，不不不，对不住，庄得祥，小庄……我舍不得他，饿了来我这儿，我就给他吃的……夜里，没地儿去，我就带他回家住……可这孩子有时来，有时不来，又没个准头……这些日子天气不咋的，他来得就更少了……昨天晚上我不放心，还打过电话问老庄，老庄嗯嗯啊啊的，我以为孩子在家里。可是今早天一擦亮，老庄就打电话给我，说已经几天不见孩子了，我说咋的了，昨晚我还打电话问你的……我越想越紧张，早饭没顾得上吃就出去寻了一圈，还报了警……可是刚回来，他就来找我要人，让人怪憋屈的……"

"别扯淡了！你说你昨晚打电话给我，可是我喝醉了，睡得迷迷糊糊的……"老庄心有不服，"你还怪我，怪得了我吗？"

"我们都心平气和地说话好不好？"宁浩东知道现在不是讲道理的时候，找人才是最重要的，"你们谁有小庄的照片？或者谁能把小庄的外貌特征描述描述？关键是谁能说清楚他可能去了哪里？我们发在微信朋友圈，请大家转发，帮忙寻找。"

"照片我有。"老庄从贴身衣兜里掏出一只黑色的皮夹，哆哆嗦嗦地摸出一张小照片，递给宁浩东，"我小孙子的照片，我走到哪带到哪……"

李柯和这孩子见过几次，但没有过多留意。他走到黄兰香身边，想听她说说。黄兰香说："长啥样我说得清，可是我弄不明白他可能去哪儿。唉，他又不会说话，我也不懂怎样问他，咋整……"

正在这时，黄兰香的手机响了，是派出所打来的。民警告诉黄兰香，她报警要求帮助寻找的孩子有下落了，已被120接到县第二人民医院急救中心。

听到这个消息，所有人都喜忧参半。能找到就是大喜事、大好事，可是被120接到急救中心，肯定出现了意外而紧急的情况。不容多耽搁，大家立马向医院赶去。

在医院急救中心，瘦小的庄得祥正靠在椅子上输液，看到赶来的爷爷和黄奶奶，还有两个叔叔，没有任何反应。他蓬乱的头发被污泥粘在一起，脸上身上潮湿一片，往外流的不知是汗水还是污水，运动鞋上全是黄泥巴。不需靠近，就能闻到身上的异味，弄得他一个人孤零零地坐着，其他输液的大人小孩都捂着鼻子离他远远的。老庄跑过去就要伸手打他，幸亏被宁浩东一把拉住。老庄嘴唇哆嗦着，老泪纵横："你……你咋不要命了？上哪了……"

"孩子情况还好。可能是饿着了，加上天气炎热，造成一时晕厥。"护士走过来，边换水边说，"不过，一个小孩要走那么远，到白桦化工园区干什么？你们大人得留意留意。今天多亏有人看到并打了120，否则后果很难预料……"

"他到化工园区干什么？"谁都想不明白。

想不明白归想不明白，庄得祥确实是到白桦化工园区去了，并且一直在一、二、三号路上徘徊。至于什么时候去的，去干什么，没人知道。一个下班的工人，在二号路旁的排污水沟边发现了已晕倒的他。是想去洗手洗脸，还是想喝口水，只有他自己知道。可是他不知道的是，这里的水是不能用的，也是不能喝的。

一个陪孩子看急诊的家长盯着孩子看了又看，说："这孩子前些日子老是在我们开发区那边溜达，见到人还有点怕，躲来躲去的……今天这是咋的了？"

这话黄兰香信，她就是在开发区那儿认识庄得祥的。

老庄听了，先是不信，后来就感到迷糊："他以前不是和几个瓷实的朋友，总是一块儿在城里逛的吗？"

"反正这孩子，我是不敢收留了。"黄兰香为自己爱莫能助而备感痛心，"可怜的孩子，黄奶奶吃不住劲儿，黄奶奶对不住你了……"

宁浩东看了看李柯，心里不是滋味。

杨波回来了。真不愧是曾经的军人，不但效率很高，而且心思很细，该找的人都找了，该问的话也都问了。

李柯要杨波快讲讲情况,杨波对他摆摆手让他别催,说是先得喝点水,稳稳神,定定心,再好好捋一捋,这样讲起来方便,他们听起来也明白。

"捡重点讲吧。"宁浩东心里早就等不及了。

"那个叫张春亮的人,一直担任三号车间主任。他是6月8日上午死的。"杨波说,"三号车间停产整改后他回老家了,在老家他不能总闲着,那天他吃了早饭就往县城赶,想找点零活儿做,走到半路上突然感到肚子痛,双手抱着肚子痛得在地上直打滚。后来有人打了120,可120还没赶到,他就走了……"

讲到这里,杨波神色黯然:"活生生的一个人,怎么说没就没了呢?苏国强他们都说,张春亮身体一向很好,个子不高,脸又大又圆,双下巴,光头……"

"和我们在三号车间看到的'炸汤圆'好像长得差不多?"李柯好奇地问。

"一个样也还是两个人。"宁浩东接过话头说,"张春亮是6月8日上午死在路上的,明摆着不是我们6月8日晚上在三号车间见到的那个'炸汤圆'……"

"对,说得对。"杨波额上的皱纹紧了紧,不满地看了他们一眼,意思是说得对也不要乱插话。宁浩东抱歉地对他作了个揖,又拍了拍他的肩,让他继续往下说。

"钱大锁、吴少华,还有那个叫施一明的,确实是在6月8日,也就是事故发生以后回去的。"杨波说。

"难道三号车间停产整顿后他们没走,参与了后来的非法生产?"宁浩东在心里打了个大大的问号,"难道他们在事故中侥幸留下了一条命?"

"这么说来，'6·8'事故中确实没有造成四人死亡？"李柯看一眼宁浩东，满腹狐疑。

"听杨波讲。"宁浩东喝了一口水，让自己镇定下来。

"三号车间停产整改后，他们没有立即回去。"杨波说，"是因为科达化工还欠着他们一笔工资，想拿到后再走。"

"那他们就成天在等工资？"李柯问。

"也不是。"杨波说，"他们找钱景，钱景说公司暂时没钱，得等几天，或者他们先回去，到时打到他们的工资卡上，可是他们不放心，非得拿到钱再走。就这样，他们到白桦城里找了份送货的零工做，尽量不让自己闲着，然后三天两头就到科达化工公司要钱。终于在6月7日他们要到了钱，之后就想了结了手上的零活儿尽快回家，6月8日发生的事故，他们根本不知道。"

宁浩东静静地听着，心里却在复盘。

"不过，"杨波突然坐直身子，眼睛也随着身子直了起来，"那个叫吴少华的工人说自己见过'炸汤圆'，吴少华称他为光头矮胖子。"

"那天，吴少华到公司财务那儿讨要工资出来，看见一个又矮又圆又胖的男人进了三号车间。他还以为是张春亮回来做复产准备了，心里埋怨着怎么没人通知他，就跟去了。可是靠近了一看，原来是他之前见过的光头矮胖子，光头矮胖子见了他，说是过来看看，没什么大事。他也就没太在意，陪着光头矮胖子在控制室看了看，就走了。"杨波毫无表情地讲着，像讲一个无趣的故事。

"吴少华以前见过'炸汤圆'？"

"据吴少华说，一个月前的一天下午他突然肚子疼，肚子一疼就得赶紧上厕所，偏偏那天生产区的厕所人满了，他实在忍不住，就抱着肚子往生产区后面高墙边那个不常用的厕所冲去。没想到在厕所边上和一个男人撞了满怀，他开始以为是张春亮，再一看，只是个和张春亮长得差不多的光头矮胖子。这光头矮胖子戴着护目镜，臂下夹着安全帽，好像正和公司那个眉间有块胎记的女清洁工闹矛盾。光头矮胖子看上去很委屈，女清洁工显得更委屈，嘴里不停地唠叨'摆什么谱，有种你不要来向我借'……"

"光头矮胖子向女清洁工借什么？"李柯好奇。

"鬼知道……"杨波正讲着，手机响了。他拿起来一看，迅速做手势要宁浩东他们别发出声音，"嗯啊"了好一阵才把手机放下，脸色却绷得很紧："是苏国强打来的。他说，科达化工有人打电话给他，问最近有没有人和他联系过，都问了些什么。"

"看来，钱景已经发觉了什么。"直觉告诉宁浩东。

杨波、李柯也这么想。

宁浩东带着小肖，找到了庄得祥和爷爷的家。小肖是县特殊学校的手语老师。宁浩东通过县教育局的一位朋友请到她，是想让她和庄得祥好好聊一聊，弄清他为什么最近总是要到开发区、化工园区溜达。那里遍地是工厂，没有什么好玩的，一个小孩不应该感兴趣才对。

这是城乡接合部棚户区一处低矮的瓦房，阴暗、潮湿，非常简陋，家里没什么家具和电器，只有随处可见的空酒瓶。宁浩东进门时，庄得祥正死死地抓住他爷爷的手，眼看房顶，泪水顺着脸颊往下流。黄兰香搂着他的肩，不停地唉声叹气。在他们的对面,一个中年男人蹲在地上,一支接着一支抽烟。

见到宁浩东,老庄擦了擦红红的酒糟鼻子,抹了抹混浊的眼睛,说:"他是我亲孙子,我咋能不要他?可是,我知道我自己,宁可没命,不能没酒,每顿必喝,喝后必醉,醉了后就像死人一样,哪还照应得了他……"说着说着,就放声哭起来:"所以我啊,只能把他送给他妈妈……可是,他……他又不肯走……"用手指了指蹲在地上抽烟的男人:"这是他妈妈新跟的男人……"

男人猛抽了几口烟,把烟头扔在地上拿脚使劲踩了踩,说:"他妈病了,在家躺着,接到老头的电话就让我来接人。我都等半天了,到底走还是不走?我家还有那么多的活儿等我做呢。"

"孩子,你要奶奶来,奶奶来了,也惯过你了,你……你走吧……"黄兰香把孩子搂得更紧了,又从身上掏出二百块钱递给他,"自己收好,别弄丢了,想吃啥自己买……"

"唉,他心里明白着呢,知道黄奶奶对他好。"老庄叹了口气,像换了个人似的,竟然说起黄兰香的好来,"刚才啊要带他走,他哭啊,跳啊,比画着,就是不肯走……原来,他是要黄奶奶……"他怜爱地抚摸着孙子的头:"走吧,时候不早了……"说着,用力把孙子紧抓着他的手往外掰。

突然,庄得祥嗷嗷叫起来,那是从心底发出的呐喊,虽然不是哭,却比哭还伤心,还让人心痛,那双惶恐不安的眼睛乞求似的看着黄兰香……蹲在地上的男人猛然站起喝一声"别磨蹭了",一把拉过庄得祥,庄得祥站立不稳,差点栽在地上。

"你怎么能这么对孩子?"宁浩东刚想责怪那个男人,庄得祥却拔腿跑了出去。等大家反应过来正要出去追他时,庄得祥已经拿着一块碎红砖跑到黄兰香身边,使劲拉了一把她的衣角,然后弯下瘦小的身子在地上画起来。

宁浩东仔细看去，他画的好像是三个人。"这是什么意思？"宁浩东碰碰小肖的左臂，让她和庄得祥聊聊。小肖会意地点点头，蹲到他身边双手比画着，然后扶着他站起来，又用眼神请来黄兰香，一起牵着孩子的手进了小房间。

好半天，小肖带着庄得祥走出来，黄兰香跟在后面不停地抹眼泪。

"走还是不走？"男人阴沉着脸，瞪眼喝道，"我可没时间让你们浪费……"

庄得祥吓了一跳，但还是怯怯地走过去，老庄跟过来把一个包塞到他手里，转身放声哀号……

"孩子，你放心走吧，奶奶答应过你，就一定会帮你找，找遍旮旮旯旯也要找到……"黄兰香又把孩子搂进怀里，泪水滴落在他的头发上。

庄得祥像听懂了似的，使劲地点点头。

男人拉过庄得祥向外走去。庄得祥一步一回头，很不情愿地跟着。突然，他从男人手里挣脱出来，跑回到爷爷面前，"扑通"一声跪到地上磕了个头，又"扑通"一声跪在黄兰香膝下……随后他缓缓站起身，对着宁浩东，对着小肖，深深地鞠了一躬。

庄得祥最终还是跟着那个陌生男人走了。宁浩东看着那越来越远的背影，不舍、悲悯、自责交织在一起。他的眼睛模糊了。

在回去的车上，小肖告诉宁浩东，在和庄得祥的交流中得知，他到开发区和化工园区，是为了寻找他的三个同样是聋哑人的小哥哥。他们认识好久了。他不知道三个小哥哥是从哪里来的，也不知道他们到底姓什么叫什么，只知道他们一直对他很好，他和他们在一起非常开心。可是，三个小哥哥失踪了，他怎么找也找不到。临被带走前，他要黄奶奶过来，是想请黄奶奶继续帮他找他的三个小哥哥……

"你有没有问问他当时失踪的情况？"宁浩东警觉起来。

"问了。"小肖说。

庄得祥比画着告诉小肖，那一天，他和三个小哥哥正在白桦步行街上看热闹，旁边一个头戴鸭舌帽，矮个子、胖身子、圆肥脸的中年男人，不小心把一百元钱掉到了一个小哥哥脚下。那个小哥哥看到后就捡起来还给了矮胖男人。矮胖男人非常感动，就把他们领到一家饭店美美吃了一顿。吃饱喝足，矮胖男人说让他们跟自己走，到工厂里做工，管吃管喝还有工资。对于这些，开始他们没有兴趣，但禁不住矮胖男人蛊惑，慢慢就动了心。可是，矮胖男人嫌庄得祥太瘦小，不肯带他去。三个小哥哥也劝他不要去，承诺每天下班后会去看他。可是，自从被那个矮胖男人带走后，三个小哥哥就再没来找过他，他不知道他们在哪个工厂做工，只好在工厂最多的开发区和化工园区溜达，希望能遇见他们……

听到这里，宁浩东的眉头拧起，想了想又问小肖："他还记得遇到矮胖男人是哪一天吗？"

小肖摇摇头，说："他应该不记得。"想了一会儿说："他说那天步行街上，有个男青年一条腿跪在地上，两只手捧着鲜花，送给面前的一个女孩子，引来好多人围观……这么看，那天应该是5月20日……对，520，表白日……"

又是矮胖男人？宁浩东沉吟着，思索着，他把三个人弄到哪里去了？与科达化工公司"6·8"事故有关联吗？……

第二十九章
豪成撑不住了

丁铠响在海城市参加招商引资项目建设推进会。

会议是由海城市委、市政府召开的，十分重要，规格很高，书记、市长亲自出席，并分别作了重要讲话。两位主要领导都一致重申"发展是第一要务，招商引资项目建设是第一抓手"的理念，同时提出要举办招商引资项目建设"家家到"现场观摩活动，也就是一个月观摩一个县或一个区，有项目看项目，没项目作检讨，实行"一票否决"。市人大常委会主任、市政协主席也都出席，并在主席台上就座。分管副市长汪海通报了全市各县区一月份以来的招商引资项目建设情况，并对"家家到"现场观摩活动作出了安排。白桦县是第一家，时间定为九月份。

正如市委书记在讲话中所指出的那样，本次会议就是要把大家开得如坐针毡，冷汗直冒。会议效果真的在丁铠响身上得到充分体现。尽管会议室内空调调得温度很低，丁铠响身上的衬衫却一直干了湿，湿了干，干了又湿。从会议开始到会议结束，他身上的汗就没有停过，当然是不是全是冷汗他也分不清。这些日子，他大多数时间在外招商，路没少走，酒没少喝，有时欣喜，有时沮丧，像坐过山车一般，很多时候项目似乎就要谈成了，可一觉醒来却犹如煮熟的鸭子又飞了。"唉，这哪像是招项目，简直就是求项目、抢项目。"不过，牢骚归牢骚，招商引资项目建设不能有半点松懈，且不谈年底干部调整，张明凯生病后他这个一直在主持县委工作的副书记、县长，要想成为真正的县委书记还需要项目加持，九月份"家家到"现场观摩活动顺利过关也需要项目支撑。然而，目前在手的项目并不多，拿得出的更是少得可怜。除了海达集团总投资二十亿元的医药中间体项目外，几乎就没有什么像样的项目了。问题是这个项目正式签约的日子李英达迟迟没有敲定，如果再不定下来，何时才能开工？观摩时看什么？即使现在定下来，想有个令人满意的形象进度也很难。想到这里，丁铛响又是一身冷汗。不，一身臭汗。

　　心里一着急，会议一结束，丁铛响就拎起包匆匆往外走。他要给李英达打电话，他要登门求见李英达，他要对李英达表白，只要项目能够正式签约、顺利开工，就是让我丁铛响叫你爷爷也未尝不可……

　　这时，主席台上的汪海却把丁铛响叫住了。其他领导走了，汪海却还没有离开他的位置，显然是要居高临下，为丁铛响开小灶。丁铛响只好站在台下，恭恭敬敬地聆听汪海指示。

　　汪海目光如炬，手指用力地点着，衬托出严肃的语气："老丁，'家家到'现场观摩白桦是第一家，打头阵的，这第一炮你必须给我打响！否则，市委、市政府必须拿你是问！"

丁铛响连连点头表态："请汪市长放心，我一定按照领导的要求好好努力。"他心里没底，不敢把话说得过满。他知道，他的身家性命全押在海达集团董事长李英达的身上。

李英达的电话一打就通。丁铛响小心翼翼地问道："李董在集团公司吗？我想现在就去拜访你。"

"我早已从公司出来，专程来找你了。"李英达出奇地谦恭，"我知道你在市里开会，想把你留住。我急啊，急不可耐，请你帮忙。"

李英达专程来找自己，这是丁铛响没有想到的。不谈这么大的老板，就凭李英达的性格，也不可能随便欠他人一个人情。6月8日科达化工公司出事后，整个晚上他们都在一起，李英达愣是没有提一句要他关照的话。看来李英达是真的着急了，那是什么事这么着急呢？项目的事早被丁铛响排除在外。见面就知道了，丁铛响想。于是，他问："李董你在哪里？我去见你。"

李英达说："我的目标太大，如果到会议室外等你，市领导看见我，肯定要请我到他们的办公室坐坐，哪还有和你说话的机会？我的驾驶员已经找到了你的驾驶员，我正在你的座驾里坐着呢。"

"董事长屈尊了，实在是屈尊了。"丁铛响收起手机，小跑着向停车场赶去。

李英达真的在车内坐着。丁铛响向李英达伸去滚烫的大手，连连说着"对不起"。

一见丁铛响，李英达就埋怨起来，脸色也不好看："丁书记，我的企业上市被你卡住了。"主持县委工作以来，很多人都称丁铛响为丁书记，李英达也不例外。

"卡住了？"丁铛响一个脑袋三个大，"被我卡住了？李董，别开玩笑，我可担当不起啊。"

"我没开玩笑，我也没有闲心思开这种无聊无趣的玩笑。"李英达气得直哼，"我知道有人一直在查科达化工的什么安全事故，查吧，我无所谓，也很淡定。现在的问题是，证监会需要审核科达化工的安全生产情况，也就是要白桦县应急局出一纸证明，可他们就是不出。证明拿不到，我们海达集团上市的进程就受阻了。我的丁书记，上不了市，融不了资，上项目就是个屁！"一直以儒商自居的李英达居然冒出一句粗话。

其实，也难怪李英达。李英达一向坚持"什么事，找什么人""关键人，用在关键事上"，讲究方式方法，从不轻易浪费资源。本来他以为宁浩东这个障碍清除掉后，张艳梅肯定能把豪成摆平，拿到那纸证明。可是，张艳梅偏偏就是那样无能。他不得不火急火燎亲自来找丁铛响。

"李董别……别……别急……"丁铛响一时找不到安慰李英达的话。

"我怎么能不急？"李英达不领丁铛响的情，自顾自发泄着，"就是在一张审查表上签个字、盖个章，有那么难吗？你们白桦这种营商环境，还想招商引资上项目，简直就是扯淡！"

"董事长批评得对，不管出在哪个环节，我都会一查到底，一追到底。"丁铛响拍着胸脯，声音铿锵，态度坚决，"我向你表个态，就在今天晚上，不，今天下午下班前，肯定把证明交到科达化工钱总的手上。"

"好，我相信丁书记的魄力。"李英达推开车门，"那我就坐等你的好消息。证明一拿到，我连夜呈报证监会。"

话一说完，李英达就跨出车子。丁铠响紧跟着下了车，讪笑着追问道："李董，我们那项目……"

"什么时候拿到证明，什么时候正式签约。"李英达淡淡一笑，"丁书记，全看你的了。"

丁铠响得抓紧赶回白桦。他在车里给张艳梅打去电话，想先问问情况。他断定，在找他之前李英达一定找过张艳梅。果然，张艳梅向他汇报，李英达让钱景找过她，她也一直在协调，可是应急局的豪成找出种种理由软拖硬磨，就是不肯出这张证明。豪成是个老资格的局长，她拿豪成实在是没有办法。

丁铠响觉得还是张艳梅的能力有问题，但也不好直说，婉转批评道："那你协调不下来，为什么不向我汇报？你知不知道，海达集团上市被这一纸证明耽误了，我县的项目建设也被耽搁了。"

"丁书记啊，您冤枉我了。"张艳梅娇滴滴的话中蕴含着憋屈，"我想过向您汇报。可是，您一直在外招商，我见不着啊。打电话给您，话还没说完，您要么说在忙，要么就传来呼噜声……"

"不说这些没用的了。"丁铠响打断张艳梅的话，要求道，"你通知豪成，让他立即到我办公室见我，把那张审查表带上。对，把应急局的公章也带上。"

一下午两个电话，直把豪成弄得焦头烂额。

豪成到开发区几家企业检查职工安全培训情况，刚到办公室还没坐下，省应急厅办公室主任给他打来电话，责问科达化工公司的举报核查结论什么时候上报。豪成打着哈哈赔着笑脸，说是向厅里请示过，由于碰到一些特殊情况请求延期上报，厅里也是同意了的。主任很不满意，话也就说得不友好了，前不久来白桦时结下的情分更是抛到了脑后："豪成同志，延期不等于无期。这不仅是态度问题，也是能力问题、效率问题、作风问题。不是我要为难你，是厅领导发火了。厅领导发火，是因为省领导追问了，你懂不懂？领导责问，一封举报信为什么这么难查？举报信背后到底有什么？话我是传到了，要求也提过了，你自己掂量着办吧。"

接完省应急厅的电话，还没回过神来，张艳梅的电话到了。最近，他和张艳梅闹僵了，工作上直接联系几乎中断。张艳梅那边有事，都是政府办二科打来电话。豪成这边有事，也是通过政府办二科转达。一次县政府开会，豪成在会议室门前碰到了张艳梅，正想打个招呼，张艳梅却身子一扭，有意避开了。今天她却亲自打来电话，豪成意识到肯定不是好事。果然，张艳梅不冷不热地说道："传丁书记指示，请你现在就到他办公室见他。记住，丁书记要求你，把科达化工那张《安全生产情况审查表》带上，还要把应急局的公章带上。"一说完，电话果断挂断，整个通话过程没有给豪成说一个字的机会。

豪成脑子再不够用，也能明白丁铛响为什么事召见他。其实，他也知道会有这一天，只是没有想到来得如此突然。怎么办？再用对付张艳梅的办法对付丁铛响，肯定不管用。唯一的办法是能有一个分量十足的理由。当领导的嘴都大，翻过来覆过去，怎么说都有理。丁铛响强词夺理的这一套豪成早就领教过。为提升开发区基础设施建设水平，丁铛响要求每个部委办局都要承担相应的任务，档案局、党史办等单位的领导抱怨说，不是这些任务与本单位八竿子都打不着,而是没有钱,现在工作人员的出差补助都发不起,拿什么完成?丁铛响当即批评道:"有钱谁不会办事?没有钱能把事办成才是真本事。"拍拍桌子又说:"有钱才能办成事的干部满大街都是,为什么非得你来当?"

豪成可以想象得到,科达化工公司近三年因为违反安全生产法律法规受到过行政处罚,存在重大生产安全事故隐患,张艳梅的要求是变通处理,而丁铛响肯定会把这些问题归结为应急局工作不力。他会指责豪成,如果你们工作得力,科达化工公司怎么可能会违反安全生产法律法规?怎么可能会存在重大生产安全事故隐患?你们平时是怎么监管,又是怎样督查的?他不问你的责就是网开一面了。豪成左思右想,觉得现在唯一能让丁铛响作出让步的,就是有证据证明科达化工公司发生了亡人事故。

这样想着,豪成马上给宁浩东打去电话,没有拐弯抹角:"你听着,不要给我来虚的。科达化工'6·8'事故到底是个什么情况?你怀疑的那些有没有查实或者基本查实?我现在比任何时候都需要这些证据。"

宁浩东从豪成的语气里已经听出他遇到了麻烦,但是只能实话实说:"有了一些眉目。不,确切地说,情况已经越来越明朗。你再给我一点时间……"

"可是,没人再给我时间了,"悲壮感从豪成心中油然而生,"我撑不住了……"

丁铛响回到办公室时,豪成还没有到。

"打个电话给豪成,问他还能不能来了。"丁铛响怒火中烧,对跟他上楼的政府办吴主任喝令,"如果不能来,就让他不要来了,我到他办公室去见他!以后这类事,你们办公室也要主动对接,跟踪督查。"

"这豪成也真是,让我跟着挨枪子。"吴主任只能退到门外打电话,豪成那边只是反复传来老掉牙的《潇洒走一回》音乐彩铃,就是没人接听。"搞什么搞,都啥时候了,还有心思潇洒走一回?"吴主任骂道,一抬头,正好看到豪成拎着包走出电梯,就上前拉了一把,让他步子迈得快一点。

"出个证明有多难?"一见豪成,丁铠响就把手边的几个文件夹往旁边一推,铁青着脸,劈头盖脸就是一阵骂,"你眼里还有县委、县政府吗?你心里还有大局意识、全局观念吗?你说,你们应急局是发展的助推器,还是发展的绊脚石?我说过,谁影响了白桦的发展,谁就是白桦的罪人!你豪成,就是罪人!"

看着豪成挨骂受训,吴主任反而觉得难为情。他给丁铠响把茶杯满上,又给豪成拿来一瓶矿泉水,知趣地把门带上出去了。

豪成的脸涨得通红,说:"丁县长,你能不能听我解释解释?"

"有什么好解释的?"丁铠响气粗,声音更粗,"我不想听。"

"不是我不肯出这证明,而是这证明要求很高,我不敢出啊,出了是会有后果的。"豪成还不死心,觉得有些情况必须向丁铠响汇报清楚,"再说,即使我出了,证监会如果到白桦一审核,还是会露馅的……"

"你的责任是把证明出了,证监会会怎样做,那不是你需要考虑的事。"丁铠响一拍桌子,"你给我一个明白话,这个证明你出还是不出?"

豪成嗫嚅道:"出具虚假证明,是要承担责任的。我得对证监会负责……"

"豪成同志,"丁铛响坐直身子,目光冷峻,面容严肃,"我得提醒你,你是白桦县应急管理局的局长,你首先要对白桦县委、县政府负责,对白桦县的经济发展负责。这个证明,你必须出,而且必须作出正面积极的审查结论,不得给海达集团上市造成一丝一毫的影响。"

豪成站在丁铛响的面前,一言不发。

"你不敢,是吗?"丁铛响重重地敲着桌面,双眼直逼豪成,"豪成同志,作为一个领导干部,你的担当精神到哪里去了?牺牲精神又到哪里去了?如果你因为出了这张证明受了处分,被撤职,你仍然是白桦县经济发展的功臣。我会给你打造一个磨盘大的金质奖章,铸上'发展功臣'四个闪闪发光的大字,亲自带队,敲锣打鼓,挂到你家的大门上。如果你拒不出具这个证明,那么,后果你承担得起吗?"

豪成慢慢地抬起头来,看着丁铛响,一副壮怀激烈、视死如归的神情:"丁县长,我豁出去了。这个证明,我出。"

"这就对了嘛。"丁铛响走到豪成身边,拍拍他的肩膀,"我就知道你会识大体、顾大局的,是个值得县委、县政府信任的好同志。"

"不过,我有个请求。"豪成诚恳地说。

"先把证明出了再说。"丁铛响又拍了拍豪成的肩膀,半开玩笑半当真地说,"你不会是要挟县委、县政府吧?"

豪成摇摇头。

"那就出证明吧。"丁铛响催道。

在丁铛响的逼视下,豪成打开提包,拿出钱景丢给他的那张

《安全生产情况审查表》，在科达化工公司已经写上的审查结论下，签上"豪成"的姓名，盖上白桦县应急管理局的公章。

丁铛响打电话叫来吴主任，把表递给他，交代道："你现在就亲自把证明送到科达化工钱景总经理的手上，还要代表县委、县政府表示歉意，说声对不起。"

吴主任带上门走了，丁铛响坐到椅子上，端起茶杯喝了一口水，一边拉过文件夹一边轻松地问豪成："说，什么请求？"

豪成从提包里拿出两张纸，一一送到丁铛响面前："这是我的辞职信和推荐信。我郑重推荐宁浩东同志担任县应急管理局局长。"

丁铛响一愣，推开文件夹，把辞职信和推荐信拿在手上扫了几眼，问道："看来你是有备而来，并且准备了两手。不过，你觉得你现在辞职合适吗？在我看来，你这是向县委、县政府发泄不满。至于推荐宁浩东担任县应急管理局局长，你觉得现实吗？"

"我觉得合适，也现实。"豪成阐述着自己的理由，"继续担任局长，我觉得我不够格。再说，我也快到退二线的年龄了。而宁浩东是县应急管理局局长最合适的人选。对，他被停职了，正在配合组织对有关问题进行调查核实，但是，我相信组织上应该很快就会还他清白……"

"你考虑得有点多了。"丁铛响把辞职信和推荐信退还给豪成，眼皮抬了抬，不屑地问，"应急局长你当与不当，应急局长让谁来当，是你豪成考虑的吗？"

第三十章
自从来了陈达元

  在北京飞往海城的飞机上，李英达竟然没有睡着。这真是很难得。以往只要上了飞机，人很快就会进入梦乡，像小时候睡在摇篮里一样，飞机越抖动，他就睡得越深沉。

  都是企业上市闹的。李英达会心一笑，自我调侃，说来说去还是小家子气，企业敲锣上市指日可待，自己就沉不住气，兴奋得睡不着了，这哪像办大事业的人？

  这次，李英达是专程赴京报送科达化工公司安全生产情况证明的。最后一份材料提交了，他这边的所有工作都做完了，就等证监会发文，排定敲锣的具体时间。那天，证监会的一位领导接过李英达送上的证明，只是扫了一眼，就握着李英达的手使劲地摇着："我们就认签字和公章。你们企业上市没有问题了。预祝海达集团成功上市，大展宏图。"

  其实，宏图早已在李英达的心中展开。他曾无数次问自己，假如我不下海，现在能到什么级别？答案是，他原来所在的海城市发改委只是一个正处级单位，中层人数多，领导职数少，何况几乎每个人都有背景，所以发展再好也不过是一个副主任，也就是副处级。而现在不同了，上市企业的老板，全市全省全国又能有几个？对财富的追求已经达到极致，下一步该在政治上有所建树了。现在看来，搞行政工作不太可能，而在人大、政协谋个职位应该还行。他掐指算了一下，企业现在上市，到市人大、市政协换届还有几个月的时间，时机应该是赶得很好。

不过，企业上市也给李英达带来了烦恼，这不，在飞机上就没能美美地睡上一觉。还有就是马上敲锣开盘了，需要请哪几个头面人物到场？市长是要请的，汪海副市长是要请的，白桦的张艳梅也是要请的。问题是请了张艳梅，丁铛响是请还是不请？不请，说不过去；请，心里不太情愿。丁铛响这人做事总让人不舒坦。当然，请也行，毕竟有项目落户白桦。项目落户白桦，对丁铛响来说是政绩，对李英达来说是财富的增长点，也是拿捏丁铛响的一个抓手。这个项目虽然总投资号称二十亿，但是最终能到位多少个亿天才知道，反正主动权在我手上，就看你听话不听话……

胡思乱想中，飞机平稳地降落在海城机场。下了飞机，李英达远远地看到小颜站在出口处等他。也许是太高兴了，他竟微笑着挥挥手和她打招呼。他是很少主动这样做的，弄得小颜有点不习惯了。小颜激动地走过来，接过他的包，他竟伸手在她屁股上捏了捏。小颜更是吓住了，回过头来朝他吐了吐舌头。他随意地说了句"高兴"，小颜也就心领神会了……

这时，手机响了。李英达一看，是张艳梅打来的。

"是我,我正准备向你报告喜讯,企业上市搞定了……"没等张艳梅开口,李英达抢先说道。

"你现在说话方便吗?"张艳梅似乎对李英达的喜讯不感兴趣,怏怏地问道。

"方便,你说。"李英达应着,脚步往人少的地方移了移,小颜也识相地走到了一边。

"我告诉你个信息,"张艳梅说,"宁浩东问题的调查核实结束了……"

"好啊,太振奋人心了。这是送给我们企业上市的一份厚礼。"李英达手在腿上一拍,"什么时候采取留置措施?是今天,还是明天?"

"你等我把话说完再激动好不好?"张艳梅有点生气了,"调查核实的结论是,所有问题都不存在。"

"不……不存在?"李英达急了,"怎么可能不存在?在反腐力度空前的形势下,难道有人对他包庇纵容?你不会搞错了吧……"

"不会搞错,"张艳梅说,"情况通报明天就会向社会发布。纪委也已经找他谈过话,恢复他的职务了。纪委明天上午还要在应急局召开情况通报会,澄清事实,为他恢复名誉,已经通知我参加了。我知道他们为什么通知我参加,还不是因为他刚停职时,我要求召开了警示教育大会……"

"怎么会这样?"李英达不禁问道。

"你问我,我还要问你呢。"张艳梅气呼呼地说,"汪市长一再交代,提供的事实依据一定要翔实确凿,这样纪委才能办成经得住历史检验的铁案。可是你呢……"

"事实依据不应该出问题啊？"事情为什么会办得如此糟糕，李英达就是想不通。

"好了，我不和你说了，我得赶到省城办事。"张艳梅舒了一口气，"事情已经到了这一步，我要提醒你的是，不能再大意了。停职期间宁浩东就不消停，现在放虎归山了，谁知道还会怎样闹腾。"

"我……"李英达还想说几句，张艳梅已经把手机挂断了。

李英达的心情犹如陨石坠地，一落千丈。回过头来想想，收拾宁浩东这件事好像从一开始就办得不够利落。本来，自己的目标是一步到位，直接把宁浩东办进去，何况汪海听了汇报觉得证据足够，协调的关键人物也很给力，可是到头来却是一个停职、配合调查核实有关情况，这就给翻案留下了空间。不行，我得找吴二，收了钱，事没成，得向他要个说法。江湖有规矩，谁也不能坏了规矩。想到这里，李英达就掏出手机，要给吴二打电话，号码拨到一半，觉得这样是不是太给他面子了，就让小颜打，说李董要和他见一面。

"是不是约他到您的办公室？"李英达接了个电话就心情突变，小颜正在纳闷，现在终于猜到了几成原因。

"我的办公室是他这种人能进的吗？"李英达呛了小颜一句，"就让他到海城广场十九层集芳园茶社，开个包间等我，我马上到。"

海城广场是海城市最大的城市综合体，十九层是休闲娱乐的极好去处，有饭店、棋牌室、KTV、浴城、咖啡厅、酒吧，当然也有茶社。小颜电话打通后，说了李英达的意思。吴二乐了，说他正在十九层，现在就到集芳园恭候李董。

李英达到了广场大厅,正往电梯口走。突然,有人拉了他一把,本能地回头一看,原来是海城市应急局副局长潘祥。

潘祥笑呵呵地说:"荣幸,荣幸,能遇到李董真是太荣幸了。"

"见一个客商。"李英达搪塞道。说实话,李英达从来就没有把潘祥放在眼里。潘祥就是一个天上飘来一片雪花都怕砸伤脑袋的人,可偏偏又喜欢讨好卖乖。上次请他约宁浩东吃饭,临到最后他还是编了一个理由没有到场。但是,李英达也不想太冷落他,毕竟他仍在市应急管理局副局长的位置上。

"我也正好有个私人活动。"潘祥把李英达往旁边拉了拉,又四下看了看,这才神神秘秘地说,"我昨天到省厅开会,碰到赵愚赵专员了……"

李英达一听,就知道他有话要说。

"他告诉我,省领导发火了,要求查点你们科达化工公司的举报信调查核实的结论为什么还没有上报。"潘祥压低嗓门说,"我知道你压力很大,就做了一些解释工作。他言语中还有怪罪我的意思,说是他曾要求我协助督查。"他不以为然地淡淡一笑:"笑话,我怎么协助督查?我与你李董作对?打个比方说,当年计划生育抓得紧,人家丈夫让老婆怀上了,乡村干部不管,我老婆去过问算咋回事……"

李英达早就意识到举报调查核查结论不上报,事情就了结不了,早晚是个事,果不其然,省领导关注了,这事就有点麻烦了。正想着,潘祥又说:"宁浩东停职了,下一步肯定是进去,这是老天在帮你忙啊。"顿了顿,继续道:"这个宁浩东人并不坏,就是认死理,如果不是组织上让他停职,科达化工公司的事肯定兜不住。现在呢,能拖就拖几天,拖到那个叫陈什么栋的工人在

ICU满三十天,拖到海达集团顺利上市……"没等李英达完全反应过来,潘祥歪歪头,双手插进裤兜里,摇摇晃晃进了电梯,就在电梯门要关闭的时候,却又走了出来,对李英达招了招手。

李英达不慌不忙走过去,开玩笑道:"潘局长还有什么指示?"

"哪有什么指示。"潘祥四处看了看,"忘了告诉你,国务院安委会安全生产督导组来我省了,你可不能撞到枪口上……"说罢,又摇摇晃晃进了电梯。

李英达的心情更沉重了。潘祥的话中最起码透露了三个重要信息:一是省领导在关注举报的核查结论;二是陈一栋已经在事故中死亡这事连潘祥都知道了,看来再瞒下去有风险;三是国务院安委会安全生产督导组来省里……另外就是宁浩东,如果潘祥知道他不会进去,肯定也认为他还会折腾,还会兴风作浪……心情沉重,步履也就沉重起来,李英达那种潇洒劲儿荡然无存了。

吴二一直站在电梯口恭候李英达,一见面就拱手作揖往包厢领。这是一个看上去文质彬彬的年轻人,梳着如今不再时髦的小分头,戴着一副金丝眼镜,小脸小鼻小嘴,加上一副小身材,看上去就像深得学生喜欢的乡村教师,左打量,右思量,你都无法将他和混社会的黑道人士联系上。

吴二做了个请的手势,要李英达坐下,然后热情介绍道:"我准备了龙井、铁观音、普洱……"

李英达手一摆打断了吴二的话,脸板得像一块磨刀石:"我问你,宁浩东是怎么回事?"

"宁浩东不是办掉了吗?"吴二头一抬,眉头一锁,"那事不是了结了?"

"我告诉你,宁浩东复职了。"李英达没好气地说。

"为什么?"吴二信誓旦旦,"我经办的事肯定没有问题,要有问题也是他有人。对,他曾经跟在张明凯的后面,肯定是张明凯帮的他……"

"你能确定你经办的事没有问题吗?"李英达又重复了一句,声音更加沉闷了。

"确定,不会有问题的。"吴二说,"合同是真的,发票是真的,纪委找贾京鸣谈话取证他说的也相互印证,没有任何问题……"

李英达对吴二冷笑道:"既然如此,你把贾京鸣叫过来,让他找纪委申诉,或者向媒体举报纪委包庇纵容腐败分子……"

"大哥,我上哪找啊?"吴二对着胸口捶了一拳,懊恼道,"我大意失荆州,给他找了一个安全的地方待着,又安排了一个兄弟看着他,可是他和那个兄弟都不见了……"他脸一变,又喜滋滋地说:"贾京鸣跑掉了也好。你不觉得纪委那边也会寻找他吗?我们找不着,纪委肯定也找不着。"

"这倒也是。"李英达也觉得纪委寻找贾京鸣的可能性很大,由此看来贾京鸣失踪了反而真是好事。

"我倒觉得你应该面对现实。"吴二慢条斯理地倒了一杯龙井,又倒了一杯铁观音,最后倒了一杯普洱,将三杯茶都排成一排放在李英达面前,"我们可以把买卖继续做下去……"

李英达直勾勾地看着吴二不说话。

吴二用两根手指捏起一杯龙井,送到嘴边一饮而尽,然后把空杯猛地往桌上一顿:"这是我们做完的第一笔买卖,已经两清了，我希望大哥不要再提。"在吴二嘴里，刚才的李董现在成了大哥。

"什么是第二笔买卖？"李英达问道。

"第二笔买卖……"吴二用三根手指夹起一杯铁观音，手上一用劲，茶杯"咔"的一声被捏成碎片，茶水也洒在桌上，"宁浩东不是又出来了吗？我叫他……"

没等吴二说完，李英达连连摇手，半天才说道："你不要乱来，不能乱来……看着点就行……不到万不得已……"

"大哥不要说得那么清楚，小弟明白了。"吴二冲着李英达一拱手，"大哥你什么都没说，什么都没说。"

"是啊，我什么都没说啊。"李英达呼应道。

"第三笔买卖……"吴二用五根手指提起一杯普洱，在手上把玩着，茶水却一滴不漏，"到底做不做，我还没有考虑好……总是觉得油水不大……"

"你说明白点儿。"吴二的言谈举止让李英达难以捉摸。

"钱景专程跑来找我，说是公司老厂房前两天坍塌了，让我找几个兄弟去清理清理……"吴二慢慢悠悠地说道。

"坍塌了……"李英达的心"咯噔"一下，"他怎么能不向我汇报，又怎么能擅自行事轻举妄动？那会出问题的！"

吴二邀请李英达一起共进晚餐是真心的，但李英达没有这个心思。他要见钱景，就现在，刻不容缓。不过，他不想把钱景召到海城来，也不想通电话，他要来个突然袭击，到科达化工公司去撞门。在企业即将上市这个关键时段，李英达倒要看看钱景在位不在位、尽责不尽责，倒要问问钱景背着自己在搞什么名堂、玩什么把戏?

钱景是嫡亲姐夫,对自己还算忠心耿耿,他用了并不后悔,可是用了那个叫陈达元的死胖子,却是一念之差听信了钱景的建议;也正是用了那个死胖子,才酿成今天这种严峻的局面,他就不得不迁怒于钱景了。一想起那个死胖子,李英达就恨得牙根发痒,就对钱景充满愤恨。这些日子,他努力让自己忘掉陈达元,像一只鸵鸟把整个身子埋进沙子里,可是刚才吴二却提起了那幢老厂房,让他不由自主地又想起老厂房里的两个旧车间和死胖子陈达元。

三月下旬的一天,钱景给他打来电话,说是想给他引荐一位能人。傍晚时分,钱景把人带到了李英达的办公室。来人就是一个肥胖版的"三寸丁",浑身上下圆滚滚,头皮光亮圆溜溜,手腕粗壮圆嘟嘟,规规矩矩,毕恭毕敬,双手顺着裤缝直直地垂下,像极了站军姿的学生,一动不动地立在离李英达一米远的地方。

钱景双手把一张小纸片送到李英达的手上。小纸片实际上是一封信。写信人李明进是李英达的好兄弟,也是钱景的好朋友,不过如今在省第二监狱蹲着。他说介绍一个能人给两位哥哥,此人可用,望收留。

"坐。"看完信,李英达手朝沙发一指,要来人坐下。

"是,谢李董。"来人转身坐下,后背挺得笔直,双手平放在膝盖上,眼睛直视着李英达。

"叫什么名字?"

"陈达元。"

李英达一听,顿时想起南方人爱吃的汤圆,差点笑出声来,心想,你不该叫陈达元,叫陈汤圆才最为合适。

"这信你是怎么带出来的?"李英达扬了扬纸片,问道。

"我藏在鞋子里带出来的。"陈达元老老实实回答。

李英达又问:"是李明进叫你来找我的?"

"信是李大哥写给两位哥哥的,但是李大哥让我不要直接来找您,而是让我先去找钱总钱大哥,说是得先过了钱大哥那一关。钱大哥满意了,就会带我来见您。钱大哥如果不满意,肯定会打发我回去。"陈达元充满感情地说,"李大哥对我很好,从来没有欺负过我。他还说,您和钱大哥一定会收留我的。"

李英达从座椅上站起来,走到陈达元的面前,又打量了一番:"你是犯了什么事进去的?"

"我在山东一家化工厂当车间主任,因为偷埋危废进去的。"陈达元也不隐瞒,"那家企业后来关闭了,我人出来了,但肯定是回不去了。"

"告诉李董你在化工厂工作了几年。"钱景在一旁提醒道。

陈达元也不看钱景,立即回答道:"报告李董,我在化工厂工作了十三年,当车间主任九年。"

"看来你还真是个能人。"李英达点头笑道。

"不敢当,不敢当。"陈达元谦虚道。

"好,情况我知道了。"李英达又看了陈达元几眼,便叫小颜来一下,让她带陈达元先到楼下职工餐厅用晚餐,用好晚餐再带他过来。

小颜把陈达元带走后,李英达便关上门,就到底留不留这个能人和钱景商量了一番。以往李英达遇到事情是从来不和钱景商量的,这次不知哪根筋搭错了,不但和他商量了,而且采纳了他的建议。

半个小时后，小颜把陈达元带来了。陈达元还像先前一样站在离李英达一米远的地方。

这次李英达没有让陈达元坐。

"我可以收留你，但是我有几个条件。"李英达后背纹丝不动靠在座椅上，双手抱在胸前，目光直视着陈达元："能答应，你就可以留下来，工资待遇你尽可放心，一定让你满意。不能答应，你可以在我这儿玩几天，然后我给你一些盘缠，你另寻高就。"

"只要您能收留我，什么条件我都可以答应。"陈达元忙不迭地表明态度。

"不要勉强自己。我李某人从来不强人所难。"李英达摇摇头说。

陈达元不敢再说话了。

"我的条件也不苛刻。"李英达放慢语速，一字一句地说，"第一，不要办理身份证。第二，不要办理手机卡。第三，不要随意和外人联系。第四，不能说的不说，不该问的不问，要严格保守公司秘密，做到守口如瓶。"见陈达元一时反应不过来，就停了一会儿，等他缓过神来才接着说："我们生产的是高科技军工保密产品，主要原料都是编号管理，你能理解吗？"

"我能理解，条件也能全部答应。"李英达提出的竟然是这样几个条件，完全出乎陈达元的意料，他当即表示无条件接受，没有二话。

"那就好。"李英达点了点头，让陈达元坐下，然后又说，"因为生产的是高科技军工保密产品，所以得神不知鬼不觉。我

369

和钱总商量过了,地点就在科达化工公司原来的老厂房,那里有两个旧车间,一间存放原料,安排工人吃住,另一间用作安装设备,组织生产。工人由你招,实行封闭管理。我们是完全信任你的,也希望你不要让我们失望。"

陈达元立刻直挺挺地站起来,保证道:"李董请放心。您是在我走投无路的情况下收留我的,我一定肝脑涂地、舍命相报。"

"没有这么严重。"李英达走到陈达元身边,拍了拍他的肩膀,"好样的,那你就准备上班吧。"又指了指钱景:"所有的一切,都得听从钱总的安排。"

"是。"陈达元一个立正,答应道。

"对了。"李英达突然问道,"你什么文化?"

"我……我……"陈达元愣了一下,才不好意思地说,"初中上过一年……"其实,他是化工学校毕业的,但他留了个心眼,没有说实话。他想,既然生产的是"高科技军工保密产品",李董和钱总肯定希望他什么都不懂。

"没事没事,很好很好。"李英达舒了一口气,"生产工艺不复杂,你就按照我们要求的流程操作就行了……"

"李董,我有一个请求。"陈达元吞吞吐吐地说,"我……我离开老娘已经四年多了,我想回老家看一眼娘,顶多三天时间就回来……"

李英达皱了皱眉头,但还是动了恻隐之心:"我也是一个孝子,理解理解。"就这样,三天之后陈达元回了科达化工公司。那时,钱景已经在老厂房把生产的准备工作做好了,陈达元物色了几名工人,很快就投入生产,质量也达到了要求。因为是老厂房，到了五月底雨水多起来，房顶经常漏水，墙壁也摇摇欲坠，钱景害怕出事，就向李英达请示，能否暂时搬到已经停产的三号车间生产。李英达考虑来考虑去，觉得可以是可以，但是得把三号车间隐患整改到位、可以恢复生产的手续拿到手，这样才能遮人耳目。李英达还再三叮嘱钱景，搬到三号车间生产是暂时的，得抓紧偷偷地把老厂房维修好，尽快搬回来生产。没想到移到三号车间生产没几天，竟然发生了事故。没来得及维修的老厂房也坍塌了，钱景既没向自己汇报，也没向自己请示，就私下联系吴二想把废墟清理掉……

车子很快就到了科达化工公司。看到钱景的办公室亮着灯，李英达心里的怨气稍稍消解了一些。

钱景正在网上闲逛，听到有人敲门，骂骂咧咧地打开一看，吓住了："董……董事长，您……您怎么来了？"

"来看望看望你，不行吗？"李英达阴沉着脸问道，"那幢老厂房是怎么回事？"

钱景一惊，心想，我正在寻思怎样汇报，他怎么就知道了？没等钱景回话，李英达紧接着又问道："为什么要瞒着我？你究竟还有多少事瞒着我？"

"不敢，我不敢。"钱景定定神，老老实实地回道，"就是在前几天的狂风暴雨中坍塌的……那天，你姐病了，我回去送她去医院，坍塌的时候我也不在公司，当时也没有人发现……"

"那什么时候被谁发现了？"李英达问。

钱景就把政府12345热线电话接到群众报告，吴正海按照丁铛响要求，夜里核查时偶然发现的情况说了一遍。

李英达在心里琢磨了一下，觉得不放心，便问道："吴正海怎么就能发现？除了吴正海，还有谁到过坍塌现场？"

"当天晚上是销售部小柏值班，吴正海来了之后，也是他接待的。吴正海是怎么发现的，他也说不清，很可能真的就是偶然吧。他告诉我，是三个人到现场的，不过他只认出了吴正海，其他两个人都穿着雨衣，戴着安全帽，他也看不清……"钱景回忆道。

"那三个人中会不会有宁浩东？"李英达最怕的就是宁浩东到了现场。

"不会，不会。"钱景摇了摇手，"他停职在家，又是深更半夜，刮风下雨，他发什么神经……"

"大意不得啊。"李英达感叹道。

钱景继续详细汇报，不敢有半点疏漏："我是夜里接到小柏电话的，第二天一早就赶到了吴正海家里。从他的话语中我没有发现什么不正常，他告诉我情况查清了，向丁县长作了汇报就算了结。不过……"

"不过什么？"李英达用手指敲了一下桌子，要钱景说清楚。

"不过，他越这样我就越不放心。"钱景战战兢兢，"果然，小柏上午找到我，说他也是突然想起来的。那天好像其中有一个人用手机拍照了，还不是拍了一下两下……还有……还有就是这两天，总是有一架无人机在坍塌的废墟上方盘旋，不知在干什么……越是这样，我越不敢向您汇报……我怕夜长梦多，就私下里联系了吴二，想请他安排几个弟兄过来把这堆建筑垃圾清理掉……"

"你这不是此地无银三百两吗？"李英达骂道，"笨，笨到家了。"

突然，敲门声传来，两人同时向大门看去。钱景犹豫着，拿不准是开还是不开。李英达对他摆了摆手，示意他去开，自己一本正经地坐到了沙发上。

进来的是一个女人。

女人很瘦小，脸色在灯光下显得格外灰暗，额头上还有一块褐色的疤痕。她胆怯地站在门边，低垂着眼睑，手绞着衣角。

钱景向李英达介绍道："陈一栋的女人，在职工食堂帮工。"

李英达瞥了一眼，没有说话。

钱景说："你有事吗？"

"我……我想问问，我男人怎么样了？求求你们和医院说一声，好歹让我看一眼……"说着，女人抽泣起来，"我还是他刚出事时，你们让我隔着玻璃远远地看了他一眼……"

"是这样啊。"钱景说，"医院不让你看，也是为了小陈好好治疗，应该没事的。"说罢，就让陈一栋的女人快走。

陈一栋的女人抹着泪，又磨蹭了一会儿才哽咽着离开。

"差不多一个月了，是该让她见最后一面了。"李英达说，"你说话也不能太绝对，谁能打包票说她男人不会死？吹吹风，让她有个思想准备，到时还能容易接受一些。"

"就怕到时……"钱景也担心起来，"虽说过了一个月不作亡人事故统计……"

"你的担心不无道理。"李英达说，"可以肯定的是，宁浩东又会大做文章。"

"宁浩东？他还管事？"钱景吃了一惊，"难道他没事了？"

李英达"嗯"了一声。

"那……那坍塌的废墟还清理吗？"钱景忙问。

李英达拿起桌上一瓶矿泉水使劲一拧，盖子一开，水也洒了一手："清理，不但坍塌的废墟要清理，堆在西北边废水沟里的炉渣也要清理。不过，不是你这个清理法……"

　　钱景不敢吱声了。

　　李英达打开手机轻轻一点，一个画面出现了，在省城紫薇花园张艳梅和汪海正偎依在床头谈着什么。原来张艳梅说到省里办事，是办的这种事啊。他退出画面，心里拿定主意，明天起个大早，像上次那样撞上门去找他们。

　　这时手机猛然响了。李英达瞅了一眼，吓了一跳。原来是汪海打来的。难道他发现我偷窥他们了？李英达心怦怦直跳，手也抖起来。接通电话，汪海的话直冲耳膜："李董事长，明天上午我走高速从省城回海城，要路过白桦服务区，你和你亲姐夫钱景一起过来，我有事要问你们……"

　　李英达一夜没有睡好，反反复复地揣度汪海明天要问什么，并且还要带上钱景。不过李英达也拿定了主意，不管他问什么，该请汪海出面的还得请。对汪海，此时不用，更待何时？何况为我李英达，也是为他汪海自己。

　　具体的见面时间汪海没有定，李英达也不好问，不过他有他的办法。早餐之后他打开手机，悄悄地翻看了画面。张艳梅是六点半和汪海吻别的，汪海是七点半出发的。由此算来，汪海可能在九点左右到达。所以，李英达带上钱景八点五十就到了。钱景一言不发，一脸心思，李英达猜得出，估计也是为汪海为什么要自己和李英达一起见面而惶惶不安。

　　汪海的车果真在九点十分就到了。汪海板着脸走下车，李英达、钱景忙伸出双手笑着迎上去。

李英达摇着汪海的手说:"我在里面的茶坊订了个包间……"

"这一大早的,不要喝茶。"汪海就站在服务区旅客休息区的门厅外,摸了摸鼻子,说,"不进去了,就在这里好。"

李英达明白汪海说"这里好",是因为此处离海城只有四十五分钟车程,离白桦城区更近,这个节点上是很难遇到熟人的。

汪海放下摸鼻子的手,掏出一支烟叼在嘴上,钱景眼疾手快,赶紧打着打火机把烟点上。

汪海深深地吸了一口,又轻轻地吐出烟雾,问:"钱总,你让宁浩东看到的那张端午节打点明细,到底是咋回事?"

"什么?"钱景一愣,心头一紧,脸上一红,"我……我……"就是说不出话来。

"什么明细?"李英达一时也没有反应过来,"你把什么给宁浩东看了?"

"不要对我说没有。"汪海淡淡一笑,"我早就得到这个信息了,起初没有当回事,但现在又往上面捅了。"

"是……是这样的……"钱景浑身战栗,语无伦次,"出事的那天,我……我假借把'安全生产月'活动计划拿给宁浩东看,有意把……把清单拿出来,我是想让他知道我们公司和领导的关系很铁,很不一般,想把他镇住……事实上还是起了点作用的,他就没敢把公司的事向张明凯汇报……我也只是让他看了一眼,就抢回来了……"

"我听明白了。"汪海又摸了摸鼻子,哈哈笑起来,"你好聪明,生怕别人不知道你们上面有人。哈哈,就像有些女人,和一个有权有势的男人好上了,上了床,就到处张扬,好借势谋她的利……这也是一种狐假虎威吧……"

李英达把眼镜从鼻梁上拿下，再掏出一张纸巾擦拭着，既没有训钱景，也没有说话。

"害人，害人啊！"汪海把烟头扔到地上，又用脚踩了踩，"我倒要看看眼下你们怎么收场？以后谁还敢和你们打交道？"

"这个……我知道是怎么回事，汪市长误会了。"李英达把眼镜戴上，身子向汪海倾了倾，不好意思地笑道，"其实，那只是我们打点的计划，后来并没有去办。"

钱景也反应过来了，赶紧呼应道："是的，是的，那只是我们的计划，并没有真的去做……"

"哦，那只是计划？"汪海再一次习惯性地摸了摸鼻子，"做了计划，不去实施，总得有个原因吧，否则谁信呢？"

"有原因啊，"李英达抢着说，"汪市长，原因跟您有关啊。那天，我去向您打点，您不但没有收，反而把我狠狠地批评了一顿，难道您忘了……"

汪海把刚刚摸过鼻子的手嗅了嗅，心领神会地点点头："好像是有这么回事。"

"被您狠狠批评过后，我就深刻反省，觉得这样非常不对，所以就打电话给钱景，让他不要去打点了。"李英达说得像真的一样。

"是的，汪市长。"钱景说，"如果真去做了，这张单子肯定不会放在身上的。"

"既然是这样，那我也就不多问了。"汪海轻松起来，脸上也有了笑容，"反正不管谁问起，你们要实事求是地汇报。"

"那是肯定的。"李英达拍着胸脯保证，"实事求是，一是一，二是二。"

"那就好。不过,你们以后也要当当心。据说,你们在外面打点得不少,影响大了不好……"汪海说着就要上车出发。

李英达连忙请求道:"汪市长,请稍等一会儿,我还有件事请您协调。"

"你说。"汪海看着李英达,又抬腕看了一眼手表,"抓紧点。"

"你知道的,我们和白桦合作的二十亿的项目,已经正式签约。"李英达说,"我们想两步并作一步走,早点开工建设。"又说:"海达集团马上就要正式上市,上市后资金会非常充裕,总得往项目上投吧。"

"这是好事啊。"汪海说。

"我们想边办立项、规划等手续,边抓紧把那块预留的项目用地整理好,'三通一平'先做起来。"李英达对汪海拱拱手,"所以想请汪市长帮助协调协调……"

"打什么哑谜?"汪海有点不耐烦了,"要我做什么明说。"

"就是想请汪市长和丁县长说一声,请他和自然资源、规划建设、行政审批等部门提个要求,不要以手续不全干预我们,我们想把预留的项目用地整理好,开工建设新厂房……"李英达说。

"这好办,我上车就给他打电话。我还要让他到省里跑跑,尤其是应急管理厅那边先拉拉关系,据我所知,危化品生产许可证等证照是要向他们申办的。"汪海答应着。

"那先谢了。"李英达不停地拱手致谢,"烦请汪市长从百忙中抽时间到我们海达集团,到科达化工公司调研指导。"

"我会的。"汪海说,"外面有风声说我和你们不清不楚。在这种情况下,我更要大张旗鼓地关心你们,支持你们,为你们企业大发展、快发展开绿灯。我要三天两头地到你们企业搞调研、作指导,每次去,我得让老邢给我把报社电视台的记者叫上。老子我不低调了。"

"汪市长就该这样做,否则就是叫……"钱景在脑中搜索着合适的词,"对,就叫'此地无银三百两'。"又说:"你还记得我们海城市原来的徐市长吗?他调到省住建厅后没多久,海城都在传他被省纪委双规的消息,传得有鼻子有眼。后来,徐市长,不,那时叫徐厅长了,带了一帮人,浩浩荡荡的,到海城市下面所有的县区都调研了一遍,足足花了十多天时间,还不是想告诉海城的各级干部,他徐厅长平安无事……"

"我们还是听汪市长作指示吧。"李英达打断了钱景的话,因为他举的这个例子不好。他说的是事实,可是徐厅长调研结束一回到省住建厅就被省纪委带走了,这也是事实。

汪海笑笑,对李英达说:"指示没有,倒是那个宁浩东……"摸了摸鼻子,叹了一口气:"我原本以为这次宁浩东的案子一定会办成铁案,可最后还是遗憾收场。教训不可谓不深刻啊,吃一堑长一智还是需要的。"说罢,对李英达摆了摆手,让他不要送了,径自向车子走去。

看着汪海远去的车子,李英达转身指着钱景的鼻子,气得半天才冒出一句:"你……你……你真聪明……"

第三十一章
"您拨打的电话已停机"

周雅婧八点就赶到了县应急管理局。

九点,县纪委监委将在这里召开宁浩东同志有关问题调查核实情况通报会,夏卫东要求她牵头做好会务工作。宁浩东的问题终于查清,组织上也终于还他清白,作为一直参与调查核实的纪检干部,周雅婧很开心,体会到的成就感比惩处了一名有问题的干部要大得多。在县检察院工作时和转隶来县纪委工作后,她曾和同志们一起,先后将八名科级领导干部送进监狱,那时更多的是感到痛心。

八点半的时候,豪成来到会议室,察看了一下会场准备情况,问周雅婧:"宁浩东是你们纪委负责通知的?"

"是啊,有什么问题吗?"周雅婧问。

"没有问题,没有问题。"豪成嘴里这样说着,心里却在想,他办公室的门到现在还没开,按理不应该啊?

其实周雅婧心里也一直在打鼓。虽然今天早上七点，给他发过问候微信后，她又一次提醒了他。可是，按说这个时候他该来了啊？"想到这里，周雅婧的心不由紧张起来。

昨天下午，县纪委常委会专门听取了宁浩东有关问题调查核实情况的汇报。周雅婧也列席了会议。会议经过研究，作出了五项决定。一是起草网络舆情，以及陈益宁反映宁浩东同志有关问题的调查核实情况通报，通过《白桦发布》等网络媒体实事求是地向社会公开，并以文件的形式印发至各乡镇、各区园、各部委办局。二是联合县应急局，召开宁浩东同志有关问题调查核实情况通报会，澄清事实，消除影响，恢复宁浩东同志的名誉，释放为干事、担当者撑腰，向诬告、构陷者亮剑的强烈信号，着力发挥正面激励作用。县委常委、县纪委书记、监委主任韦国庆同志参加，同时邀请县政府分管应急管理工作的张艳梅副县长也参加。三是协调县公安局，查找贾京鸣的下落，一定要查清贾京鸣蓄意陷害宁浩东的目的和经过，以事实为根据，以法律为准绳，严厉打击，从重惩处。将陈益宁恶意诬陷宁浩东的违法事实，移交给县检察院。四是请韦国庆同志将县纪委常委会研究决定的精神向县委作出报告。五是请夏卫东同志代表县纪委与宁浩东同志谈话，宣布撤销先行对他作出的停职决定，做好安抚和情绪化解工作。

是周雅婧电话通知宁浩东来县纪委谈话的。周雅婧明显感到宁浩东接到通知时很淡定，前前后后只说了三个字"知道了"，弄得周雅婧都有点扫兴。

宁浩东是按照要求准时到达的，既没有提前，也没有迟到。谈话的地点仍然是县纪委第二谈话室，这是最近以来他第三次来这里了。

夏卫东在门前等候宁浩东。见宁浩东到了,她微笑着热情地伸出双手和他握了握,把他引到座位上,又让周雅婧倒茶。

宁浩东表现得很平静,脸上没有什么特别的表情,也没说什么话,坐下后就安静地看着夏卫东。

夏卫东对宁浩东点了点头,说:"我们开始吧。"接着就是程序性的几句话,然后是宣布撤销先行对他作出的停职决定。当然,夏卫东还说了一些肯定的话,同时向宁浩东传达了县纪委常委会研究决定的精神,尤其是县纪委监委决定第二天上午在县应急局召开通报会的情况,让宁浩东准时参加,并表现出良好的精神状态……说到这里,夏卫东还右手握拳在宁浩东眼前挥了挥,做了个"加油"的动作。

"我就讲这些。"夏卫东收住话头,非常亲切地征求宁浩东的意见,"浩东同志,有没有什么要对组织说?可以放开来说,我们有这个耐心听。"

一直埋头记录的周雅婧也停下敲打键盘的手,向宁浩东看去。在她的印象中,这类谈话最后,当事人一般是有话要说的,往往是道不清的委屈,提不完的要求,表不尽的感谢……当然,这些都是可以理解的。那么,宁浩东此时又会说些什么呢?

宁浩东把放在桌面上的手往怀里收了收,抬了抬头,抿了抿嘴,身子在椅子上动了动,说:"大家都很忙,没有必要专门为我召开通报会。"

夏卫东一愣。她没想到,宁浩东说出的竟是这样的话。接着她就反复做宁浩东的工作,可是,宁浩东就是转不过弯子,反复强调说:"之前耽搁的时间太多了,让我尽快投入工作比什么都好。"

夏卫东严肃地说:"浩东同志,召开通报会并要你参加,这是组织的决定,也是组织对你的关心,你应该理解组织的良苦用心。"

"那好吧。"宁浩东说完这三个字,站起身就要出门。

"请等一下。"夏卫东先去把门锁上,然后来到宁浩东身边轻声说,"宁浩东同志,我要转达省市纪委对你的感谢。"

宁浩东抬起头看着夏卫东,满眼诧异。他不知道谢从何来。

"有关方面最近收到不少海达集团向有关领导干部行贿的举报,有的涉及科达化工公司。省市纪委向我们征集问题线索,经韦国庆同志同意,把你反映的科达化工公司端午节打点明细的情况报了上去。领导们表示,会结合有关举报进行研判的。"说到这里,夏卫东伸出手和宁浩东握了握,又关照道:"明天上午的会议,可不能迟到啊!"

周雅婧把笔记本电脑收拾好送回办公室,拎起包就一路小跑向宁浩东追来。此时,先行一步的宁浩东已经走到停车场。周雅婧俏皮的小嘴微微喘着气,嗔怪道:"走这么快干嘛,也不等我……"

"你不是有车吗?"宁浩东侧过脸问道。

"我没车。"周雅婧做了个鬼脸,调皮道,"我今天就要蹭你的车。你可不要忘了,第一次谈话结束是我送你回家的,难道你不该送我一次?"

"那次可不是我要你送的,是你们领导安排的。"宁浩东煞有介事地问,"难道那不是你的工作?"

"别不领情了。"周雅婧娇嗔道,一把拉开车门上了车。

宁浩东系好安全带正准备发动车子,周雅婧突然把他的手按住,说:"我给你看张照片。"说着,把手机送到宁浩东的面前。

"老支书……"宁浩东眼前一亮,定睛一看,不由呆了,"你……你哪来他的照片?他……他不是去……了吗?"

"你别问我照片是从哪儿来的,你只要知道他身体健康,过得很好就行。"周雅婧看着宁浩东,深情地说,"他想你,你该回去看看他了。"说完,把老支书的照片传给宁浩东。

是啊,我是该回去看看老人家了。如果再见到贾京鸣,我得好好问问他,为什么骗我说老支书不在了?宁浩东感慨着,拿出手机接收了周雅婧传来的照片,端详着,凝视着,不知不觉中眼里蓄满泪水。

不用揣摩,周雅婧就能感知到宁浩东由照片不仅想到了老支书,而且想到了叶如花,想到了叶大叔、叶大妈,想到了斗龙港,想到了斗龙河……外调回来后,好多次她都想告诉他,她去了苏北斗龙港,她看到了斗龙河,她见到了老支书,她替他给叶如花、给叶大叔叶大妈、给他的爸爸妈妈献了花。可是,她不能说,她不能违反纪律,她也不能触碰他埋藏在心里的秘密……苏北之行,也让她对他有了更深的了解。陈益宁反映他收受了三万元贿款,她就知道那不过是陈益宁卑鄙的伎俩。领导让她协助夏卫东继续调查核查,她们走访了宁浩东帮扶的贫困户姜洪林,询问了早已恢复健康的陈益宁的父亲,查看了县人民医院停车场的监控录像……当与陈益宁对质时,事实面前,陈益宁不得不承认恶意诬陷宁浩东的事实。

"和你开玩笑的,不劳你大驾了。"周雅婧拉开车门走下车,同时提醒道,"明天上午的会,你可不能迟到。"

八点四十五，韦国庆和夏卫东一起到了。八点五十，张艳梅也到了。豪成把他们一一迎到接待室……可是，宁浩东还是没有出现。周雅婧着急了，跑到楼下打他的电话，可是虽然接通了却无人接听。周雅婧的额头上沁出了细细的汗。

　　"周雅婧，过来一下。"夏卫东在楼上接待室打电话叫她。

　　周雅婧连忙跑上去。一到接待室门边，所有人都朝她看去。夏卫东问："准备得怎么样了？"

　　"都准备好了，就是……就是宁浩东还没到。"周雅婧赶紧如实汇报。

　　夏卫东皱了皱眉，问："打电话了吗？"

　　"打了，没人接。"周雅婧沮丧到了极点。

　　"我的大书记，你看看，你看看，还有没有组织纪律性？他这是闹情绪，耍性子……"周雅婧话音刚落，一直脸色阴晦的张艳梅就对韦国庆抱怨道，"对于开这种会，我是有意见的。要不是看在你的面子上，我根本就不可能来……"

　　"那我可得好好感谢你。"韦国庆并不恼，话也不疾不徐，"张县长一向对党风廉政建设很关心，对下面的同志要求也很严格，上次你能来开警示教育会，今天这个情况通报会当然也要请你来了。对了，我还想请你在会上讲话提要求呢。"

　　夏卫东担心两个领导话不投机造成不愉快，看了一眼手表，说："时间到了，是不是……"

　　"宁浩东电话接通了吗？"韦国庆站起身问。

　　周雅婧不安地回道："还没有……"

　　"那不等了。"韦国庆说，"会议是因宁浩东而起，他没来肯定有原因，我们走吧。"说着，带头往会议室走去。

张艳梅站起身,把裙子理了理,拎起小包跟在韦国庆的后面,脸上满是尴尬。

宁浩东当然不是故意不来参加会议的。

科达化工公司"6·8"事故发生以来,宁浩东就像一个掘井工,在黑暗中四处摸索,在摸索中艰难前行,坚信一定会迎来光明,但遮挡光明的那堵墙究竟在哪儿还捉摸不清。现在,那堵墙似乎就在面前,有时那么模糊,有时又那么清晰……那堵遮挡光明到来的墙,无疑就是那个矮矮胖胖的"炸汤圆"。

宁浩东也知道,某个人在一个时间段经常出现很正常,但是如果某个人在一个时段某件事件中反复出现就很不正常了。"6·8"事故发生的当天,余琴看到他出现在钱景的总经理室,宁浩东和杨波、李柯看到他出现在三号车间事故的现场。"6·8"事故发生前夕,吴少华看到他出现在三号车间,那里原本不是他工作的岗位,他去那里干吗?现在看来,无非是为随后的非法生产做准备。在此之前,吴少华还看到他出现在那堵高墙尽头的厕所旁,那里有个小门洞通往里面的老厂房。至于领走庄得祥三个小哥哥的那个矮胖男人,虽然不能肯定,但也不能排除就是他……

不入虎穴,焉得虎子。该是和这个"炸汤圆"接触接触的时候了。可是,他是从哪里来的,又到哪里去了?除了钱景,谁也不知,谁也不晓……像患上强迫症似的,宁浩东满脑子都是这些疑问。

夜已深,人更静,宁浩东就是睡不着。他爬起来,坐到客厅的沙发上。打开电视,电视里重播着老掉牙的电视剧,即使为数不多的几个频道在播放新闻，那也是各大网站和公众号上早已沉下去的旧闻。他索性关掉电视，泡了一杯茶，放到自己面前的茶几上。他看着茶杯里淡淡的热气从杯口升起，袅袅绕绕，回旋在静寂的客厅，心中自我解嘲道，深更半夜一个人品茶的可能只有我，别无他人了吧……

端起茶杯，宁浩东一眼看到静卧在茶几上的根雕母牛，又想起周雅婧给他说的那些话。他把根雕母牛拿在手上，深情地看着，不由自主又想起了斗龙港，想起了斗龙河，想起了老支书，想起了叶大叔、叶大妈……突然，叶大妈双眉间褐红色的胎记闯进他的脑海，进而又幻化成科达化工那个女清洁工双眉间褐红色的胎记。正因为那块胎记，宁浩东对她印象深刻。他一下子想起，那天在科达化工，他因余琴没有手机而感到奇怪时，她曾说"公司里没有手机的不止余琴一个呢"，当时没有留意，现在想来，言下之意就是说，除了余琴还有人没有手机。没有手机的人是不是也借过她的手机？宁浩东又想起吴少华碰到"炸汤圆"和女清洁工闹矛盾，女清洁工怼他"有种你不要向我借"，难道是找她借手机了？他们是因为借手机而闹的矛盾？宁浩东觉得如果找到女清洁工，只要"炸汤圆"用过她的手机，就一定能找到他的下落。

一夜无眠。天亮了，宁浩东仍然处在兴奋之中。为了不引起他人注意，他给李柯打去电话，要李柯想办法找到科达化工公司那个双眉间有胎记的女清洁工的家庭住址。他要赶在她上班前找到她。这样再赶回来参加会议也不迟。

李柯办事效率很高，很快就给宁浩东来了电话，说通过科达化工公司人力资源部的沈莹联系上了女清洁工。不过，她不在家，前天上班途中不小心摔了一跤，造成左腿髋关节粉碎性骨折，被120送到了白桦骨科医院。据说今天中午她就要做手术，术前准备会在上午进行。"

事不宜迟，时不我待。宁浩东说："我现在就去找她。"他知道，髋关节粉碎性骨折手术肯定要全麻，术后还要送ICU观察。

"你不能去！万一耽搁了，你就参加不了上午的情况通报会了。"李柯说，"通报会是专门为你召开的，那里才是你的主场。"

"个人荣辱难道就那么重要吗？"宁浩东说。

李柯愣了一下，说："那这样吧，我去找她，你告诉我找她做什么。"

"三言两语对你也说不清楚。"宁浩东说，"事不宜迟，我得抓紧时间。"他顾不上吃早饭，发动车子就往白桦骨科医院赶。

病房内，其他病友都出院了，只有女清洁工一个病人。当宁浩东拎着一箱牛奶走进来时，女清洁工蒙了。她认出来这人是个干部，但他为什么会来看自己呢？正在照应她吃早饭的女儿也感到很奇怪，怀疑是不是走错了门、看错了人。

宁浩东先作了自我介绍，然后满怀歉意地道："大婶，到医院来打扰你，真的是不好意思。"

"我就是一个搞清洁卫生的。"女清洁工很爽利，"我做过牵引了，不疼。你找我有啥事就直说吧，别遮着掩着了。"

"我想请问，除了余琴，还有谁借过你的手机打电话？"宁浩东问。

"还有谁……"女清洁工皱起眉头回忆着，眉间的胎记也扭曲得变了形。

宁浩东心里着急，但也不能着急催她。

女清洁工想了好一会儿，摇摇头苦笑道："想不起来了。这年头没手机的人真不多……"

"有个矮胖子……"宁浩东实在忍不住想提示一下。

"对，对！"女清洁工没等宁浩东说完，一下子想起来，兴奋地道，"对，是有个秃头矮胖子向我借过手机，总共借过两次。第一次，给了我五块钱；第二次……那天我在打扫厕所，他不晓得是从哪里冒出来的，又向我借手机。我借给他打，可他打完了连钱都不给，说不是没钱，而是上次给的五块还没用完。我是说了他几句。我说，摆什么谱，有种你不要向我借手机……"

"对，就是这个秃头矮胖子。"宁浩东激动地说，"我想查一查他把手机打给谁了，再通过接电话的人查一查他到底在哪，我要找他。"

"找他？"女清洁工眼睛一下子瞪得像铜铃。

"找他干啥？"女清洁工的女儿也警觉起来。

"是这样的，"宁浩东赶紧解释，"我们正在核查一起事故，这个秃头矮胖子最知道情况……"

"我不能帮你。"女清洁工头摇得像个拨浪鼓，手指着宁浩东带来的牛奶，让女儿快送宁浩东出去。

"大婶，你不要有什么顾虑。"宁浩东坚持着，还想再多说几句。

"你找秃头矮胖子查事故，最后还得查到科达化工头上。"女清洁工说，"科达化工对我不薄，我这次跌伤了，人家说把工作还留给我，啥时候好了啥时候回去上班，还说我看病期间给我发生活费……"

"大婶，也可能科达化工确实对你不薄，可是你知道的，如果出了事故那就是了不得的大事。人命关天啊！"宁浩东说，"最不能容忍的是，事故出了，人命没了，有的人还瞒着，受害者得不到补偿，责任者受不到追究，那些工人的血不就是白流了吗？而且他们还会认为出了事也无所谓，到头来又会有更多的人白白送命……"

女清洁工低下头，不说话了。

"余琴你是熟悉的。我不知道她有没有和你说过她丈夫的事？"宁浩东轻声问道。

女清洁工点了点头，喃喃道："说了，可是我真的不敢相信……"

"那是多么可怜的一个女人啊。"宁浩东一下子动了感情，"她女儿得了白血病，在等着讨公道，拿回丈夫用命换来的钱，给女儿治病……"

"她女儿得白血病了？"女清洁工半信半疑地看着宁浩东。是啊，她回去时间也不长啊，怎么孩子就得了白血病？再说，面前这人又是怎么知道的？

宁浩东看出她的心思，不知道说什么她才会相信。他侧脸看了看她女儿，她女儿脸上也是怀疑的神色。怎么办？宁浩东问自己。他拿出手机，只见有好几个未接电话，都是周雅婧打来的。还有几条微信，也是周雅婧发来的。刚才手机一直设置的静音，他压根儿就没听到提示音，他以最快的速度发了条微信给周雅婧："有急事，回头再说。"

然后他翻到余琴留给她的手机号拨了过去。电话很快就接通了，他先问了问孩子的情况。余琴说孩子目前情况比较稳定，她正寻思着给宁局长打电话报个安好呢。孩子情况比较稳定，他心里非常欣慰。他对余琴说,他想请她和一个大婶通个电话,说着把手机递给女清洁工,然后走了出去,站到走廊里。

"我妈电话接完了。"过了一会儿,女清洁工的女儿开门出来对宁浩东说。

宁浩东走回病房时,女清洁工还在叹气抹眼泪。她把手机递给宁浩东,说:"你说,我咋帮你?"

宁浩东如释重负,说:"你把你的手机拿给你女儿,让她登录网上营业厅,查一查通话记录,看看那个秃头矮胖子打给对方的号码是多少。"

"可是……可是我的手机上次掉到厕所里,就没有再去补办手机卡,也没有再去买手机。"女清洁工解释说,"反正我手机用得也少,所以就一直拖着……"

女清洁工的话犹如一记闷棍打在宁浩东头上,他知道,没有手机还好办,没有手机卡却什么也查不了。再说,现在手机都是实名制登记,要想补办手机卡,必须本人带身份证到营业厅才行,可大婶却因骨折躺在病床上等着做手术……

"大婶,你能告诉我你的手机卡是哪家运营商的吗?"宁浩东在病房里踱了一会儿问。

女清洁工不懂什么叫运营商,她女儿说是联通公司的。

正好联通公司经理宁浩东熟悉,他赶紧打去电话,了解有没有变通的办法。经理说,考虑到用户的特殊情况,我们可以派专人上门服务。

真是太好了。

忙碌到中午,在女清洁工的积极配合下,宁浩东终于拿到了那个秃头矮胖子的通话号码。秃头矮胖子,也就是"炸汤圆"确实只打过两个电话，都是打给同一个人的。宁浩东再三表示感谢，女清洁工却千叮咛万嘱咐，要他千万不能说出去，她还要在科达化工做工呢。这时，两个护士走了进来，说即刻推女清洁工去做术前准备。

宁浩东回到车上，稳定稳定情绪，想好了问话，也设想好了对方可能的回问，以及自己的应答，又在脑子里仔细地过了一遍，才拿出手机，对着键盘把一个个数字戳了过去。然而，手机里传来的却是"您拨打的电话已停机"……

宁浩东恨不得把手机摔了。

对了，公安部门应该有办法。一想到这里，宁浩东赶快给杨波打电话，咨询可以通过什么程序查询到机主信息，他觉得只要了解到机主信息，想办法找到机主，就有可能找到"炸汤圆"。杨波说行不通，因为据他了解，只有涉及刑事案件的有关人员，经过局长的严格审批，才可以通过侦查手段查到机主信息。

"那是不是到了死胡同，无路可走了？"宁浩东问。

杨波想了想，说："有个办法，但是不知道合适不合适，要不你请张明凯书记和公安局王局长说说……"

宁浩东犯了难。这合适不？再说张明凯书记一直在养病，自己能去打扰吗？但是，他实在不想放弃这个机会，哪怕只有一丝希望，他也要试一试。

张明凯突发心梗，先是在白桦县人民医院紧急救治，然后转往省人民医院做了心脏搭桥手术。过了手术期，可以到省滨湖疗养院疗养，也可以到省中医院调理，张明凯选择了后者。从他发病起，丁铠响就提出，由县人民医院派一个专业护士照应，张明凯坚决不同意，说退休在家的老伴宋老师完全可以把自己照顾得很好。丁铠响认为这样不行，亲自给县人民医院吴院长打去电话，让必须赶快安排。张明凯只好对丁铠响"求情"道，长期以来宋老师在学校教书，自己在外面工作，两口子聚少离多，这次就给他们一个厮守的机会吧。张明凯话都说到这个份上了，丁铠响只好作罢。

事已至此，组织上征求张明凯的意见后，决定由丁铠响主持白桦县委的全面工作。这个决定一宣布，丁铠响第一时间给张明凯打来电话，先是谦虚一番，说老书记生病了，担子全压到我身上，没有老书记把舵定向，不知道白桦这条船能不能行稳致远；然后表态道，重大事项一定事先向老书记报告，在老书记回到岗位之前，做到"四个不变"，就是老书记定下来的大政方针不变、班子成员分工不变、科级干部队伍不变、各项规矩不变。

张明凯真诚地说："组织上让你干，你就放开手脚干，不要缩手缩脚。"

"那不行，那不行，组织上只是让我主持工作，白桦的县委书记还是你，该请示的必须请示，该报告的必须报告。"丁铠响的话听上去很真诚。不过，张明凯不经意间发现，在丁铠响的口中，过去的"张书记"已经变成"老书记"了，以往的"汇报"已经改成"报告"了，虽然只是一字之差，但很容易就会品出不一样的味道。不过，张明凯觉得，既然组织上决定由丁铠响主持白桦县委的工作，自己就必须无条件支持，这是最起码的觉悟。县融媒体中心编辑出版的县委机关报《白桦日报》，县四套班子领导中头版头条以往只有张明凯才能上，张明凯多次对中心主任提出批评，但中心主任说他们是参照上级的报纸做的，办报纸不能不讲规矩，让张明凯无可奈何。现在是丁铛响主持县委的工作，张明凯让县委办朱主任给中心主任打招呼，要求头版头条不能再为他张明凯留着了。

刚住院那阵子，电话一个接着一个，让张明凯很头疼，后来一天比一天少，特别是组织上明确丁铛响主持县委工作后，电话就更少了，有时一天也接不到一个，张明凯索性把手机交给了老伴。今天早上刚用过早餐，手机响了，老伴捂着话筒对张明凯低声说："丁县长的……"张明凯一接手机，丁铛响的声音就传过来了："老书记，我是丁铛响啊，我人已经到了省城，上午我来看你，你方便吗？"

"方便方便，随时欢迎你来。"张明凯心想，我一个休养的人，哪有什么不方便的？随后又惆怅起来，还是上班有事做好啊。

直到中午十一点，张明凯才等到丁铛响。丁铛响一跨进病房门，就说抱歉让老书记等了这么久，实在不应该，然后连连抱怨，说到省级机关办事太难了，虽说自己在白桦也算一个主要领导，但到了省级机关谁也看不上，一个小年轻就能把自己拒之门外。

张明凯问："你到省级机关办事了？"

丁铛响回道："还不是为了那个总投资二十亿的医药中间体项目嘛……"

那个大项目终于有进展了，张明凯感到很高兴。

"向老书记报告，"丁铛响兴致勃勃地说，"海达集团李英达李董事长终于和我们把正式协议签好了。总投资不变，只是一期投资有所压缩，由十亿减成八亿。"说着，右手大拇指和食指一伸，做了个"八"字，又兴奋地说，"八亿！八亿也是大项目，海城那么多个县区,有哪个县区上过八个亿的大项目?"

"值得祝贺,值得祝贺!"张明凯说,"现在招商引资真的很不容易,哪里是招商引资,简直就是抢商抢资。"

"不过,招商引资是一方面,项目落户又是一方面。企业急,我们更急啊。"说到这里,丁铛响的脸色暗下来,"就说我们这个大项目吧,立项得找省发改委,拿危险化学品生产许可证得找省应急管理厅,另外还得找省生态环境厅……今天上午我跑了半天,也受了一肚子的气,不仅是门难进,脸难看,事难办,而且框框套套太多,尤其是省应急管理厅那边,什么'三同时',什么'安全条件论证',这个要求,那个要求,乱七八糟的,我也说不清,道不明。可是,我们要在招商引资项目建设上,三步并作两步走,甩开膀子加油干,这些问题回避不了啊!"

"安全生产不是小事,丁县长还是要高度重视。"张明凯适时提醒一句,"毕竟是人命关天的事,尤其是科达化工公司,这方面欠账不少啊。"

"那是那是。"丁铛响一边点头,一边端起茶杯喝了一口。

放下茶杯,丁铛响挪了挪身子,说:"我今天来呢,还有件事向老书记报告报告,听听你的意见,希望你能支持。"

"你说。"张明凯看着丁铛响,示意他往下讲。

"应急局小宁,前些日子因为网络舆情停职配合调查核实,又被一个腐败分子陷害了一下。"丁铛响回看一眼张明凯,赞赏道,"现在结论已经出来了,全是栽赃诬陷。小宁不错,经受住了考验。"

"县纪委发的调查核实情况通报,我在网上看到了。"张明凯说,"说实话,我也感到非常欣慰。"

"现在面临的问题是，这一闹腾小宁再在应急局工作我觉得不太合适。"丁铠响晃了晃脑袋，舒了一口气，"正好县里打算成立重大项目服务中心，主要职能就是服务重大项目建设，眼下重中之重就是服务那个二十亿的重大项目建设。我经过慎重考虑，想调小宁去担任副主任，现在先主持工作，等过个一年半载，再当正的。当然，直接提拔去当主任也不是不可以，就是统一班子成员的思想有点难度，要做一些工作。"端起茶杯喝了一口，又说："小宁不同于其他同志，他一直跟着你，是你一手培养起来的，我刚才报告的只是我个人的意见，最后还得听听你的想法。"

丁铠响这些话，是经过反复推敲的。宁浩东已经恢复了工作，正如汪海副市长所担心的那样，接下来还不知道怎样折腾呢。豪成不管怎么样还是听招呼的，宁浩东可不一样。海达集团要上市，大项目要开工建设，在这个关键时期，千万不能再出幺蛾子了。可是，凭自己对宁浩东的了解，那个倔驴是不会消停的。当然，可以对他采取组织措施，可是万一宁浩东不讲组织原则，硬碰硬顶就是不服从怎么办？再说，宁浩东是张明凯带到白桦的，总得给这个挂名的老书记一点面子吧。在丁铠响看来，张明凯是个明智的人，人家主持工作的领导都有了明确的意见，只是向你报告报告，说到底这里的报告就是通报一下，难道因为是一直跟着自己、是自己一手培养起来的同志，就把人家的意见推翻了？张明凯如果认可了他丁铠响的意见，那宁浩东还有什么话好说？

张明凯把身子往沙发上靠了靠，想了一会儿才开口："我有个建议，供你和县委参考。"

"你说。"丁铛响保持着平静，不露声色。

"我建议宁浩东的工作还是不要动。"张明凯严肃认真地说，"安全生产工作十分重要，需要像宁浩东这样的人管事做事啊。"又感叹道："老丁啊，有人坚守安全线，是职工的福气，是企业的福气，也是我们这些当领导的福气啊！"

丁铛响窘了，但他没有显现出半点不快，而是爽快地表态道："老书记的建议我记住了，我再考虑考虑。"说完起身告辞。

宋老师再三挽留丁铛响留下来吃午饭，丁铛响说已经约了省应急管理厅危化处处长一起吃个工作餐，不能多陪老书记了。张明凯知道再怎么留，丁铛响都是不可能在这里吃饭的，就起身把他送到门外，握手道别。

刚把丁铛响送走，手机响了。宋老师一看，是宁浩东打来的，连忙对张明凯喊道："老张，小宁的电话！"

电话里，宁浩东先向张明凯和宋老师问好，说等忙过这一阵就来看张书记，接着就婉转地说有件事想请张书记帮个忙。

张明凯心往下一沉："难道你还有问题没有了结？"

"张书记，不是我的问题，"宁浩东连忙汇报，"科达化工公司'6·8'事故查处已经到了关键阶段，有个手机停机了，我没有办法和机主联系，想请张书记和公安局的王局长说……"他声音越来越小："请他们帮忙查询一下机主的个人信息……"

"小宁啊，我不能这样做。"张明凯一口拒绝，并且十分严肃地批评道，"不管出于什么目的，采取违法违规违纪的手段都是不允许的。你一个党员领导干部，难道不知道公民个人信息受法律保护吗？这件事到此为止，你不要再提了！"

第三十二章
在路上

　　张明凯书记的批评，犹如一盆凉水泼在宁浩东头上，让他顿时清醒了许多。他愣愣地坐在车上，只感到脸上一阵阵发烫，心也一阵阵乱跳。是啊，公民个人信息是受法律保护的，这一点我是知道的，怎么却无奈之下病急乱投医，荒唐地要请领导走不正规的程序？他为自己的行为感到羞愧，感到自责，感到内疚。他想再给张明凯书记打个电话诚恳地道歉，可是又一想，张明凯书记正在气头上，岂不是又惹书记心烦……对不起了，张书记，只能等我把科达化工公司"6·8"事故查清，再专门向您检讨了……

　　这时，张明凯的电话却打过来了。宁浩东诚惶诚恐地接了，传来的不是张明凯的声音，而是宋老师的声音。宋老师说："小宁啊，据我所知，手机停机有两种情况，一种是欠费停机，一种是机主主动向运营商申请办理了停机手续。你可以试试给这个手机充些话费,说不定能打通。"

真是一语惊醒梦中人。宁浩东真想抽自己一下,刚才怎么就那么冒失呢。他赶快给对方那个手机号充了话费,恨不得马上就打电话过去。可是,话费到账是一回事,恢复通话又是一回事,骨子里还是害怕面对失望。是啊,宁浩东真的不知道,如果还是打不通,下一步还有什么路子可走。

五分钟过去了,十分钟过去了……短暂而漫长的等待之后,宁浩东终于把电话拨了过去。

"您拨打的电话已停机"的提示音没有再响起,传来的是"嘟嘟嘟"等待接听的声音。宁浩东心头一喜,那声音在他听来,就像一声声喜鹊报喜的鸣叫,就是一个个充满希望的讯息。

时间不长,手机那边传来一个老年女人有气无力的声音:"是……是陈达元,我的儿吗?"

没等宁浩东回应,老年女人的哽咽声又传了过来:"达元儿,从春天到如今,你只回来过一趟,只给我打过两次电话,你到底在哪儿啊?"

说话的应该是"炸汤圆"的母亲吧,他叫陈达元?宁浩东的大脑迅速运转着,答道:"大娘,我也在找达元……"

"啊?"陈达元的母亲惊愕过后,突然放声大哭起来,"他上哪儿了?我病了……病得很重,瘫在床上等死……要不是邻居们,我早就死了……"悲恸欲绝,几乎话也说不连贯:"我从早到晚把手机抓在手上,可……可就是等不来他的电话……村上的人都帮我出去找他了……哪天我死了,总得要他收尸……"

听了这些话,宁浩东也难过起来。一个病中的老母亲,从早到晚手机片刻不离手,为的就是听到儿子的声音,可是她根本不

398

知道，手上抓的手机却因为欠费停机了……

"他没给你留手机号码吗？"宁浩东想确认一下，陈达元是不是真的没有手机。

"他没有手机。"老人哭着答道，"每次都是他打给我，我没有办法打给他。"

宁浩东又一次体验到一个老人的无奈。

"你……你如果找到他，就让他赶快回来……"老人几乎完全绝望了，"再不回来，他就看不到我了……"

"大娘，你放心，"宁浩东安慰道，"我会的。"又道："我马上去看你，你家在……"

"我家在临汾……太平镇……陈家庄……"老人哭着说，"你帮我找到他……绑也要把他绑回来……这个不孝子啊……"

宁浩东把"临汾""太平镇""陈家庄"这几个地名牢牢记在心里，又安慰了老人几句，才挂了电话。

应该马上到临汾太平镇陈家庄去。陈达元的老母亲病了，看来还病得很重，村里人都在帮忙找他，把他找回来是很有可能的。再说，即使找不回来，向他老母亲了解了解，向村民们打听打听，或许能够分析出他的行踪。不管怎么说，总比坐在家里等他出现要强。费尽周折，找到他通话的号码，不就是想了解他是哪里人，进而找到他吗？出路出路，出去了才有路。宁浩东越想，到临汾太平镇陈家庄去的主意越坚定。

这时，手机响了。宁浩东一看，是余琴打来的。

"宁局长，你找到那个人了吗？"余琴不放心地说，"刚才那个做环卫的大婶和我通话后，我心里就一直像十五只吊桶打水，七上八下的……"

宁浩东宽慰道:"你放心,我知道他家在哪里了,我马上就出发,我一定能找到他。"

"我和你一起去。"余琴突然说,"正好我婆婆来了,我让她照应孩子几天……"

"不行,别胡闹。"宁浩东忙道,"孩子病得不轻,需要你在身边照顾。"

"宁局长,我不是胡闹。"余琴抽泣着,恳求道,"你让我一起去吧。如果找到他,他不承认,你会拿他没办法。而我,我会与他当面对质。再说,我也不全是为了帮你,我也是在帮我自己,帮和我们一样的苦命人……把钱总他们扳倒了,我才能拿到我丈夫的血汗钱,其他工人兄弟也才能闭上眼睛……"

余琴的话,深深地打动了宁浩东。是的,此时此刻,他还有什么理由拒绝余琴呢?他同意了,和她反复商量,敲定在临汾高铁站见面的时间,再三叮嘱她,一定要把照应孩子的事和她婆婆交代好。

宁浩东觉得有必要和豪成打个招呼。电话打通了,他刚说要出趟远门,豪成便打断了他的话,说:"我知道你在做什么,放心地去吧。我只对你说一句话,多保重!"

"嗯。"宁浩东心头一热,答应了一声。

第二天上午六点,宁浩东打了车去高铁站,进站后一路走来,却隐约感到有个年轻男人一直不远不近地跟在自己身后,连他刚才去买点东西也不例外。那人几乎是和宁浩东一起进的站,头上戴着一顶白色太阳帽,鼻梁上架一副宽边墨镜。夏天戴太阳帽和墨镜的人很多,但是一大早就戴的却并不多见,除非刻意。

宁浩东不由多看了几眼,那人赶紧把头侧过去,回避了宁浩东的目光。

宁浩东暗想,如果这人是乘高铁外出,为什么两手空空,连一只小包都没带?宁浩东一边沉着地往里走,一边掏出手机,打开照相机自拍功能。通过镜头,宁浩东看到那个年轻男人也在用手机对着他,不知是在拍照,还是在录像。

"你想干吗?"宁浩东突然转过身子,冲那个年轻男人大声叫道。那个年轻男人显然没想到他会这样,一句话没说,迅速转身溜了。宁浩东不想和他纠缠,赶紧随着人流走向候车室。

余琴到临汾高铁站比宁浩东要早。宁浩东看到她时,她已经在出口处等他好久了。她还是那样瘦小,脸上满是忧郁,让人顿生怜悯之意。

"走吧。"宁浩东叫了一声。

"嗯。"余琴答应着,跟在宁浩东后面,像极了邻家小妹。

太平镇陈家庄是一个小山村,散落着几十户人家。有力气的都外出打工了,留守的除了老人就是孩子。宁浩东和余琴辗转到达时,浑身像散了架,已经筋疲力尽了。

陈家庄几乎家家男人都姓陈。在一位山民的指点下,宁浩东带着余琴来到了陈达元家。

这是一处石头垒成的低矮小屋,低矮得小狗都能从屋顶上跳过去。小院里又乱又脏,稍不留神脚就会踩到鸡粪狗屎上,一派败落的景象。推开虚掩的木门,光线射进来,宁浩东看到一个白发老大娘躺在床上。见有人进来,她用枯瘦的手遮着眼睛,颤巍巍地问:"谁啊?"

"大娘,是我。"宁浩东走到老人的床边,"我是达元的朋友。

我和你通过电话,我说过会来看你的。"

"你真来了?"老人努力爬起来,但就是直不起身子。

余琴扶起老人,内心充满了同情:"大娘,你这是怎么了?"

"我也不知道是咋回事,就是心口一直疼,两个多月了……"老人的手在胸口不停地揉着,声音微弱,哼哼不断,"村里人要送我到医院,我没肯,平时都是他们在照应我,我哪好再麻烦人家?我说,等我儿达元回来,由他送我去医院。可是,我等啊等,就是等不到他。你们是他的朋友,能告诉我他去哪儿了吗?"

"我们也不知道他上哪儿去了。"

"这孩子……"老人抹了一把眼泪,"春上他回来过一趟,过了一宿,第二天吃了晌午饭就又要走。我不让他走,他偏要走,我拦也拦不住。他说要去赚钱,我还能怎么说?"抽泣了半天,又说:"临走的时候,他说他会记住我的手机号……唉,我这手机啊,是他姐夫临出去打工时给我买的。可是,最近都没人打电话来。也难怪,达元他姐都死好几年了,说不定遇上可心的人了,哪还记得我啊……"老人哭着说着,手里紧紧攥着一部老人机。

余琴一言不发,埋头帮老大娘梳理头发,整理床铺。真是个善良的女人啊。宁浩东心里感叹着从口袋里拿出二百块钱,悄悄地放到老大娘枕边,走出这间让人窒息的小屋。

抬头看去,青山绿水,景色宜人,风光真的不错。宁浩东不由想起了苏北斗龙港,那里虽然没有山,没有泉,但是有河,有海,有滩涂,有芦苇荡,还有可敬可爱的乡亲……

宁浩东觉得自己太矫情了,现在哪是抒发感情的时候啊。眼下最紧要的是把陈达元找到。可是,去哪儿找呢?他想到近处的几户人家走走,希望能得到一些线索。

"突突突",顺着山路,一辆手扶拖拉机开了过来,停在小屋门前。难道陈达元回来了?宁浩东叫了一声"余琴",连忙赶了过去。只见手扶拖拉机车厢内躺着一个人。那人脸色蜡黄,气息虚弱,身形消瘦,唯有那光头在阳光下还泛着青蓝色的光,而光头上那块明显的疤痕更像是阳光下的阴影。这哪还像"炸汤圆",瘦得连水饺都不如。

余琴叫道:"你……你怎么了?"几日不见,矮胖光头就变成了这个样子,她能不惊讶吗?她两手合拢,嘴里祷告着,双唇不住地颤抖:"天意,天意啊!老天啊,你没让我们白跑一趟……"

陈达元无力地睁开眼睛,看了看余琴,看了看宁浩东,紫黑的嘴唇翕动了几下又闭上,随后抓住拖拉机车厢的挡板想下来。

"他这是怎么了?"宁浩东问拖拉机驾驶员。

"病了。"拖拉机驾驶员说,"我往县城建筑工地拉水泥,回来时路过汽车站,看到路边蜷着一个人,一看,这不是我们庄上的陈达元吗?这不,就把他捎回来了。"

拖拉机驾驶员拎起陈达元的破提包,和宁浩东一起扶陈达元回到屋里。儿子回来了,老大娘先是一阵高兴,可看到他病得不成人样又大哭起来:"儿啊,你这是怎么了?你上哪里去了?这一向怎么连个电话都不打啊……"

陈达元不敢看娘,仰面瘫在床上,像死人一样。

"这样下去不是办法。"宁浩东对陈达元说,"我们送你上医院。"

403

陈达元费力地摇摇头。

宁浩东不管他，对拖拉机驾驶员说："麻烦师傅再跑一趟，送他去县医院吧。工钱我来出。"

"你们是谁？"世上竟然有这样的人，拖拉机驾驶员感到很奇怪。

宁浩东说："我们是他的朋友。"

拖拉机驾驶员也没有多想，对宁浩东竖起大拇指，吐出三个字："够义气。"

可是，陈达元就是不肯去医院，死活不肯。老大娘以为是他不放心自己，就连哄带劝道："儿啊，难得你有这么好的朋友。去吧，不要不放心娘。等你病好了，你再回来带娘去瞧病，再回来孝顺娘……"

拖拉机驾驶员觉得陈达元不识好人心，烦了，不管愿意不愿意，背起他放进拖拉机的车厢里，带上宁浩东和余琴，摇响拖拉机"突突突"往县医院开去。

挂号，初诊，检查……忙碌了半天，陈达元的病确诊了——胰腺癌，晚期，必须立即住院手术治疗，否则很难说还能活几天。

宁浩东要陈达元把身份证给他，去办理住院手续。陈达元摇摇头，表示自己没有身份证。

一个人连身份证都没有，科达化工公司竟然敢用？宁浩东心里打了一个问号，但他没空去探寻原因，得赶紧去医院问问能不能先让陈达元住进去。

好说歹说，求爷爷告奶奶，宁浩东终于帮陈达元办好了住院手续。不过，由于病房紧张，只能先住在一间简陋的临时过渡病房。

陈达元躺在病床上，把头侧向一边，像个木头人一样，翻着白眼不说话。

宁浩东到医院小卖部去买陈达元住院需要的面盆、毛巾等日用品了，余琴从包里摸出一只苹果，拿水果刀削去皮再切成小块送到陈达元嘴边。其实，苹果是她特地带来，准备在路上给宁浩东吃的，可是一直没顾得上，现在要给陈达元吃，余琴心里真不是滋味。然而，陈达元并不领情，牙齿咬得紧紧的，塞也塞不进去。几次三番，余琴生气了，停下手，愣愣地看着他。

突然，陈达元不知哪儿来的力气，猛地一伸手抢过放在床头柜上的水果刀，拼命向自己的嘴里刺去。说时迟，那时快，余琴以迅雷不及掩耳之势扑上去，一手去抓陈达元的手，一手捂住陈达元的嘴。陈达元哪肯罢休，虽然力气不济，却发了疯似的刺着，鲜血流了下来，分不清是陈达元嘴里的还是余琴手上的。

这时，宁浩东拎着东西进来了。眼前的一幕让他惊诧万分。他扔下东西冲过去，夺了陈达元手上的水果刀，拉开余琴死命捂在陈达元嘴上的手。

余琴的右手鲜血淋漓，血肉模糊，而陈达元的嘴只破了一点皮……

"陈达元，你到底想干什么？"宁浩东厉声喝问。

陈达元又把头侧向里面。

宁浩东伸出手一把扳过他的头，愤激难忍："你睁开眼睛看看，你把余琴的手伤成什么样了？"说着，拿过新买的毛巾给余琴把伤口包扎上，让她赶紧到急救室去处理一下。

陈达元像死了过去，闭着眼睛，一语不发。

"陈达元，我知道你的鬼心思。"宁浩东一语道破，"你想伤了自己的嘴和舌，让自己说不出话来，无非是不想说出科达化工公司'6·8'事故的真相。"

"唉。"陈达元叹了一口气，但还是不说话。

"其实，你想错了。即使你什么都不说，真相也是会大白于天下的。"宁浩东说，"我们已经知道，你先是在科达化工的老厂房里组织非法生产，后来又转移到三号车间，事故中死了四个人，除了一个叫陈一栋的，还有三个聋哑人……"

"哇——"突然，陈达元双手掩脸，号啕大哭起来。

余琴右手缠着绷带过来了。她强忍疼痛，劝道："别哭，有话好好说。说出来，你就会安心治病。你的病治好了，才能帮大娘治啊……"

渐渐地，陈达元的哭声止住了，说："我知道你们会来找我的……"

宁浩东悄悄地摸出手机，按下了录音键。

"那天，突然就爆炸了。车间里三个人全给炸死了，我……我离得远……没……没死得了。还有一个，不是我们车间的，他……他正巧路过，不偏不倚，被炸飞的反应釜釜盖砸中脑壳……也没气了……这样算来，一共四个……"陈达元吞吞吐吐地说。

"被炸死的工人，是从哪里招来的？"宁浩东不动声色地问道。

陈达元不说话了，只是抽泣。

"你说啊！"余琴一边用左手帮他擦眼泪一边开导他，"你病了知道回家，你娘也在天天盼你回家。他们也有家，也有娘，也想回家，他们的娘也在盼他们回家啊。"

半天，陈达元才又开了口："我知道我得的不是好病，我认了，这都是报应啊！被釜盖砸死的那个，我不知道是哪里人，听说是白桦本地的。车间里的三个，是我弄来的……"

"那三个聋哑人，都是你弄来的？"果真如此，虽然早有预料，但宁浩东还是被吓住了。

"嗯。"陈达元说，"本来有四个，可是有一个，看上去岁数太小，我就没要……"

"你还记得三个人是几月几号被你带走的？"宁浩东想了想，问道。他记得小肖老师在和庄得祥交流中得知，陈达元是5月20日把三个人带走的，难道科达化工公司的非法生产是5月20日以后才开始的？种种迹象表明，肯定不是。

"是5月20日。"陈达元想都没想，便答道，"那天是什么表白日，他们在街上看热闹被我哄走的。"

"他们没来之前，谁帮你生产？"宁浩东问。

"是……是几个傻子。"陈达元坦白道。到科达化工公司后，李英达和钱景让他负责在老厂房里组织生产一种高科技军工保密产品。老厂房有两个旧车间，一间用来存放原料和产品，另一间用作生产。钱景要求封闭运行、封闭管理，所有人只有大小便可以解到老厂房门外的荒地里，吃喝睡都不得出老厂房。除了几种常用原料外，其他生产原料全是编号管理，只知道多少号，不清楚是什么。

开始，他们让陈达元从街头找几个智力不好但身体强壮的流浪汉偷偷生产。保密问题解决了，但那几个流浪汉对生产流程把握不了，常常出错。后来他们又让陈达元用找来的聋哑人把流浪汉替换下来，在一个雨夜送到邻县。聋哑人大脑聪明，手脚灵便，效率比流浪汉高多了，他们非常得意。但是，后来老厂房一到雨天就漏雨，无法正常生产，一时又整修不了，正好三号车间因存在重大事故隐患被白桦县应急局责令停产整改，他们就弄了个整改到位的虚假证明，拿到了恢复生产的手续，来了个"狸猫换太子"，由陈达元带着三个聋哑人转移到三号车间非法生产，最终酿成了事故。

事情果真与推断的一致。宁浩东调整了一下情绪，问陈达元："你能告诉我，那炸死的三个工人被弄到哪里去了吗？"

陈达元不吭声。再问，还是不吭声。

"好吧，你不说也行。"宁浩东语气一转，"但是我知道，你不说出来一辈子都不会心安，一辈子都不会踏实，整天担心那些冤魂找你讨要公道，倒是指使你的人，仍然会心安理得地过他们的日子。"

陈达元浑身颤抖起来。

"看来我是没办法让你说了，但是会有人让你说出来的，比如，警察。"宁浩东告诫道，"只是到那时，恐怕就是你的病看好了，也没有办法孝顺你的老母亲了。别忘了，她还在家等着你呢。"

"你啊，不为自己着想，也得为大娘着想啊。"余琴也好言相劝。

"我……我说……"陈达元似乎下了很大的决心，"死了四个人，我吓死了，连忙向钱总汇报。他很慌张，却让我不要紧张……他控制现场……不让任何人靠近……还要我破坏现场，清掉血迹，又赶紧向李董事长汇报。我就站在他的旁边看他打电话……电话打完了，他说，董事长说了，本地的那个由他处理，另外三个就交给我处理。处理完了，就给我一笔钱，让我远走高飞，再也不要回来……"

"那你怎么处理的？"宁浩东急切地问道。

"他们让我……把那三个人的尸体装进装固体废料的袋子……"陈达元懊悔而痛苦地说，"混在公司一堆堆固体废料里，送进固废焚烧炉烧掉，不留任何痕迹……"

没等陈达元说完，宁浩东再也控制不住自己的情绪了，一把揪住陈达元的衣领，吼道："我真想抽你！"大手狠狠地向陈达元挥去。

"干什么？"护士推门走了进来，看到眼前的一幕，喝道，"要吵要闹要打回家去，这里是医院！"

余琴抱住宁浩东的手拼命地往回拉，满眼惊恐。陈达元侧过身子，蜷成一团，瑟瑟发抖……

半晌，宁浩东才冷静下来，但脑子依然很乱。

科达化工公司的固废焚烧炉他是知道的，但是如何建起来的，他并不知情。当然他也听到一些传闻，说是生产过程中，科达化工公司产生了大量的固体废料，按照规定必须送到专业单位进行焚烧处理，可是那得花不少钱。要花钱，李英达当然不愿意。他让钱景把固废装在袋子里，胡乱地堆放在厂区内，一有机会就悄悄地深埋，或者偷偷地运到附近县的庄稼地里。一天，被当地的农民抓了个正着，农民们闹到了海城市政府。市长大怒，这明摆着是违法行为，批示市公安局会同生态环境部门立案查处，该拘的拘，该抓的抓，该判的判，绝不姑息迁就。

李英达却不紧张。他把电话打到了汪海那里，汪海反而紧张起来，连忙找到市长，向市长汇报说科达化工是海达集团下属全资子公司，如果真这样做负面影响会很大，能不能给企业一个整改的机会。既然是海达集团下属企业，市长动摇了，让汪海负责处理好。汪海让当地县政府补偿了农民一笔钱，又找到李英达，建议他上一个固废焚烧炉，一劳永逸解决问题。李英达不同意，说是拿不出钱来。汪海拍拍他的肩膀说，李董多虑了，不需要你花钱。你把固废焚烧炉建好了，我组织人来弄个材料，把你树成重视环境保护的先进典型，投入的资金以奖励的形式全部足额拨给你。李英达觉得还是汪海高明。就这样，固废焚烧炉建起来了。

当时，宁浩东对他们能建固废焚烧炉还是很高兴的，毕竟这既解决了环保问题，也消除了安全隐患。但他万万没有想到，固废焚烧炉居然成了他们毁尸灭迹的场所，简直是无法无天、丧心病狂！

但他转念一想，这只是陈达元的一面之词，说的是真是假还需要证据来支撑。如果没有证据，李英达他们是根本不会承认的。证据，证据在哪？他突然想到科达化工公司西北边，也就是老厂房正对面有一块空地，空地旁有一条废弃的水沟，固废焚烧炉里的炉渣都倒在那儿。当然，开始他并没有注意到这些，而是注意到这样一块空地竟然被科达化工公司用围墙圈起来了。这块地并不是科达化工公司的，他们为什么圈起来据为己有？走近围墙，透过新安的大铁门，他才看到了堆在废水沟里的灰白色固废炉渣。他曾经想过要向生态环境局领导反映反映，一忙却忘了⋯⋯

这时，手机响了。宁浩东一看，是李柯打来的。

"宁局长，你在哪？"李柯问。宁浩东没有对任何人说他要来临汾，李柯当然也不知道。

"我在外边，有事你说。"宁浩东说着走出了病房，来到走廊的拐角处。

"科达化工公司那边情况好像不正常。"李柯汇报道，"我有一个平时喜欢搞无人机航拍的朋友，我最近让他在那堆坍塌的废墟上好好飞飞，看看有没有什么新的发现。刚才他打电话给我，说是科达化工突然开来了两台挖掘机，不知道是要清理坍塌的废墟，还是要干什么……"

"啊！"宁浩东的心猛地一紧，暗想，难道他们想毁灭证据？他忙对李柯道："你看紧点儿，不允许他们把任何东西清理出去。我马上赶回去。"

和李柯交代完，宁浩东又回到病房，把余琴叫了出来。

宁浩东说："我们回去吧，我还有很多事要做。"

余琴迟疑了一下，问："现在吗？"

"是的。"宁浩东说，"马上就走。"

"能不能这样？"余琴犹豫起来，拿眼看了看宁浩东，不敢往下说了。

"你说。"宁浩东倒想听听她有什么想法。

余琴的眼睛里满是善良和温柔："你先走，我再在这里照应他几天。他得了这么重的病，身边没有一个人，身上没有一分钱，他说……他说科达化工给他的钱，他全赌输了……他也怪可怜的……"

宁浩东长叹一声。

"你不同意吗？"余琴轻轻地问。

"我同意。"宁浩东想了想，"临走前，我找医院反映一下陈达元的情况，请医院向民政部门作个汇报，希望对他有帮助。"

当天没有直达海城的高铁，宁浩东只好先到省城，再想办法回白桦。

省城通往海城和白桦的高铁还在建设之中。因此，出了高铁站，宁浩东赶紧打听有没有直达白桦的公共汽车，结果让他非常失望。他掏出手机，想网约一辆车。这时，一辆挂海城牌照的红色奥迪停在他身边。窗玻璃摇下，只见驾车的是一个年轻女人。

"乘便车吗？现在走，到海城。"女人妩媚一笑。

她这样主动，宁浩东反而有点怀疑，问："你是……"

女人笑了："我顺便赚点路费，按时长收费。"

宁浩东心头一喜，转而又问："能直接送到白桦吗？"

"可以，有求必应。"女人回答得很干脆，推开副驾驶边上的车门，招呼道，"上来吧。"

觉得坐在副驾驶的位置上不太合适，宁浩东把副驾驶边上的车门带上，坐到了后座。

女人又是一笑："大哥好保守啊。"

"不是，有点累，想眯会儿。"宁浩东说。

"好的。"女人一笑，一踩油门，车就上了通往白桦的高速。

"大哥是出差，还是旅游？"女人没话找话。

"出差回来。"宁浩东答道，随口又问了一句，"什么时候能到白桦？"

"这个啊，"女人回过头冲宁浩东做了一个暧昧的表情，"这个要看大哥了,如果大哥途中要找个地方休息休息的话,可能会晚一点……"

"这人……"宁浩东心想,一个看上去比自己年轻不了几岁的女人,可比自己开放多了。他不敢再和她说话了。

然而,女人并没有放过宁浩东的意思。

"帅哥!"女人又递过来一瓶农夫山泉,示意宁浩东接过去。这次,"大哥"变成了"帅哥"。

宁浩东说了声"谢谢",没有伸手去接,而是晃了晃随身携带的水杯。

"帅哥是担心里面有蒙汗药,还是催情水啊?"女人又回头冲宁浩东做了一个暧昧的表情,大眼眨巴了两下,目光迷离。

宁浩东躲过女人的眼神,眯起了眼睛。他确实也太累了,不一会就打起呼来。

过了一阵,女人把宁浩东推醒。宁浩东睁开眼透过车窗玻璃往外看,原来是到了一个服务区。

"你好好坐着,我方便一下。"女人解下安全带,带上车门,摇摆着往服务区走去。

宁浩东拿起水杯发现见底了,就推开车门下了车,正要喊那女人把车门锁上。突然,一辆小型货车直撞过来。宁浩东连忙紧跑几步,说时迟那时快,货车已经压上了红色奥迪。宁浩东吓得魂飞魄散,把水杯紧紧抓在手上,这是我的幸运杯啊,要不是去倒水……

警车呼啸而来,把货车驾驶员控制起来,然后勘查现场,找女人和宁浩东谈话。

事故其实很简单,该谈的宁浩东都谈了。宁浩东对交警提出,自己还有急事要办,能不能先走。交警商量了一下,说是可以,但得把手机号留下来,事故调查需要找他,必须随叫随到。

这时,杨波驾驶着他的大众赶来了。一接到宁浩东的电话,他就快马加鞭,一分钟没敢耽搁。

一下车,杨波就问:"怎么回事?"

"别问了,走吧。"宁浩东伸手把杨波往车上推,"现在问这些,没意义。"

那女人走过来,抛给宁浩东一个媚眼,笑道:"帅哥,我得祝福你,你的命好大啊。"

两人坐上车,加紧往白桦赶,还没到白桦,李柯的电话又来了,开口就急急地问道:"宁局长,你到底在干吗?急死人了!"

宁浩东稳住自己的情绪,问道:"怎么了?有新情况?"

"对,是有新情况,特别紧急的新情况。"李柯急促的语气,让宁浩东的心一下子提到了嗓子眼。

第三十三章
迟来的真相

"先别急,慢慢说。"理智告诉宁浩东,不能乱了阵脚。

"我能不急吗?"李柯叹息一声,"我朋友那无人机飞不上去了,好像是受到了强磁波的干扰。我知道,肯定是科达化工他们搞的鬼。"

"还有吗?"宁浩东也焦灼起来,"那些挖掘机动起来了?"

"我悄悄地去看了一下,除了两台挖掘机,又开来了两辆渣土车。"李柯停了停,又说,"至于现在有没有动起来,我就不清楚了。"

"什么?"宁浩东火了,"我不是让你看紧点吗?"

"豪局长让全体同志回局里开会,我能不回吗?"李柯拖着哭腔说。

"是什么重要的会议非得一个不落都得参加?"宁浩东急了,"不行,我打电话给他。"

一听宁浩东要打电话给豪成，李柯的口气软了下来："你不要打，他也十分为难。"

李柯告诉宁浩东，豪成在会上说，海达集团在科达化工的基础上总投资二十亿的医药中间体项目，省发改委特事特办，以最快的速度批准立项了。为了加快建设进度，县里同意海达集团的要求，三步并作两步走，一期工程新厂房立即开工建设，项目安全条件论证会明天举行。豪成在会上还说，县领导再三要求，如此敏感时期，应急局绝对不要去添乱，必须为项目的实施创造良好的外部环境。为这事，豪成还和县领导闹得不愉快，但胳膊拧不过大腿，他除了在会后发发牢骚外，一点办法也没有。

"不行，谁下命令也不行！"宁浩东丝毫没有退缩的意思，"你得跟我去，就现在！有责任，我来负！"

"行，"李柯精神抖擞，"我跟你去！"

"也算我一个。"一直凝神开车的杨波也冒出了这么一句话。

宁浩东带上李柯，由杨波驾车，直接赶到科达化工公司。然而，那个眼袋下有黑痣的保安又把他们拦住了。

"应急局的，安全检查。"李柯自亮身份。

"应急局的也不准进。"黑痣保安看都不看他们递过来的执法证，态度十分蛮横，"公司有重要活动，钱总交代过，没有他的同意，天王老子来了也不准进，你们应急局的算老几？"

李柯正要发火，宁浩东制止道："和这种人没什么好计较的。"抬头对黑痣保安说："你向钱总通报一声总可以吧？"

"不可以。"黑痣保安朝公司办公区指了指，"你没看到钱总在忙吗？"

宁浩东抬头一看，果然，钱景正带领一帮人在张贴标语，依稀可见标语上写着"热烈祝贺海达集团总投资二十亿元医药中间体项目落户我司""热烈祝贺一期工程新厂房开工建设""热烈祝贺医药中间体项目安全条件评审会胜利举行"……大红标语，在科达化工营造出浓烈的喜庆氛围。没必要再和黑痣保安费口舌了，宁浩东给钱景打去电话。

远远地看见钱景掏出手机，送到耳边。宁浩东说："钱总，我到你们公司门岗了，你过来接我们。"

钱景往门岗这边看来，宁浩东向他招了招手。

钱景过来了，但没有让黑痣保安放行的意思，隔着门闸，冷冷地问道："你们来有事吗？"

"安全检查。"李柯有点不耐烦了。

"改个日子吧。"钱景说，"我们公司有重大活动……"

"钱总，你不会不知道，拒不接受安全检查是要负法律责任的。"杨波觉得不摊牌不行了。

钱景看了一眼杨波："你来干什么？"

"我为宁局长他们开车啊。"杨波笑道，"难道不行？"

钱景哼了一声，僵住了。

"你真的打算拒绝接受安全检查了？"宁浩东又把杨波的话重复了一遍，"你应该知道，拒不接受安全检查是要负法律责任的。"

"我知道我知道。"钱景显然心有不甘，"我们通融一下，你们进来坐一坐，喝杯茶。检查就免了，行不行？"

"先放我们进来。"宁浩东知道硬来肯定不行，便说，"听你的，我们到生产区转转，不进车间总可以吧？"

钱景同意了，黑痣保安这才打开门闸。

宁浩东没有食言,带着李柯真的只在公司生产区转悠。可是,钱景不放心,像跟屁虫一样跟着。宁浩东让他去忙,他就是不听。

转过生产车间,向公司的西北边看去,宁浩东不由惊住了——原先的围墙被推倒了大半,两台挖掘机已经摆好架势,准备开挖固废焚烧炉送到废水沟里的炉渣,两辆渣土车也已排开,一看就知道要把炉渣运出去。

"那里在干什么?"宁浩东问钱景。

钱景说:"把炉渣清掉,开工建设新厂房。"

"不行,不能挖!"宁浩东责令钱景,"你让他们停下来。"

"为什么?"钱景反问宁浩东,"你总得给个理由吧。"

"理由?"宁浩东被噎了一下,随即问道,"手续,你们有用地手续、开工手续吗?没有手续,还不该停下来吗?"

"这些手续不该你管吧?"钱景并不买账,手指着挖掘机、渣土车冷笑道,"宁局长,我告诉你,这些都是白桦县委、县政府同意我们做的。是的,你说的这些手续我们是还没有拿到,但是,丁县长,不,丁书记,已经亲自和自然资源、规划建设、行政审批等部门打了招呼,先让我们动起来。难道他们不管,你要管?"

"对,我管定了。"宁浩东的脸上满是坚毅的神色,毫不退让。他相信钱景说的是真的,但这不过是一张挡箭牌,如此而已。

"宁局长,你不觉得你这是越权吗?"钱景摇晃着尖尖的脑袋,狠狠地说,"我丑话说在前头,如果有什么后果,责任可不是我们的……"

宁浩东没时间和他啰唆，拉过李柯就向挖掘现场冲去，挡在挖掘机的前面。杨波也停好车子，跑了过来。

正准备开动挖掘机的机手和等待装运炉渣的驾驶员见有人阻碍他们作业，像听到口令似的跳了下来，一把将宁浩东、李柯和杨波揪住，紧接着从生产区又冲来几个彪形大汉，二话不说，挥拳就打，没费吹灰之力，便把宁浩东他们打倒在地。三个人瘫在挖掘机前，却一再挣扎着站起来。

这时，两辆警车鸣着警笛呼啸而来，车未停稳两个身穿警服和两个身着便装的男人便跳下车，大声喝道："都停下！立即停下！"

钱景一路小跑追了过来："同志，其实也没什么。我们县应急局的宁局长阻碍作业。你们有所不知，我们要建厂房，上项目，等不得……"

一个警察走过去把宁浩东他们扶起来，领到一个看似领导的中年男人面前。

中年男人看着满脸血污、鼻青脸肿的宁浩东，严肃地问道："企业的同志反映，是你们阻碍作业？"

宁浩东擦着嘴角的血迹不说话。

"你们这种行为肯定是不对的。"中年男人把宁浩东批评了一通，又对钱景说，"人，我们带走，交给你们县领导处理。当然，你们也不应该打人嘛。我们会向公安局报告，到时你们得配合调查处理。"

"是，是。我们也不想和应急局，更不想和宁局长闹僵。"钱景打量着眼前的四个不速之客，"几位领导是……"

"哦，忘了介绍。"中年男人说，"我们是省公安厅的。根据统一安排，按照'四不两直'的要求，到白桦化工园区的化工企业开展剧毒化学品安全管理专项检查。"

钱景点头哈腰道："欢迎，欢迎。"

"看得出你是企业老板，你可得支持我们的工作啊。"中年男人又说。

"那是那是。"钱景连连答应。

"好了，人我们带走。"中年男人说，"你们继续作业吧。"

宁浩东想说点什么，但被一个警察毫不客气地推上了车。中年男人也进了车，在他身边坐下。

两辆警车向县城开去。

车内的宁浩东心情烦躁，连声让放他下来。这时，中年男人转过身子，向他伸出了大手："你是宁浩东同志吧？"

宁浩东心头一紧，但还是握住了伸过来的那只手："你是……"

"我是进驻你们省的国务院安委会安全生产督导组第一小组组长陈正堂。我们这个小组有老李、小王等同志。两位警察是省公安厅配合我们工作的同志。"陈正堂一一介绍过后，又说，"你们省应急厅的督察专员赵愚同志也会过来……"

"你们终于来了！"督导组来白桦了，这让宁浩东精神振奋，激动得差点流下眼泪。

"根据督导要求，我们这个小组来白桦暗访。当然，我们是带着线索来的。"陈正堂说着，转而问道，"可是，今天这是怎么回事？"

宁浩东连忙把情况向陈正堂作了汇报。陈正堂大为震惊，但他觉得光靠陈达元的口述证据并不充分。宁浩东十分赞同，但万分焦虑:"你没看到他们在把固废焚烧炉里的炉渣往外运吗?如果运走了,我们还怎么寻找证据?所以我就想制止他们,哪怕丢掉性命,也要制止住。因为只要炉渣在,还能从里面找找线索,比如做DNA……"

"都烧成灰了,没有一点点有机物质,还怎么做DNA?"陈正堂笑道,"你的精神值得点赞,但是由此看来,你上学时生物学得不好啊。"

陈正堂的话让宁浩东满脸通红。"那……那我们上哪里找证据?"宁浩东问。

"只要做过,就有痕迹。"陈正堂信心满满,"配合我们工作的两位警察同志,会有办法的。"

宁浩东这才舒了一口气。突然,他又眉心一紧,自言自语道:"不对啊,海达集团的李英达和科达化工的钱景,两个人大学里一个学的是生物技术,一个学的是生物化工,应该知道炉渣没什么用,可是他们为什么要把炉渣运走呢?如果是为了建厂房浇地基,也只需要挖开,堆在一边,然后再回填。这里地势低洼,还需要从外面运土过来……"

"你说什么?"陈正堂警觉起来。

宁浩东把自己的想法,和陈正堂说了一遍。

"有道理。"陈正堂陷入了沉思。

连日来,宁浩东不停奔波,身心疲惫,此时此刻所有倦怠都一扫而光。他没有按照陈正堂的要求,到家后先好好睡上一觉,而是坐在电脑前,全面梳理所掌握的科达化工公司"6·8"事故有关情况,以及其他相关情况。他要把这些重要情况提供给督导组。完成得差不多时,已经是晚上九点多了。

国务院安委会安全生产督导组来白桦了,事先没有发通知,也没有打招呼,估计豪成到现在还不知道。吃着方便面,宁浩东突然想起,要不要向他汇报一下?正犹豫着,聂静萍的电话打进来了。

没有铺垫,聂静萍开口就说:"宁局长,有个女的找你。"

聂静萍的话没头没脑,宁浩东让她不要着急,说具体一些。

"瞧给我急的。"聂静萍顿了顿,但情绪仍然难以平复,话也说得不顺溜,不过宁浩东还是听明白了,原来今天轮到聂静萍和另一位女同志值夜班,刚才一个女人来上访,还非要见宁浩东不可。夜里有人上访,聂静萍从来没碰到过。她劝女人明天再来。可是女人一把鼻涕一把眼泪的,就是赖着不走。没有办法,聂静萍只好给宁浩东打来电话。

"她叫什么?"宁浩东问聂静萍,心想,莫非是王健民的老婆,那女人确实像只母老虎,很难缠。

"我没告诉你她是谁吗?"聂静萍不好意思地说,"她说……她说她是陈一栋的老婆。"

"陈一栋的老婆?"宁浩东不会忘记,陈一栋是科达化工公司的工人,受伤后一直在县人民医院ICU。他接待过来局里上访的她和一家老小,还在科达化工公司见过她,她说她在职工食堂帮工。可是,今天这么晚了,她为什么要跑到局里,还要求见他?肯定发生了什么事情。宁浩东要聂静萍把她接待好,他马上就到。

很快,宁浩东就到了局里。一见到宁浩东,陈一栋的老婆就要下跪,求宁浩东为她做主。宁浩东把她扶起来,请她有事慢慢说。

陈一栋的老婆流着泪告诉宁浩东，陈一栋出事后，科达化工公司在她的再三要求下，派人带她到县人民医院ICU探视。她远远地看到一个男人双眼紧闭躺在床上，有人说那就是她丈夫。她想走近一点，好看得真切，但被人拉开了，说是医院有规定，不得靠近，否则会影响病人的治疗。这次探视，她总算知道丈夫还活着。后来，她就按照公司的安排进了职工食堂，也没有再次上访要人。可是，她心里总是不踏实。她找到钱景，钱景说应该没事，还说万一陈一栋的伤情真的发生了变化，只要她不吵不闹不上访，就赔她四十万，但分两次给她，先给二十万，如果没有什么负面影响，三年以后再把剩下的二十万给她。她不听这些，就是要人。钱景就威胁她，说已经过了三十天，陈一栋即使死了，也不会算在事故里，到那时公司一分钱也不给。她的天塌了，只好来求宁浩东为她拿个主意。她说她知道宁浩东是个好人。

宁浩东请聂静萍好好安慰安慰她，再想办法给她弄点吃的，然后回自己的办公室，用电话向陈正堂作了汇报。陈正堂认为这个情况很重要，说他们商量一下再和他联系。不一会，陈正堂打来电话，说有必要和白桦县的分管领导正面接触。陈正堂说他们了解过了，张艳梅接待完上面来的一个领导刚回到办公室，要宁浩东陪自己和小王一起去。

张艳梅抽完最后一支香烟，拎起小包正准备离开办公室回公寓，突然听见有人敲门，"进"字一说完，宁浩东就带着陈正堂和小王走了进来。张艳梅见到宁浩东，沉下脸就要发作，宁浩东却抢先介绍道："张县长，这两位是国务院安委会安全生产督导组的领导。"

"我们怎么没有接到通知？"张艳梅并不相信宁浩东的话，眼睛看着陈正堂，心里却在嘀咕着。

陈正堂解释道："我们这次下来，是不和地方打招呼的。"说着，把证件递给张艳梅。

张艳梅似信非信，但也不敢怠慢，忙说："欢迎欢迎，那我们到会议室坐。我马上向县里主要领导作个汇报。"

"都这个时候了，没有必要。"陈正堂说，"这么晚了来找你，是有人向我们反映，说是科达化工公司6月8日发生过一起事故，有个叫陈一栋的工人在事故中受了伤。都一个多月了，外面众说纷纭，有人说死了，有人说还活着，到底怎么样，我们想核实一下。"

张艳梅的心抽搐了一下，暗自猜想，肯定是宁浩东捅上去的，嘴上却说："是有工人受伤这回事，但是不是事故造成的很难说。据我所知，受伤的工人一直在县人民医院ICU治疗。"还征求陈正堂的意见："我让医院吴院长过来当面向领导汇报？"

"不麻烦吴院长过来了，我们还是亲自去一趟吧。"陈正堂对张艳梅说，"如果不十分为难的话，张县长是不是可以陪我们一起去？听说没有你的同意，任何人都进不了ICU。"

"怎么可能，医院有医院的规定。"张艳梅好看的眼睛瞥了瞥陈正堂，透着一丝哀怨，似乎在说"你也相信外面的传言"。

张艳梅拿起手机拨了一个号码，接通了便说："吴院长，马上有领导要到ICU看一看陈一栋的情况。你在医院吗？在就好。那你安排一下，等着我们。"

手机的音量很大，宁浩东和陈正堂他们都听得一清二楚。

陈正堂向张艳梅说了声"谢谢"，跟着她往停车场走。

张艳梅让宁浩东坐她的车。宁浩东说他自己有车。张艳梅给了他一个冷眼，丢下一句"大驾难请吗"，便独自上了车。宁浩东迟疑了片刻，还是坐了进去。

车启动了，张艳梅看着前面的路一声不吭。宁浩东也不说话，双臂交叉抱在胸前，目光平静。

"豪成人呢？"快到医院时，张艳梅突然问道，"他知道督导组来白桦了吗？"

宁浩东坐在副驾驶上，回头答道："我不知道。"

"你是不知道他人在哪里，还是不知道他知不知道督导组来了白桦？"张艳梅的话像绕口令，白了宁浩东一眼，话中有话，"这么说督导组是直接找的你。由此看来，你深受督导组器重啊。不过，请你不要忘了，你是白桦县的应急局副局长。督导组早晚要走，而你走不了。"一说完，车正好停下。她拎起小包，拉开车门，笑眯眯地来到陈正堂他们的车旁，做了个请的手势，往ICU带去。宁浩东紧赶几步，跑到前头，但又觉得走在张艳梅前面不妥，便退了回来，在后面跟着。

吴院长在ICU门前等着。张艳梅把陈正堂和小王介绍给他，又把他介绍给陈正堂和小王。陈正堂声音平缓，但自带威严："陈一栋情况怎么样？"

"目前，生命体征平稳。"吴院长回答得简洁明了。

陈正堂点点头，又问："主要治疗措施是什么？"

"呼吸机一直在用……"吴院长的头上汗珠直滚，在灯光下泛着晶莹的光。张艳梅站在他的身边，肃穆、庄严，像参加追悼会一般。

宁浩东听到身后有什么东西在瑟瑟作响，还似有轻轻抽泣的声音,转过头一看,原来是聂静萍扶着陈一栋的老婆在后面站着。陈一栋的老婆浑身哆嗦,似乎只要聂静萍一松手,就会瘫倒在地。

"你们怎么来了?"宁浩东走过去问聂静萍。

"她要来,我拦不住。"聂静萍嘟着嘴,像耳语,"我怕她路上出事,只好陪她来了。也真是巧了,碰到你们领导。"

宁浩东眉头紧皱,暗示聂静萍小点声,快把她弄走。

"吴院长,能让我们进去看一眼吗?"陈正堂问。

吴院长朝张艳梅看看,张艳梅也不回避,说:"如果有规定不能进,你就直说。领导是会带头遵守你们医院规定的。"

"能不能这样?"没等陈正堂回话,小王抢先开口了,"我们按照规定要求,做好消毒和防护工作,然后你打开门,我们站在门边看一眼,不往里面走。这样也好向群众交代嘛。"

吴院长又把目光转向张艳梅。

"就按领导的要求办吧。"张艳梅神情淡定,语气轻松。

"那行。"吴院长指导一行人进行了消毒,穿戴好防护服,然后给室内的护士打了个电话,ICU厚重的大门便从里面打开了。吴院长第一个走了进去,站在门边。他的两侧是陈正堂、小王和张艳梅。宁浩东站在他们的后面。

吴院长指了指最里面的一张床,介绍道:"那张床上就是陈一栋。"只见一个人静静地仰面躺在病床上,脸上罩着呼吸机面罩,床边的台子上是各种仪器,数字在不停地跳动,还不时发出"嘀嘀"的警报声。

这时,一个身影从人们眼前倏忽而过,没等宁浩东反应过来,已经蹿到陈一栋的病床边。宁浩东定睛一看,原来是陈一栋的老婆。只见她怔怔地站着,双手紧握,直勾勾地盯着。突然,她惊叫道:"这不是一栋,这不是一栋……"没等她扑上去,两个护士已经冲过去,连拖带拉把她架了出去。

ICU的大门又重重地关上了。门外,陈一栋的老婆放声号啕,边哭边说那不是她男人,她男人的左眉上有一个大黑痦子……

"到底怎么回事?"听着陈一栋老婆声嘶力竭的哭诉,陈正堂的胸脯随着嘴里吐出的粗气,不停地起伏,目光直视着吴院长。

"我……"吴院长腿如筛糠,语无伦次,求救似的看向张艳梅。

张艳梅看了看陈正堂,看了看小王,又看了看宁浩东,眼神游离,飘忽不定。她摸出一张纸巾抹了抹溢出眼眶的泪水,很不情愿地说:"陈一栋送到医院时就死了,但还是安排进ICU上呼吸机……十天之后才移到太平间……三十天后运到殡仪馆……是我要求这样做的……我负主要责任……"

上午九点,总投资二十亿元的医药中间体项目一期工程安全条件评审会,在科达化工公司行政楼三层多功能会议室正式举行。安全条件评审是化工项目实施必走的程序。海达集团董事长李英达向海城市副市长汪海汇报后,汪海说,为了表示对评审的重视和支持,他要亲自参加。副市长亲临现场,白桦县委主持工作的副书记、县长丁铛响当然必须参加了。

李英达早早来到科达化工公司,事无巨细地一一查点。会场准备好了,评审结论也打印出来了,只等专家教授们签字确认。他又到生产区转了转,向位于西北方向用作厂房建设的空地看去，堆放固废炉渣的废水沟那儿，挖掘机和渣土车正在按部就班地作业。他表示满意，还很难得地表扬了钱景几句。

考斯特把住在白桦宾馆的专家教授们接了过来，有项目设计单位省安泰安全评价有限公司董事长、总经理朱安华，以及来自省安全生产科学研究院、省化工研究院、海城工学院等项目评价单位的专家教授。李英达和他们一一握手，告诉他们领导马上就到，请到休息室喝喝茶、聊聊天、吃点水果，稍作等候。

丁铠响本来是要和张艳梅一起过来的，但左等右等等不到，电话又打不通，气得他大手一挥径自出发了。一见到李英达，他便连称"祝贺"，李英达笑着拱手，说是"同喜同贺"。

豪成也来了。他是丁铠响叫来的。丁铠响说，来了这么多高层次的专家教授，又是安全条件评审，你这个应急局局长不来是什么意思？服务招商引资项目建设的意识哪里去了？豪成也有豪成的苦衷，从来没有人向他通报过举行安全条件评审会，更没有人邀请他，他怎么来？

八点五十分，汪海副市长恰到好处地赶到了。李英达、丁铠响把他迎到会议室。早已到场的专家教授们全体起立，用掌声表示欢迎。汪海走过去，和他们一一握手，说着"欢迎"。

等汪海和与会人员全部坐定，丁铠响侧过头来，压低嗓音征求汪海的意见，问是不是可以开始了。汪海摸了摸鼻子，轻声问道："小张怎么没来？"丁铠响把面前的话筒往下压了压，嘴又往汪海的耳边凑了凑，说："可能有点事耽搁了。"汪海眉头皱了皱，随后又点了点头，表示可以开始。

根据规定，安全条件评审会一般先由市一级主管部门的负责同志主持，进入评审阶段后再推选出一名专家任组长主持评审。

但李英达根本就没有把主管部门当回事，原先想由自己主持，但既然汪海副市长到场，就改变了主意，请丁铛响主持。

丁铛响清清嗓子，宣布评审会现在开始，然后一一介绍参加会议的各位领导和专家教授，尽管大家已经互相熟识了，但丁铛响认为仪式感还是要有的。

"现在请海达集团董事长李英达先生介绍项目情况。"丁铛响一说完，就带头鼓掌。

李英达欠了欠身子，清了清嗓子，中气十足地开了口："首先，我代表海达集团董事会，代表海达集团两千多名员工，向与会的汪市长、丁书记和各位专家教授表示热烈欢迎和衷心感谢。"然后带头鼓了鼓掌，再话头一转："项目的情况想必大家都已知道，我就节省时间不再赘言，在此我向大家报告两个好消息，一个是一期工程的厂房建设已经正式开始，第二个是我们海达集团将于下个星期在深圳证券交易所敲锣上市……"话音未落，掌声响成一片。

"今天项目通过安全评审，就是三喜临门了！"朱安华不失时机地补充了一句。

会场上的掌声又响了起来。

李英达讲话结束，丁铛响请汪海讲话。汪海摆摆手，说："还是等专家教授对安全条件评审后再讲。"丁铛响一再请求："还是先请汪市长讲话提要求。"汪海也就没有坚持。他激情澎湃："今天的主角应该是专家教授们，既然要我讲，我就讲三句话。一是祝贺，祝贺评审会的召开，祝贺一期工程的厂房建设正式开工，祝贺海达集团深股如期上市；二是感谢，感谢李英达李董事长做出的不懈努力，感谢专家教授们付出的聪明才智，感谢白桦县委、县政府和有关方面的优质服务；三是希望，希望大家一如既往关心海达集团，关心新上项目，保证顺利开工建设，尽早达产达效，为海城市经济社会发展贡献力量。"汪海的讲话抑扬顿挫，基调也把握得很好，既有气势，又很煽情，自然博得潮水般的掌声。

"好，现在进行安全条件评审。请项目安全评价机构，省安泰安全评价有限公司董事长、总经理朱安华先生介绍项目安全评价情况，然后请各位专家发表评审意见。"丁铛响一说完，就面对朱安华微笑着鼓起掌来。

朱安华把话筒往面前挪了挪，说："我们公司非常荣幸，受海达集团、科达化工的委托，进行项目安全评价。"又指了指桌上的投影仪，问道："关于项目安全评价的情况，要不要我再向在座的专家教授们汇报汇报？"

专家教授们摇摇头，说是情况都清楚，没有必要再汇报，节约时间最好。

"既然没有必要再汇报，那么请专家教授们发表评审意见。"朱安华说。

"我只有一个问题，"省化工研究所的专家说，"我想请问该项目的技术来源。"

朱安华立即作了补充说明。省化工研究所的专家就没再说什么。

省安全生产科学研究院的专家说："对于项目的安全评价，我没有什么意见。我想了解的是，企业安全管理人员的配备情况，特别是注册安全工程师的配备是不是符合法定要求？"

一直正襟危坐的钱景站起身来，一副诚惶诚恐的样子："我来汇报一下。我们企业正在积极培养，正在积极培养……"

朱安华询问海城工学院的教授有没有意见。那位教授摇摇手，翻着手机，头也没抬。

"好，大家都没有意见。现在我宣读我们公司代为起草的评审意见。"朱安华从包里拿出一张纸就要念，省化工研究所的专家不耐烦了，说："念就不要念了，请专家教授们签字确认好了。"

"那也行。"朱安华把纸放到桌上。

"钱总，你把正式文本拿来。"李英达对钱景说道。

钱景正在安排人上红酒，一旦签字确认，得举杯祝贺啊。听到李英达招呼，他连忙催办公室主任快点去拿。

正式的评审结论文本被拿来了，放到一位专家面前。专家掏出钢笔，拔去笔帽，坐在他左侧的专家也拿出了笔，知道马上轮到自己了……

"慢！"突然，一个声音在门外响起。在大家惊诧的目光注视下，宁浩东走了进来。

"宁浩东，你来干什么？"丁铛响知道来者不善，脸色铁青，冲坐在后排的豪成挥挥手，示意他把宁浩东弄出去。

豪成慌忙起身。

汪海坐着没动，摸了摸鼻子，不动声色地询问身边的丁铛响："这位就是宁浩东？"

李英达冲钱景叫道："钱景，他……他是怎么进来的？"

宁浩东笑了笑，脸色平静："你们在开安全条件评审会，难道不应该听听我的意见？"

"不懂规矩！"丁铛响气得直喘，指着宁浩东的鼻子，却一时不知道说什么为好，想了半天才说道，"宁浩东，你知道不知

431

道,你妨碍白桦招商引资项目建设,就是白桦人民的罪人。"此言一出,他也觉得自己有点气急败坏,乱了方寸。

"错!"宁浩东一字一句,掷地有声,"只有草菅人命的人,才是人民的罪人!"

"你……"丁铠响瞠目结舌,无言以对。

宁浩东转过身来,气定神闲地对专家教授们说:"尊敬的专家教授们,在你们签下大名之前,是不是可以听听我的意见?你们应该知道,你们的结论,关乎职工群众的生命安全,关乎经济社会的安全发展。兼听则明嘛。"

"你说,"省安全生产科学研究院的专家好像有所省悟,"我们只是凭文字材料发表评审意见,这显然很不充分。不急,你慢慢说。"

"我一直分管白桦县的危险化学品安全监管和安全生产行政执法,对科达化工公司的安全生产情况是比较了解的。"宁浩东的目光从李英达、钱景的脸上一一扫过,"这家企业安全生产意识淡薄,安全生产法制观念缺乏,安全生产非法违法行为频频发生,就在我分管的这几年,就被依法处罚过九次,罚款九十三万元。生产安全事故时有发生,但涉嫌不报谎报……在他们眼中,已经看不到安全线了。他们已经失去办企业的底线,也已经失去做人的底线!"

"宁浩东,你不要血口喷人!"钱景急了,"你说,你说我们什么时候发生事故了?"

"请问钱总,你们公司女服务员余琴的丈夫是怎么死的?"宁浩东反问道。

"这……这……"钱景慌了神,支吾着说不出话来。

"我还要请问,就在一个多月前的6月8日,你们三号车间发生爆炸事故,除了陈一栋,还有三位聋哑人被弄到哪里去了?"

"你……你是不是疯了?你知道不知道,你在胡言乱语?"佯装镇静的李英达再也控制不住自己的情绪了,冲丁铛响怒吼道,"你们白桦这种投资环境,谁还敢来上项目?"

汪海也沉不住气了,气愤地问丁铛响:"这人还像个干部吗?"

丁铛响却傻了,似乎没有听到李英达和汪海的斥责。

"李董,用不着那么紧张。"宁浩东掏出手机,高高举起,手机里顿时传来陈达元的声音:"他们让我……把那三个人的尸体装进装固体废料的袋子……混在公司一堆堆固体废料里,送进固废焚烧炉烧掉,不留任何痕迹……"

"宁浩东,你知道你在做什么吗?你在栽赃害人。"李英达气得上气不接下气,"好,请问……请问证据,你有什么证据?难道……难道就凭手机里的那个人一句话……"

"证据在这里……"这时,陈正堂他们迈着稳健的步子走了进来,自报家门道,"我们是国务院安委会安全生产督导组的。"又指了指站在身旁的一位警察:"这位是省公安厅配合我们工作的同志。"

汪海站起身,远远地伸出手,向陈正堂快步走去。钱景差点瘫倒,李英达和丁铛响一时没有弄明白究竟是怎么回事。

陈正堂没有理会他们,走到为评审会准备的投影仪旁,把一个U盘插了进去,投影幕布上瞬间出现了一幅照片,照片上是三具灰褐色的人体骨骸。

宁浩东也怔住了。他不知道这三具骨骸是从哪里来的。

"这……"李英达汗如雨下,"你……你们从哪弄来的照片?"

"李董,你难道真不知道?"陈正堂把目光转向钱景,"钱总,你来告诉李董。"

钱景已经说不出话来了。

"那还是我来告诉你吧。"陈正堂的目光像一把利剑直逼李英达,"这三具人体骨骸,是从你们固废焚烧炉炉渣堆下面的一个深坑里挖出来的。你可能会说,与你们无关。那么请问,你为什么要让海城市有名的吴二安排人来挖呢?为什么要他只管挖,不管挖到什么都不要多问?"又说:"你没想到吧?今天开挖掘机和开渣土车的人不是昨天的人了,都换成了我们的人。"李英达当然不会想到,昨天和宁浩东的交流使陈正堂大受启发,迅速作出了安排。

"不……你凭什么确定这三具骨骸就是我们这里的?"李英达还在狡辩。

"李董,不用着急嘛。"陈正堂朝李英达摆摆手,让他少安毋躁。

又一个身穿制服的警察走了进来。他手上拿着一只圆形铁皮小罐,和筒装香烟罐差不多。他在桌子上铺了一小块黑色塑料布,然后打开小罐的盖子,把里面的东西倒在黑色塑料布上,出现在众人面前的是一小堆乳白色的结晶性粉末。

"这只小罐,是从炉渣堆旁边一棵小桑树下面挖出来的。"陈正堂指了指黑色塑料布上的结晶性粉末,问李英达,"李董,你知道这是什么吗?"

李英达使劲地摇摇头,说:"我不知道,我真不知道。"

"钱总应该知道吧。"陈正堂对钱景说道。

"我也不知道。"钱景矢口否认。

这时,小王走到陈正堂的身边,耳语道:"陈达元愿意继续做证。"

"好!"陈正堂打开手机,调试了一下,然后手机画面便投放到了投影幕布上——

陈达元躺在病床上,省应急厅督察专员赵愚和另外一名同志站在他的床边。

赵愚问:"陈达元,那三具聋哑人的尸体后来怎么样了?"

陈达元说:"当我把三具尸体混在固废堆里送到焚烧炉那时,突然也不知道什么原因停电了,焚烧炉烧不起来。我向钱总汇报,问他能不能等故障排除恢复供电了再烧。钱总说,不行,李董有要求,不能拖。就这样,他和我一起,把三具尸体又偷偷地运到炉渣堆旁,挖了个深坑埋进去,再在上面堆上炉渣⋯⋯"

赵愚问:"陈达元,你还有什么要说吗?"

陈达元说:"李董事长和钱总让我先是在老厂房,后又转移到三号车间偷偷组织生产的,不是他们说的高科技军工保密产品,而是羟亚胺⋯⋯他们以为我不知道,其实我早就知道了⋯⋯我偷偷地把一些样品装在一只筒装香烟的小罐里,埋在炉渣堆旁边一棵小桑树下面。我本来是想临走时敲他们一笔的⋯⋯"

"羟亚胺?"一听到这三个字,宁浩东惊呆了。因为羟亚胺是易制毒品,只要通过简单的加热提纯,就可以合成新型毒品氯胺酮,也就是人们常说的 K 粉。因此,国务院将羟亚胺列入第一类易制毒化学品管控,公安、应急等部门一直重拳出击,严厉打击毒品犯罪的源头。宁浩东抬眼看去,李英达、钱景面无血色,其他人个个惊愕不已……

到这时，宁浩东才明白，当时听了陈达元的话，他一时情绪失控，吓得陈达元都没敢把话说完。而此时他并不清楚，国务院安委会安全生产督导组的领导听了陈正堂的汇报，高度重视，立即周密部署，一是由陈正堂带队继续在白桦开展工作，二是抽出精兵强将由省应急厅督察专员赵恩带队，连夜赶往山西临汾，当面向陈达元取证。

不过，宁浩东后来才知道，陈达元差点无法做证。为了让陈达元补养身体，余琴在医院附近的小吃部订了鸽子汤。当小吃部派人送来时，她拿起汤匙就要喂，陈达元摇摇头，意思是他做完证再喝。等他做证结束，余琴赶紧来喂。然而，一碗鸽子汤没有喝完，陈达元突然浑身痉挛，双手抱肚，痛苦万分，不一会儿便没了气息……后经公安部门侦查，原来是有人在鸽子汤中做了手脚。

在人们惊恐的目光中两位警察走到钱景身边，厉声道："钱景，现在依法对你采取强制措施。"

钱景双腿哆嗦，两手颤抖，指着李英达结结巴巴地说："都……都是他让我做的……"

"李董，"陈正堂对李英达说，"你不觉得有许多事情，需要去和我们说清楚吗？"

李英达不慌不忙地把座位上的材料收好放进提包里，和汪海、丁铠响一一握了握手，又对在座的专家教授拱拱手，然后扶了扶眼镜，拎起提包跟着陈正堂走了出去。

就在李英达将要跨出多功能会议室的时候，丁铠响突然叫道："李董，我们的项目……"

尾　声
事故，不是故事

宁浩东决定回一趟斗龙港，快去快归。现在，他满脑子都是斗龙港、斗龙河、老支书韦龙存，还有斗龙港的乡亲……

豪成非常支持他，说："你是该回去看看了。科达化工公司'6·8'事故省里已经提级调查，国务院安委会挂牌督办，下一阶段会更忙，这个时候抽空回去是最合适的。"

"我送你。"周雅婧轻轻地拍了一下宁浩东的胳膊，见宁浩东吃惊不小，笑道，"紧张什么？我是说送你到海城高铁站，又不是一直把你送到斗龙港。"

"我知道。"宁浩东笑笑，表达感谢，"不过，我要先到省城看看张明凯书记，然后从那儿直接坐高铁回去。"

"也好。"周雅婧看着宁浩东，动情地说，"请代我向老支书问声好。就说，我期待着斗龙河里鱼肥虾壮蟹满黄的时候，和你一起回去看他老人家。"宁浩东听了，总觉得后面半句是说给他听的,不由鼻子一酸。

当天,宁浩东就赶到了省城。张明凯书记还在省中医院休养调理。

宁浩东拎着果篮走进张明凯病房时,宋老师已经把饭菜摆上了。张明凯让宁浩东一起吃,他也就不客气地端起了饭碗。宋老师不停地往宁浩东的碗里夹菜,张明凯看着他吃,脸上露出欣慰的神情。

张明凯说:"小宁啊,虽然你受了委屈,但是我为你高兴,为你骄傲,你没有让我失望。"

"张书记,我必须向您检讨。"宁浩东真诚地说,"那个电话……"

张明凯知道宁浩东的意思,便摆摆手打断了他的话:"理解,我理解。"

饭菜很简单,很快就吃好了。宋老师把桌子收好,又照应张明凯吃了药,然后说:"我出去转转,小宁要回斗龙港了,我去看看能不能买些合适东西,让他带给乡亲们。"又关照道:"你们聊。不过,老张你不要激动,聊完了早点午睡。"然后给宁浩东泡了一杯茶,给张明凯端来一杯白开水,带上门出去了。

"小宁啊,有一点我想不通,你能告诉我为什么吗?"张明凯喝了一口水,放下茶杯问宁浩东,"科达化工公司的安全生产情况,特别是疑似发生了生产安全事故的情况,你为什么不直接向我汇报,而是越过我向省里举报?"

宁浩东听着,不言语。不是他不想说,而是确实不好开口。

"你不说,我也能猜到七八成。"张明凯说,"主要还是那张端午节打点明细上有我的名字,所以你对我不信任,认为我肯定是其中一顶保护伞。毕竟从全国通报的情况来看，每一起生产安全事故的背后，都有腐败问题嘛。"

张明凯没猜错，宁浩东当时就是这么想的。张明凯牵涉进去了，宁浩东也想过就此放下，不再紧追不舍、一查到底，但那是人命关天的事，尤其是当余琴告诉他有四个工人在事故中死亡时，他更是知道自己根本做不到放弃不查。以匿名的方式向省里举报，是当时能想到的最好的办法……

"实话告诉你，科达化工公司的钱景，是受李英达的指派来找过我。"张明凯说，"前几天省纪委的同志找我核实情况，我也如实作了汇报。钱景找我的时间、地点和纸条上记载的确实一致，至于金额是不是一致，我就不清楚了，他带来的材料袋我根本就没有打开。至于其他人，我更不知道。"说到这里，张明凯轻松地笑了笑。

宁浩东告诉张明凯，据夏卫东常委说，上级纪委一直在调查海达集团及科达化工公司行贿问题。那张端午节打点明细，钱景先是拒不承认它的存在，一口咬定是宁浩东蓄意编造的谎言。后来，办案的同志在钱景的老板桌抽屉里发现了一个U盘，里面有清单的扫描件。但是钱景还是不承认，坚称这只是计划，没有实施……办案的同志经过深入细致的工作，终于查清了真相：清单上的人员中，张明凯、丁铠响、豪成确实都没有收受他的打点费，但是钱景仍然在他们的姓名、金额后面记上了时间和地点，表示他们也收受了。他这样做就是要把那几笔钱据为己有，说白了就是贪污。钱景认定，李英达不可能——核查……听到这些，张明凯不胜唏嘘。

宁浩东还告诉张明凯，扫描存进U盘的，还有之前的春节打点清单、中秋节打点清单，以及为企业上市开路等名目繁多的打点清单，各级纪检监察部门正在进一步调查核实。

"李英达为什么要把费用在科达化工公司列支呢？"张明凯还是想不明白。

宁浩东道："据初步调查，因为要上市，海达集团不得不接受证监会的审查审核，尤其是对经营状况和财务管理的审查审核。在李英达看来，资金使用要求公开透明，简直是给他上了一道紧箍咒。虽然千方百计进行了一系列的变通，但违法违规的花费处理起来压力仍然很大。怎么办？费了一番心计后，他找到了一个好办法，就是非法生产易制毒品羟亚胺。该产品市场紧俏，利润丰厚。产品一生产出来，立即通过可靠的渠道销售出去，收入不入公司账务，由钱景保密管理，并按照李英达的指示统一列支。"

今天，和张明凯提起那张清单，宁浩东心里异常惭愧。他向张明凯检讨道："对张书记的为人我是十分清楚的，当时不应该有半点的疑忌，还请张书记原谅，我会深刻反思的。"

"不能这么说。"张明凯大手一摆，"你做的是对的，何况在白纸黑字面前。再说，对你，我应该很了解吧，但是面对汹涌而来的网络舆情，我也产生过怀疑。"逝去的一幕，就像按下重放键，在张明凯眼前回放着。

那天，张明凯正在开发区调研，韦国庆打来电话，说有重要情况要汇报，非常紧急。等张明凯赶到办公室时，韦国庆捧着一个材料袋已经在等他了。

没等张明凯坐定，韦国庆就汇报道，网络舆情反映的宁浩东的问题，已经引起海城市纪委的高度关注，要求立即对宁浩东采取留置措施，副书记汪山亲自督办，并指派人员参与办案。张明凯想，凭自己对宁浩东的了解，他应该不会胆大妄为，连房子都敢收受，但是转念又一想，万一他一时糊涂呢？张明凯认真地翻阅着韦国庆带来的材料，试图迅速作出自己的判断。

韦国庆站在张明凯身边，看着他研判。

张明凯问："你是什么意见？"

"据了解，网络舆情发生的时机，正是宁浩东具体负责核查科达化工公司有关举报的时刻，我觉得还是要慎重。"韦国庆的语气不容置疑，"对腐败分子要惩处，但是对敢于担当作为的同志我们也要保护。"

"把这一点把握好，十分重要。"张明凯点点头，"我把宁浩东找来谈谈。"

宁浩东是张明凯培养起来的，肯定会多一份关心关爱，也会更多一份严格严厉，韦国庆当然理解，说："我在隔壁会议室等着。"

后来，宁浩东来了。谈话过后，张明凯更加坚定了对宁浩东的信任。

送走宁浩东回到办公室，韦国庆就过来了。还没开口说话，手机响了，韦国庆赶紧拿着手机走了出去。接完电话，回到张明凯的身边，他轻声说道："张书记，市纪委汪山副书记又在催了。"

张明凯接过韦国庆递来的一份材料，从头至尾反复看了好几遍。这份材料上，有纪委提出的对宁浩东的处理意见。他说："我完全同意你们的意见，暂不采取留置措施。可以先行停职，配合调查核实。"

"好，有责任，我来负。"韦国庆说。

"不，有责任，我和你们一起负。"张明凯拿起钢笔，在纪委提出的处理意见下面签上自己的姓名。

韦国庆拿起材料，带上门走了。没想到韦国庆一走，张明凯就突发心梗，晕倒在地……

听到这些，宁浩东心中充满了感动。不知不觉中，他竟想到了自己的父亲，眼泪差点流下来，但他使劲忍住了。

"喝茶喝茶。"张明凯把茶杯往宁浩东的手边推了推，问道，"下一步有什么打算？"

宁浩东说："科达化工公司'6·8'事故的查处虽然有了突破性进展，但还有很多工作要做，尤其是全县面上怎样汲取事故教训，提升安全监管水平，还有很长的路要走。"

张明凯向宁浩东投去赞许的目光，肯定道："你这样想是对的，不仅要查处事故，而且要有效避免事故。这是比泰山还重的责任啊！"

"是的，这也是我心中高擎着的安全线啊！"宁浩东动情地说，"您知道的，我在苏北斗龙港长大，流传千年的斗龙河的传说一直感染着我，我从小失去父母，清楚生命安全对家庭、对孩子的极端重要性。还有，我忘不了青梅竹马、相知相爱的叶如花，对她的死，我百身莫赎……我每时每刻都在追悔忏悔，每天都在自我救赎……"

"小宁，正因为你对生命安全有着特别深刻的体验和理解，所以从事安全生产工作，你比任何人都合适。"说到这里，张明凯的心中又多了一份慰藉，"现在看来，当初对你工作的安排是正确的。我支持你！"

宁浩东回到了斗龙港，回到了老支书韦龙存的身边，也回到了斗龙港乡亲的身边。

那天晚上九点多，宁浩东敲开了老支书家的门。认出宁浩东后，老支书并没有表现出特别的惊喜，而是十分淡定地说了声"回来了"，就像当年他背着书包放学回来一样。然后，老支书就到厨房为宁浩东做饭做菜。不一会儿，大米饭端上桌了，斗龙河的小龙虾端上桌了，黄海滩涂上的炝泥螺也端上桌了……老支书坐在宁浩东的边上，看他美美地吃着，看着看着，眼里泪汪汪的。宁浩东知道，老支书是想起了他小时候。那天夜里，宁浩东就睡在老支书的床上，睡在老支书的身旁。他睡得是那样的香甜，那样的安稳……

天亮了，宁浩东刚刚起床，不少乡亲就闻讯赶来了。和老支书一样，他们很少嘘寒问暖，见面就是一句"回来了"。在他们心目中，宁浩东不是在外工作的游子，而是不管飞多远，都要回来的燕子。他们约宁浩东到家坐坐，聊聊家常，再吃顿可口的家乡饭、家乡菜。

叶根坚一直没有露面。老支书告诉宁浩东，他大前年才成的家，去年有了一个女儿，家里的光景过得还不错。宁浩东在老支书的带领下，去了他的家。遗憾的是，叶根坚家的两层小楼大门紧闭，一家人不知去了哪里。

"他们一家是很少出门的啊。"老支书嘴里唠叨着，心里很透亮，"这孩子怎么就一根筋走到底呢？"

宁浩东深深地叹了一口气。他知道，叶根坚的心结至今没有打开。其实，他自己又何尝不是如此？

下午，他来到斗龙河西北处的三角尖，在父母和叶大叔、叶

443

大妈的坟前烧了纸钱磕了头，最后来到叶如花的坟前。叶如花的坟上绿草依依，开满了白色的、粉色的、黄色的小花，宁浩东仿佛看到叶如花从草丛中、从花海里探出笑脸，轻轻地问他："咱们的碎砖房翻修好了吗？翻修好了别忘了来娶我……"宁浩东再也控制不住自己，伏在叶如花坟前绿茵茵的草地上尽情痛哭，泪珠滴在草尖上，滴在花瓣上，也滴在前不久周雅婧送来的那束野花上……

　　当地成立了斗龙港旅游度假区，开辟了斗龙河水上旅游线路，不少村民被聘为船工，用竹篙撑着游船顺流而下，为游客们讲述斗龙河的历史文化、风土人情和两岸风光。老支书韦龙存被聘为顾问。

　　老支书要带宁浩东游览一下斗龙河，还专门挑选了一条最漂亮的游船，那条游船远远看上去就像一条在水面上游弋的长龙。宁浩东像小时候一样，坐在老支书身边，看着光滑的竹篙在他手里游走，听他再次讲起不知道讲过多少遍的斗龙河的传说……

　　听说斗龙港不远处的黄沙港已经建成了国家级渔港，宁浩东决定去看一看。虽然小时候去过，但现在变化一定很大。

　　贾京鸣的老家就在黄沙港。他是从黄沙港走出去的。

　　从海堤公路一路向北，十多分钟车程后黄沙港便到了。站在巍然壮观的黄沙港闸上放眼看去，远处是浩瀚的大海，海面上一个浪头赶着一个浪头，激起白色的浪花，发出哗哗的声响，许多叫得出名字或叫不出名字的海鸟上下翻飞，追逐着，啼叫着。近处是安静的港湾，停满了刚刚出海归来的渔船，到底有多少条，一时难以数清。它们大小不同，形状各异，一样的是每艘船上都挂满了随风飘扬的彩旗。渔民们有的在船上歇息，有的围在一起抽烟聊天，有的正在装卸捕捞的成果……岸上也挤满了人，他们中间有渔民的家人，有前来交易的商贩，还有赶来欣赏渔港风情的游客……宁浩东禁不住掏出手机。他要把眼前的一切拍下来，然后发到网上，他相信贾京鸣是会看到的，而看到这些图片，就一定会作出正确的选择……

突然，一个男人闯进了宁浩东的镜头。那人头上包裹着一条毛巾，脸上戴着口罩，正神色慌张地在人群中寻找着什么，举手投足之间和贾京鸣毫无二致。宁浩东大惊，赶紧放下手机跑了过去，可是那人已经消失得无影无踪……

和往常一样，早上七点周雅婧的问候微信就会准时到达。他们也会聊上几句。周雅婧问老支书的身体怎么样，宁浩东告诉她，老支书的身体很好，他已经选好了树根，正忙着为周雅婧雕刻母牛，他要赶紧雕好，好让宁浩东回白桦时带给她。周雅婧心情沉重地告诉宁浩东，吴正海身体又出状况了，不但胸痛胸闷，而且咳出了血，已被黄薇强行带到省人民医院检查了。宁浩东想打个电话给吴正海问问检查结果，但终究还是没有勇气。

不过，工作上的事他们不聊。尽管不聊，宁浩东还是从各种渠道得到不少与科达化工公司"6·8"事故有关的消息。这些消息来得十分密集。

李柯打来电话告诉宁浩东，李英达、钱景均被司法机关以涉嫌重大责任事故罪，不报、谎报安全事故罪，非法生产、买卖制毒物品罪，采取刑事强制措施。吴二也在扫黑除恶专项行动中锒铛入狱，涉及科达化工公司的相关案件正在进一步侦破之中。

省纪委监委网站和微信公众号发布的消息格外引人关注。海

445

城市副市长汪海、海城市纪委副书记、汪海的堂弟汪山,白桦县副县长张艳梅,几乎是在同一天"官宣"接受省纪委监委和海城市纪委监委的纪律审查与监察调查。纪委监委的通报比较简短,倒是媒体的报道相对详细。据媒体披露,在白桦县国有集体企业改制中,张艳梅和汪海一道精心运作,最终使得李英达以一块钱的价格购得了白桦化工厂,而汪海和张艳梅也分别获得了10%的干股。不过,持有人是汪海的外甥和张艳梅的二姐……白桦县纪委常委、监委副主任郭忠明,也因为跑风漏气被党纪立案……据信,随着调查的深入,还会有人受到党纪国法的问责处理。倒是丁铠响平安无事,仍然主持着白桦县委、县政府的工作,《白桦日报》头版头条三天两头就有他带队外出招商引资、到项目建设现场调研指导的报道。

也有让宁浩东感到欣慰的消息。杨波在电话中就说,他不准备调到公安系统了,就在白桦县应急管理局干,还做宁浩东的部下。

这天中午十点左右,宁浩东的手机突然响了,拿起一看,是个陌生的号码,号码所在地显示是省城。

电话接通了,一个男人的声音传来:"你是宁浩东吗?"

"是我。"宁浩东应道,"请问你是哪位?"

"我是省政府科达化工公司系列生产安全事故调查组的。"男人告诉他,科达化工公司"6·8"和其他四起生产安全事故正在有序调查。根据领导指示要求和有关法律法规,事故调查工作将按照"科学严谨、依法依规、实事求是、注重实效"和事故原因未查清不放过、责任人员未处理不放过、责任人和群众未受教育不放过、整改措施未落实不放过等"四不放过"原则,全面客观认定责任，实事求是提出处理建议，依法依规严肃追责问责，给遇难者家属、给全社会一个负责任的交代。宁浩东是白桦县应急管理局分管危险化学品安全监管和安全生产行政执法的副局长，调查组要求他立即赶回白桦接受问责调查。

　　宁浩东明白，科达化工公司生产安全事故全面问责开始了，自己不可能置身事外。尽管此前有消息说，豪成在接受问责调查时，把所有责任都揽了过去。

　　……

2023年2月定稿于苏北斗龙河畔

后　记
高擎安全线

　　2012年的春节比以往来得更早一些。1月17日是腊月二十四，小年，离春节也就剩下几天时间了。

　　那时，大丰还没有撤市设区。大丰是江苏省盐城市下辖的一个县级市。

　　这天，2011年的各项考核结果最终确定，消息也很快传到我和同志们的耳朵里。在盐城，大丰的人口计划生育工作再次获得全市第一名；在大丰，我所在的人口和计划生育委员会再次荣获综合先进奖。自我2006年到人口和计划生育委员会担任主任以来，连年获得这些成绩，我当然很欣慰，但不敢骄傲。我和班子成员决心带领同志们在新的一年里，百尺竿头，更进一步。

　　然而，下午临下班时一位朋友给我打来电话，说是刚刚结束的市委常委会研究决定，变动我的工作。这是我根本没有想到的。因为我从来没有向组织上提过换个岗位，领导问我现在的岗位怎么样,我也一直说"很好,非常适合我"。我很想知道让我变动到哪里,他支支吾吾半天才说:"到安监局当局长。"说完还叮嘱我,不要说是他告诉我的,一切以正式通知为准。

如果说变动工作是我根本没有想到的,而让我到安监局担任局长,更是出乎我的意料。我在新闻单位和市委办公室工作的时间比较长,从来没有接触过安全生产监督管理。我不相信,甚至怀疑那位朋友告诉我的信息的准确性。然而,市委组织部的电话很快就打来了,通知我晚上七点半到市委小会议室,说是市委主要领导要找我谈话。我问是不是我的工作有变动,他说可能吧。我又试探着问变动到哪里,他只是笑。我有数了,没错,就是安监局。

果然,市委主要领导谈话一开始,就向我宣布市委常委会的决定,提名我任市安监局局长,待市人大常委会任命。领导要求工作从现在开始就要抓上手,不能等,也等不起。见我颇感意外,领导笑着问:"没有想到让你当安监局长吧?"我老老实实地回答:"确实没有想到。"领导说:"让你当安监局长,主要是因为你做事认真。另外,带班子、管队伍、抓创新都不错。"我心中暗想:"做事认真,组织上就让我做这项工作?"领导似乎看出了我的心思,语重心长地开导:"安监工作直接关系人民群众生命财产安全,直接关系经济社会发展大局,直接关系社会和谐稳定,责任重大,不是谁都能干的。"领导这样说,我更不踏实了,不无顾虑地说:"我知道安全生产工作的重要性,但是我从来没有做过这项工作,我怕做不好。"领导语气笃定:"只要你心中时刻高擎安全线,就一定能做好。"谈话的时间很短,也没有想象中那么严肃,但我实实在在地感受到了身上担子的分量。

消息传得很快,很多关心我的领导和朋友给我打来电话,有的为我鸣不平,说如此安排就是让老实做事的人吃亏;有的替我担心,说安监是"高危"职业,一旦出了安全事故就严厉问责,弄不好就会"躺着中枪";有的拿我调侃,说人口计生工作和安监工作是有相通之处的,过去你当人口计生委主任,主要任务是"控制生",管的是"安全套",现在你任安监局长,主要任务是"防止死",管的是"安全帽"……让我哭笑不得……

也就是从2012年1月17日晚上七点半,市委主要领导和我谈话那一刻起,我就是一个"安监人"了。也就是从那一天、那一刻起,我的手机从来都是每天24小时开机,我每年的大年初一都是在企业度过的,我也没有因私离开过大丰一天……整天都是重荷在肩,如履薄冰,寝食难安。家人也深受影响。好多次,他们上班或下班途中,看到消防车紧急出动,都忍不住给我打来电话,开口就是"是不是又出事了"……其实,所有安监人都像我一样,我只不过是他们中间的一个代表。

所幸,我们的努力没有白费。这么多年来,我们高擎安全线——这条紧系生命的红线,不触碰,更不逾越,求真务实,履职尽责,安全生产形势一直稳定。我所在的大丰安监局被表彰为"全国安全生产监管监察系统先进集体",成为当年江苏省唯一获此殊荣的单位。我代表同志们上台,从国家领导人手上接过沉甸甸的奖牌。我还入选由8名同志组成的国家安监总局宣讲团,到云南、湖南、山西等地进行先进事迹宣讲。这是我的高光时刻,更是大丰安监人的高光时刻。

2019年2月21日,由于年龄因素,我卸任安监局长。此时,按照机构改革的要求,各层各级在安监部门的基础上组建起应急管理部门，但安全生产监督管理仍然是重要职能，是应急管理工作的基本面和基本盘。同志们对我说，你不在一线了，能不能写一写我们安监人？讲一讲我们安监人鲜为人知的故事？说一说我们安监人的酸甜苦辣？这又何尝不能呢？可是，怎么写？我一直在思量。可以考虑的形式有微型小说、报告文学等，但总觉得写起来不够尽兴。正好此时有幸结识知名作家和出版人一草老师，重庆出版社北京华章同人公司的徐宪江老师、王昌凤老师。在几位老师的帮助下，终于有了现在的长篇小说《安全线》，既向同事们交上了作业，也填补了图书市场上反映应急系统基层安监人工作生活的长篇小说的空白。

好了，红线高擎书中说。感谢你阅读拙作，欢迎你品、你评。

刘桂先
2023年2月10日